U0506904

支持单位

成都市文学艺术界联合会

出品单位

四川师范大学文学院
成都市李劼人研究学会

四川新文学大系

小说编　·第二卷·

总　　编　　王嘉陵　刘　敏
副 总 编　　张义奇　曾智中
本编主编　　谭光辉

四川文艺出版社

图书在版编目（CIP）数据

四川新文学大系. 小说编：共七卷 / 王嘉陵，刘敏
总编；张义奇，曾智中副总编；谭光辉主编. — 成都：
四川文艺出版社，2024.8
ISBN 978-7-5411-6547-4

Ⅰ. ①四… Ⅱ. ①王… ②刘… ③张… ④曾… ⑤谭
… Ⅲ. ①中国文学－现代文学－作品综合集－四川②小说
集－中国－现代 Ⅳ. ①I218.71

中国国家版本馆 CIP 数据核字（2023）第 216296 号

SICHUAN XINWENXUE DAXI · XIAOSHUOBIAN（DIERJUAN）

四川新文学大系·小说编（第二卷）

总编　王嘉陵　刘　敏　副总编　张义奇　曾智中
本编主编　谭光辉

出 品 人　冯　静
策划组稿　张庆宁
书稿统筹　宋　玥　罗月婷
责任编辑　陈雪媛　罗月婷
封面设计　魏晓舸
版式设计　史小燕
责任校对　段　敏　张雁飞
责任印制　桑　蓉　崔　娜

出版发行　四川文艺出版社（成都市锦江区三色路 238 号）
网　　址　www.scwys.com
电　　话　028-86361802（发行部）　　028-86361781（编辑部）

邮购地址　成都市锦江区三色路 238 号四川文艺出版社邮购部　610023
排　　版　四川胜翔数码印务设计有限公司
印　　刷　成都东江印务有限公司
成品尺寸　148mm×210mm　　　　　　开　本　32 开
印　　张　89.25　　　　　　　　　　字　数　2360 千
版　　次　2024 年 8 月第一版　　　　印　次　2024 年 8 月第一次印刷
书　　号　ISBN 978-7-5411-6547-4
定　　价　486.00 元（共七卷）

编选凡例

一、本编收录小说以全面性、代表性、稀缺性、本土性为主要编选原则。全面性是指尽量涵盖 20 世纪上半叶巴蜀小说家；代表性是指在考虑其他各点的前提下尽量选择小说家有代表性的作品；稀缺性是指尽量选择曾经发表但未再版或未收入全集的作品；本土性是指尽量选取籍贯或出生地为巴蜀地区的小说家，侨寓作家不收录。

二、本编的小说以收录和存目两种方式呈现。收录作品尽量考虑稀缺性；存目作品尽量考虑重要性和代表性。

三、本编收录的小说，尽量以最初的版本为依据，呈现小说发表或出版之初的原始面貌。个别无法找到原始版本的作品，以再版时间更早的版本为依据。

四、本编分为"长、中篇小说"和"中、短篇小说"两大部分。为查询方便起见，每一部分的编排以作家姓名拼音字母排序。同一个作家的作品，以发表或出版的时间先后为序。

五、为控制篇幅，部分长篇小说采取了节选的方式。

六、为保持作品原貌，字词的旧用法不做更改。比如"的、地、得、底""哪里、那里""想像、想象""甚么、什么"之类，或因作家习惯等造成的不同写法，不影响理解的都依原稿版本，不按现行标准修改。

┨目录┠

长、中篇小说

王余杞

| 作者简介 |　　王余杞（1905—1989），四川自贡人，笔名隅棨、曼因等，现代作家、编辑。主编过大型文学月刊《当代文学》。代表作品有长篇小说《浮沉》《急湍》《自流井》《海河汩汩流》等，短篇小说《一部喜剧》《博士夫人》《幺舅》《都市里的乡下人》《厌倦》等，短篇小说集《惜纷飞》《朋友与敌人》《将军》等。

急　湍（节选）

一

　　黄云一下停了笔，抬起头来，望着窗外。窗外依然是暗沉沉的；好像风还没止，树枝不住忽左忽右地在摇动。黄云心上像压积着一块铅石，闷闷地，浑身不自在。关外的气候，真也难耐，刮黑风，下黄沙，还是秋天，便已经这样地叫人讨厌了。他呆呆地望着窗外时，又转而默默地沉吟着。默想一阵，毫无结果，再把眼光转落到桌上的信纸上面，提起笔来，继续写他那封未曾写完的信——

"……经过几天劳顿的旅途，终于达到我数年不见的故乡了。故乡已不是我几年前所见的故乡！美孚油灯代替了菜油灯，东洋布代替了土产布；一条不满二十家铺面的小街中间倒新开了七八家洋货店！秋收以前，米价贵得可怕，秋收以后，米价贱得可怕；劳苦的农人，终年不得一饱！"

写到这里，不禁皱起眉头，微微嘘出一口气。搁下笔，摘下眼镜，掏出手巾来擦拭着。这下便露出了他一双炯炯的眼珠，从眼珠上表现出这人是一位前进的勇士；举动些微带点急躁，态度却是始终沉着。他想起自己的故乡的情况，明白帝国主义的经济侵略已深入农村，农村一天一天地走向破产的危途，看看大乱就在目前，被压迫者革命的怒潮，大概不久便要汹涌起来的了。不禁又微微地嘘出一口气。——帝国主义者真还在做梦呢，——他一面戴上眼镜。——到处耀武扬威，那里知道自己的末日就要到临了呀！

于是略一踌躇，发出一声冷笑，提起笔来，一直写了下去——

"你没到过东北，你对于××帝国主义者侵略东北的真实情形还不十分地明瞭吧！说起来那真是叫人恨得磨牙！他们有随便搜检中国人的自由，他们有随便强迫中国人的权利；而中国人也自己不争气，贱骨头，看见他们就害怕：向来中国人自己都以为是唯我独尊的，但一见到他们，自己的勇气便不知怎样自然地消失了，别人有命，奉命唯谨。

"这几天的风声尤其不好：他们的军队天天在实弹演习。有人说：恐怕又要重演一次在济南一样的故事吧。依我看来，也许还不止此，再来了时，要请他们回去可就难了。但是，回头看看中国呢，统治阶级，依然优游宴乐，谁也不曾注意及此；而一般所谓有点脑筋如我们这样的青年者，又有几个打过什么主意呢？

"说到青年，我又记起我们那几位同学来，我先走了，不知道他们又闹出多少有趣的 Romances 来了？

"杨四郎的京戏唱得怎么样了？他大概快去做官了吧？王麻子看准了机会没有？李肥的父亲很有钱，他要做资本家的愿望许可以达到的。玲玲的嘴唇还是像从前一样的红么？自以为聪明的胡惧对她进行恋爱怎么样了？可怜瘦小的胡惧啊！P. S. H倒是真活泼；崔莺莺可惜固执了一点。（你不知道，这里有一位姓白的交际家，就是他的未婚夫呢！）李二虎总不愧是北方英雄，李诗人该又写出了不少的杰作吧？但我希望他把他的身上拾缀得干净一些。平儿无恙，替我问候这位可爱的朋友！

"顾洪，时代急速地把我们向前推动了，好好珍重吧，牢牢地把握着不要让自己沉沦下去！

"记着，要得天下太平，还得我们大众自己努力！

一九三一，九月十八，黄云。"

黄云把自己写的信重新看过一遍，抽出一个印有省立中学款式的信封，写好顾洪在北平的住址，把信封好，开开门，叫听差。

听差走来，把信交给他。恰在这时，隔壁会客室的挂钟连响了七下，天色已晚，暮霭一步一步地爬进屋里来了。

听差接过信去，顺手开了灯。刚走到门边，又转回头问：

"黄先生，开饭吧！"

"他们——白先生和黄先生，黄定远黄先生他们呢？"

"都看《磨电》去了，在沈阳大戏院。"听差咧着嘴像抱歉似的笑了一笑。

黄云便不言语，只点点头。

听差出去了。

自己的身子重新落在椅子圈里。心里想，中国人真会享乐，不是大家都知道兵工厂的枪枝子弹已经搬走了好些吗，居然还有闲心去看电影！……但一转念又觉好笑——不去看电影就不会出事？真没想到自己也会发出这样无聊的感慨来。于是抛开一切胡思乱想，坚决地命令自己：

"安安静静地过这一天。"

可是主意还没打好，饭已经开来，因而黄云吃这一顿饭，也格外地急促，为的是吃完了饭好找一点什么事来作。

而吃完了饭时却一点主意也没有了，望着书架，懒得伸手去取下一本书，提起笔来，写不出一个字。他站起来，在屋内走着。外面风已停止，四下静寂无声，一种寂寞的滋味，猛地兜上心头。

终于觉得这样不是办法，便转念到出外走走。

宿舍里的人真像全出去了，每间门上都挂着一把锁。走到教室，看见一排排的木凳子如一间一间的监狱，不禁打了个冷战，立刻倒退下来。图书馆的窗孔上虽放出有灯光，但走到门口，停了一停，毫无意趣，又折转来了。茫茫然，不知所之地一直出了学校。

黄云到沈阳来还不过十来天，除了因为买书到过一次四平街外，别的地方从没有去过。便是四平街，黄云对它的印象也模糊得很，只记得在那里有许多新建筑的商店，看去虽然也有四五层楼，但既不雄伟，又不华丽，正如当地人穿西服一样，喜欢穿红裤子、绿上身，表出一种雅得那么俗的气派。

"到那里去呢?"所以他走上一条大街时，心里便这样问着自己。跟着听差告诉他的话又在耳旁响出："都看《磨电》去了，在沈阳大戏院。"

于是张望着叫洋车。

影戏院已经挤满了观众，没法子找他所认识的人；而且，影片开演的时间看着就到了。

却是在影片演完一半，开灯休息的时候，一个人走来和他打招呼。抬眼一看，原来正是省中的同事，有名的交际家白功全。

"黄先生，一个人来的?"交际家白功全看见他旁边的座位还空着在，走过来这样地问。

"你们全走了，学校里只剩下我一个人，听差说你们上这里来了，我便也跟着赶来。——他们都来了吗？我的本家呢？"黄云答着他，站了起来。

"不知道，我也是一个人。本来大家约好了的，可是他们都没来，大概又是把在教室里受的学生的气到窑子里发泄去了，哈，哈，哈。"

黄云毫不介意的跟着笑。指着旁边的空座转向交际家："那你不如就在这里坐好了，大家一块儿好说话。"

两人便一同坐下来。

"地方没住惯，一个人是怪闷的，"白功全向着黄云表示十分的同情，说出话来，真不愧是一位有名的交际家，"只差一礼拜就过中秋节了，那时候兄弟作东，大家热闹一回。"

"那一定是很有趣味的。"

"不过，"那人突然一下把嗓音放小了，"这两天关于小鬼的谣言很重，黄先生，你看怎么样？"

"哦，也许不是意外的事吧，白先生是此地人，自然比我清楚得多。"黄云心里一沉，却故意反问着。

"听得太多倒把自己弄糊涂了，可是北宁路的车辆材料都尽量地往关里搬的事是千真万确的。"

"难道军事方面就没有一点准备？"从那人话里，黄云知道事情是无可避免的，但还希望多得到一点消息。

"这我可说不上，谁又知道呢？"这位交际家也答复不上来了，"当局们都极力否认会出什么事，漏出这些秘密的还是一般商人。——他们因为政府要征收产销税，便都埋怨政府，还说什么'亡了国倒好，世界上无论那一国的亡国奴也没有我们上的税多。'——哼，商人唯利是图，连国家也可以不要了。"

"倒也是中国的税捐不免太多了一点儿！"黄云情不自禁地说出

了一句由衷的话。

"可是，老哥，"交际家却认真起来，"无论捐税怎么重，总比亡了国好呀，亡国奴，多难听！"

"我并不是愿意当亡国奴呢，"这位反而笑了，"就是商人们说出那样的话，恐怕也是出于一时的激忿吧。"

"我想也是的……"还要说下去时，十分钟的休息时间已过，电影接着开演，只简单地补充一句——"就是关于小鬼们的话，我想也是他们因激忿而放出来的谣言"——便掉开脸去，用心地看着影片。

黄云却还在暗中发笑：交际家之所以不愿意亡国的原因，也就不过是亡国奴三个字不好听而已。倒是商人们说的话还有几分理由，中国人的生活真比不上别的亡了国的人。这因为帝国主义的眼光要比军阀们高远的多，譬如军阀们看见一个人，他们只知道叫这人把衣服脱下来给他们，不惜为了想得这一身衣服而让人冻死。帝国主义者却大大的不同了：他们不仅不脱下他的衣服，还要把衣服给他穿，保住他的体温，养强他的精力，然后叫他去作工，他们便从他的工作里取得无穷的利息。所以，比较起来，做了亡国奴真还要好些。但话不能这样说，人们应该自己来做主人，不应该去比较主人的优劣，天下的主人——即是全世界的统治阶级，没有一个不是吃人的恶鬼！……

"唔，这片子真不劣！"黄云的思路给交际家这一声打断时，片幕上刚映出了两个字——"完了"。

走出电影院，他向着黄云："我陪你一道回学校去，黄先生。"

"白先生今晚上不回家？"

"不，我明天第一堂就有课呢。"

天上悬着半圆明月，但月色并不清朗，晚风吹来，身上还觉得有点凉。黄云坐在洋车上，抬头望着天空，耳边隐隐约约地有种声响在那里旋绕，仔细再听，一点不错，是一串一串的卜卜卜，卜卜卜……的炮声，他立刻掉头叫他的同伴——

"白先生，你听！你听！"

"不是出了什么事吧！"交际家一听先就张皇起来。再看看大街，商店全都关了门，冷冷静静地很少人行走。

"是小鬼放枪吗？"加上一句，好像在问谁。

"哧！又是小鬼在打靶！"拉着他的车夫，一面喘着气向前跑，一面这样答应着。

"你知道是真的吗？"

"谁知道！"拉着黄云的车夫却接着，"小鬼们爱怎么样便怎么样好了，咱们那里敢管他，惹他们恼可不是自己晦气，哼！"

机关枪声越来越清晰，他们提心吊胆地跑回学校。学校的大门已经关上，只留下在一边门上开着的便门容人出入。一敲开门时，戴着满脸紧张的号房，一手把他们拉进去，砰地一下便把这门也关上了，上了锁，悄悄地告诉他们：

"城外打起来了！"

这于交际家直如一个焦雷，头也不回，拉着黄云就往里面跑。

宿舍里仍然是大部分地方都没有开灯，便改了主意先到大家常常在那里聚会的会客室。果然，一个不少，全在这里。三三两两唧唧哝哝地密谈着。他们走进去，忽然一静，便一起围上来探问他们：

"有什么消息没有？"

"不是打起来了！"交际家一手遮着自己的嘴，缩下脖子，做出十分秘密的神情。大家倒抽了一口冷气。

"那谁不知道，还等你说！"又失望地散开了。

"我们委实一点不知道，"黄云接着向大家解释，"究竟是怎样的情形？"他说话时，眼光向大家绕了一个圈，在每个人的脸上都停了一停；最末，落到一个小个子身上，他，黄云管他叫本家——而别的和他更熟的人则称他做——"黄鼠狼"。

他说："现在没有人知道得清楚，因为炮声是从城外传来的，而那地方却没有一个人进城里来，所以，详细的情形是无从得到。有人说第一声炮响是在南满站附近，而现在——听！"他的眼珠停住不动，伸出右手的食指向上笔直地指着，好像是总指挥手里的指挥棍，他在指挥别人注意听呢。

屋里一时鸦雀无声，外面传来的炮声枪声更加紧密而清晰了。恐怖的意念立刻传到每个人的心里，根根毛发都像就要竖立起来。

轰——轰——轰——

卜卜卜——卜卜卜——卜卜卜卜——

轰——轰——轰——

卜卜卜——卜卜卜——卜卜卜卜——

一片历乱的炮声里还挟着爆竹似的劈劈拍拍的步枪声，枪声嗤嗤嗤地在天上乱飞，距离显得更加迫近了。

"躺下，躺下，小心流弹！"黄鼠狼哑着嗓子叫，大家便不顾一切蜷伏在地上。他躺着的方位正当着窗口，第一个看见东北方面红了半边天，不禁又失声喊出——

"糟了，起火了！"

"在什么地方？"大家关心地问，却不敢动一动。

"好像是北大营！"

"吁！糟透了！"

卜卜卜——卜卜卜——卜卜卜卜——

轰——轰——轰——

卜卜卜——卜卜卜——卜卜卜卜——

轰——轰——轰——

一声声大炮震动得门窗忒忒作响，而每一声炸裂之后还发出几秒钟的沉闷而枯涩的回声，使人们恐怖的心里，更加上了一种不易支持的担负。

"不行吧，咱们这样不是等死！"一个声音在喘息着。

"那又有什么法子呢？"又是一个声音。

"炮声这么近，大概打到商埠地来了！"

"可不是，还听得出人们的喊声哩！"

"啊呀！"交际家哭了起来，"打到商埠地我的家就完了！中国的兵呢！中国的兵全死绝了吗?"

别人只"唉唉"几声，但谁也没有闲心去安慰他；抽噎一阵，自己也就止住了。

枪炮声丝毫未停，而远远地又传来一片人声，是绝望者的哀呼，是在挣扎时的惨叫，闹成一片，如惊涛骇浪的海上的潮音……低下了，低下了，又高涨了，高涨了，一直延长下去，久久不尽……

一任别人张皇恐怖的黄云，始终在旁边一声不响。自从他大概明白了这事件的情形的时候，已经敏锐地感觉到，知道这事件不比寻常：××帝国主义者此番是抱了极大的决心的，因为近年来帝国主义者们自身发觉了难于挽救的崩溃，妄想作一次破釜沉舟的最后挣扎，企图抓着一条出路。这自然，属于半殖民地，而拥有极大富源的中国便成了它最好的侵略的对象。虽然顾虑着其它帝国主义者的嫉视，但只要表面上打出进攻现代唯一的社会主义国家的先锋的旗帜，事情就没有多大困难的。这样的计划，在××方面，老早就已经打定好了；只有中国的统治阶级，还在那里做着一觉不醒的春梦，——贪心发展个人所统治的地盘，依然不断低声下气地向着帝国主义者献媚呢，现在也该让他们认识认识他们的主子所赐予他们的是些什么了！可是，他们固然死不足惜；而眼前这无数被凌辱着的无告的大众，牺牲代价又在那里！……他并不惊惶，反而十分兴奋；几乎忘记自身正处险地，自己也正是这受难的大众中的一员；只在脑筋里，一幅一幅地映出就在城外发生的种种惨象的画图——一片瓦砾的街市，血肉狼藉的死尸，痛彻肺腑的哀呼和残暴的敌人的狞笑……

他的背脊上不住一阵一阵地发冷，咬紧牙关，坚决地在心里向自己下命令："准备着，准备着！和敌人拼命！"

外面的炮声仍未止，屋里的空气却沉寂得可怕，每个蜷伏着的躯体都陷入半死的状态。猛然，墙上的钟，当当打了两下。

钟声唤醒了众人，有人连连地吁出几声。

交际家又在那里呜咽着，一会，曲着身子像一只狗似的爬到黄云跟前，抬起头哭丧着脸问着他：

"黄先生，怎么得了，我一家的人都不知生死存亡呢！"

黄云没打算去安慰他。

"老哥，我真可怜，"他又接着。他的脸色死白，他的浑身发抖，他的神经刺激过度，几乎失去理性。"我们不幸生为中国人，中国人真可怜！我的房屋一定给烧掉了，我的家产一定给抢干净了，我家里的人一定，死了，我——"

"你得安静一点，白先生！"黄云打断了他的话，低声而焦灼地劝着他。

"不，"但他还要说，"我真可怜！我生为中国人，我的一切都完了，我也完了，我也完了！"

一条强烈的白光在玻璃窗上一闪，如暴风雨中从天空里射下来的一道闪电。

交际家"啊哟"一声便倒在地下，嘴里直吐白沫。

"关灯，关灯！"黄云大声地喊，"××兵的探照灯来了！"

只地下发出了几声喘气，却没有人动一下。

终于还是他自己站起来，一下拧闭了电门。

空气又沉寂了。

外面的大炮声渐渐停止，步枪声也慢慢稀少了，然而卜卜卜的机关枪似乎反加激烈起来。

卜卜卜……像是在东方。

卜卜卜……西方也像在响。

卜卜卜……南方也有呢。

卜卜卜……大概北方还更利害。

黄云告诉自己："一定已经攻进城了。"

"眼前怎么办呢?"他不禁自问，"打进来了难道就这样白送死! 跑，往那儿去? 抵抗，那简直是一句笑话!"事实那么简单而固定，不须怎样地思索，立刻可以得到结论：没办法。没办法就没办法，怎么样来了怎么样应付，临时再说——这样，心里倒转而安然了。

瞪着两只炯炯的眼睛，虽说自己能够镇静得住，终不免几分急躁：想到这里，又想到那里，想来想去老没个完；几次决心抛开这些胡思乱想，但它总在心上黏附着，纠缠着，丢不掉，更使得心里发烦，于是，不由自主地，就只得一切都放任下去。

整整一夜里，他都是在这样的焦灼中度过的。

二

天亮了。

枪炮声渐渐停止，只在每隔几秒钟，偶然或远或近地还可听到两声步枪声。

失火的地方仍然在焚烧着，在那天边，一团一团地浓烟弥漫在空际；潮水般的惨呼，大概消歇了吧，在这屋里已经没听到了。

恐怖稍稍松懈，心里第一感觉到的便是冷——入秋以来第一次冷。

缩着身子不住发抖，每个脸色都灰白到如将死的人。

吉凶祸福的意念还在心里打漩，谁也说不出一句话。

门砰地一声响，号房的光秃的脑袋伸了进来，急促地报出两个字——

"好了!"

大家跳着的心突然停止，身子像从天空里掉了下来。

"小鬼攻进了城，"号房喘气紧接着，"占据了各处机关，不再开枪了，街上也有人在走动，说是还贴出有告示哪。可不是，完了!"在结尾上，又半像放心半像伤心地加上一句。

自然，这消息大家都认为是喜信，至少，在个人眼前的利害上，总算是喜信。

"我要回去，我要回去看看我的家!"第一个交际家便跳起来。

有人一把拉着他："别忙，先等一等，也许街上还不好走。"

"不，可以了。"号房却接着，表示知道的顶清楚。

不等再有下文，于是他就抢着跑了出来。

街上的空气比屋里更冷：屋顶上树枝上都薄薄地铺上一层霜，一片寒光，笼罩着大地。

穿出大街。大街上冷静的情况更不下于这一天的天气。即有几个行人，也是缩缩瑟瑟地沿着墙根走，缩着脖子如做贼一般。交际家加入了他们这一群。这时，不用说商店的铺门没打开，就是洋车也瞧不见一辆。

交际家走着，五官百体都在注意各方，便是有些微的响动都会使他吓得一跳，热血直往脑筋里灌，身上不住地抖，抖。

高墙上贴着布告，想不看，又惦记着什么，似乎要看明白了才能安心，那里已经站着两三个人，自己打算，大概不至于出危险的。放大胆子，走上前去。

"……顾华方如此，非民众之行为，乃有野心之军阀之行为。……至采毅然之处置，所应征者，只为官宪，而非一般民众。一般民众毫无所忧，望各安居乐业为要！"

看完了，低低叹出一口气，到是心里显然安坦得多了。"一般民众毫无所忧，望各安居乐业为要！"对，小鬼恨的是中国政府，中国人民没有关系，那自己的家当然是安然无恙的。本来吗，打死许多中国人于他们有什么好处？小鬼是机灵鬼，决不会这么傻干的。

"决不会这么傻干的！"交际家这样想着，觉得自己的推断决没有错。来不及顾念到国家民族等等重大问题，就是如此，也就不免叫他喜出望外。

然而，在走到城门口时，看着那堆着的沙包和一排排的电网，看着那举枪待放的××兵，心又剧烈地跳动起来，低着头，一步挨一步地欲进不前。

"嚇哈！"

白光一闪，一枝上着刺刀的枪横在自己胸前，身子有点摇摇不定。

两个兵左右分开把住他的两手，另外一个在身前身后搜查。摸摸口袋，摸出一个皮包。皮包里放有几张名片之类，掏出来看了一看，便没收了。而交际家看见的，同时被没收的还有挟在名片中间的几张钞票。

皮包扔在地下，两手也被放松，茫茫地直着脖子，抬起腿来正想开步走。

"嚇哈！"

这下真不易支持，回头看，一个兵用枪尖指着地下的皮包。不得不俯身下去拾起来。就在这一刹那间，猛看见地上凝结着一片殷然的血迹。几乎一头跟着栽下去，使劲把眼睛一闭，努力抬起身，故示镇定地迈开腿。

城外的景象可完全不同：不少的沙袋电网，不少的××兵；留着血迹的地方越来越多，而有的街边上还摆着几副不会收敛的尸首。

每到这些地方，交际家便紧闭一下眼。究竟也死了人，——他不禁害怕起来——自家家里的人呢，他们该没受到危险吧！人类总是残忍的，小鬼的布告说得多好听，而实际上，到底也是言不顾行！自己说自己如何如何的文明，骂中国人如何如何的野蛮，看一看，还不是一样！还不是一样……这样比较着，交际家对于××兵的十分恐惧心，现在也减成了九分而另外加上一分轻视。

他正想抬头看看××兵来证实他的理论，忽地一个人影从身边掠过，后面有人跟着吆喝。他不知道出了什么事，正在发呆。

砰的一声枪响，前面的应声而倒。他刚赶上，心里一慌，两腿发软，也倒了下去。眼前躺着一个穿着巡警制服的死尸，嘴角上汩汩地流出一汪血水，两只死鱼似的大眼正对着他。

他打了一个寒噤，身子缩紧，不住发抖，后面又传来一阵格格的狞笑。

一下爬起来，没命的钻进一条小巷子；像一匹被赶急了的老鼠似的。

格格的笑声还在脑后回旋。

到了家，急促地敲着门。

里面静悄悄的没有声响。

拍拍拍地又用力敲着。

"谁呀！"门里漏出颤颤的一声。小狗跟着汪汪地叫。他四下狠顾了一下，才尖着嘴堵向门缝说，

"是我，妈，快开门！"

门开了先跳出一只小哈叭狗来。交际家一步窜进去，砰地一下就把门关上。但立刻门又开了，一个老太婆伸出头来把小狗悄悄地

唤回去，一把抱着，才重新关好门。

"功全，"他的父亲在院里迎着他，"皇天保佑，一家人都平安。"

惊魂定了，心才像一块石头似地放了下来。父亲，母亲，妹妹，在屋里团团地围绕着自己。

他给了他们每人一眼，痛定思痛地记起刚才的情景，不觉长长地叹出一口气：

"唉，可怜的中国！"

"哥哥，外面的情形怎么样呢？"妹妹凝视着他，忍不住问。

"眼看着国家都亡了，还有什么说的！"心里一酸，泪珠就在眼角里翻滚，努力忍着，抬眼望着墙上。墙上挂着一张女人的像片，是他的表妹，也是他的未婚妻，名字叫做崔秀英，今年已经在北平的大学里毕业了。他们的婚期就在寒假里，那日期是他天天在计算着的。虽然身在忧患中，看着像片也不由想出了神。

"这能够怨谁？"父亲何尝不是一肚子委屈？儿子的话正引动了自己的牢骚，"这能够怨谁，还不是怨中国人自己！平日里发传单，贴标语，喊口号，读遗嘱，这个党，那个派，这个派，那个党，闹得乌烟瘴气，一塌糊涂；加捐加税，加了又加，加了又加；可是，小鬼一来，扭头就跑。你知道不知道，昨晚上中国的兵一直没抵抗！"说得起劲，狠狠地顿着脚，又忿忿地加上一句："他妈的真叫把人气死！"

坐在母亲脚边的小哈叭狗吓了一跳，一纵身就往外面跑。

"回来！回来！"母亲跟在后面追。它站着，她又抱着它，把嘴挨在它的耳上像哄小孩子似的，"外面小鬼要害你！"

"我们店里的货那样没有上过十几道税？"父亲接着，咬牙切齿地像在和谁骂架，"他们说是大家要爱国，卖国货，不卖东洋货；其实呢，谁不愿意做好人！你瞧瞧，国货成本本来就高，而且，除了这样那样的税之外，又有许多许多的捐：什么爱国捐呀，救国捐呀，剿匪捐呀……简直叫你数不清。做起来一个钱也赚不着。东洋货呢，成本贱，捐税轻；谁也不是傻子，你不卖自然有人卖，谁能管得许多！他们骂商人只图赚钱？要爱国，要卖国货，行，可是有一样，得让他们取消一切苛捐杂税。取消了一切的苛捐杂税，我第一个就卖国货，真是，谁说我爱国不在行！"

母亲抱着小哈叭狗听一句点一下头；妹妹偷眼看哥哥，哥哥却在那里苦着脸。

"你们不相信？"父亲猜透了妹妹的心意，这样问，"我老老实实地告诉你们：他们叫商人卖国货，你们知道他们是怀的什么鬼胎？提倡国货，他们得了好名誉；在骨子里呢，卖出一样国货，就可以多抽得一次税，哼，腰包里不是也可以多落几文！"

"你们都得好好记着，爸爸说的话一点不假！"母亲附和着父亲，也这样地教训她的儿女们，她知道这凡是做父母的人都应该这样的。

"可是，眼前就要作亡国奴了哇！"儿子却还在发感慨。

"不，不，小鬼亡不了中国的！"父亲纠正他。但没说明理由，话又转开了，"天天戒严，生意也不好做；这一来倒放了心，总可以安安稳稳地做几天了。反正南满站我有不少的熟人，诸事托他们关照关照就得。你不是会交际，多和他们拉拢，也难说没有好处，教书总不是有出息的事呀！你学的日本话呢？全忘了？"

"……"

父亲张了张嘴，伸开两手，打一个呵欠，转向母亲：

"一夜没睡觉，困得很，肚子也饿了，管他妈的，弄点什么来吃。老妈子呢？"

"在厨房里吧。"母亲答应着。放下了小哈叭狗，又招呼它一声"别往外面跑"才出去了。

"崔家这几天有信来没有？"

"有的。"儿子的眼光又不自然地在墙上挂着的像片上绕了一下。

"这件事我早就给你预备好了，办完了也少了一桩心事！"

这位没言语。

他始终不满意父亲的话：亡国奴，多难听！父亲到底是商人，商人的国家观念本来就薄弱，而中国的商人处于实业极端不发达的情况之下，不卖洋货，真也为难，父亲的话能够说没有理由？抱着这样心意的人还很多，譬如黄云，不是也对于苛捐杂税表示愤慨么？……那吗那方面才是对的呢？这问题，交际家竟自一时沉吟着解决不下来。

仍然戴着紧张的脸色的老妈子偷偷地把饭摆上来了，大家都似乎正感到需要，不待招呼，立刻坐拢了去。

刚刚端起碗来，大门又敲的砰砰作响。一齐呆住，立起两只耳朵注意地听。

"去看看是谁？——"父亲瞪着眼命令老妈子，"记着，没问清楚别开门！"

"我可不敢去呢！"老妈子把身子一缩，牙齿打得科科地响，转身就跑到后面去躲着了。

"混蛋！"父亲急了，但没有主意。

"还是我去吧，"母亲望着小哈叭狗一步跨了进来，接着说，"我是一个老太婆，他们不会把我怎么样的！"

"妈！——"交际家想说什么终于又缩住了。

砰，砰……

"来了来了，谁呀？"母亲一蹶一蹶走地出去，小哈叭狗跟着她。

先从门缝里向外张望，哎呀，是小鬼子！回头跑进来，颤抖着通知他们："躲开，躲开，小鬼子来了呢！"

开开门，小哈叭狗先纵身跳出去，但跟着就被外面的人一脚踢了回来，躺在地下，咧着牙格汪格汪地叫。

"啊呀！我的乖乖！"母亲心痛地叫着，蹲下去亲切地抚着它的身子。

从门外进来了三个人，没穿军服，只左臂上缠着一方白布。每人都带着枪，腰间捆着几根皮带。

三双贼眼四处看。

"我们是来检查的，"走在前面的一个大声地说，张合着两片厚嘴唇，露出一粒金牙，"没有别的人了？全都要出来！"

"没……没……没……"母亲颤抖着。

"全都要出来！"后面两个人也跟着嚷。

"我说是谁，原来是西川先生！"父亲应声大步走出来。脸色虽然有点发青，态度倒还镇静；拱着两手，满脸陪笑；并且连连向里面叫："你们出来见见西川先生，不用怕！"

"啊，白掌柜，对不起！"西川没想到自己也有觉得不好意思的时候。

"那里的话，公事，多辛苦！请屋里坐！"

除了母亲还在抚慰着小哈叭狗而外，大家都走进屋里。交际家送着烟和茶。

"大家是熟人，就不用检查了。可是，白掌柜，大××对支那是很和气的，这一回大××帮支那人的忙——帮支那人打倒军阀，支那人都该感激的哪！"说着，露出金牙，得意的一笑，"嚇，你们要闹事可不行！——白掌柜，大家是熟人，你没有什么违禁物吧，要不要我们检查一下？"

"没有，没有……没有……"

"到底要不要我们检查一下？"又加上一句。

白掌柜便有点不知所措。

而那人更陡然把脸一沉：

"可是，我们是奉了命令来的呀！"

"唔？"

"命令——晤懂？"

一个眼风掷过去，这才使主人恍然大悟。

"是是是！"嘴里答应着，立刻跑进里边，再出来，走向那人身旁，满脸含笑地低低说了一句——"小意思！"

"笑话笑话，"那人接过一卷花纸，一往口袋里塞，格格地笑了。

"我还得告诉你，白掌柜。"说这话时特别表示亲热，"这回的事我知得顶清楚，只要服从大××就没有什么的。"

"那当然，往后我们这一家子还要西川先生关照哩，"又转向他的儿子，"西川先生有能耐，你听听他的一口中国话，多漂亮！"

西川先生乐了。

"你要少出去，"他用手指着交际家，如对一个要好的朋友下忠告，"别穿洋服！今天街上死的人有两种顶多：一种是警察，他们专和大××作对，我们看见就杀，摘下他们的皮带一会去报功。你看，他拍拍自己的腰板，又指了指其它两个人捆着的皮带，"这些都是。——一种是穿洋服的青年小伙子，上头有命令。刚才我还看见，把几个人的领带结在一块儿，用刺刀一刀一刀地向他们身上刺。这就一个倒下去了，别的也眼看倒下去；别一个挣扎一下，几个人又滚做一堆；一直到死，都像在玩把戏。可是，看看那一个个的血人，他们一声声的惨叫，我听了心里也有点不忍呢，格格格。——所以说，你得小心！"

交际家全家听着，大气也不敢出一口。

"不要怕，只要你们服从大××！"金牙又露出来了，闪着贼眼望着每一个人。最后，眼光停在妹妹身上。

"这位是谁?"他惊异地问，吞回一口唾沫。

"这是小女，"白掌柜抢着答，毕恭毕敬地。

"啊，白小姐，真漂亮! 改天我请白小姐吃饭!"然后翘着右手的大拇指，"白掌柜，你好福气，格格格。"

"格格格。"父亲不置可否地跟着。

妹妹可气得几乎要哭了，转身往屋里跑。

那人觉得没趣。

"小孩子，不懂事!"白掌柜忙陪着笑脸。

"好，我们走吧，"西川终于站了起来，招呼两位同伴，再回头向着主人："我在地方维持会任纠察长，有什么事尽管来找我。"又挨近他耳旁，悄悄地："大姑娘也得让她活动一点，这年头女人比男子更容易出头! ——我凡事都给你帮忙，等一等我就把维持会的通行证送你一份，出街带在身上，方便得多!"

"是是是，诸承关照，感激得很! 感激得很!"白掌柜两手拱着连连地点头。

几个人一起走出来，小哈叭狗一纵身又向前面跑。

"回来回来!"母亲尖着嗓子在后面叫唤。

"小狗真可爱，送给我吧。"西川又咧开两片厚嘴唇。

"嗯! 嗯!"白掌柜还不及答应时，母亲已经哭声地嚷出了："那可不能够呀! 它是我的宝贝儿呀!"

并且抢着把它抱起来，扭头就跑。

主人又抱歉地向客人看了一眼。心里直发急，幸而客人并不计较。

送客转来，一个人影也没看见，只剩下自己一人在院子里，他像怀着心事似地在院子里徘徊，一会儿走两步，一会儿却站着，一会儿又向前走。仰着头看看天——天空也像他心里一样地浮着一块黑云。上牙咬着下嘴唇：咬着咬着，咬出了两个紫色的印痕也毫不觉得，脸上的气色，一会红，一会白，一人由红转白，一会白里透红。

像还在考虑，迟疑……

向前挪动两步，一顿脚，又像是在决定……

行吗？——摇摇头，

行，谁说不行呀！——头便自然而然地点了两下。

对，就这么办！——一下决了心，伸着颈子叫：

"功全！功全！"

交际家走来了。

两父子唧唧哝哝地说了半天。儿子初时好像不愿意，局势已经有点僵了。父亲在反复地分辩着，唧唧哝哝的声音再响起来。一会儿瞪着眼像一口气要把话说完，一会又一字一顿地点着脑袋；一会咆哮着打几个焦雷，一会又琐碎地洒出丝丝秋雨；呲着牙时是一个魔鬼，微微笑着又是一尊菩萨。

"对吧！"末了他结束这一番讨论，显然是已经大功告成。

儿子默然。

"把马褂帽子拿来，我马上就去！"

三

交际家白功全第二次走进城时，大街上家家户户的大门上都悬挂着一面太阳旗。商店虽是已经打开，却没有一个光临的主顾。

沙袋仍然堆积着，巡哨的××宪兵肩着枪在那里来回地走。

三四架飞机在天空里飞旋；一辆汽车呼呼地开来，里面坐着的是××军官。——又来一辆，仍是一样。

疏疏落落的行人都像怀着什么心事，脸色显出不自然，直着脖

子走路，从不乱看一眼

天气也一味的阴沉，阴沉！

交际家走到城门边时，蓦然想起昨天经历的险境，心还不住在卜卜地跳动。不等别人来问，自动地让车子停住，故意表出坦然而实在是卑怯地走到××兵们的面前，从身上掏出一张纸片，送到他们手里。

纸片是地方维持会发给的通行证，在本人的姓名之下，还写着三个字："纠察员"。

那几个兵斜了一眼，轻蔑地一笑，也不言语，用手一挥，表示许可通过。

自己忽然不好意思，蓦地满脸通红。

谁知道竟有今日！平时最看不起亡国奴，譬如看见那些粗野蠢的朝鲜人，便没有把他们放在眼里。亡国奴，算得什么东西！而现在，也就和他们没有差别了。刚才小鬼对自己的那种态度，可不是自己从先对朝鲜人的那种态度么？自己和朝鲜人一样，那才是终身的污点。有了这样的污点，往后如何好去见人！——别人将不称呼自己作"交际家白功全先生"而要称呼作"亡国奴白功全……"了。

一直到学校，满心的忧虑使他惘然。

他无目的地找着黄云。

黄云劈头便问："有什么消息没有，交际家？"

还称呼自己是交际家？不免一惊，下意识地以为这人是有意的讽刺。

"真糟糕，"黄云急躁地接着说，"关在学校里一点消息也听不着。我在这儿又没有多的熟人，谁会来告诉我。我的本家去了这么半天还不回来，简直让我睡在鼓里！"

"一点不知道倒好，"交际家努力镇定了自己，这么说着，"知道了也不过是叫你生气！一句话：这次中国军队抱的是'不抵抗主义'，要什么给什么，就是不许还枪!"

"这倒是意料中的事!"意外地黄云听了并不以为奇。

"意料中的事?难道你让人白打一顿，把东西给你抢去了，你也不还手么!"那人装出的满脸激愤倒也真神武，很能感动人。

"对了，是我我一定要还手的，可是这一回的当事人并不是我呀!"说着笑了，但似乎不是受了什么感动，"东北的军队怕××怕得太利害了，就像老鼠怕猫一样。看见××兵来了，怕还来不及呢，那有心肠还手?"

交际家一想，脸上又不禁有点发热。

"这样就完了，"黄云张开两手一挥，扶扶眼镜，耸着肩，"还有什么说的! ——那么你还来这里干什么! 你还想来上课?"

本来就是预备来搬行李的，正在无法出口，却会有这么一个机会落到眼前。交际家也不能说没有几分得意。但他并不立刻利用它，偏要说出意思恰恰相反的话，显显他的本领。

"不，我应该来看看，这里还有好些熟人，我能够自个儿先走了?"

"白先生说起话来真不愧一位交际家，"黄云却单刀直入地把他截住，"得了，国都快亡了，你还交际! 我劝你，趁早把被窝搬回去，另谋出路; 这学校，一时休想开学!"

"那么，你呢?"

"我是一条光棍，好办，能够走就走。"黄云正经地说着。忽然闪着眼光望着他的同事，撇起嘴角似乎另外有话。这使得交际家深自心惊，想，大概他又想说什么俏皮话了。

然而，并不，说出的只是这么一句玩笑:

"只是你那中秋的约会我就不能扰你了，倒是喜酒总可以喝得的，不是你还是我的学姐丈么?"

跟着他的眼光在桌上的闹钟上闪了一下，又急躁起来，喃喃地在那里望这房门自语："这家伙不可靠，这时候还不回来！"

"这样着急地等着你的本家，你是要想知道外面的情形么？"交际家寻思，自己什么不知道，何必等着问别人？未必黄鼠狼还比自己会交际，知道得更多？暗暗地有点不满意于这位朋友，更不满意于那位黄鼠狼。

"可不是，最紧要地还在看看有没有火车开走。"而黄云却没提防他心里的那一着。

"那我倒知道一点呢，"那人说了一句便又不说了。——你不问我我就告诉你，没有那么便易的事！好吧，你等着问你的黄鼠狼吧！

不幸门开处跳进来一个人，那正是黄云所期待而交际家所嫉恨的人。他的神色带几分紧张，但掩抑不住满脸的忿怒。

"本家，你怎么这时才回来，你给我打听的事呢？"黄云迎着他便问。

"长春都丢了，说来叫人气死！"那人一屁股坐在一张椅子上，"中国不亡还等着什么！小鬼打来了，没有人抵抗，全都跑了；事后呢，忙着组织什么地方维持会！——表面上是说维持地方的秩序，骨子里还不是那些混蛋在甘心向小鬼子献媚！他们都在努力地变作小鬼的孙子。朝鲜人是小鬼的儿子，他们的结果不过是朝鲜人的儿子完了！"

交际家听着这一大篇，已经怀恨的心更感到刺刺难过，鼻子尖上渗出了不少细细的汗珠，眼光不敢抬起来向人望一望。

"这不是我所要问的呀！"黄云一点不兴奋，还好像不感到一点兴趣似的，"究竟火车还开不开呢？"

"开！一定开！为什么不开！"那人跳了起来，"小鬼并不想把中国人都杀完，——他还要让这些人活着给他做奴隶，做孙子呢，干吗不开！你要走，我保险，毫无问题！我可还得待两天，找几个天良没死的人，干，干，干它一下！从地方维持会的人头上开刀，杀死这一般把卖国当职业的人！"

交际家第二次努力地镇定着自己，但自己觉得嘴唇仍然不住在颤抖。

"那有什么用？"黄云的态度还是冷冷地，"你还想从帝国主义者手里把地方主权抢回来，仍旧奉献给我们的当局诸公吗？唉！"

无论如何，黄云不是一个激烈分子，交际家暗暗地这么批评，终觉得这人还可交，便牺牲了刚才的成见，进一步表示好感。

"我也听说火车还开行，"他望着他，又瞟了瞟旁边坐着的黄鼠狼，然后不自然地挪动一下身子，"不过，南满站怕是不好去的，最好绕点道，在皇姑屯上车。大概没有什么关系，顶多不过检查两次——"

"我倒并不怕检查呢。"

"那就好了，只可惜现在的时候不同，没法子给你饯行，——这么办，我送你上车。"

黄鼠狼两眼死钉着他，而黄云却一笑：

"得了吧，有这工夫你不会把你的行李搬回家！"

他站起来，拍着那余怒未息的本家的肩：

"我劝你还是走吧，你的家离得这么近，你为什么不走？沉着点儿气，别像小孩似的！——一块儿出去；你还得给我叫洋车呢！"

"你的东西！"交际家看着他就像要动身，不禁奇怪地问。

"算了吧，不要了，你想还带得回北平去？"

一步便先跨出了房门。

黄鼠狼抢上前去，和他并排走着，交头接耳地说个不休。交际家跟在后面，看着他们两人的背影，一种意念在心里旋绕着：这小子不是人，开口便乱骂，得防着他一点！——沉吟一阵，又暗中在冷笑。——地方维持会算是卖国，那大块儿挂太阳旗又算是什么！

故意向我骂这些，莫非他知道我也在里面？……身上觉得不自在；看着他们还在前面指手划脚地谈着，虽是一点听不清楚，但下意识地认为都和自己有密切关系，因而心里更严重地加上了几分恨意。

在大街上，黄鼠狼给黄云叫好了车，直到那洋车已经走到不见踪影了，这两人才一起折过身来，大家微微地点下头，一句话没说便分手。

"得提防着他一点儿。"交际家又警告自己一次。

搬行李回家，一直记着这句话。等到感着在路上因为有通行证的便利，意念一转，对于加入维持会那样的事浮着十分的满足，才觉得父亲的主张，不愧是深谋远虑。比了黄鼠狼，黄鼠狼可真傻透了！

回得家来，父亲告诉他，西川派人来找过他两次，他应该就去，说不定这一去就有什么好处的。

于是毫不迟疑，也不管妹妹给他怎样使眼风，便转身走了。

在维持会里会西川。

"你是纠察员，"西川扳着面孔命令他，"纠察员也有纠察员应该做的事！"

"不用说这自然是要听你的吩咐的，"交际家满脸含笑，又在卖弄他的本领。

"可不是，嘻嘻嘻，你知道，"西川也乐，咧开嘴，露出金牙，"纠察员应该做的事么？——我问你：有没有人在外面捣乱？"

"捣乱？"

"就是对于大××有不利的行动呀！"

交际家一下记起黄鼠狼：这小子讨厌，得让他吃点苦头。

"我知道，有一个危险人物，"他说，带出一种秘密性，"有一个叫黄定远的，也是省中的教员，这人顶危险。"

"是吗？"

"一点也不假。"

"好，叫人把他抓来，"又把眼光向他打量一下，"可是，你不能冤枉人呢！"

交际家满脸涨红了，急急分辩："没有的话。今天我到省中去搬行李，就亲耳听到他在那里大骂：他说他要把维持会的人一个一个地杀掉！"

"我们往后看吧，看谁把谁干掉了吧。"西川一面掏出日记本把黄定远的名字写上，一面咬着厚嘴唇恨恨地说。

"你会办事，"然后又向着交际家，"好好地干下去！好好干下去，自然有出息！这一回记你一次功，明天我请你们吃饭；你，你的老太爷，你的令妹。"

"唔，谢谢。"提到妹妹，自己的脸上就有点红。

"今天晚上叫人把那个黄，黄什么？——"他翻着那本子，"哦，黄定远，把他抓来，我亲自审问他。明晚上六点钟我到你府上来约你们！"

交际家知道这约会里藏着什么，但他不能不隐忍，而且，也不敢反对。西川有是势力的人，一声不对劲，翻脸不认人；黄鼠狼就是好例，抓了来亲自审问，能够不屈服在他手里！——然则就这样地把妹妹葬送了？妹妹一定会不答应，自己可也并没存着这样的心；但是他使劲地要又有什么法子？一家人的性命都握在他手里，牺牲了她，救了我们一家，那妹妹就应该这样做：不愿意，命里注定了，也没办法呀！

于是回到家里便把这番意思告诉父亲。

"你说的是对的，"父亲奖励他，"再给你妹妹说去，叫她随和一点，不要太固执，国都亡了，不是大小姐闹脾气的时候。"

妹妹已经躲在隔壁屋里听得明白，忍不住，跑回自己房里，蒙着被条哭。

小哈叭狗在她床前绕圈子，没法子安慰她。

哥哥进来了，横身显出不自然。

"哥哥，不能为了你们的升官发财，却把我害了。"妹妹一翻身从床上爬起来，眼角上还闪着泪光。

哥哥本来没法子开口，一下被她揭穿，虽然有点难为情，倒免除不便启齿的困难。

"请你原谅，妹妹!"他开始说，口气非常亲热，"生成了中国人，一点没有法子；我们和小鬼交际，那里是心甘情愿! 不过，我们此刻是在他们的势力之下，不能不和他们敷衍敷衍。"停了一停，表示他真是十二分的为难，"我们一家数口，全靠着那间洋货店过活。得罪了小鬼，生意就别想再做；不做生意，我们又吃什么! ……国自然要爱，可是没有饭吃的时候，妹妹，还有爱国的能力吗?"

"谁信你的，你完全变了!"妹妹一下截住他，"这两天你受了爸爸的宣传，利欲薰心，自己变成了个怎样的人也不知道! 你就忘了小鬼子占了我们的地方，你就忘了小鬼子杀了无数的中国人，你就忘了小鬼子要在你的亲妹妹身上打算! 你，你，——"

"你猜怎么着?"哥哥心里一沉反而含着笑，"我一点没变，也没忘记。像你这么样，不只做不成事，先把自己害了。省中一位姓黄的同事，可不就是因为自己的嘴不稳，乱说一阵，让西川知道了，便派人把他抓去了。"

"省中的同事! ——小鬼怎样会知道他? ——还不是你告的密! ——哦，卖朋友，献殷勤!"

"我可以发誓：那不是我干的!"哥哥急得什么似的，不住分辩，"我是说我们应该适应环境，不要自讨苦吃，像那位同事一样。——就是对于他，我还正在想法子去营救他呢。"

"你会救他，啧!"

"我能救他——除非你肯将就一点。"

"唔?"

"嗨!"

妹妹心里忽然引起一种意念。

"你能够营救他?——"郑重地问,"你愿意营救他?——"

"干吗不? 他是我的同事呢。"

"是吗?"

"是,是,是——可不是吗?"

"好,好,那我就——"

"怎么样呢"

妹妹不再言语;左想一阵,右想一阵,反复想一阵。撅一撅嘴,皱一皱眉;终于像在万分不得已的境地中,咬着牙承受一切难堪的耻辱,英雄般牺牲自己去救他人的一样,决然地说:

"现在这话就干脆说明白,你们的主意我都知道了! 这么样:明天小鬼要我去吃饭,你们自然想我去;我就去;可是,你得把你那位同事救出来。我虽然让别人欺负一次,但我救了一个有志气的人的命,也算值得。——这是条件,你看怎么样?"

"可以可以。"

"可是,如果你不救他出来的话呢?"

"这——"

"那我不去了!"

"行,一定救他出来,就是这样办理,"不等妹妹再说什么,交际家立刻兴高采烈地离开了她。但有时,扪心一想,又自然而然地感到一丝惭愧。

第二天,在西川的保护之下,这一行几个人走进了一家料理店。

主人比客人们还吃得酒醉饭饱,满脸绯红,红得像一张橘子皮。一对灰暗而迟滞的眼睛，永不离开妹妹身上。

妹妹的脸上也正发红，可不是喝了酒，只因她的话还没说完，免不了有几分兴奋。

"……黄先生是和我们一样的好人，"她接着刚才没说完的话。"只是年纪轻，爱胡说八道，发发脾气。你想，一个教书的那里有胆量闹什么乱子？"

"大小姐，你怎样知道？"那人截住她，话里头有几分妒意。

妹妹的脸色更红了一分，但自己仍然能够镇静着。

"他是我哥哥的同事，到我们家里来过的。我曾见过他，我哥哥也非常地称赞这人好。"

"那你知道是谁报告他的?"那人格格地笑，笑得妹妹浑身不自在。

"……"

西川一歪嘴，向着交际家。——交际家装做不明白，把脸掉开了。

妹妹哑然。

那人又笑个不止。

"不管是谁报告他的，"她无可奈何地勉强继续着，"反正今天是我求你先生一次，给我一点面子，把他开释，受了这一次教训，我想他决不敢再胡说八道了的。"说着，故意地作出一个媚笑，而心里却忿怒得如燃着一腔烈火。

"好是好的，"然而西川说，"不过，大小姐，你不知道，我今天审问他的时候，他却是狡猾得叫人可恶。我火了，把他吊起来，剥了衣服，用皮鞭子抽着，贱骨头，不识货，皮鞭子抽在他身上现出一条一条的血印，浑身颤抖得像发了疯，连祖宗三代都叫了出来，后来，吐出两口血，看看是不行了，才把他放下来。那时候，你猜怎么着，问他一句应一句，倒是什么都招认了哇！"

妹妹听来，这不是人声，简直是鬼叫。自己为营救别人才肯赴这约会，现在眼看目的是难于达到了；父亲和哥哥都在旁边一声不响，更觉伤心。想着今天自己又何尝不是作成一件玩物给西川玩弄时，忍不住就要哭。两颊红得出水，一下站了起来。

父亲和哥哥同吃一惊，四只眼睛望着西川。

"格，格，格，格——格，格，格，格——"西川却指着妹妹，一俯一仰地笑。

这两父子倒呆住了。

"格，格，格，格——大小姐，你是听说他受罪，心里不痛快吗？"

一句话让妹妹明白了西川误会的地方，又觉生气，又觉好笑；倒是这其间更看出他没有处死黄某的决心，便暂且按住一肚子的冤气，再来下一番工夫。

"我没想到西川先生对我们那样的亲善，却连这一点面子也不给呢，那我也不用再说了。——谢谢，再见！"又回头向着父亲和哥哥，"我们走吧！"

"别生气，别生气，都好商量！"西川马上就改了口，站起来张开手想拦住她。

而父亲也在行使他的职权，开始教训她了："上了几年学还是一点规矩不懂，西川先生有什么对不起你的地方！"

"不能怨她，"西川接着，"都是我的错，白掌柜。不过，大小姐说的那位姓黄的真不是危险分子吗？你老说一句。"

"我还不认识这个人呢。"白掌柜有点茫然。

"我也并不认识他，"妹妹说，"爸爸，你问哥哥吧，哥哥知道的。"

妹妹望着哥哥，父亲望着哥哥，西川也望着哥哥，哥哥坐在那里，脸色直发青。

"好，"西川断然一声，"我明白了，算我作了一回傻子。那个黄什么——黄定远，冤枉，我一定放他！"他向妹妹点点头，又伸出两只短而且粗的手指。"可是，有两件事要求大小姐同意。"

妹妹没表示，等着他说下去。

"第一，"他接着，"放他出来，你不能和他见面；第二驱逐出境，不能容他在这里待下。"

"这我完全同意。"妹妹一口气答应了。

大家又坐下来谈着别的。

西川对于妹妹，居然会那么体贴入微，而妹妹，却始终保持着不即不离的态度。因此，在分手的时候，他似乎又感到一种失望。咧着嘴露出金牙，满肚子的不快无处发泄；越想越气，抬起头来，望着那三个将要望不见的人影。

心里蓦然一转，厉声叫出——

"白纠察员！"

交际家应声而至。

他伸手在他鼻尖上点了两点：

"哼，跟我到会里去！"

转身便走了。

交际家在后面跟着。心想这可糟糕：害人终害己，自己的前程全给毁了！从此以后，休望西川还听自己一句话。他不由得不恨他的妹妹；但念到妹妹时，似乎又有了别的主意：许多事将来还得使着她，有了这个妹妹，西川不会把自己怎么样的！

终于，他在后面开口：

"队长，女人叫人又可爱又可恨，你说对不对？"

提到女人，西川自然而然地咧开两片厚嘴唇，虽然转过身来瞅着他不言语，神气可就没有刚才的严厉：

"本来吗，"他有了主意，便一步跨上去和他并排走着，"女人就是狐狸精呀！她们说的，她们做的，都有理由，都不会错！男子们无论是怎么样的英雄，都得服从她们——我的妹妹长得漂亮，几句话就救了一个不认识的人的命。又聪明，又义气，是不是？"

"你的妹妹是好人，那吗，你呢？"

"要是我也是女人，我就也是好人！"

"哼！"

"别哼，你只要和她待长了就知道！"

待长了，正是西川的期望，伸手直搔头，乐得难以形容。转而哀求交际家：

"你给我想法子！"

"想什么法子？"那人故作不解。

"我，我爱你的妹妹！"金牙又一闪。

交际家心里笑：小鬼子，心眼直；但他还得斗他：

"难，难；而且你也不相信我！"

"那个不相信你那个是混蛋！"西川真急得慌，"这么样，先把那个姓黄的放了，你回去告诉她，让她欢喜。以后，你替我办，你说的我都信，不信你的是混蛋；怎么样？"

于是纠察员便把西川的命令传到看守所，领出黄鼠狼来。他告诉看所的××兵，这件事是交给他全权办理的，自有他会把这人送离此地。

黄鼠狼满身是伤，走起路来也困难；平时满腹的英雄气一点也没有了，见着交际家便如见着亲人一般。

"老白，"便哭声地向他诉苦，"我真冤枉哇！我干了什么，诬我是危险分子，打了我一顿皮鞭，疼得几乎要死！啊哟！真是冤枉啊！"

"得了，别说哪！"老白安慰着他，"这年头有什么公理，我听说你被捕了，急得什么似的。两天没得好睡，到处拜托人，想法子，今天才得把你保出来。你出来了就好了，好好地把伤养好了再说吧！"

这一番话如何能叫黄鼠狼不感动？

"我倒忘了谢谢你，在这样的时候，谁还念到我这样的人，不想你还肯卖力来救我！要不是你，恐怕我连命也没有了呢；我真是不知道应该怎样感激你！"

"现在何必说这些，不过，"交际家忽然沉吟着，"我保你的时候，他们还有话，不让你住在这里，我因为急于要救你出来，便也答应了。现在你先离开这里避一避，我的意思是，你看怎么样？"

"那自然，我那里还能在这里待住！我得回家去！"

"府上是在新民？"

"不，在锦州的乡下。"

"那也不远，我送你上火车，晚上十还有一趟车呢。"

"可是我的东西全让他们抢光了，身上一个钱也没有。"

"逃难的人多，没有人肯买票，你只须带上几个零钱就行，我这里有。"说着十分慷慨地掏出了两块钱。

在此时的黄鼠狼眼睛里的交际家，是精明强干，仁义豪侠；一举动，一说话，无一点不表示出这种精神。这一种人，在书上常看见，而在世界上却少有；不想这少有之中，就有一个白功全。和白功全相处很久而竟没发现他，真是不胜抱憾之至。看他平时，胆小，虚伪，没主张，想不到遇着大事恰恰适得其反，这才真是能干大事的人，具有一种令人不可揣测的器度。比了自己的过甚嚣张而毫无意识的种种举动，又深深感到一番惭怍。

在火车上，他第一次心悦诚服地伸出手来和他的友人告别。感情在内心激动，增加了手上的热力，使他握得更紧，更紧。

四

沈阳事件传布到别的地方，譬如就是北平吧，已经在两天之后了。那以前，大多数的人都还昏沉沉地睡在这座古城里。报纸是人们的耳目，而这耳目，却只在第四天隐隐约约地漏出一点点不明不白的消息，好像根本并不希望人们去注意它，人们便这样地被瞒过了。

当天晚上，汉口水灾赈济会还在第一舞台演着义务戏呢。

一辆威风十足的新式汽车，从内城呼呼地驶来，停在舞台门外。头伸出来，是一个中年军官。满脸慌张，一直咚咚咚地跑上前楼的特别包厢里。

他俯身在一个脸色灰白，留有短发的少年耳边，低低地报告了由长途电话打来的警耗。

少年本来正对着舞台上杨小楼梅兰芳的别姬戏在出神，听到这一声，虽然一惊，却也并不感到意外，深知事情不过时间问题，早晚总会来到的。现在就来到了，真来到了啊。困难已摆在眼前，而这困难还不比寻常，谁能想像往后要变得怎么样呢？何况这其间，又平空失掉了自己认为是万世不易的基业！

喧嚣的锣鼓声响击碎了自己的胸房，心尖震跳得就像要蹦出腔口。

"请司令的示！"

那里有什么主意？平日家本就打算和他们远远躲开：来拜访，不见面，请开会，不出席；小鬼不比中国人，让着点原也无妨，只是让了步还得被他们纠缠着，真不容易。眼前是再也躲避不开了，硬来无论如何是不行的，还是让他一着的好；他该不会太怎么样的吧？只要能让自己回去，什么都好商量！

包厢里坐有不少司令的属僚，司令表示了自己的意见，肥的脸，瘦的脸，长的脸，圆的脸，一时默默无言。

默认便算通过，于是司令下命令——

"叫他们不准抵抗，要什么给什么，要占什么地方就让占什么地方；只是不准抵抗！"

那军官还站着不走。

司令明白，但这时再要表出不耐烦也太难，终于决然地向着那人：

"你先回去，通知开会，我跟着就来！"

包厢里站起来了一个司令，别的包厢立刻有二十来个人离开了他们的座位。楼上楼下的散座上跟着动身的更在一百以上。——那些，有的是穿着制服的卫队，有的是形形色色的密探。

一行人走出去，戏院里的秩序引起一点小小的骚动。

一个观众——王麻子——仰头望了望那些空空的包厢，向着他的伙伴：

"李肥，他们走了，莫非马二有什么举动？这几天我听着一点。"

"不会吧，也许谁又给他选上了一个几小姐，他本来是好这个的。"李肥这样答着时，那对细小的眼睛仍然望着台上，"——得，剑也舞完了，明儿还得起个大早呢，我要先走了！"

他于是站起来，扣好马褂，戴上帽子，和王麻子拱了拱手。

"得，明儿见！"

回得家来，来宝告诉他，有位顾先生来找过他两次，留话请他明天一准去一趟。

他心里忽然觉得有点歉然。顾洪托自己替平儿找事，在老头子开的银行里本来是行的，但为人总应该圆滑一点，只答应了一句"尽力设法"，得，害得顾洪天天来听信，一连跑了半个月。

"明儿总得去一趟的，"他这样大义凛然地向着自己，"一侵早八点钟——"张开嘴打了个呵欠，心里又在跟自己商量："不行，太早，九点也不算晚。"

而实际上，第二天起床时已经快到午后两点钟，等他走到顾洪的会馆里时，四点又过了五分了。

顾洪低着头在写什么，一直等到李肥在窗外招呼他，才急速地收起了自己的工作。

"啊，李肥，你这家伙成天在外面跑，我昨天找了你两趟都没找着。"

他开门让李肥进来。这人一转身便坐在主人刚才坐的书桌前的藤椅上，压得藤椅吱吱咯咯地响。

"对不起，对不起；可不是我诚心跟你开玩笑，真的我很忙，家父什么事都叫我学学。就像昨晚上吧——得，您知道昨儿晚上发生的事吗？"说到这里，自己的胖脸上先就显出红一块白一块的形色，嘴唇直发颤。

顾洪微微点着头，等他说下去。

"××兵昨天晚上占据了沈阳！"

"哦——！"心里一沉。

"十一点半钟开的炮，得，一点钟就进了城！——没抵抗！"

"那里来的消息？"

"家父银行方面来的电报，现在是官电已经不通了。"

这不幸的事件应当注意，顾洪立刻感觉到，尤其是在工作方面，委实有重新计划的必要。帝国主义者揭开了它本来的面目，帝国主义者的走狗也露出它的狐狸尾巴，这在两民族间的革命运动上，都是一个绝好的机会。在那一般东西们焦头烂额，自顾不暇的时候，作起事来就便利得多了。

这意念紧压在顾洪心上，不容他稍稍游移，脸色也变成了严肃。

"事情真不是玩的，中国的兵那里抵抗得住××!"李肥是十足地传染上了资本阶级的臭味，顾洪不能对他说什么别的话，"不过，可也不应该因为抵抗不过就让他欺负到底，得我们自己努力，打出一条血路，自己才能够生存!"

"顾洪，"李肥摇着头，叹出一口气，"您老爱说这些! 这些都是口号，十六七年以来就叫得震天响的，现在你瞧瞧，要人们，搂钱，嫖女人，国家呢，一天不如一天，要不是人家怎么打得进来? 得，您现在还来说这个!"

顾洪并不反驳他，只说："你说的是对的，那吗，依你应该怎么样呢?"

"得，"那人忽然有点窘，"我那里知道? 不过家父说过，只要人人知道爱国就行: 用国货，信任国家银行，中国就有救!"

"那你也才有救，李肥!"

顾洪伸出右手的食指指着摆在李肥的肥脸中间的小鼻子尖上。

他几乎吓一跳，头一偏:

"别闹，得，说着话倒把正事忘记了。您这几天看见平儿吗?"

"对了，平儿的事怎么样了? 你是大资本家，平儿真没法子维持生活，大家都是多年的同学，你还不帮她一点忙，我的少爷?"

"那里的话，您早先向我提这事的时候，我就向家父说过几次，总是因为规模小，用人不多，没法安置。好容易此刻才有一个机会，只是报酬太少，每月四十元，不知道平儿肯不肯屈就? 我不敢向她说去，还是请您转达她吧。要是愿意，咱们先在什么地方见一面，我听你的信。"

"行，四十块钱足够生活的了，我今天就通知她，我们明天见吧。"

"得，今儿十九，明儿二十，是礼拜，杨四郎也该从天津回来了，咱们在公园长美轩见吧。"说了便站起来要走。

顾洪陪着他出来：

"你的消息灵通，记着随时告诉我，黄云刚要到东北去呢，没见他来信，不知道究竟去了没有？"

"得，要去了那才真糟糕！"

"可不是吗，所以我很想打听那里的详细情形。"

李肥又同情地叹了一口气才和他朋友分手，坐着汽车走了。

这里，顾洪急急把他的"工作报告"写完成，就带着出去了。他见着平儿和段逢林两人。东北事变的消息已经从唐山方面转到。大家正在打算召开联席会议，许多重要的问题都要提出来讨论，时间便在今天晚上。

平儿和段逢林忙着开会的一切布置。顾洪也加入了他们。趁这工夫，他把见着李肥的事告诉了她，叫她明天等着和他一块儿到公园去。

"又要打倒资本家，又要向资本家讨饭吃，一百个矛盾！"她抬起头来，拢了拢额前纷披的短发，嘴角闪出一丝笑纹。

"那有什么关系？为目的不择手段呀！"顾洪接着。

"可是你得小心呢，"段逢林说的虽是湖南调子，而那种讽刺的语意显然可以听出来，"有时钱的魔力是能叫人生改观的，莫要给人家拐了去。"

"什么呀，你这个鬼！"平儿一下跳到他跟前，撅着嘴，脸对着他的脸，鼻尖几乎碰着他的鼻尖，问。

"姣小姐，封建思想，生气，哭——"

段逢林并不表示一点退让，板着他老没有精神的那张脸。

"哈，哈，哈，哈，哈，哈，哈，哈……"一串清脆的笑声，笑得自己先弯腰不迭。

"平儿原来也浪漫起来了！"顾洪对她的态度有点不满意。

"不是的，"她止住了笑，"老段总以为每个人都是王孝明，都有遭他讽刺的义务，我却得做给他看看。"

"那有什么意思！有这工夫，不如作点实际工作的好！"

"好哪！功利主义者的权威！"

这下各人又注意到自己的工作，稍稍静了一会儿。

又有消息传来：政府已电令驻在国联的代表，把事件提出国际联盟；此地的陆军司令也订在今晚上在司令部招待各国公使开跳舞会，说明事实的责任者。

这消息使得三人都失笑。

平儿要去出席另一个会议，得晚上再来；别的两人也觉得此刻的情形，千变万化，应该到各人关系方面去探听探听，或者多得到点消息也未可知。于是便各自分头出去。

顾洪认为消息最快而且比较可靠的地方，算来只有李肥一处，但是平儿的事情已经定局，又约好了明天再见，此刻委实没有可借口去找他的题目。他终不死心，先打个电话，不想回答的是"不在家"，只好把这意思抛弃了。

另外走了几个地方，毫无所得。

在西单牌楼跳上电车，想转东城去。

一个熟人站在他面前，那是自国民军到达北平后便永远改穿中山服的王麻子。

"那里去？"顾洪和他打招呼。

"开会去，"王麻子好像不只说给一个人听，"胡代表来电报，他又要上台，叫我们在北方给他做点工作。这几天忙得不得了，没工夫来看你，其实我还正要找你呢。"

"有什么事吗？"

"黄云曾经托我替他找工作，大家是熟人，那里没个关照。我这回给他弄个录事的职务，你别看事情小，等到胡代表一上台，论功行赏，前途是非常远大的。他回了家，我不知道他的住址，你能够替我寄个信去吗？大家都是替朋友帮忙！"

"自然可以，但又听说他要到关外去。"

"那儿？"

"沈阳。"

"沈阳！沈阳昨天出了什么事吗？我仿佛听说。是不是××人在打靶？"

"不知道。"

"帝国主义太可恶，胡代表是左派，左派是革命的，他上了台，一定会打倒帝国主义！"

顾洪心里想：李肥对他所骂的便是这种人。主义与党都是他的装饰品，正如他以自来水笔，手表，眼镜为装饰品一样。看他说话的那副神气，全车的人都把眼光注着他，难为他依然能够谈笑自若。

"哼，好一个机会主义者！"

转去再见着平儿的时候，他把这件事告诉她，末了还加上那么一句批评。

平儿又是一阵哈哈大笑。

"平儿，你这种态度很容易引起人的误会，你要去外面作事了，得留点心才好！"

"不用你说，我知道！"

她嘴一撇，扭着腰身走开了。

人已到齐，会议便举行。

人影憧憧，在电灯下浮动，唧唧哝哝的谈话声立时停止；凳子椅子挪动的响声乱了一阵，会场的空气跟着变成鸦雀无声。

严肃，紧张，这里便是。

主席站起来，刚要开口。忽然又送来了个消息——

"长春失陷，×兵大屠杀！"

主席先把它报告出来，并且指定顾洪把这事件的演成，作一次较详细的分析。

灯光映着每张脸，每张脸上都抹上一层兴奋。把屋中的长桌作中心，围着桌子四围，挤满了一圈人，还有坐在后面一点的，都伸长了脖子，自然而然地作出各种姿势，静听他的演辞。

平儿手里弄着手绢，微微偏着头：段逢林的眼睛半闭着，好似就要睡着了；岳崇先简直像一尊菩萨，慈眉善目地坐在那里……

他先微微地咳一声嗽，放开一半嗓子，运用着他那种动人的音调：

"……自从世界资本主义演进到了恐慌的第三期之后，这危机便一天一天地扩大开来。生产过剩，影响到股票的跌落与银行信用的动摇，进而形成世界各国金融的恐慌。以至于工业生产额锐减，农产物价格暴落，社会购买力的降低，失业群众的激增，资本阶级的加紧剥削，工农大众的生活就没法维持了。为了妄想解救这种不可以人力挽回的恐慌，每个帝国主义国家都竭尽全力地在准备着，期待着第二次的大分割——即是大战争。新的大战争便是重新分割市场，为争夺煤油，石炭，钢铁，橡皮，棕树等重工业上必需的原料，为扩大资本的剥削，为保障已往的投资，为镇压动摇中的殖民地大众，为实行法西斯蒂化以防止工人大众的革命运动等等。在世界霸权上：英国与美国争坐这第一把交椅；在欧洲：英法争夺大陆的霸权；和地中海与非洲的殖民地；在太平洋上：英美日形成一三角形的争逐。一九一四年前夜的险恶风云正在重演，××帝国主义者的武力进攻沈阳，进攻长春——或者还要进而占据东三省，热河，以至于华北，以至于全中国——也便是这世界第二次大战的第一声号炮！……"

说到此处，略一停顿，刚刚预备接续下去，忽然旁边发出一声：

"主席，眼前的问题这么严重，不应当空谈过去的事实，应该赶快决定工作的方针！"

"我反对！"平儿尖锐地叫出，"社会是工作的对象，要决定工作的方针就得先了然于社会上一切事实！"

"绅士派，有闲阶级！"

她张嘴正要回答，主席已经接过去了：

"她说的是对的，我们应该先弄清事实，并且在下次各方面开会的时候，顾这一次的分析便可作为出席人员的政治报告。"

那人才不再言语，平儿还翻起白眼瞪着他。

"现在，"顾洪于是接着，"世界各国用在军备上的费用，达到了四十一万万五千八百万金元，比较战前增加了百分之七十以上。在一九三零年世界经济极端凋敝之际，关于军费的用途还增加了一万万金元！……"

低微的音调投掷在广阔的平房里，浮游在这沉静的空气中，恰似春水中孵出的鱼子，在水面往来盘旋，飘游不定。

外面有风，将圆的明月的清辉，渐渐朦胧；摇动的树枝只隐隐约约地显出点模糊的暗影。沙沙，落叶被风吹满庭院。

世界前途的暗影，夜来气候的萧瑟，化成一种强烈的情调，深深打进每个心中。

顾洪接着——

"然而在这资本主义体系内，全世界都闹着经济恐慌金融破产的悲苦声中，却有一国——占有世界总面积六分之一的一国，屹然耸立于资本主义制度之外，不受丝毫世界经济凋敝的波动，反以其加速率的猛度，建设在重工业与轻工业向前迈进。她的存在是资本主义国家的最大威胁！她一天不消灭，举世帝国主义国家便一天不得安枕。她们组成反她的防线，××是重要的一员。昨天，九月十八，××出兵辽宁，便是国际帝国主义开始对她武力干涉号炮的又一声！

"从这回事件的发生，我们更可以明白：××对沈阳长春的实力发动，是以资本主义国家互相间的冲突及资本主义与社会主义国家间的矛盾为原动力。所以，占领沈阳长春，也只是国际帝国主义瓜分中国市场的先锋，决不是最后的一幕！"

一面在身上掏出一个袖珍日记本，翻阅着那抄在上面的记载和数字——

"然而为俎上肉的中国如何呢？即就经济而言：农村经济加速其崩溃的过程。因世界经济的凋敝，农产品价格大落，中国的农业品在世界市场上完全被其它资本主义国家所排挤。例如中国茶被排挤于印度茶，至今上海囤积的茶无人问津；中国丝被排挤于日本丝及人造丝，丝之出产地——像浙江等地方，且有因此而创办人造丝的计划。即以东北特殊出产之输出而论，自一九三〇年十月至一九三一年三月运输总额累计和上年同时期相比较，大豆一项已相差达五十万吨。因河工疏于防范，致使今年泛滥十八省区空前的大水灾，造成农村空前的浩劫，仅就山东，河南，安徽，江西，江苏，浙江，湖南，湖北八省区已有报告的损失：受灾面积达一万四千一百七十万亩；农产数量损失，稻子为九十万万斤，折成净米约合六十万万斤；高粱小麦折净成面粉约合十万万斤。受灾农户计八百五十七万户，农产价值损失达四千五百六十六万元。实际上被灾区域为十八省区，被灾人数在五千万以上，间接的损失，更没法子统计。目前我们吃的杂粮米面，都由外国输入：本年一月至七月，上海一埠，米的进口，价值达七千余万两；天津，上海，东三省等处的面粉工厂都用洋麦制粉。水灾后向美国借大批小麦，更是尽人皆知的事实。我们身上穿的棉制品和丝制品，也都由外国运来，其它各种日常生活的必需品，无一不仰给于外国。——那就是说：我们的生活资料，整个地握在外人手中，这现象是多么可怕！工商业方面：因世界经济转入恐慌的第三期，各资本主义国愈益加紧中国的剥削，与中国农村加速其崩溃过程的开展，所以也遭受同一悲惨的运命。譬如由于生丝销路的停滞，国内丝厂相继停工；只在上海，抵押于金融机关内的就有二万九千部丝车，一万担存茧。停歇的丝厂有八十多家，失业的男女工达六万余人。为中国轻工业基础的纺织业，因不堪受外资压迫，也根本发生动摇。至于重工业，煤矿和铜铁，完全操纵在英×帝国主义者手中；此外，铁路，航业，航空等都无一不受帝国主义者的把持与垄断。

"在这样严重的环境之下，沈阳的大炮又一声响了，直震破了我们的耳膜！我们更当惊醒，我——们——应——该——怎——么——应——付——呢！"

在结尾上，一字一顿，用力地收束了这一篇完备的演词。

会场在紧张的空气中又长长，长长地，沉静了一会。

窗外的风势愈加大了，传来一阵阵呼呼的吼声。

没有人起来补充或者纠正，会议便继续进行。

具体地讨论到工作的方针，经过多数通过，决议了三项策略——

一，扩大宣传：在一定的时间内作有效的宣传。

二，推动学运。（必要时且可以领导南下示威。）

三，向中央提议，命令东北方面组织成军。

完了，散会。

顾洪第一个先走出来。夜已深了，晚风吹到身上，自然而然地觉到有点冷。月亮藏在云际里，大街已没有几个行人，只有他自己，沿着墙根在那里踽踽独步。

说话过多，口干舌燥，头脑昏晕，这情景，几乎天天如是。自己未尝不需要休息，但局势如此紧张，工作如此繁重，他不能休息，也没有休息的机会。

他只能肩着昏晕的头，忍受着口干舌燥的疲惫，奋力向前迈进！

咕咕几声，自远而近，两条白光在马路上一闪，一辆漆亮发光的新式汽车自西城飞驰过来，去了，去了，后面跟着又有一辆驶到。

一共大约有二三十辆吧！

顾洪这时才注意到马路上也加了双岗。他明白这便是被司令部招待去的公使团，看尽了主人的媚色，听尽了主人的谀词，舞罢归来，回到他们的华居，追寻那迷茫的好梦。

而他们，这些倦倚在汽车里的人们，沉醉于满嘴香槟的气息中，却决没想到就在眼前他们所经过的街边上，冲着狂风，正走着一个努力于打破他们的好梦的人。

那人不用说便是顾洪！

五

第二天，沈阳事变的消息震惊了全世界。便是北平的报纸，也用特号字的标题，整版地刊登着那当时的情形。

全城的人心立刻紧张起来。到处交头接耳在议论着。

而黄云从沈阳发出来的信，便恰恰于此时投到顾洪手里。

这使得他心上更加忧虑：在那样危险的环境中，要是牺牲，多么不值！他想黄云应该会好好地处理自己，越过难关的。但这只是无望中的空想；人人都处于枪林弹雨之下，谁能有绝对安全的把握和从事于安全的余暇？不过自己却不能不有这种奢望。万一安全的脱了险呢，顾洪以为，这于黄云自身都有莫大的好处的；不仅保全了生命没作无谓的牺牲，而且有了这番经历，受了这番刺激（看他的来信，他这一趟回家，已经就受了很大的刺激似的），便更容易他使他振作起来，投身于实际工作，改变了一向的颓废和有闲的态度。

含着微笑把来信撕碎了。

和一个新人谈过一次话，约着平儿，一道上公园。

秋已深了，而在下午公园里依然聚集着不少的游人。

长美轩一带，茶座上仍是坐得满满的。因为沈阳长春失陷的消息传来，更添了人们不少的谈话资料。三个五个围坐在一起，不断地在纷纭议论着。一片刺耳的嘈杂的喧声，溶和进浮在空间的茶氛烟影里。

白衣侍者穿梭般地在茶座间来往，供给了顾客们各种各样的饮料，这，使他们的谈锋更加健利。

他们谈着。有的是根据于报纸的记载，有的是根据于不知在那里听来的传说，有的更是凭着自己的想象，描画出当时的情景。——那情景，直有如一个裸体美人从万丈的高山上跌下来的香艳，直有如一叶小小帆船在汪洋大海里遇险沉没的惊奇。而静听的人们，或者只顾充实自己的耳官，或者在等待着机会发挥自己的意见，或者那些言词根本没引起自己的注意，而心里却只憧憬于洋钱女人之类。但他们都随着自己落坐的方位做出各种不同的姿势。表示他们对于那事件是如何的关切。

平儿和顾洪相互地对视了一眼。

两人好容易在人丛中找着李肥。

李肥所说的杨四郎也在那里。他看见他们，像做戏地站起来，像做戏地和他们拱手，跟着，摹仿着坐宫的调子，吃力地吐出来了一个——

"唉!"

平儿忍不住嗤一声笑出来：

"杨四郎，你做了官怎么还是这副神气!"

"他的神气本来就像一个政客，那还用得着改变么，"顾洪接过李肥递给他的茶，磕着瓜子，却这么说。

"你们真是毫无心肝，"李肥故意鼓着他的小嘴，把瓜皮帽推向后脑袋稍上，小眼睛又合成一条缝了，"国都快亡了你们还开玩笑，得，杨四郎才关心国事呢！"

"是呀，"杨四郎一挺眉，伸手向腮边一拂，像是唱戏的在拂髯口，"你们二位有所不知，国家都快亡了还不叫人叹气么？丢掉地方事小，失了体面事大，难道就罢了不成！"

顾洪看见平儿又要笑，伸手从桌下抓了她一把，她才掏出手巾蒙着嘴，好容易忍住了。

他于是掉转话头问李肥：

"昨天你说的话没有问题了吧？"

李肥睁圆了那对细小的眼珠："我多会冤过人？谁冤您谁是孙子！"又忽然眯了眼转向平儿，"得，只要平儿小姐不嫌委屈。"

平儿正低着头在磕瓜子，听着他的话，微微抬起头，斜看了他一眼，一块黑色的瓜子皮还黏附在她的嘴唇上，像是要说什么，但只盈盈一笑又停住了。

李肥感到一身酥软，心想，认识了这些日子没想到她还有这股子劲儿呢。

"暂时委屈，"于是心不由己地便这么说出，"我一定在家父面前随时保荐，得。"

"一点不错，李肥才是我们的好朋友啊啊啊！"一手在桌子上打着板眼，嘴里哼哼有词的杨四郎，这时也停止了他的工作，摇头晃脑地补充着。

顾洪不快。

平儿却满不在乎。

她相信自己有把握，形迹上用不着矜持；对人不妨阔达一点，何必故意要装出姣小姐的模样？她瞧不起杨四郎和李肥，也瞧不起比他们更聪明的人，但她不向他们板着面孔。板起面孔该多闷，她知道；所以她总给别人一张笑脸，便是因此而引起别人的误会也不要紧，因为她以为像这样做和绅士们扔一个铜子给叫化子的态度殊无二致——左不过看着他们可怜。

李肥却不这样想：他越看她越觉有趣，这是他自从认识她以来的第一次发现。幻想在他脑筋里开演，希望着有个圆满的将来。得意地想笑，很正派地又偷瞧她一眼，得，的确美，他感觉到。

竟自在那里想出了神。

她一下站起来使他大吃一惊。

"那不是玲玲!"她叫，跑上前去，"玲玲! 玲玲!"

嘴唇染得鲜红的玲玲后面还跟着一个胡惧，他们看他的脸色更是苍白了。

胡惧告诉他们，去那边有点事，一会就过来，说完，同玲玲一道走了。

"喂，李肥，他们的事儿究竟如何?"杨四郎停止了他的哼哼，顺便点着一支烟卷。

"得，我不知道。"李肥忽然不快，原因是他看见玲玲比平儿还漂亮，他觉得玲玲是不应该比平儿漂亮的。

杨四郎的眼光注意到顾洪，顾洪只报以应酬地一笑。

"我知道，"平儿抢着说，"反正是男子们不要脸!"

"得，您不用说，"李肥心虚，胖脸上先就发红，"您的事情，明天就到差吧，请您来找我，咱们一块儿去。"

"啊，我倒忘记了说谢谢你呢，那吗，在男子里面只有你是好人!"

"平儿真还是个小孩子，那么狂。"顾洪勉强笑着说，一面不住把眼睛瞪她。

她端着茶杯，装假没看见。

各人怀着各人的心意，只有杨四郎集中力量在哼着一句他自认为还没十分到家的四平调。

谈话一时停止。

玲玲和胡惧二次走来，才打破了这暂时的沉寂。

胡惧先伸手向杨四郎：

"多会来的？太太没一道来？"

他像不需要他的回答，又转向李肥：

"好几天不见，大嫂子好？"

像一把刀子直插进心里，李肥不觉想要骂出一声"混帐东西"，立刻偷眼看看平儿——她正拉着玲玲的手谈得起劲，又才把心放下。

"没想到你们几位会上这里来，"伙计搬来了椅子，胡惧坐下，伸手接过李肥递给他的烟卷，"你们知道吗，事情糟透了！外边出了好几次号外，大概东三省全都丢了！"

"啊呀！岂有此理！岂有此理！"杨四郎站起来直蹬脚，眼光不住在四处找。李肥明白他是在找号外，便一迭声地叫。

"伙计，买号外！"

一个伙计把这命令传给别的伙计们，意思是叫他们留着心，却不想这一声震压住一切的嘈杂声，每人都伸长了耳壳在听，猜想一定是有什么了不得的消息传到了。

人声一静，果然远远地传来了一声声"号外"的呼声。

这边的伙计们一齐叫起来——

"号外！——号外！——"

远处的卖报小孩也应和着——

"号——外！——号——外！"

人们多半站了起来，更作出一片潮水似的喧声。不知道是什么音耗，都迫切地期待着解答。

近了，近了。

"看号——外！——看号——外！——"

"×军占领长春！×军——占领——长——春！——"

"看号——外！——看号——外！——"

"×军占领安东！×军——占领——安——东！"

"看号——外！看号——外！——"

"× 军 占 领 凤 城！本 溪！× 军——占 领——凤 城！——本溪！——"

"看号——外！——看号——外！——"

"×军占领营口！——×军占领——营口！——"

三三五五地抢着买了来，抢着在那里读。

杨四郎读一句蹬一下脚。

李肥则一声声地叹气。

只有平儿和玲玲胡惧三人还在密密地谈着，毫不动心，好像他们此时是处于另一世界里。

顾洪的脸色变成严肃，独自一个人坐了一会，一下站起来和他们告别。

"我也要回去了！"一句话提醒了玲玲，跟着也动身。

"我呢?"胡惧皱着眉，哭丧着脸问她。

"请便！"她撇了下鲜红的嘴。

但他仍然仰着笑脸：

"我陪你出去吧，我——"

顾洪大踏步地先走了。

胡惧跟着玲玲，先是跟在后面，走着走着，渐渐就走成一排。

李肥望着走了三个，还剩下三个：一个是自己，一个是杨四郎，一个是平儿。杨四郎要回天津，回头就只剩下两个。心里一阵乐。

平儿想了一想，忽然站起来向前跑，招着手直叫"玲玲，玲玲！我有话和你说"，看见玲玲站着等她，她回头向李肥说了一句"一言为定，明天我就上工"便科科科地跑去跟玲玲他们一块儿。

这里，李肥鼓起小嘴，呸地一口唾沫吐在地上。

平儿出了公园便去找顾洪。

和顾洪在一块的还有一个人。

那人就是从沈阳回来的满面风尘的黄云。

"啊哟，你回来了！"她蹦过去就握着他的手。

"——所以说，你就该留在那里工作。"顾洪接着补充完了他方才的话。

黄云扶扶眼镜耸耸肩，把两手向外一扬：

"那有什么用！——一个人参加工作，却有同样的十个人去升官发财！"

"那你打算怎么样？"这个没想到他仍然旧性未改。

"去上海卖文章，从纠正思想作起！"

"你也是个个人主义者，你以为作文章最安全吧！去上海卖文章，那简直是骗人的话！你看看那些自命的大作家们，那一个不是在写文章时大呼打倒资本家，而在文章写好了时又去向资本家的书局老板乞怜付印？说穿了不值半文钱！你干吗还去和他们挤？"

"反正我已经是这样决定了，别的话我统统不听！"

"黄云，你的个性太强了一点！"平儿这才娓娓地插入了一句。

但马上就得着回答：

"所以我才不参加实际工作呢。"

沉默。

顾洪向着平儿：

"今晚上开会，决定扩大宣传的办法。日期大概就在明后天，本来快到月半，有月光，作这工作是不行的，应该在阴历三十初一那些日子就更好；不过，现在时机不再，没法子，也得干！至于必需的东西自然是标语和传单。标语在人少的地方贴出，传单是用在公共场所的。你顶好在明天以前预备齐全。传单每篇不过三百字，每一组分作两篇，统统用油印。标语长一尺，宽三寸，用红绿纸写。"

"今晚上来不及了，我自己先计划一下，明天再通知他们吧。"

那人点了点头，又说："你的行动……"

"不用说了，我知道！"平儿一下把他截住。

转而和黄云闲谈：问他在沈阳的情形，告诉他在这里的一般他们所认识的人的故事。——如像李诗人快要发疯，崔莺莺常常哭泣，李二虎有了个小孩等等。

谈到可笑处，大家一齐都笑了起来。

黄云留在顾洪会馆里，顾洪去开会，平儿回家。

开会决议：扩大宣传的时间定在明天晚上十点五十分到五十五分。一律以前门东车站的钟作标准。以组为单位，每一个单位担任一区。

这样分派下来，平儿顾洪和段逢林却分成三个地方：平儿在中央电影院，顾洪在第五路电车自西单牌楼到天安门那一段，段逢林则在南长街口外东边树林中。

那一天便全体动员，传单标语浆糊一切都赶着准备齐全。据研究的结果：传单应该把正面叠在里边，上下两端露在外面，那样，既便于收藏，在涂抹浆糊时又很便利。至于浆糊，最好是装在一个洋纸信封里。

"我最便宜，只散传单，不用浆糊。"平儿跳着来找顾洪，他们和段逢林是约好了出发前和工作后都在这里取齐的。

在晚上，把钟点对准确了，便坐下来打牌。故意把牌耍得哗啦哗哪地响。

平儿站起来先走。

顾洪坐洋车到西单牌楼。他分别得出，和他负有同样使命的都已出发：这里那里，到处全是。

他们对面走来，又挨身过去。

他们身子虽是分开，隐没在人群中，而他们的心都紧联结在一起，他们的血都同样地热到沸腾。

他们自以为不过是社会里的一个齿轮，但这庞大的社会却靠着他们的力量去推进。生死存亡，早已置之度外！

那情景，顾洪看在眼里，更加感动起来。于是一步跳上了第五路电车。

他穿着一件大袖子的蓝布袍，标语和浆糊便隐藏在这两只袖管中。把车窗推开，俯身靠着窗口。提防着别人，选好了地势，准备着，准备着——看看表，正指着十点五十分。迅速而镇静地笼着手抹好浆糊，转身坐下，手翻伸向车窗外，一张，贴上了。偷眼看看人，没谁发觉，改换到对面的座位上，在车还没到司法部街口时，又贴上一张。

车到天安门，他跳下来，在他的座位下，遗留下一束传单。

电车开走，乘客走散，他又趁势贴了两张在电杆上。

快到中秋，明月欲圆，一片清光，照耀如水。久已忘去了的诗人风的情感，忽然闯进他古井似的心中。想起自献身在工作以来，就极力地铲除掉自己残余着的无聊的感情。了解自从社会上化分了阶级，所谓感情，便已经失掉了它自身的真实性；压迫阶级不会允许被压迫阶级抬头，资产阶级也决不放弃他们对无产阶级的剥削；他们宁可睁眼饮着鲜红的血筵，他们决不愿牺牲一点点个人的利益。真正的感情，这社会上那里会有？而且一个人要保持着感情，对于工作就难免顾虑，没有勇气，怎肯努力？他，顾洪，见解如此，实际上确已做到：第一他不怕牺牲，还主张前赴后继地牺牲。这牺牲便是成功之路！他所认识的许多人，一个个都先他而牺牲掉：林水，张自新，张荣特，白葛华，许淑仪，李明德，关连鸿，老的少的，男的女的，一一地跟着去了，他都亲自看见。但他只有为工作而惋惜，决没稍稍地顾念到他们私人间的感情，他还狠狠地说着："一粒种子要让它永远生存，它终身只还是一粒种子；要抛到土中，让它死掉，就将有无数的种子，由它产生出来！"

平儿便听他说过不少次，他也自称是个没有情感的人。

但此时此刻却有点异样：一人走在街上，月光泻了满身，抚着头，抚着脸，抚着嵌在胸间的热突突的心，他猛然记起许多过去的情景。在童年时，家里境况非常贫困，父亲病倒了，全靠母亲的十指维持生活。晚上，无钱买油点灯，趁着月光还得做半夜的活计。他不愿离开她，便每每抱着她的大腿睡上一觉。结果她终于因为过于操劳，以致一病不起。他的姐姐被他的父亲卖给别人做小老婆，受不过虐待，跑了回来，那家不依，前来要人，把父亲饱打了一顿。也是在这样的月夜之下，姐姐只身逃跑出去，纵身跳进了离家不远的深井里。去年，他认识了张自新，一个害着第三期肺病的瘦老头子，他说他有两个儿子，一个牺牲在广州，一个在上海被惨杀，现在只剩下他一个人，但他毫不哀伤，他更要勇敢地工作，直到他不能工作的时候。果然不两天他给弄进去了，第二天早上五点钟便上了天桥。顾洪记得，他给弄去时，也是在一个月明的晚上。……这些这些，一缕缕地都浮上他的心坎。

嘘！——仰头看看天。

这世界还成什么世界？低下头，不禁伤感。

牺牲，牺牲，只有牺牲！

猛力地把缠绕在脑筋里的沉思斩断，他不容许那些侵袭进来分了他的心。过去的任它过去好了，只有向前，决不回头。没有别的可说，除了牺牲！

这样决定，心里转成一片空明。他叫好洋车，直回会馆。

平儿在他回来之后也跟着来了，一跨进来便吱吱喳喳地说个不休。

"我才做得真好玩呢，"她在黄云面前蹦来蹦去，悄悄地说，"我买的是楼上的票。在电影演完一半休息时，我看见包厢并没卖完，——这时候当然没有人再来买的了，所以第二次开演我便挪到一个空座的包厢去。一点不费事，时间到了，我打开那一包东西，任它们自由飞下。在黑暗中也看得出点点白影，像蝴蝶儿似的，怪好玩的。可惜太少，要不，不更有趣么？……"

"没有人注意你？"黄云问。

"没有，他们不知道是什么东西，还当作是包厢里无意间掉下来的说明书呢。没等片子演完，我便先溜了！让他们回头自个儿着急去！"

"明天你还得再去一趟呢！"顾洪接着。

"唔？"

"看看发生了怎样的影响。"

"那我会的。"

"老段呢，他怎么还没来？"黄云忽然想到段逢林，便这样问。

"他老没有精神样的，谁知道他那会能回来！"

顾洪却一眼看着钟，默默地没有言语。

墙上映出的三个人影也一丝不动。

月亮躲进云里，钟打了十二点了。

平儿看了看顾洪，一声惊叫——

"老段该没有出危险！"

沉默。

像有种什么东西啮着他们的心。

顾洪直整整地沉默了一晚。

第二天，全城变了一种景象——

墙上，树上，电杆上，街门上，全贴着红红绿绿的标语。

公园里，戏院里，电影场，电车上，全散满了种种各式的传单。

标语，标语，标语。

传单，传单，传单。

"打倒帝国主义的走狗出卖东三省！"

"被压迫大众联合起来！"

"×××万岁！"

警察全体出动，大刀队布满了十字街口，侦辑队四处梭巡。

顾洪平儿他们再向各人工作的一带去查考时，一切都被警察们毁灭了痕迹。但是，显然地，那事件已利箭般地深深射入了大众的心中。

人海像狂澜般地激动着。

东北事变暂时抛开，都一起转注到这方面来了，人们才憬然明白：××出兵的真正原因和大众自身应该持取的态度是什么。

警察们虽然管束不到人们的心，但他们终于抓着了三个人。——其中有一个便是段逢林。

在又一天天刚发白时，前门大街一带的居民从梦中被汽车惊醒，跟着传来一声声的口号——

"×，×，×——万岁！"

"×，×，×——万岁！"

"×，×，×——万岁！"

汽车去远了，口号的呼声也低隐了，一切又变成了死一般的沉寂。

猛然，砰，砰，砰三声枪声从天桥传来，穿过这凄冷的空气中。

选自王余杞：《急湍》，联合出版社，1936 年，署名隅棨

谢文炳

|作者简介| 谢文炳（1900—1989），湖北汉川人，现代作家、教授、教育家，1949 年后四川大学第一任校长。代表作品有中长篇小说《诗亡》，短篇小说《园丁头》《馒头皮》《老同学》《韵子》《匹夫》《做工的狗》《有钱的出钱》《小汉奸》等。

诗　亡（存目）

阳翰笙

| 作者简介 | 阳翰笙（1902—1993），四川高县人，原名欧阳本义，字继修，常用笔名有华汉、林箐、寒生等。前期主要创作小说，1932年后转入话剧剧本和电影剧本创作。小说代表作品有长篇小说《地泉》（由三部中篇组成：《暗夜》后改名《深入》，《寒梅》后改名《转换》，《复兴》）；中长篇小说《两个女性》《女囚》《中学生日记》《大学生日记》和《义勇军》等；短篇小说集《十姑的悲愁》《活力》和《最后一天》等。

两个女性

一

毕竟要大学教授的书室，才有这样的典雅和精致啊！——摆在窗前那张写字台上，横枕着一块透明澄澈的玻璃的三眼墨水池，那台角上整齐的叠着一堆红蓝有光的外国辞典正与那台面上流动着的深黄色的闪光相辉映。长方形的书室的左边放着一张漆黑发光的小茶几，几旁是一对雪白绵软而又富有弹性的沙发，对面一张长长的藤榻，两侧也放着一对矮圆的椅子。椅侧却是三大架书，架上的书都是些英德日诸国的学者的名著。线装的古籍自然没有资格深藏在这样洋气十足的书室中。粉白的四壁上都挂满了各国革命领袖的半身画像。举目一望既看不到一张动人肉感的裸体美画，当然更找不出半张逸趣横生的中国山水了。——就单从这一点来看，也很可以看出这书室主人翁的新颖而又特别。

这样精雅而又新颖的书室，假如就是一个陌生人来看到，也一定会在猜想中惊叹道：真不愧是一间学问渊深的教授书室——一间渊深而又革命的教授书室呀！

三月里的温柔的和风，夹着那种特别迷人的媚力，在娇艳的阳光临窗的午后，轻微的荡进窗来，书室中的一切都像在活泼的含笑中，蒙上了一层嫩绿的春色。

打斜的靠在一张沙发上的主人翁丁君度教授，受了这一阵阵动人的微风的撩拨，心荡魂摇的仿佛沉醉在春风中去了。

——喂！喂！喂！

丁教授的近视眼上挂了一痕色情的微笑，斜盯着坐在对面那藤榻上的他的夫人，弹动他左手上的食指做出一个戏谑的招呼的手势。

正在垂首沉思什么的教授夫人，不仅一声不响的理都不去理他，竟连头都不高兴抬起来。

——喂！青！青！青！我的玉青！我的玉青呀！哈哈哈！

玉青的湖色薄绸袖口中露出来的那双藕也似的玉腕，一投射到教授的眼睛中来，他的三魂七魄都像被她那腕上红润白嫩的霞光摄取去了，禁不住在沙发上大笑大动起来。沙发内的弹簧的颤动，紧紧的驮着他的体躯，一上一下的摇摆，他竟恍如置身在云雾中了！

然而教授夫人——玉青——并不动，缄默的凝愁的盯视着楼面。教授那多情的戏谑和馨甜的欢呼，竟如一缕微烟，向窗外消散了。她如痴如聋的依然在那里垂首沉思，依然是暗云满面的连睬都不睬。

——为什么？为什么？闷起干吗？你看，你看那窗外的天色，是多么的晴丽啊！我的宝贝呀！你闷起干吗？你闷起干吗？你！你！你！……

丁教授目睹这种冷漠的情形，他不仅丝毫不觉惊讶，他还以为他的夫人在和他撒娇卖俏。他忽的立起身来，如老鹰展翅也似的将身子一偏，已经轻飘飘的便翱翔过对壁的藤榻上来了。他的头偏下去望着她。口里说出来的话，比蜂糖还要甜蜜，而且色情的热力，又驱策起他的指尖，不住的在她的粉腮上轻轻弹动。

玉青含怒的将双肩耸了几耸，身子向左边一扭，将背面对着他的胸部。

一股股鬓泽的芬芳和粉肉混合的迷人香气，不住的喷射进他的鼻孔中来，他的五脏六腑都像沉浸在上色的五星白兰地中去了。他的双手悄悄的向她腰下一抄，把她轻轻的搂抱到怀中来。他的两片嘴唇已经紧紧的咬着她的如羊脂也似的颈脖，双颊鼓动，仿佛就要将她那堪餐的嫩肉，一口一嚼的吞进他的肚中。

丁教授这样的多情，这样的长于闺房戏谑——而玉青却偏偏的特别冷漠，特别憎恶。他不仅不能挑动她半分儿春情，增进她一点儿欢爱，她反而板着一副冰冷冷的面容，不耐烦的想从他的怀抱中挣脱。

——不要动呀！不要动呀！亲爱的！你看，今天的天气多么好，我们到F公园去散步去吧！散了步，我们走到岭南馆那里去吃广东菜，那里的鱼汤真好，我们好好的去饱吃它一顿。吃了饭以后，大概是五点钟的时候。我们再到K戏院去看影戏，今晚上演的是《血溅鸳鸯》，单凭这个名字都非看不可，何况导演者又是世界上很驰名的葛莱福氏，内容一定是又悲壮而又凄艳的了。我虽然还没有去看过，但我敢担保一定不坏，一定能令你满心欢喜。快点穿衣服吧，我们先到 F 公园去，这样的时代不痛痛快快的过日子，闷在家里干吗？

色情的迷雾笼罩着丁教授的慧心，他瞥不见他的夫人那冰冷的面容和那不耐烦的姿态。他反而觉得她这种沉默工愁的模样，含有一种青春期的处女特有的风情，是一般少妇不可多得的可贵的风韵，他陶醉了的心里，更甜快得描述不出来了。于是，他越发放肆，一面情意缠绵的说，一面却不客气的把她狂吻起来，一句一吻，一吻一句，他飘飘然的仿佛宇宙万象都在他的眼中死灭了，剩下来的只有沉醉在春风中的他们俩！

——你这人真讨厌呀！

突然，玉青从他的怀抱中挣脱出来，跑到对面的沙发上去了。她双眉紧蹙，这样愤恨的骂了一句出来后，她的呼吸都像急促起来了。

——你说我讨厌吗？啊啊，你那美丽的牙齿呀！要我的命！要我的命！……

玉青的红唇上辉耀着一道闪光，动人的一整排洁白的贝齿微露了出来，教授的魂魄又被她那闪光下的贝齿吸引着了，一个老鹰展翅又翱翔过来，连头带脚的猛投到她的怀中，心肝宝贝的接着又叫个不住。

——你这人真肉麻！真不要脸！

——不错，一点儿也不错！我这人真肉麻，真讨厌！真不要脸！然而有一点要你明白：我为什么这样肉麻，这样讨厌，这样不要脸？那末你就恼死我，我都心甘情愿！

——啊啊，你你……你就这样算了吗？

——我吗？哈哈哈，今天就是这样算了。只要你能同我去散步，去吃广东菜，去看电影，天就坍倒下来我都不管！

——明天呢？……

——明天吗？哈哈哈，我是一个今天主义者，我从前都崇奉明天主义，可是，到了现在，我却不信仰明天了。一点钟以后的生死存亡连我都不晓得，谁还要去想什么明天呢！我没有发疯！

——那么，你过去的一切历史，不都是错了吗？

——哈哈哈，又来了！又来了！你又要追问我的过去。别要傻了吧！我请求你，从今天以后千万别要提起我的过去的一切。过去吗已经过去了。错不错，我不好批评，不忍批评，而且也没有勇气来批评。请你恕我吧！我的玉青！我的爱呀！别要提起我的过去。我请你马上就同我一块儿出去玩，快点，快点，衣服都不要换了！

——啊啊，过去你也不想，明天你又不信，你这人究竟要怎样呢？

层层的愁云在玉青的脸上飘飞，她那颤动的眉峰，那转动的美眸，那急促的呼吸……无一不表示出她的内心是在随着教授的答言而一惊一怖，一怯一忧，她的态度是多么的严肃而迫切啊！——然而教授的心中却只燃烧着色情的烈火，教授的眼中却只看见她那处女般的风情，那少妇特有的可人的风韵。他夫人的话，他并不慎重的去听，而他自己的话，更是随随便便的想说就说了。

夫人又责问起他来了。他又笑嘻嘻的答道：

——我吗？什么都在我心中死灭了！存在着的只有今天，而且只有今天中的你。

——这样说来，你简直是为我而生存的了。

——是呀！我的玉青。

——那我却不是为你而生存的呀！

玉青的脸色忽然沉了下来，双眉一竖，一对明媚的眼睛大大的张开，胸部一上一下的抽动，撇开了她怀中重压着她那块猪也似的肉体，气冲冲的奔到窗前去了。

——玉青！玉青！你这样做，为的是什么？

被撇翻在沙发脚下楼板上的教授，这时才有点微微的吃惊，心里才多少有些发恼。但他还是不觉气馁，轻轻的从楼板上爬了起来，一步一步的又挨近了他夫人的身旁。口里又很亲热的叫起她来了。他那教授的尊严的王冠，早都被他夫人的泥脚踏成粉碎，这时候他简直是个行乞的可怜者。

——君度！我确实没有为什么。我老实告诉你吧：我确确实实的替你可怜！

——你替我可怜？你是在说笑吗？玉青！

丁教授的头上仿佛打了一个大雷，他那燃烧着的色情的烈火，都被这大雷带来的狂风骤雨浇灭了。他在神志清醒中听到她这异乎平常的真情流露的最末一句沉痛语，一句似骂非骂，似恨非恨，似怜惜而又似蔑视的沉痛语，宛如有一块冷冰，在残冬腊月的时候，忽然从他的喉咙里滑落进空肚中去，他禁不住接接连连的打了几个寒噤，睁大着他的近视眼，半惊半怯的木呆呆的盯着她，说话时候喉咙里的音波竟不住的颤抖起来。

——我并不说笑，我确确实实的替你可怜！

——你为什么觉得替我可怜呢？

——难道你这样醉生梦死的过活，你还丝毫不觉得可怜么？

——啊啊，玉青！……

玉青的话，如金玉般坚硬的投掷到他柔弱的心中来，他感到一阵惶愧的酸痛。几分钟前映在他心幕上的他夫人的丽影，不知消减到什么地方去了，站在他眼前的，却是一个冰冷可怕的人，他不敢正视她，也不敢反难她，他的视线渐渐的从她身上退缩，终于她的身影在他的眼中消逝，他倒退几步，半羞惭而又半气愤的跑到一边去了。

丁君度教授是一个年近三十左右的中等身材的人，他全身上下虽说没有什么漂亮之处，但平时也没有什么特别可憎的地方。不过，一到了他事不从心的时候就大大的不同了。如果要在那时候寻出他的特征，第一个便是他的眼睛；他的眼睛本来就有些近视，但一到气极了的时候，差不多便闭拢来，合成一条直线去了。第二个便是他的鼻涕；平时他的鼻孔内都很洁净的，可是一到心头愤极了的时候，那青虫也似的鼻涕便要"苦啰，苦啰"的奔流出来。第三个便是他的呼吸；他的肺部本来已经小小的有点病，在平日他口鼻中吐出来的气都没有什么大的怪味，但是一到心头气愤极了的时候，那股令人作呕的腥恶气，却不住地随着他的呼吸喷射出来了。

这时候的丁君度教授，那三点平时难见到的特征，通通都表现出来了；他垂着头很丧气的在书室中一来一往的直蹿，眯起一对快要合拢去了的眼睛，流着泉水般的鼻涕，大口大口的恶气从他的口中吐出来。他俨然像一个油锅边的蚂蚁了。

他在楼面上一来一往的乱走一阵，忽然他若有所悟似的走近玉青的身旁，突出那对快要合拢去了的眼睛，高高的立起眉毛，气冲冲的向着凝视着窗外的玉青说道：

——玉青！啊啊，到今天我才觉得你这人的毒辣无情呀！你替我可怜，你真说的出口！你要是还有半点儿良心，还有半分儿感情，你仔细去想一想：我为什么冷淡了我的信仰？为什么弃了我过去的历史地位？我又为什么舍不得我这条生命去拼？我究竟是为了什么？你要仔细的想一想呀！

——难道是为我！

玉青偏过头来朝他的脸上投了一瞥反责的目光，她那明媚的眸子中闪动着刚果的火花，烧得丁教授的浑身又痒又痛。

——难道是为我个人吗？啊啊，你为什么这样的没良心呀！我之所以毅然的斩断一切政治的关系，而退回到我教书的旧业上来，我只为的是你能享点清淡的幸福和过点和平的生活。我想我们处在这样暴乱的时代，只要能平平安安的快快乐乐的过一生一世也就够了，旁的我们还要去企求什么呢！况且我虽然脱离了政治关系，然而我却并没有完完全全抛弃了我的信仰，我还可在讲台上宣传，我还可以对一般学生讲说，而你竟这样的不谅解，这样的不明我的心迹，你想，我是多么的苦痛呀！

——啊呀，君度！你原来受了这样大的牺牲都为的是我，我这几个月来陷入痛苦中去了的根源，也想不到竟会是我！是我自己！那就好得很呀！我恳求你为我而恢复的信仰，为我而恢复你的政治关系，好么？

——我有什么不可恢复呢，老实说，我这条命都可以拿去拼！只要为了你。

——那就更好呀！你真的敢不敢恢复你的信仰？

——我为什么不敢！

——敢不敢恢复你的政治关系？

——政治关系又何尝不敢？不过问题恐怕没有这样简单：你要脱离就脱离，要恢复就恢复！

——这样看来，你分明还是一个怯弱者，你分明还是一个自私自利的个人主义者呀！

玉青那冷漠的脸上越发堆满了一片冰霜，她扭动她的腰围，笔挺着胸膛，俨然是一个高级的裁断者在铁面而无情的审讯她庭下可怜的囚徒。

——啊啊，玉青！玉青！你不谅我！你不谅我！我还有什么可说呢！……

丁君度教授的心里仿佛透过了一阵冰凉，无限的酸悲都一齐涌上他的心头来了，楼面上好像动摇了起来，他的脚战抖抖的都立不住了。他连忙退倒在一张沙发上，哇然一声，痛痛快快的放声哭了起来，把立在窗前的玉青都惊怔着了。

二

丁教授的哭声，由号啕变成了哽咽，又由哽咽变成了低泣。他才想一五一十的诉骂他夫人错处的时候，扶梯上忽然传来了一阵急促的脚步声，把他冲上喉咙来的一肚皮牢骚，都仍还吞了下去——他竖起两只耳朵，当然连低泣都不敢了。书室中充满了惊疑的沉默。

脚步声响渐渐的震到书室的门前来了！

丁教授的心里异常的着慌，两只手在他的衣袋里东摸西摸，他的手巾不晓得跑到什么地方去了，只好摆动他的衣袖，慌慌张张的在眼睛上拭来拭去。他这动作还没有终止的时候，呀然一声，书室门闪开了一小半。丁教授的手早就从眼角边吓落下来了。

——你们的贵客来了啊！

首先从门外伸进来的是一个微微有点尖削的小光头，头下是一张颧骨高耸的瘦得怕人的黄皮脸，一对小圆发光的眼睛如探海灯一般的射进书室中来扫了几扫，两瓣暴露在唇外的大牙向上张开，接着笑容满面的便是这样一声锐叫，很快的这小光头便又缩隐到门外去了。

丁教授看的十分清楚，这可怕的黄皮脸分明是来惯了他这里的林晓山，为什么今天竟这样鬼头鬼脑的做起眉眼来了呢？他有些诧异，但他身体确不曾移动，他只眯着眼睛，斜视着由窗前奔到门边去的他的夫人。

——看呀！这不是你们多年不见面的贵客吗？

晓山的瘦脸上堆满了巧笑，他拥进来的那个人物，真把主人翁都惊怔着了！

从衣着讲，那人物并不来的阔绰，一套对襟纽扣的蓝布短衣衫，衬着一双青布薄底鞋，头上是一顶污旧了的鸭嘴帽，简直像一个靠做工吃饭的工人模样。从面容上来说，那人物也并不漂亮，不白净，不温文尔雅，单是那张黑褐得发光的脸，也就很够证明他的文采并不风流，他的容色的粗暴了。——然而他却有一副壮健的体格，有一双长而有力的臂腕，有一对锋锐的明耀而又炯炯摄人的眼睛，有满面多血的，健康而又极其活泼的颜色。他的外貌虽然是那样的不雅观，但他的神采却又是这样的壮严沉毅，充实而又富于生命的活力，这难怪丁教授夫妇都为之惊怔住了。

——啊啊，云生！原来是你！你啊！你好容易呀！……真是贵客！真是贵客！

站在门边的玉青，突的，仿佛幻入了梦境中。——他是云生吗？他已经不是三年前那么潇洒的云生了！然而毕竟是她渴望三年了的云生啊！——她惊喜得发了狂一般，明丽的眼波闪出了感激的光辉，双手紧握在胸前，口头不住的这样惊叫，数分钟前，满面阴郁的冰霜和浑身凝愁的木呆，都被这狂喜的情焰消融了。这时间的她是那样的活泼，那样的娇痴，那样柔媚而亲昵，她俨然像偶遇着她相思十年了的旧情人似的，内心充满了难于描述的惊奇，狂喜和怜惜！——然而丁教授呢，他虽然在和来客握手，但他把她适才的一切来一对照，他的胸中便燃烧起了一团团的醋火。

云生受了玉青这样温情和这样亲昵的欢迎，不知怎的，心脏竟在胸膛里猛撞起来了。他本来想好了几句应酬话的，到这时竟不知要如何说才好，只好唯唯诺诺的微笑点头，半句话都不说。

——我们恐怕整整有三年不见面了吧？云生！这几年来，你一定很进步。

丁君度把两位来客招待来坐在沙发上后，连忙把衣袖来揶揶他泪痕犹在的眼睛，很庄重很关切的这样问了一声，扭转身来便向藤榻上坐下去。

——哪里才三年呢？整整的三年半了！

玉青的全视线都倾泻在云生的脸上，她一句抢过来说后，含笑的眉峰，闪动着回忆的表情，姿态虽然没有适才那么亲昵了，但是丁君度的心里仍像大大的喝了一口酸醋。

——是的，确实整整的有三年半。不过我连拿着书本子的时间都很少，哪里说得上进步呢！丁先生这几年都没有和书本脱离过，理论的研究一定较前更渊深了。

云生努力的压抑他自己的感情，很留心的调整好他的不自然的态度，笑逐颜开的随随便便的和他们攀谈起来。他的理智已经战胜了他的难于压制的感情，他决心要他的一言一动，都不能透露他内心里的半丝情热的痕迹。

——渊深！越渊深越是一个没用的书呆子！

——是呀！越是没用了。

丁君度的心里，虽然觉得玉青的话比一支毒箭还要锋利，但是他还是佯作不介意，大大的发起笑来。

——没用！这是什么话呀！一个人要是没用，那便是到阎王老子那里报到去了。天地间哪里会有没用的人呢！要就是有用而不用，否则也是有用而不会用，绝对不至于没用。丁先生是一个学问渊深的人，当然越渊深就越有用，怎么会说越渊深就越是一个没用的书呆子呢！

一跨进门来就含着满脸神秘的巧笑的林晓山，挥动他五个枯枝也似的手指，随着他那小光头的一摆一摇，不住的在胸前乱抓乱划，一口咬紧那"没用"二字，便发了这样一大篇议论。

——其实，我又并不渊深，有时还觉得自己很浅薄呢！

——很浅薄！丁先生为什么这样的客气呀！假如你再说一声很

浅薄，我们就不开腔，那三位连腰都要驮断了的朋友（他用手指着那三个大书架）倒要提出严重的抗议了。

——哈哈哈，你真会说笑话呀！

林晓山的滑稽的笑谈，引起了全室中一阵的纵笑，不过，纵笑的时间并不见长，尤其是玉青，随之而来的却是笑后的沉默。

——云生，这两三年内，为什么信都不给我们一封呢？

玉青说了一句话来打破笑后的沉默，她那对水汪汪的眸子始终是像要在云生的身上探察出什么东西似的，没有一秒钟离开过他的身上。同时她的表情，始终是那样的紧张、兴奋和不安定。……

——因为我的行踪太不定了。……

云生赶快避开玉青的视线，把头掉来望着丁君度教授的眼睛。

——那么，你去的地方，一定走得不少吧？

丁教授把眼镜边摸了一摸，这样的随问一句。

——是的，至少也跑过有五六省吧，南边北边的重要城市都被我跑遍了。

——是几时到此地的呢？

丁君度教授再问一句。

——大概已经有两三月了。

——那么，为什么不早到我们这里来玩？

玉青的语气和姿态都并不像客气，倒把云生问得不好答了。

——不晓得你们的地方呀，要是不会到晓山，我还不知道你们是不是在此地呢！

云生终于这样很巧妙的应付过去了。

——所以，你们两面都应该感谢我呀！

晓山的五个枯指头又在胸前抓动起来了。他神秘的微笑仍旧是那样的神秘。他的一对小而有光的眼睛，也始终是在他们三人之间溜转，他仿佛一个观剧的人一般，他们的一举一动，他们的一言一笑，一映入他的内心中，他都有一个深刻的批评，一个秘密的批评。不过，表现在外面的，始终都是神秘的微笑罢了。

——感谢你！还应该惩罚你呢！你为什么早不把云生叫到我们这里来呢？

玉青的唇边闪动着一痕半嗔半恼的微笑，天然的媚态，越是毫无忌惮的在她的丈夫面前表现出来了。丁教授只好把一口口冒起来了的恶气硬吞下肚里去。

——哈哈哈，惩罚我！惩罚我！是的，是的，应该我来受惩罚。因为我不受惩罚，难道还去惩罚云生？还去惩罚丁先生吗？哈哈哈，只有惩罚我！只有严重的惩罚我！

林晓山的肩头耸了几耸，接接连连的眨了几下眼睛，大声的狂笑起来了。笑了一阵过后，他的锋利的目光又不住的在他们之间溜转，溜转了一阵过后，神秘的微笑又浮上他嘴角眉尖上来了。坐在他面前的三个人映入他眼中，又都成了人生剧场上的扮演者！

这一阵狂纵的笑声虽然是那样的随便和散漫，然而一送入了他们三人的耳鼓，却变成了无数尖锐的钢针，把他们心的深处都刺痛了。

丁君度教授受了这一阵狂笑的痛刺，心里比刀绞还要难过。他抬起头来向四周望了几望，那小光头那恶意的微笑，确确实实的神秘得怕人，他只好避开他溜转着的锋利目光，去看云生。云生的姿态却很有点不自然，把头偏去盯视着窗外的低空去了，再看看他身旁坐着的玉青，依然是那样含情脉脉的注视着云生，毫不转睛的把她的全部精神都倾泻在他的身上。丁教授看见这些情形，近视眼中燃烧着的醋火都喷射出来了！

——王八蛋！谁叫你到我这里来的？什么人都杀的要光了，为什么还没有杀死你呀！

他毕竟胆怯，不好当场骂出，只好这样的在心里怒吼。他已经把那小光头饶恕了，满腔的愤恨都集中在云生的身上，恨不能一口把他生吞活嚼的咽下肚里去！

今天的气他再也不能忍受下去了！他想他虽不能和他决斗，至少他总该在谈吐中战胜他来给玉青看看。于是，他垂着头去想一个必胜的谈论题目。

——我们的笑话不说了，正正经经的来谈谈天吧。云生！你近来的工作，恐怕很忙？

丁君度用一句话来把谈锋转在别的一边，已经预备好一肚子的谈资，想和他的眼中钉——云生——作一场论战。

——无所谓忙，也无所谓不忙，总是那样平平常常的干下去。

云生含笑的这样答。

——还感兴趣吗？

丁君度凝视他的态度很庄重。

——自然很感兴趣，这也许是我的弱点吧：我总觉得在最下层作工，比整天埋头在书本上要有兴趣。

——为什么呢？

丁君度依然很庄重的，一步追紧一步的逼问下去。云生已经把他心头的秘密都看透了。

——这很难说，我总觉得越下层才越能和一般的群众接近，越和群众接近才越能增长我们的经验。

——不和群众接近便没有方法增长经验吗？

有意要和云生论战的丁君度教授，两眼气得红红的，连呼吸都有些急促了。"苦啰，苦啰"的，心里很不高兴时的一个特征，已从他的鼻腔中表现出来了。

看透了丁君度肺腑的云生，深深的知道他是有意要来和他挑战，本想冷嘲热讽的讥骂他一番，回头想想，骂他这样的可怜虫又有什么益处呢？不过徒增他们夫妇间的不和，越发加添玉青的痛苦罢了。他于是只好拼命的将感情压制着，格外表露出他温和谦让的态度，蔼蔼然的把自己的意见，用和平的语气，丝毫不动声色的说出来：

——有当然是有的，不过，我们不能看轻群众的力量。群众的力量的表现，是什么也不能摧毁的，我们领导群众，训练群众，同时群众也能监督我们，鼓舞我们，能把我们的意志锻炼成钢铁一般的坚，金玉一般的洁。使我们只知道前进！只知迈往！这似乎不是离开了群众可以做得到的。至于群众的日常生活和日常斗争，那更能增加我们许多宝贵的知识和丰富的经验了。而且这些知识和经验似乎也不是隔离了群众可以获得的，所以我很喜欢到下层群众中去，而不大欢喜到书室中去！这也许就是我最大的缺点吧！

——不错，这确确实实是你的大缺点！

丁君度早已听得有些不耐烦了，他气青白了的脸仿佛蒙上了一层严霜似的，一股股的恶气随着他的鼻翼的鼓动不住的狂吐出来，他斩钉截铁般的这样恶意的先下一个全盘肯定的词句，他的近视眼都渐渐的快要闭拢去了。

——是的，这确实是我的大缺点，我希望你不客气的指正指正！

云生一见到他这副尊容，似乎"嗤"的一声冷笑了出来。但他却努力的忍耐着，仍是那样若无事然的微微发笑。

玉青却被他丈夫那无礼的惊叫，震动得心里突突的狂跳了起来。她知道她丈夫的神经病又要发作了，她恨不能找块木塞来将她丈夫的口紧紧的塞着，使他不得透露一口气出来。但她哪能够这样做呢！看看他就要出言来伤人了，只气得她的手都抖了起来。她才想横插一句，把他的话撇开，可是他的嘴巴却早已大大的裂开了，她只好张大眼睛把他死死的盯着。

始终以观剧者自居的林晓山，恰巧他这时的目光正溜转到他的身上来。于是他也就死死的望着他，看他究竟要做点什么样的戏法出来。

——我以为你的缺点是把群众的力量看的太高，把实际中的经验看的太重要。你要晓得，斗争的经验不一定要在群众中才能获得的，革命的理论，便是斗争经验的结晶，我们研究理论，也就等于直接的参加实际斗争了。而且革命的理论，就是一两个世纪以来一切革命运动的实际斗争经验的整理。我们如果抛弃了一切理论不研究，便是有意把一两百年来很可宝贵的经验弃之如粪土，我恐怕再傻的人也不愿这样做吧！

丁君度不快意时的三个特征同时表现出来了！他的鼻腔里的吼声和他喘吁的呼吸形成了很合拍的旋律，近视眼已经突然眯拢去了。——他三年不见面了的贵客，便这样的吃了他的讥讽的毒棒。

——你误解了我的意思了，丁先生！我绝对不是反对读书的人，我只不赞成读死书。为什么呢？因为理论是绝对不能和实际分离的，理论要拿在实际中去印证，才能把它活用起来，否则便是死的理论，于实际并没有什么大的用处。

云生依然是那样毫不动声色的笑答他。

——你既知道理论的重要，那你就应该把研究理论的兴趣提高才对呀！

丁君度看到云生并没有批驳他的话，心想云生已在他的面前示弱了，胜利的微笑把他眯拢的眼睛睁了开来。

——是的，你的意见很好。不过，我这个人的生性很怪，我们分别已经好几年了，我这个喜欢干不大喜欢读的脾味一直到现在还未改，我恐怕一辈子都没有方法改了吧。

——那你是说一辈子都不能把读书兴趣提起了。

丁君度把胸腰都挺直起来了，他把鼻腔和呼吸都平息了，满面飞着矜持的冷笑。

——不！我读书的兴趣还是很有，不过，要把它高过于干事的兴趣，那是绝对不能办到的，而且我个人觉得也很可不必。

丁君度听了云生这几句，仿佛得了胜利的凭据似的，心里哈哈哈的大笑起来，他双目向他夫人，望了一望，带着半教训而又半劝勉的语气，得意忘形的向云生说道：

——其实，你不妨把你的兴趣改变改变的好，你看，古今中外的哪一个革命领袖不是学者出身呢！我常常想，革命的队伍中，是要分高下的：理论最好，读书最多的，是革命运动的指导者，是革命队伍中的第一等人物；理论平常，行动很好的，是革命运动的辅助指导者，算是革命队伍中第二等人物；至于没有理论，只知行动的，那却是革命运动中的追随者，革命队伍中的第三等人物了。所以，我还是劝你把兴趣改变一改变的好。

说到一等，二等，三等这几个字的时候，丁君度的手指头便随着一个，两个，三个的伸起来，在半空不住的摇，他觉得他才轻轻的用几句锋锐的话头，就把他的敌人打得步步后退。——他确实胜利了。

——哈哈哈，第一等人物，第二等人物，第三等人物！这恐怕是丁先生的创见吧！哈哈哈，好一个丁先生的"革命党的阶级论"，真是前空千古，后绝万世的伟论呀！崇拜得很！崇拜得很！哈哈哈，第一等人物，第二等人物。……

那位带着神秘的微笑的观剧者，突然放声大笑起来，一滴滴的涎珠不住的从他暴牙缝中滚出。他两只手上的指头都一齐在他的胸前抓动。他的目光很奇怪，不望着云生也不望着丁教授，一闪闪的只在玉青的浑身上下打量，好像要向她说真不愧要你才有这种丈夫呀！

全室中又起了一阵不自然的笑声。谈兴被这笑声打断了。

不安和懊恼的情绪，把玉青的心牢牢的缚着，她浑身上下的毛孔中都像被针刺着的一般，她烦乱到极点了！她觉得君度的话太侮辱了云生，又觉得云生的态度太过于谦让，她本想出来替云生打抱不平，但她又觉得这样太过露骨的袒佑，将太使君度感到难过。所以她终于只好不言不语的让烦乱把她的心搅扰着。至于丁教授，他虽然明明知道林晓山只是讥嘲他，但他却只把他当诙谐无聊的人看，总而言之，他自己觉得他确实是胜利了！

过了半刻，云生依旧是那样丝毫不动声色的站起身来要走，丁君度也并不苦留，就把他和林晓山送下楼来了。

玉青跟在君度的身后，把他们送到室外的时候，这一对来客便向他们告别走了。她的心脏突然加速度的狂跳起来，她宛如失掉了什么珍奇的东西似的，上身一动，便从丁君度的怀侧奔到云生那里去了。

丁君度大大的吃了一惊，待他抬头向前面一看，街心中正有一对情侣也似的人在那里密语什么似的，——那便是云生和玉青了！

待玉青回到他的面前，他才愤愤然的跑回书室中去。

——害死人！你今天苦苦的把我挪起来挨臭骂，真是倒霉极了！

——谁叫你不反驳他呢！

——我看他实在可怜！

——算了吧！算了吧！你可怜他？你心里可怜的不是他而是她呀！哈哈哈。

——你这小光头真厉害呀！

云生抖一抖身上的短旧衣衫，半笑半恼的和晓山一面走一面谈。渐渐的他们的身影都隐没在长街中去了。

三

已经是三年半前的事了。

那时云生和玉青都是这 Ａ 地 Ａ 大学四年级的学生，丁君度便是他们的主任教授，在那时他们之间有一件最不幸的事件发生。——就是云生和君度都热爱玉青，而玉青爱云生也爱君度。——他们之间发生了难于解决的三角恋爱。

云生和君度都被热烈的爱情迷醉了。他们成了势不两立的仇敌，彼此都将拼命的运用爱的战术去打倒对方的情敌，努力的想把自己热恋的人儿夺到自己的怀中来。那时候他们之间的斗争真是剧烈到了最高度，同时，他们之间的苦痛也随着这斗争而激增到了极点。

他们陷入这种矛盾的痛苦中差不多有一月的光景。终于在一天晚上把这矛盾暂时的解决了！

那是一个凉秋九月的深夜，而北风夹着那种发狂的威势，扫来荡去的不住在低空中悲嘶。空中是一片昏茫茫的幽暗，大地上只闻有萧萧的落叶在卷地作声，全宇宙都宛如被萧森的夜气吞没了。

云生坐在玉青的身旁，淡黄的电灯光下辉映着他们的晶莹的泪光，他们都相偎相倚的饮泣垂头，长吁短叹的默默无语。

——玉青！你究竟爱不爱我呀！

云生举起莹莹的目光望着她润湿了的眉睫，颤声的这样说。

——你为什么问这句话呢？云生！难道你还不知道我的心吗？

两行灼热的珠泪从玉青的眼角边长淌下来了。

——啊啊，我知道，我知道。那么，你有什么横竖不能和他断绝关系呢！

——啊啊，云生！请恕我！请恕我！我非但没有这种魄力，而且我也很热烈的爱恋他呀！

玉青的声气是那样的凄颤和急促，连两手都不住的打起抖来了！

——那……那……那我们究竟怎么办呢？

——是呀！那我们究竟怎么办呢？……

——啊啊啊！……

抖颤着的他和她，似恨非恨似叹非叹的同时长吁了一声。他们在无可奈何之中，又抱着痛哭起来了。

狂风不住的在窗外悲号，玉青的室中加添了无恨悲凄的情调。

——云生！……

哭了好一阵后，玉青突然紧紧的握着他的手，仿佛有满腔愁绪要向他诉说似的，这样亲切的叫他一声又将下句咽着了。

——什么事呀？玉青！

——啊啊，我还是不说，我还是不说啊！……

玉青一见着云生那楚楚动人的可怜模样，心里一酸，眼泪又流下来了。

——什么事呀！玉青！玉青！

她还是哭而不答。

——究竟什么事呀？你说！你说！难道我还有哪一点对不住你吗？

她耸动她的双肩，越发哭的厉害。

——说呀！说呀！玉青！我的心都被你哭痛了啊！究竟什么事？你快说！快说！

——我不忍心瞒你了！……

——什么事？你快说！快说！快说呀！

这句突如其来的话，把云生吓得禁不住的加倍战抖。他的心仿佛突被一支毒箭射穿了！

——啊啊，我已经不是处女了！我已经同他……

这句话宛如一个晴空霹雳，把云生跳动着的心脏都像震落了！他一把将她抱过怀中来，浑身不住起着痉挛，木呆呆的把她望着。她已经哭昏在他的怀中了。

渐渐的玉青已经在他的怀中苏醒转来。

——玉，玉，玉青！这有什么关系呢！你就被人踏成了泥浆，我，我，我都是爱你的啊。

如痴如醉的云生，冰凉了的心中，突然生起了一星星的微火，口头不住这样凄颤颤的发问，他的心儿早都被锤成粉碎了！

——啊啊，云生呀！我真感激你啊！不过，我，我，我还是很爱他的，我实在痛苦得没办法了！请恕我呀！啊啊，云生！云生！……

云生心中最后的一星星微火，都被这几句冰霜也似的话头浇灭了。哇然一声，痛痛快快的也大哭起来，飞泉般的眼泪把他们的胸襟都浸透了！……

桐叶夹着尘沙把云生送入凄寂的归途，他们当晚泣然一别，便整整的三年有余还未曾再谋面一次！

自从那晚别后，不久，玉青便和丁君度正式同居了。

他们初同居的时候，玉青的心里还是常常感到矛盾的悲哀，每一想起云生对她的种种前情，总是泪流满面的极端的难过。随后，渐渐的探知云生已离开A大学到旁的地方作实际工作去了。云生那浓密的身影方才渐渐的在她的脑幕中淡了下去。不过，怀念他的心情，始终总是有的，绝对没有把他的一切前情，随着他们婚后的甜蜜的激增，便抛丢到长江大海中去不管了。

本来玉青、云生和君度都是志同道合的同志。都同在一个革命党里，但是玉青为什么竟忍心弃了云生去同君度结合呢？难道还因为一个是学生一个却是教授的地位关系吗？不是的，其实当时玉青竟然弃了云生来爱君度，主要的原因至少也有三点：一是君度太痴情，二是君度能奋进，三是君度有理论。所以，结果终于是丁君度得到胜利了。自从他们俩结合以后，有一个时期，丁君度确实加倍地向前努力，这里宣传，那里煽动，确还像一个革命家的样子。玉青的心里自然越加快乐了。这样快快乐乐地过了一两年，H 埠的革命党已经得到了政权了，他们又被派到 H 埠去做别的工作。到 H 埠以后，丁君度的血更热，做事情也很紧张，煞像很有决心，愿意把他所有的聪明才智以至于最宝贵的生命，都可以拿来牺牲在他们的事业上一般，丝毫没有半点畏缩的表示；非但如此，而且有时他还很严肃的向她说："我们只有奋斗，只有努力，我们的血终有一天是要为了换取被压迫者的幸福而流的呀！"玉青见他这样的奋发有为，这样的肯牺牲奋斗，不消说较前更加倍的喜欢他了。

谁想时代是那样的恶作剧，已经取得了全中国一大半政权的革命党的内部大大的起了分裂，从前同一条战线上的，竟相互火拼了起来。H 埠是一个政治中心的地方，当然特别冲突得很厉害。

流血的日子真的来了呀！丁君度教授的血不仅不敢去流，连努力奋斗的精神都没有了。他还没有得到玉青的同意，诚惶诚恐的就去大大的发一个启示，声明本人从今以后，一概不问政治，苦苦拉着玉青，一溜烟便跑回 A 地，依然逍逍遥遥的在 A 地的各大学担任起教授来了。

玉青受了这次政变的刺激，心里悲愤异常，青春的热血随时都在她的心胸里沸腾，她常常都想拿她的生命去拼一拼，拿她的血流去淹没统治者在摇动中的城脚。——然而她却不幸得很，偏偏遇着她的爱人阻止她。一桶桶的冰水不住地向她热烈的心中泼。她真苦死了！

水火相逢，不是水浇熄了火的烈焰，便是火藉冰的激助而烈焰上冲。丁君度还用了种种方法想去破灭玉青的热情，玉青的热情却反因此而沸腾到了极度。——于是，他们之间便极不相容的冲突起来了，一个弄得心神不安，一个的忧郁焦躁便一天天的有加无已。

逍遥自在的丁君度，平平淡淡的过着生活，似乎他心里还觉不安，他把他从前一切有规律的生活和一切刻苦耐劳的习惯都打破了。今天苦要着玉青去游歌楼舞馆，明天又苦要着她去上戏院酒楼。今天要玉青穿着时装衣服，明天又要她打扮时髦的头饰。他沉醉在酒精中，迷醉在情欲中，他浪漫到极点，颓废到极点，他变成一个企求一刹那的快感的享乐主义者去了。所以，他只求今天的享乐，明天即使有地球要爆裂，人类要绝灭的大事情发生，他都不管了！——然而他的夫人的内心生活却恰恰和他相反，于是两人的生活路线成了相背而驰的两个极端，表现在日常生活中的，便是他们间的口角，讥骂，流泪，纷扰，忧郁，痛苦，……一句话：便是他们间的极端的矛盾和冲突！

这样极端的矛盾和冲突的结果，已经在玉青的脑幕上淡化下去了的云生的身影，一天天的竟在她的脑幕上浓厚起来。但是云生在什么地方呢？有什么方法可以找到云生呢？云生还是不是像三年半前那么热恋她的云生呢？照她常识的推测：云生早已经不是一个浪漫的常人，而是一个负有重大使命的战斗者了。像这样的年头，云生死不死固然不可得而知。假定就不死，可这茫茫的天海，又哪里寻找得到他奔走无定的行踪呢！——她终于怅然茫然的一天比一天厉害的忧郁起来了。

云生到 A 地来了。这消息是她从林晓山那里得来的。晓山是她三年前的旧同学，而且也是他们的信仰的同情者，他现在 A 地的一家书店里当编辑，因为同丁君度和玉青都很相熟，所以常常都到他们家中来玩。玉青自从他口中探得这个确实消息后，便秘密的重托他，要他务必把云生约在他们家里来一次。晓山这人本来就很滑稽，很喜欢戏弄人，他们之间的三角恋爱他当然又是晓得的，于是他便拼命的怂恿云生，叫云生在空闲时一定同他到丁君度的家里去一去。

云生果然来了，——谁想这一来的结果竟是这样的倒霉呢！

……

愤愤然的，从楼下送走了云生和晓山折回楼上书室中来的丁君度，眼睛又气得眯成一条线去了。他一翻身便倒靠在沙发上，脸上青白得十分怕人。

——像这样子是什么意思呀？

玉青站在他身旁这样问。

——我这样子就是这样子，还敢有什么意思呢？哼！

他的眼睛忽然一突，嗓音特别大，暴躁的神气，活像马上就要同他的夫人动武。

——你的话太神秘了，我不懂！

她的愤怒的烈焰也冲上心来，她并不向他示弱。

——你不懂吗？你再向他做肉麻点，你总可以懂呀！哼！

——哼！你哼些什么？我还没有责斥你对他的态度，你公然责斥起我来了！你自己扪心想一想：你今天对他的态度对吗？

——我的态度不对，你那不自觉的肉麻态度才对呀！

——啊啊，我们是整整的有三年半不见了，难道我不应该对他稍微表示好点吗？

——你怎样不和他拥抱，不和他 kiss 呢！

——我就同他拥抱，同他 kiss，你有什么权利可以阻止我！

她气愤得浑身发起抖来，喉咙里好像塞着一块什么东西似的，几乎话都不能吐出来了。

——我有什么权利可以阻止你呢？你去吧！你去吧！你马上就去吧！

——我为什么不敢去！

她这样尖脆的怒叫了一声，身子奔到窗前，两行热泪从她的面颊上长淌下来了。丁君度教授一见这种情形，心里的醋火被打灭了一大半，他像寒蝉也似的，半声不响的在那里闷坐着。

玉青为什么要哭呢？是君度太鲁莽太不体谅她心曲中的苦处了吗？是她一见云生便有新的感触和新的痛苦发生吗？是她痛悔从前失慎竟到了"一失足成千古恨"那种田地去了吗？是她的生活太矛盾内心太苦痛，到了能解决而且敢解决这种矛盾和苦痛的时候，她竟又不忍解决吗？……她这时候的心境很复杂，连她自己也不晓得她是为了什么，适才她只因实在忍不住心里的悲酸痛楚和愤怒，眼泪便不知不觉的夺眶而出了。

暮春天气，那种恼人的和风吹拂着她的鬓发，这远的都可以看见她倚在窗前的双肩，一上一下的微微耸动。

四

一弯下弦月高高的挂在天空，蔚蓝色的天幕上闪烁着一颗颗明珠也似的疏星。大地被沉郁的乳白色的晚气包围着，街树的树枝上全都被晚来的薄露潮润了。

玉青穿了一袭朴素的衣衫，冒着春寒，踏着树影，浴着朦胧的月光，一个人急急忙忙的向一条马路的东头直走。

她转弯抹角的走了一阵，在一家门前停住了脚，用手轻轻的去叩门。

——是谁呀！

门还未曾敲上四五下，呀然一声便打开了半扇。从微明的路灯光下看去，只见一个高高身材的人在门旁站立着，流星也似的眼光，一上一下的不住在玉青的身上打量。

——请问金女士在家没有呢？

玉青这样含笑的问。

——金什么名字？

——金文女士。

——你贵姓？会她做什么？

——我姓王，想会她谈谈话。

——啊，王玉青恐怕就是你吧，我就是金文，请进来坐一坐。

门边站着的金文，点头微笑把玉青招待进来便把门关了。

玉青很惊诧：那天临别的时候，云生同她说得很清楚，金文分明是一个女学生，为什么她这样子竟像一个男子的模样呢？一头短短的黑发覆着一张长圆的脸，眉是那样的浓黑，眼是那样的凛凛有神，肤色又是那样的多血而微带蜡黄，身上又还穿着一件比流行的时髦旗袍长，比拖长至地的裙裾又短的一件蓝布衣衫。几乎浑身上下找不出一点女性应有特有的标记，这自然不能不令玉青一见而惊诧了。

——请问金女士为什么知道我的名字呢？

玉青走进一间小而洁的室内坐定后，带着一种奇异的神色问她。

——我不仅知道你的名字，我并且还知道你为什么要来找我呢？你不是要想会会云生吗？

金文的风神是异常的潇洒，她很亲热的望着玉青，蔼然一笑。

玉青知道云生已经先告诉过她了。因为在临别的那一天，丁君度吃醋得特别厉害的那一天，玉青跑到街心中去问他在什么地方再会面的时候，他便告诉她在金文家中设法相会。她和她还是初次相逢，他不先告诉她，她怎样会晓得她的名字和来意呢！

——想来是云生先告诉过金女士吧？

——是的，云生已经先关照过我。

——那么，怎样可以去会他呢？

——到了我这里来了，会他总是容易的呀，不过你可不要忙，多坐一坐，我们谈谈天吧。

金文的态度是诚恳而又大方，女性的拘谨气一点儿都没有。她虽和玉青是初次谋面，俨然就像数年来的旧友一般，随随便便的大方极了。

——好的，好的，金女士在这里读的是什么学校呢？

——请你不要叫我女士吧，别太客气了。你最好叫我金文，或者叫我金文同志更好。因为你很客气的叫我女士，我更应该叫你师母呀！丁君度先生不是在东山大学教书吗？我就是他的学生呢！

她仍是那样蔼然微笑的望着玉青，她的口齿是那样的流利，那样的清楚，说起话来真是谈笑风生了。

——那我以后就叫你金文好了。我似乎还没有资格叫你金文同志吧。

玉青想起这八九月来的生活，心里又愤恨起君度来。

金文不答，依然微笑的向着玉青。

——丁先生在家预备功课，想来一定很忙？

过了一会，金文才这样的问一句。

——他忙什么！

——总还常常做文章吧？

——他做什么文章啊！

——那么，他一天到晚喜欢做什么呢？

——我都不十分明白他呀！

金文用手去梳理了几下短发，微笑的望着玉青，好像是在说：啊，你都不明白！

她们二人间的谈锋，又转移到别一方面去了。谈了片刻，玉青的心里实在不能忍耐了，只好向她问道：

——今晚要几时才能会得到云生呢？

——总快，总快，你大概愿意在我家里等他吧？

——能够到他的家里去最好。

——到他家里！……

她这样半似自言半似疑虑的，细声的说了半句。微微的闪动着眉峰，又带笑的说下去：

——他是不是愿意你到他家里呢！

——想来他总不会拒绝我吧！

——别人他是要拒绝的，你呢，大概是很欢迎的吧，不过，他事前并没有同我说及。

金文这几句巧妙的话，是多么委婉动听啊！这时玉青眼中的她，简直是一个女中英杰。

——你千万别怀疑我，我和云生的关系不同，请你劳神引我到他家中去吧！

玉青的心里慌到极点了，她恨不能马上就飞到云生的面前去。

——是的，你们的关系我完完全全都是知道的。不过，他在不在家还是一个问题呢！

金文在淡然的微笑中沉入深思中去了。玉青知道她在深深的考虑这个问题，只得默默然的带着希望的目光把她死死的盯着。

小而洁的室中，被沉默支配着了。

——你是不是能在我家久等呢？

她沉思了一会，突然这样的向玉青发问。

——我实在不能久等了。最好你马上就引我到他家中去！

——好的，我这就引你去吧！但是，你们间最近的关系我虽然是晓得的，不过，他的住处，你无论如何要绝对为他保守秘密，不得使第二个人知道，尤其是丁君度，绝对不要使他知道！

突然，金文那和蔼的态度，转变成十分严肃的样子了。

——你请放心！难道这其中的利害关系我还不知道吗？

——那就好得很呀！我们走吧！

金文毅然决然的这样说了一句后，顺手夹着玉青的臂腕大步大步的跨出门来，潇然自适的向马路的东边折了一个弯，两人肩靠肩的宛然一对情侣似的，浴着淡淡的月光灯影，向前快步快步的走去了。

头上是淡淡的月光，脚下是零碎的树影。繁华灿烂的街市远远的摇荡着层叠的光明。她们走的都不是那些灯火辉煌的大街，是一条条曲曲折折的偏街僻径。

这时玉青对于她这位初次相逢的伴侣，不禁惊诧，而且越发惊恐起来了！——她的腰胸是那么的挺直而开展，她的头部又是那么的威凛而轩昂，她行起路来是那样的健快而大方，她谈起话来，又是那样的稳重而圆润。——她用她的手偷偷去握着她的手心。一股温暖的热流，触电也似的便流注到她的深心中去了。然她起了一种无名的快感，抬起头来向她一望。月光浴着的她的面影和身姿，在昂昂然的行动中，是多么的健秀，多么的富于男性美啊！她陶然的望着她，目不转睛的望着她。觉得她这位伴侣真是奇特，真是具有些异彩，而且这些奇特是那样的自然，这些异彩又是那样的不矫揉不造作。她一面爱慕她，一面却自己惭悚起来了。

一带疏落低矮的瓦屋展现在她们的面前，两旁是一些参差不齐的槐树和梧桐，街路中骤然阴森起来了。她们踏着树阴，脚下只有稀稀疏疏从树枝上透下来的月光的碎影，四周是一片荒凉。她们已经走到了人烟稀少的地方来了。金文并不说话，只是昂着头迈步往前走，玉青却有些惑了：为什么要走这样荒僻的地方呢？难道云生还在这样冷僻地方住吗？住在这样冷僻的地方有什么用处呢？……她的心里虽然这样的不住的发生疑问，但她看金文的态度是那样的毫不在乎，自己只好缄默着，肩并肩紧贴着，一步一步的在树阴笼罩着的街心中，向前急走。

在凝思中的玉青，想见云生的心忽然较前加倍的炽热起来了。云生的粗暴的容色，云生的沉毅的态度，云生的温和的谈吐，以及云生那污旧了的蓝布衣着，都一一的闪现在她的脑中来，引起了她许许多多时现时灭的幻想。她想他这时或许在一间狭小的室内看书，或许又在一个不甚宽洁的地方办事。她又想，他这时或许在和人讨论问题，或许又在执笔写点什么东西。总之，云生的身影，一步一步的在她的脑幕上加厚起来，动作起来，谈着，笑着，沉思着，愤恨着，……仿佛一幕幕的电影，接接连连的在她的心幕上闪动。她把她这位见而惊奇的伴侣的男性美，最能摄取女子心魂的女性的男性美，早都丢掉在脑后去了。

——快到了呀！玉青！

金文很亲爱的这样叫了她一声。

云生那闪动的身影，突被这声呼叫惊退了。她连忙举目向四周一看，她还不觉得她们快要走到一个嘈杂的地方了。——那地方是一个繁杂的小街市，街道的两旁是些污秽的酒食馆，卖油盐酱醋的杂货铺，路是一些碎石铺成的，菜摊，面食担，几乎走不多远又有。在街上来来往往的，大都是一些粗手粗脚高声大叫的工人，街路上和店铺内的电灯，都吐着朦胧的幽黄的淡光，也不似繁华街市的那样光明，那么辉煌夺目。她们的手早都散开了。一股股污水的秽臭，不住的向她们的鼻孔中袭来，金文倒还不觉什么似的，只是择着人不注目的阴暗的地方大步大步的走，玉青却有些微微作呕了。

这嘈杂的小街市在她们身后隐没了，突然又一条小河横划在她们的面前。河对门是一片宏大的建筑物，奇长突立的无数根烟囱，浴在微淡的月光之中，俨然像一支支未燃的蜡烛。玉青知道那一带便是工厂了。河水是一片混污，远远的地方有座木板桥，河中只有三两只烂泥船，静悄悄的躺在河的对面。适才那一股股的水臭，大概就是从这条河中吐出来的了。金文仍然那样一声不响的引着玉青，急向河的左边走去。河边里面是一间间排接得不甚绵密的破旧房屋。屋后是一望遥遥的一个大空坪。坪上笼罩着死寂一般的沉默。河边上的屋里，更只有一丝丝幽暗的煤油灯光，从门缝中漏出。四周冷寂阴森得十二分的怕人。

——到了！玉青！

金文转到空坪侧的一家门前，才细声细气的和玉青说，这时玉青的心里，早已被一种神秘的恐怖和传奇的情趣支配着了。她宛如深沉到北冰洋的海底去探取珠宝的人一般，四围是那的冰寒，内心却又是这么的热烈，她似瑟缩而又似热情的望着她这位英雄也似的伴侣，不住的向她连连点头，心中充满了描述不尽的感激和喜悦。

金文轻轻的在门上叩了几下，一个工人似的青年，便把门开了。她们便轻脚轻手的跨进门来。金文首先便和这青年说话：

——云生在家么？

——在家。

——在家干什么？

——正在开会呀！你上楼去走轻一点。

玉青的心跳突然狂跳起来了！他们的对话虽然说得很低声，但是玉青却一句一句都听明白了。她随在金文的身后悄悄的爬上楼来，她不仅心脏如撞针也似的在猛跳，这两脚都瑟缩着，不住的微抖起来了。她木呆呆的鸪立在楼道，不敢再向前走几步。

楼上只有一张方桌和几条长凳，桌上有一座半明不暗的煤油灯，四面的木壁大半都颓朽了。左边有一扇通内室的门，门是关闭着的，室内的说话外面都可以含糊的听到。金文的脚步声仿佛把室内的人都惊觉了，门边上透出来了一句问话：

——谁呀？

——是我，金文。

——啊，金文。

室内的说话声又继续着，再也没有人注意楼面上的响动了。这时，金文才用手来招呼玉青，玉青也才敢随着她的手势走了过去。

——在这种情况下，那我们只有坚决的主张罢工了！

——对的！你们想一般的童工还不到六块钱一个月，女工也不过十块，至于我们，顶好的也不过是十五块钱一月罢了！生活程度是这样高，这点点工钱够干什么？不说养家糊口，连自己的肚子都吃不饱呀！我们如果不去领导着干，那一般工人也一定要起来干呀！

——不错，一点儿也不错！只有鼓动全厂的工人一齐下一个决心，坚持到底的干下去！不这样，那些王八蛋就会拼命的向一般工人进攻啊！

——你们的话都很对，但是我要问一问：是不是大多数人都有这样的决心呢？如果一般人都不甚热烈，仅仅只有少数人有决心，或者仅仅你们几个人有决心，那都成问题呀！

——这层不必考虑，老实说：他们比我们激烈得多了。……

——……那我们就大大的下一个决心准备干吧！

——……

好奇心引着玉青的头，偏去挨着木壁。她如冒险探奇的人一般，心里是异常的严肃和紧张。她凝神的缄默着，倾听着，那些热情的反抗者的话，一字一句都如弹如石一般的沉重而有力的打在她的心头，而且最末那个人的声音，她分明听得很清楚，那是云生的声音啊！她的血忽然热腾起来了，面庞上燃烧得特别厉害，她总觉得这个楼面她站着不自在得很，她心里实在惭愧得描述不出，她不住的这样疑问：她到这个地方来干什么的呢？她究竟这样辛辛苦苦的跑来找云生做什么？这样的地方，是能容许她向云生说甜言蜜语的吗？她心里想：假如有一个人这样的问她一问，她将羞愧得来无地自容了。她一方面很失悔不该这样冒失的跑来，但她一方面又觉得这个地方像有一件什么东西牵挂着她似的，她并不想马上就离开去。她的心境是这样的矛盾，竟摇动得不能自持。她惶惶然的恍如陷入了迷雾中，分不清东南西北哪条是她该走的路了！

——我们走吧，他们的会是一时开不完的。

金文这句话把她惊觉了，她毫不思索，慌慌张张的答了两个是字，拔起脚就想走。

——你约他几时和你相会呢？

——礼拜的晚上好吧，今天是礼拜三。

——在什么地方。

——在……在……在你家里好了。

金文顺便在身上摸了支铅笔写了一张纸条，依然轻脚轻手的走下楼来，一面吩咐那个工人模样的青年，叫他转给云生，一面带着玉青闪身到门外，向着她们的来路折回去了。

她们曲曲折折的走到快要分手的地方，金文忽然停着了脚，问玉青道：

——玉青！三天以后，你一定到我家中来，但是你千万要注意：今晚上你听到的话，你走过的地方，千万不要使第二个人知道！要记住这是你的责任啊！

——你请放心吧！这是何等重大的事情呀！

——好的，那么再见！

——再见！再见！

金文放下她严肃庄重的面孔，含笑的紧握着玉青的手摇了几摇，掉转身去，昂然的走了。

这时，玉青才恍如从梦中惊醒的人一般。她望着隐没在街市中去了的金文的身影，似乎想追上前去把她叫转来看个虚实。她出神的凝视着前面一片微淡的月光，春寒的侵袭，她开始感觉到了。她适才所经过的梦一般的情景，她在归途中慢慢的追忆起来。

何曾是梦呢！——她追忆的结果，如潮的往事一齐都涌进心来，添了她无限的新愁与旧感。

她觉得她初次相逢这位英雄也似的女子——金文，——实在太值得她敬佩啊！她的态度，她的谈吐，她的经验，她的神采，……她的一切的一切，都使她五体投地的为之拜倒。她由敬佩转成了爱慕，由爱慕又生出了惭悚的心理来。——金文是一个女子，她也是一个女子呀，为什么她自己竟然这样的落后呢？她虽自信她从来没有堕落过，但她自与丁君度结婚以来，又何尝在哪里艰苦的奋斗过呢！愧愤的烈火，突然冲进心来，她恨不得立时把她的皮肉焚烧成一团团的灰烬！她又觉得她这位三年半前的旧情人——云生——也实在太值得她痛爱和感动啊！三年半前的他，是多么的秀伟，多么的温柔，多么的喜欢洁雅，多么的活泼动人！——而今因在狂涛骇浪中猛奔搏斗，竟把他从前的一切文弱气都洗涤尽了。人事的熔炉，把他炼成了钢铁一般的坚，金玉一般的洁。他是那样的粗犷，那样的诚朴，那样的老练，那样的生动而有热力。他的双肩，简直能担当得起人世间一切艰苦烦难的重担了。她把三年半前的他和三年半后的他比了又比，她那敏锐的神经一转念又想到三年半前的丁君度和三年半后的丁君度身上来，擒都擒不住的她的神经更敏锐的又奔想到三年半前的他们间的一切关系和三年半后的今天的他们间的一切关系了。种种过去未来的前情后事，在她的脑海中激起了掀天的大浪来。她的心不住的酸悲一阵又悔恨一阵，惭悚一阵又兴奋一阵，千愁万绪完全把她的整个心灵都支配着了。

她踏着灯光树影，一个人凄冷冷的想想过去，想想现在，也想想未来。她怅然的望着头上的一弯淡月，一阵心酸，两行晶莹的热泪从她的面颊长淌了下来。

五

——哈哈，你回来了么？这样夜深了你还回来干什么呀！哈哈，你真傻！你真傻！

丁君度一见玉青跨进卧房中来，他做了一个冷嘲的鬼脸，劈头劈脑的就这样的讽骂了几句。

愁绪满怀的玉青，瞥见他颓然的坐在床边，两眼红红的不住的喷射着嘲骂的怒火，满脸上都泛着血一般的红霞，知道他今晚上又不知在什么地方吃醉了，只好默然无语的不睬他，由他自言自语的嘲骂去。

——你为什么不到你去的那个地方过了夜才回来呢？你长了这样大，为什么便宜行事这几个字你都不会运用呀！你难道还算聪明人吗？

——你说的是什么话！便宜行事这四个字是什么意思呀！难道我和你结了婚，连行动的自由都没有了吗！

他的话如一支支毒箭般的刺进她的心中来，她再也不能默然了。一面答他，一面便在床侧的一张椅上坐下。

——谁剥夺了你的自由！我只说你是傻子，我并没有干涉你的行动呀！

他偏来倒去，不住的在床沿上摆动。他的醉态越发显露出来了。

——你何必在我面前狡猾呢？你分明在冷嘲热讽的骂我，你偏说没有干涉我的行动。好的！你没有干涉就最好呀！那么，我要问你：你为什么说我是傻子？

玉青瞥见他这样醉生梦死的情形，悲酸和懊恼的情绪混合成了一团团的愤火，向她心里猛攻，她决心要和他互骂一个痛快。

——傻子吗？傻子就是不聪明！

——我哪点不聪明？

——聪明你就不该回家来，回家来了你就不聪明。

——那你分明是在责我不该去看朋友呀！

——谁责你不该！不过，至少你总该使我晓得才对。

——那么我离开一步，都该通知你了？

——为什么不通知呢？不通知便一定有不能通知的隐情在！

他的脑壳在低空中摇了几摇，他的脸上那讽刺的表情，更深刻而锋锐了。玉青气得几乎跳起来。

——我有什么隐情呀！

——你明白。我明白。

——那你就说出来！

——我偏不说出来！

——我一定要你说出来！

——我就一定不说出来！

——啊啊，君度！你为什么竟变成一个无赖，变成一个流氓去了啊！

玉青气得来连呼吸都有些急促了！她睁大了的眼睛里，闪动着半怒半怜的光波，死死的将他盯着。

——我无赖就无赖，流氓就流氓！不过无赖流氓总没有三心二意的女人可恶吧！

他的近视眼也大大的张了开来，嘲骂的神态变成严肃的样子去了。

——啊啊。君度！你为什么这样的侮辱我？

突的，她从椅上跳了下来，胸部一起一落的抽动得很厉害。她的音波都有些急颤，似乎，在楼面上都站立不住，两只脚只气得不住的打抖。

——我侮辱你么？我就侮辱你，不过是口头的侮辱，总没有你拿事实来侮辱我厉害呀！

丁君度的喉咙也忽然大了起来，"苦啰，苦啰"的鼻孔里也起了一阵叫吼，他的心里似乎也很不高兴。

——我拿什么事实来侮辱你？你说！你说！

——我何必说！

——你为什么不说？

——你一定要我说吗？那我就要问你：你今晚这样夜深的了，究竟到什么地方去来？

——我去看我的女朋友来。

——女朋友！什么我都明白了！哼！女朋友，恐怕是男朋友吧！

——就算是男朋友，这有什么侮辱你呀！

——不错，到男朋友家并不算侮辱我。但你今晚上去的地方却有些不同！

——我今晚上究竟到了什么样的一个犯禁地方？你快说出来！

——云生那个地方，在你看来自然不是什么犯禁的地方呀！可是于我就有些侮辱。

——你别神经过敏。我从哪点会知道云生的住处啊！

正在气愤中的玉青，听了他这一句话，越发难过起来了。气狠狠的这样辩白几句话后，她自己都觉得，她这时的耳根简直像火一般的灼热。

——你何必抵赖呢？什么我都明白了。

——我就去也是光明正大的。我为什么要抵赖！我总不明白，为什么我去会云生就是侮辱你？照你这样说来，我嫁了你，连和云生作朋友的自由都没有了？我倒要问一问你：你究竟是我的什么人呀？你要支配我的一切！

她一闪闪的眼波中就像要飞进出火花来。

——我是你的丈夫。我有资格要求你少和云生往来！

丁君度用手在胸膛上一拍，大学教授的架子摆了出来。

——你有什么资格？你不配！你不配！我没有卖给你呀！……

轰的一声，玉青在楼面上蹬了两脚，气得几乎淌下眼泪来。她在床前乱跳了几步。一股股的愤气冲上来塞着她的喉咙，她连话都不能多谈了。她恨不能跑上前去打他一个痛快，更恨不能把这室中的东西通通都捣成碎片撕成碎块。她愤愤然的在室中动了几动，一翻身气倒在床上去了。

丁教授这时才有些骇然，但他的丈夫架子并没有放下。他仍傲然的把横倒在床上的她的背影望着，心里漠漠然的不知怎样是好。

——我自然没有资格。我自然不配来支配你。但你总应该明白：云生是什么东西呀！你同他接近有什么益处啊！

结果，他想了一阵，还是不如让嘴巴把心里想要说的，掉换一个温和的方式表达出来，他一来一往的不住在楼面上溜道儿，这样自言自语的开始他轻声细气的教授式的口吻。

——谁都知道：没有理论便没有行动。任凭你怎样肯干的人，如果胸中连一个系统的理论都没有，那简直等于蛮干呀！请问云生的理论在哪里？这种人都值得佩服么？

教授式的口吻转变成战斗式的口吻去了。他想瞄准云生的致命的地方，枪便从玉青的心中把他枪毙了去。

——哼！你这样无聊这样堕落的理论的根据在哪点呀？你都配骂人吗？

云生倒没有在她的心目中被枪毙，他倒反而在她的心目中被枪毙了！幸而她并没有骂出来。要不然，又有一番大纠葛呀！她依然一声不响的睡着，凝神的倾听着他，听他还有什么说头。

——像这样蛮干的人，不上他的当，你是不晓得他的坏处的，待你晓得他的坏处的时候，已经迟了！已经迟了！

——……

他说来说去都离不了那一套。玉青初听了还有些悲愤，还有些酸楚，渐渐的也就因过于疲乏的威胁，心里竟似睡非睡的迷糊起来，末了他说了些什么，她一句都听不清楚了，只微微的觉得有一阵嗡嗡的蝇声，不住的在她的耳边嚷闹。她恨不能一掌把这讨厌的东西打死。

君度也说得有些厌倦了。他瞥见横倒在床上的她的俏丽的身影，色情的烈火，又在他的胸中燃烧起来。他很想热烈的向前去拥抱她，他又怕激怒了她反而不美。他想了一会，只好轻脚轻手的解衣上床，轻轻的把她的身子放直，锦被一翻，便纵身过去挨近了她的身旁。

夜越见更深了。……

酒醉后的君度的神经，是异常的兴奋。他受不了玉青的发泽脂香的迷醉，一股股酸痒痒的怪感支配着他，逼得他翻来覆去的更不能成睡。不知几时，他已经把正在迷睡中的玉青的外衣脱去了。他紧紧的一抱便把她搂进怀中来，他的嘴巴已伸近她的唇边去了。

玉青被他这一抱惊醒转来后，一股股令人作呕的酒气直射进她的鼻孔中，她的心里感到异常的难过，想从他的怀中挣脱出来。

——啊啊，亲爱的，别要这样动呀！我的爱！我的心肝呀！我的宝贝呀！……

他口里不住这样甜言蜜语的乱嚷着，同时他的手里也一个手指都不放松的紧紧的将她搂抱着。

——谁是你的心肝宝贝啊！

她想起了他未睡前的架子十足的神态。愤火又在她的心里复燃起来。

——你原谅我吧！我今晚和你的口角完全是由爱的冲动而来

呀！你想我一个人在家里等你是多么的扫兴啊！

——啊啊！你口里那股酒气！你别要和我谈话呀！嘴巴掉开！快点！快点！

一股股难闻的恶气又向她横扫过来了。她一面用手去封闭他的嘴巴，一面却将自己的头掉在远远的地方去。

——你嫌我的酒气臭么？你要晓得，我今晚的酒又是因为不见了你才吃的呀！我回来听到说你出去了，我一个人在家冷清清的一刻钟都不能过，于是便找了几个学校的同事，到酒馆里去大喝一顿。酒喝了后，我们又一同去喝咖啡。啊，我还要向你说，那咖啡馆的两个侍女真风骚呀！她们和我们纠缠了好一阵，我才一个人先回家来。谁知回来后，满房满屋依然是冷森森的，我怎么不怨起你来呢！

君度抱着玉青还是不肯放松半个指头。他把他的嘴巴伸去挨着她的头。很温存的一五一十的诉他的酸楚。玉青却侧转半个身子去不理他，让他一个人在那里乱吼乱叫。

——我一怨恨你，不知怎样的，我马上就要联想到云生身上。于是，怨恨你的心马上又转移到他的身上去，我的心里又暗暗的把你恕了。待我一看到你后，怨你和恨他的心又同时在我心中加重起来，这时，我便情不自禁的乱骂乱说了。

——其实，我又何尝是真心的怨你和恨他呢？恨他是为了爱你，怨你又哪点不是为了爱你呢？请原谅我吧！我亲爱的呀！……

他说到这里，将身子向前一凑，玉青又被他紧抱过来了。他的嘴不住的在她的额上发间接接连连的狂嗅狂吻。色情的欲火把他浑身上下的每个细胞都烧得烦躁极了。但他有什么方法可以温润这极度的烦躁呢！玉青依然是那样不声不响的不理他。

他这样温存的结果，在玉青的心里，并没有什么好感发生，徒然增加她心里的烦厌和毒恨罢了。——然而玉青毕竟太疲倦了，经不起他一番苦怨苦求，受不了他一番的纠缠闹扰，终于在她无力的倦态中，在他的腕力横压之下，遭了他一度丑的努力的蹂躏！

性欲满足后的他，四肢长伸，牛也似的便沉沉的鼾睡去了。——但是，玉青的心里却大大的不安起来。她睁开惺忪的美眸一看，淡黄的电灯光线透进白纱罗帐中来。只见长躺在她的面前的他，醺醺然的红着双脸，分明酒犹未醒，便又沉醉在色欲的狂欢满足中，因而疲惫到了极度，一睡便沉沉的熟睡去了。她目睹这种情形，一阵矛盾的酸情摇乱了她的心身，她紧紧的用手抵着她的胸脯，仿佛她的心都撕成碎片去了。悲痛得她万万分的难过！

她把今晚上她所经过的事来回忆一遍，她把她和金文的生活比一比，又把君度和云生的生活来一对照。她的心里禁不住狂吼了起来：

——啊啊，我这人简直成了他的性的满足的机器去了！简直成了他随时随地用来享乐的对象去了！他要我喝酒，要我进戏院，要我着时装，要我好修饰，要我时而这样，时而又那样，都完完全全为了要满足他享乐的欲望呀！

——我能同他一样的颓废下去吗？一样的堕落下去吗？假使我能够的话，那倒是我的幸福呀！但是谁愿意同他过这样可耻的幸福生活呢！

——我是我，我应该有我的独立性，这样可耻的行尸走肉的生活，还是让他一个人去享受吧！还是让那些求幸福的姑娘们来享受吧！

——看啊！金文是何等的值得人敬佩呀！

——看啊！云生又是多么的值得人崇拜呀！

——我只有跳出这泥潭，跳出这火坑，我才能得到真正的幸福啊！……

掀天的巨浪，在她的脑海中澎湃起来。金文的身影，云生的语声和笑貌，君度的醉态与冷容，街路树，烂泥船，月光阴影，矮屋空坪……举凡今晚上她耳闻目见的，在她心里一度狂吼之后，都零乱的破碎的刺进她的耳中，闪现在她的眼前。她无法宁静她的思潮，只好让懊恼，愤恨，忏悔，兴奋等矛盾的情绪，在她的心中搏斗起来。她陷身在这样矛盾的情态中，迷迷糊糊的到天快明了，她的眼都还没有合上。

六

是礼拜天的晚上。

玉青在金文的家里，已经等得不耐烦了，云生才匆匆忙忙的跑了来。

——为什么这样迟才来？

金文欢迎着云生，半惊半笑的问。

——忙啊！实在对不住！对不住！

跨进室来的云生，一身都还带着匆忙的神色。他搓着手耸了几耸肩头，向金文和玉青弯了弯腰，微笑着在一张台前坐下。

——我本来早就要出去的，因为你老不来，不好让玉青一个人在这里等，所以，没有出去。现在我可要出去了，你们多在这里谈一谈。

金文望望玉青又望望云生，半笑不笑的这样说了几句，扭身转去就想走。

——忙什么呀？有什么要紧事，我一来你就要走？

——我要到一个地方去接洽点事情。对不住，没有陪你们。

金文的唇边浮了一痕很自然的微笑，向他们点了点头，便走出门外去了。

玉青目送着她昂然的俊影，想着她毫不透露的微笑中隐藏着的深意，心中又万万分的感激她和敬佩她。她这一走，走得他们的心里是何等的轻松啊！——但是轻松虽然轻松，可是先找什么话来说呢？于是，毕竟他在轻松之后又不能不加添上几分忸怩，虽然在相顾一笑后，又不能不将视线避开，暂时让沉默在他们之间流动着。

——那晚我们留的字，你是得到了的吧？

这样的沉默，实在太把他们隔膜起来了。玉青忍耐不着，想先说一句话来打破这不自然的局面。

——得到了，你们为什么不当晚通知我一声呢？竟自悄悄的就跑了。

云生含笑的望着她，忸怩的颜色虽然减了几分，但他还是很不自然，搓着双手。

——怕惊动你呢！

——惊动我又有什么关系呀！

——没有关系？难道你还是三年半前的你，可以惊动你来玩的吗？

这句话是多么的甜而有味呀！他们间的不自然忸怩的神色都顿然散开了。

——哈哈，你原来是为了这个原因不惊动我？难道这三年以来我还有什么大变动吗？

云生不但不忸怩，而且还有些活泼了。这活泼是那次在她家里没有表露过的，只有在三年半前，常常在她的眼前浮现。

——你自己想想看，有没有变动呢？

她水汪汪的眼睛，半怜爱而又半同情的夹着令人迷醉、令人流泪的光芒，向着他倾泻过来，他坐着的椅子都像动摇了起来，心脏突突的跳个不住。他觉得她这句话是一颗糖梅子，嚼在口中又酸又甜呀！

——没有什么大变动吧，我想。

浮现在他脸上的，是一痕痕的苦笑。

玉青并不说话，她只抿嘴的笑了一笑，粉红的霞彩，一朵朵的飞上了她的面庞来了。

——君度近来的事情忙么？

云生还怕玉青那含着酶素的话，一句紧逼一句的来攻破他三年来已经平复了的创痕，他拼命的勒紧着那匹感情的劣马，不让它自由的驰骋，他想找些不关重要的话来和她攀谈。

——你别要提起他！

——哈哈，为什么不要提起他呢？

——我不要你提起就不要你提起他！

红着双腮的她，越发娇媚得可人了。

——那么，我可以问问你们这几年来的生活情形吗？

——生活还不是那样平淡淡的，有什么可问呢！

——能够平平淡淡的也就不坏呀！因为平淡中就有无限的幸福存在，那你们的生活一定是很幸福的了。

——平淡不一定就是幸福吧！而且我们的所谓平淡生活中却有不小的波澜。

——小小的波澜有什么要紧呀！正因为平淡中再去点缀一层波澜，才表示出你们的生活不是死板的呆木的，而是生动的幸福的啊！

云生在微笑中做了一个羡慕的手势。从他的表情上看来，似乎十分之九都是出乎真诚。

——幸福！我请你别再提起这两个字吧。

玉青的眼圈都红了，心中是异常的难过。

——好吧！我就不提起这幸福两个字吧。不过，在我看来，君度这样的对你倾诚，至少总不得使你感到不幸福吧！

——啊，云生！请你别这样的挖苦我！

三天以前的那晚上的事，她猛然想起了。一团团的愤火烧进她的心上来了。她认为云生的话是在无意中侮辱了她。她的眼泪都几乎直流下来了。

——我哪里挖苦你呢？难道那样渊博的理论家，那样好的一等人物，还不能使你幸福么？

——啊啊！云生！云生！我真的，真的求你别要挖苦我了！我的心里痛得很呀！

不知怎的，玉青一听到他这几句话，心头便猛然感到一阵心酸，两颊燃烧得特别厉害，眼眶内含蓄着两颗欲滴不滴的珠泪都长淌下来了。

云生瞥见这种情形，心里后悔极了！他本来是说笑的，谁知他的话的确有些令人太难堪，这是出乎他意料之外的。可是话已经说出来了，怎么办呢？他在焦急中想了又想，依然又想不出一句好话来。结果他还是只好照例向她道歉。

——啊啊，玉青！玉青！对不住你！我的话，真是说的太糊涂呀！请你原谅我！原谅我！

他这样的话，依然不能拂去她心中的悲酸，反而越发加添了她无限的酸情，无限的幽怨，她的头突然偏枕在曲在台上的肘上。

——玉青！玉青！玉青呀！为什么我说错了一句话你都不原谅我呢！我的话确是出自无心，确是随随便便的一点儿也没有什么意思。

他这几句话又有什么用处呢？玉青不听到他的劝慰似乎还好点，一听到他这样殷殷勤勤的说，心里越发难过起来！淡黄的电灯光下，只见她蓬松的短发，辉耀着动人的闪光，她的圆润的双肩，在不住的微微抽动。她似乎在低泣，也似乎在哽咽。这更把云生急的没有办法！

这如怨如诉的泣声，把云生的心的深处打动了！——枯死在心里已经整整有三年多的爱苗，仿佛受了春温的培养似的，突然在他的心里推动起来了！他望着这曾经热烈烈的拥抱过狂吻过热爱过的人儿，细细的推想他这一句话为什么竟引起了她这样的悲痛的原因，他那匹勒紧着不许他任意驰骋的感情的劣马，却不服从他的命令，向四处奔腾而去了：他想起了三年半前他们最后临别的那一夜，也想起了自从在那一别以后，他在回忆中的凄苦。他又想起了他怎么在工作中拼命的努力来减杀他怀念时的悲哀，他更想起了他佯装假作去欺骗一般朋友，直到更深人静的时候，他才用酒精的力量来麻醉他的感觉的狂妄举动。他越想越不想想，然而越不想想，偏偏又越要朝前想下去。本来，在他们泣别后的一半年，玉青的身影已经渐渐的在他的心中淡化下去了。他内心的悲楚，自然也一天天的逐渐消减。到了一年以后，他对于这件最痛心的悲剧，更见冷漠，不但想起的时间很少，万一就想起呢，也不过空叹两口气而已。他这样的度过了一年两年和三年，他过的生活，不是平庸的生活，他生活在斗争中，生活在困苦中，生活在狂涛骇浪的掀激中，烦难艰巨的事务，如崖石一般的重重叠叠的堆积在他的心中。这一段浪漫的情史，早已成了僵硬的化石，被积压在他心中的最末一层去了。他不但不去追想她，就是朋友们在谈笑中提起来打趣他，也不过如一缕微风从他的耳边吹过，他的心湖，不仅不能掀动起大浪，就是细微微的涟漪也吹动不起。想不到三年半以后，他又走到了Ａ地来，更想不到他竟受不了林晓山的怂恿要跑到他们的家中去。自从那次去后，玉青的特别殷勤和亲昵，已经使他成了化石的情绪，微微复苏。玉青那晚的带月探访，更使他的情焰渐渐的炽热起来了。——而今晚上玉青竟又这样的动容，这样的悲感，这样的亲热和柔媚，他已经猜测到她和君度之间，确有一条显然的裂痕了！这裂痕是应该使他欢喜的呀！然而他却不，他望着陷在矛盾的痛苦中去了的她，同情的，怜爱的，怆恼的，愧悔的情绪一齐挤进他的心来，急得他确实没办法。他很想一抱把她抱进怀中来，热烈烈的吻她一个痛快！

——玉青！玉青！你有什么痛苦，你尽管向我说！说吧！说吧！什么我都明白了。……啊啊，我真糊涂，我为什么找出那样一句伤你心的话来说呀！啊啊，原谅我！原谅我！

突然，他立起身来，走近玉青的身旁，这样口吃声颤的不住的告哀求恕。他的手伸起去想抚慰她，然而，毕竟他的胆小，又抖抖的退回了。

这时，玉青才慢慢的把头抬起来，举起泪光莹莹的双眼盯视着他，仿佛有无限酸情哽塞在她的喉咙里似的，她开始颤声的说话了：

——啊啊，云生！你别误解我。我不是恼恨你，不知怎样的，我一听到你那句话，我的心里就酸痛起来了。

——是的，我说的太鲁莽了！

——不，你的话并不鲁莽，假如我的心里没有什么苦楚，真的，你的话也不过一句笑话而已，哪能够使我这样的心痛呢！

——那么，你的心里，究竟为什么这样的悲痛呢？能告诉我么？

——有什么不可以告诉你呢！老实向你说吧：近几个月来，我实在把君度恨死了！

她的脸色渐渐的变成了青白，一团团的愤火，仿佛就要从她的眼中喷射出来。

云生听了她这几句话，心里大大的吃了一惊，仿佛有一阵狂风骤雨，从他的心中驰过，接着凉爽的清风便飘来了。他睁大着双眼，盯着玉青很诚恳的问道：

——为什么呢？

——你大概总能听到别人说过一些吧，他现在是比从前大变了！他自从从 H 埠逃回这里来后，什么他都不愿干了，当教授也不过只想骗钱。他唯一的目的，只在拼命的享乐，拼命的想尽种种方法来麻醉自己。他早已经就是一个没有信仰的人了。他的灵魂也早都失落了，只还有一个躯壳，一个迷于酒色的躯壳！但是，他剩下来这躯壳却还不耐寂寞，他还要苦苦的连累着我，要我也同他一样的去享乐，去设法麻醉自己。他没有灵魂，叫我同他一样的没有灵魂；他没有信仰，叫我同他一样的不要信仰。我简直成了他的附属品去了，简直成了他的牺牲品去了！而且有时我还是他享乐的工具，麻醉的对象呀！啊，云生！你替我想想，我还有什么幸福可言呢！

——我想，你好好的劝他，不会始终不能改的吧！

——我何止劝过他千百次呀！他说，这是他新近的人生观，是没有方法可以改正他的了！

——你只要不怕麻烦多多的劝慰他，鼓舞他，我看他不会长此浪漫下去的！

——他已经决心要颓废下去，堕落下去，还有什么方法可以救药呢！

——那依你的意见怎么办！

——我吗，云生！他是他，我是我！我只有和他离异呀！

玉青的双眼，突然大大的张了开来。她的神态是那样的毅然决然，仿佛是经过了几度的沉思，半分儿都不能改变了。

——不过，玉青！你是再也经不起第二次的刺激和痛苦的人啊！你要仔细的想一想，不可太过于轻躁了！

——我要拥护我自己的信仰，我要珍爱我自己的灵魂，我只有这一条路好走！我不能徘徊，徘徊便只有增加我的痛苦；我也不能迁就，迁就也只有加强我的刺激。老实说吧！我实在大大的下了一个决心，我唯一的只有这条离异的大路了。

——不，玉青！你还要仔细考虑！千万别要受一时感情的驱使！

——我哪里才止考虑过一次呢，我已经劳心焦思的考虑过不知若干次了。别人我都没有向他说，我只要你一人知道我的心事，我就够了。

——啊啊，玉青！你还要考虑！还要考虑！

这时，云生的心里，反而极度的不安起来，就像有什么大得不得了的大祸要降临在他的头上来了似的，一阵阵无名的恐怖，从来不曾感到过的恐怖把他的全心灵都支配着了！他感到了危险，也感到了惶悚！他抬头去望玉青，这时候的她，早已消逝了满面的愁云，她那动人的丰姿，宛如雨后初霁时的玫瑰一般，是那样的新鲜，那样的娇艳！一种新的压迫又无情的袭进他的心中来了。他默默然的望着天空，一口口的长吐他心中的郁气。

金文也恰于这时候走了进来。她的身子还未挨近他们的面前，尖锐的响声已经先来敲击他们的耳鼓了：

——啊，你们坐得很苦了吧！我这一去就去了这样久的时间，水都没有给你们喝呀！

云生和玉青同时都含笑的站了起来。金文在外面端起两杯茶走过来了。她把茶递给他们后，没有谈几句话，仍然缄默带笑的在旁坐着。

他们的话转到不关紧要的一方面去了。——谈到片刻，云生便立身起来，说他还有旁的紧要事，匆匆忙忙的告别走了。

玉青也怅怅然的，握别了金文，仍然是冷清清的走回自己家中去。

已经是更深人静的时候了。

蜷曲的横卧在木床上的云生，翻来覆去的总闭不上眼来。他的躯体虽因工作的紧张感到了极度的疲倦，但他的神经却总是那样的奔放，一时不肯休息下去。往常，他刚刚倒下铺的时候，虽然也喜欢思这样想那样的搅一阵，但不到半点钟却沉沉思睡的渐渐的沉入睡乡去了。而且每次攒进他心里来的主题，大半都是今天所有自己做的重大事情的反省，或者是明天一定想干的许多事的措置。除此而外，一切的玄思幻想都和他绝缘了。今晚上却有些异样，他的思绪是异常的混乱，什么事都像是片断的零碎的和纷紊的，一点儿也都想不出一个头绪来了。明天的事么，他的脑子里是有的，今天的事么，他的心里又何尝没有呢。然而有虽然有，却总有些漠漠然，印象并不鲜明，感念并不浓密。他的意识似乎有点迷糊起来了。他在迷糊中拼命的睁开滞涩沉重的双眼向四围看了又看。木台上那半明不灭的灯火，正在幽暗中喷出一团一团的光圈，渐渐的光圈飞到高而黑暗的地方便幻灭了。一星星的金色火花却在那高暗的空中飞舞起来。星火时散时灭，时灭又时起。他的目光越发昏花了。他仿佛在那星火散灭中瞥见一个人影。这人影正是三年半前那么娇艳那么秀丽的玉青呀！而且她的身影逐渐的张大，随着金花的喷射一步一步的逼近他的床前来了。火一般的情焰在他胸中燃烧了起来，他自己觉得他们仿佛还在初恋的时期，他的心里酸痒痒的正想向前去拥抱她，但是她那动人的身影，突然随着舞动的星花在半空中绕了一个圈，两滴晶莹的热泪又像要从她的眼角边长滚下来了！他怅怅然的望着她，不知道这究竟是怎么一回事啊！过了一会，这丽影竟又在这星花乱舞中消逝了，接着闪现出来的，是一群群奔跑的粗暴的工人模样的人影，一个个唇动嘴张的时现时灭，时灭时现的如流水般的不住的奔跑，愈跑愈快，愈快愈多，仿佛这住居的四周都要被震碎裂似的，要挣扎又挣扎不起来。他跟着这如潮如水的人群狂呼起来了！——幸而他这样一呼，他的意识才渐渐的清醒了转来，他把适才那似梦非梦的情景追忆了一遍，他才知道是一些幻觉在搅扰他，在心中斥骂了几声，重新将眼合上了。

将晓的晨风，夹着柔和的迷人的魅力吹进窗来，渐渐的，他才沉沉的熟睡了去。

<h1 style="text-align:center">七</h1>

三月廿九的早晨，Ａ地Ｓ河的两岸，突然有十二万纱厂工人总同盟罢工。这消息由Ａ地的各家报纸用一寸大的标题字标出来，题脚下又还加上木棒似的三个惊叹符号。不消说Ａ地的市民，都大大的为之震惊了！

十二万人总同盟罢工，绝对不是一件好玩的事，况且又当Ａ地的政府在严厉的镇压罢工之后。数月以来"罢工便是犯罪，犯罪便要砍头"这一可怕的观念，深深的印入人心，不说这样近乎犯上作乱的行为不曾有，就是提到罢工二字都有些谈虎色变。——突然，这样霹雳一声从阴霾低压的空气中吼了出来，不但市民为之震惊，就是政府中人也震怒得来暗中打抖！

这惊天动地的消息，从报纸上一映入玉青的眼中，她惊喜得狂跳起来。她几步跑近她的卧房中，指着报纸向躺在床上的君度叫道：

——看啊！十二万纱厂工人总同盟大罢工了！快点起来！快点起来！

——十二万什么人罢工？

君度大大的打了一个呵欠，伸出一个头来，吃惊的这样问。

——纱厂工人呀！十二万！

狂喜着的玉青，浑身都泛溢着沸腾的血液，手足不停的不住的乱跳乱动。她仿佛得到了意外的光荣的胜利似的，满心中充满了难于描述的喜悦。

——这有什么稀奇呀！值得那样大惊小怪！快拿来！

君度先加一句叱咤来表示他心中的静安，然后才将报纸从玉青的手中夺过来仰天而卧的睡着看。

——是的！一点儿也不稀奇。在理论家的眼中看来，就再大万万倍的事，也一点儿也不稀奇呀！

她仿佛意外的受了什么东西的横袭似的，瞠目望着睡意犹浓的他，气得心中不住的连连打抖。

他受了她的讥嘲，并不答话。只突出近视眼来恶意的斜视她半眼，才将视线移注到报纸上去。

——这样去煽动罢工有什么益处呢！你好生看吧：流血的事，接着就要来了。

哗的一声报纸被他丢下床来。他的话还没说完，头已经缩进被窝中去了。

她瞥见他这种淡漠的假装聪明的模样，恨不得一刀把他的巧舌拔了出来。

——我说，革命的潮流低落了，无论你怎样去干，都干不出一个什么花样出来。罢工就能把群众的革命情绪提高么？做梦！做梦！真是做糊涂梦！屠杀的恐怖一来，还不是什么都没有了？罢工又有什么用处呢！

——这些蛮干的家伙，不惜把群众驱入死途，至少应该负道德上的责任呀！……

头缩到被窝中去了的他，梦呓一般的这样乱七八糟的胡囔一阵，锦被上起了一阵红色的波动，声气渐由嗫然而息没了。

——你才是蛮不讲理的家伙呀！啊啊！……

停立在床前的玉青，一听到他这一阵糊里糊涂的话，心中暗骂起他来。暗骂了一顿过后，见着被上的红浪已经平静了。浪下细微的鼾声又飘进她的耳中来，她长长的向着低空嘘了一口恶而闷的气。愤恨和怜惜的矛盾的情绪又如烈火一般的在她的心中燃烧起来了！

——他为什么竟混蛋糊涂到了这步田地啊！他真可怜！他真可怜！

她向后退了两步，坐在一张摇椅上，心中不住的这样暗叫起来。她沉入了烦思，引起了她无限的杂感。她起初不住的责骂君度，渐渐的又回忆到她和金文同到云生处那晚的情景。她时而叱斥君度的颓废无聊，时而又钦佩云生们的能说能干。她又转念到这回的罢工，但她却不像君度那样只晓得站在旁边谈不负责任的风凉话，她由表面的为这次罢工担忧，同时也赤诚的更为这次罢工惊喜。她担忧的是群众忍饥挨饿的艰苦奋斗；她惊喜的是即使流血牺牲也能够得到莫大的成功。她这时的心中，被愤恨和钦佩、深忧和惊喜的各种情绪牢牢的缚着了。

第二天报纸上记载着的罢工消息，更令人吃惊了！工人们宣告，他们的十五条要求一个字都不能修改，假如政府和资方要用武力来压迫他们，他们只有预备拿鲜血去和黑暗势力奋斗！报上又载，他们的罢工纪律是如何的好，他们的组织又是如何的严密，他们的纠察队是如何的有精神，他们的侦探队又是如何的活动。……A地的本市新闻，完全被这些引人注目的消息挤满了。看报的人，大都被两种极端相反的紧张的表情，把他们分成了对立的两类——一类是对于罢工的愤恨和诅咒；另一类却是对于罢工的同情和狂喜。

同情和狂喜的人虽然在暗中确实很多。但是，谁能赶得到玉青的同情和玉青的狂喜呢！她偷偷的一气跑到金文家。她想问问罢工的一切详情，尤其是云生的一切详情，也想同着金文到罢工区域里去看看一切实况，——尤其是看看云生的一切实况，谁知她到了金文那里，金文又不在家中。她只好失望的跑回家来。她到家以后，又像有件什么大的心事，沉重的梗塞在心中，连坐卧都得不到宁静。

罢工的形势一天严重一天，玉青的心也跟着一天比一天的沉重。君度呢，他仿佛有意和她敌对似的，他也随着形势的严重，加紧他冷然嘲笑的态度。他虽然不愤恨和诅咒罢工，但他却不赞成在这严重的时期有这样冒险的行动。所以，他对于这次罢工的指导者，一点儿也没有同情的赞许和善意的批评，只是一味尖酸刻薄的冷嘲热骂。这在玉青的眼中看得出来。他比愤恨罢工和诅咒罢工的敌人还十分可恶了。

她终于有一天在金文的家中会着金文了。金文告诉她罢工的形势近几日来是如何的严重，资方又是如何顽固的不肯承认工人的正当要求。她又告诉她：军警当局在工人区域内是怎样的戒严，工人群众在高压之下又是怎样的愤怒。她还告诉她：云生是如何的重要和奔忙。末了，她又诚恳的告诉她：在罢工期间她要想会会云生是绝对的办不到。她听了这些话回家以后，她的心越悬摆般的高挂在半空，更沉重的摇荡得特别厉害。

惊人的事件在罢工后的第十一天发生了！军警用明晃晃的如林的刺刀，勒令着工人无条件的上工。工人群起反抗，军警便鸣枪示威，刺伤无数工人群众，罢工委员会被解散了，工人纠察队也被解散了，活动份子被捕了，工人领袖也被捕了。工人们在此残酷的高压之下，只好忍泪吞声的为这淫威的暴力所压服。十二万人挨饥受饿坚持了十余日的总同盟大罢工，终于在资本家政府残酷的刀枪政策之下失败了！光荣而又英勇的失败了！

这惊人的消息传到玉青的耳中来，只震愤得她两眼火流，心如雷鸣般的怒吼。一幕幕碎人心魂的惨剧，闪电也似的从她的眼前驰过，更令她的心里比刀绞还要难过万分。她想这次的牺牲不知死伤了若干人。云生的生命也难保没有危险。她又想跑到金文家中去问个明白，但她又怕在这种严重局势之下，就去恐也是徒劳往返。她愤然的向四围漫无目的的望了几望，茫然的有点仓皇失措了。

她几步跨进书室中去找君度，迎面给她的一个深深的印象，是一张冷然的骄傲而又矜持的鬼脸。这鬼脸的可怕的恶意的表情，几乎吓得她打一个倒退。

——我的话该也没有错吧？你看，他们的结果如何？

丁君度还怕他自觉胜利的表情不十足，大拇指伸起来在空中摇了几摇，嘴角眼边都浮满了自负不凡的微笑。

玉青看见这个幸灾乐祸的没有同情心的人，想破口去大骂他，又觉得即使骂他一个痛快也徒费唇舌。只好忍耐着出奇的望着他，听他还要嚷些什么臭调。

——这些所谓实际行动家，似乎也应多给他们一点打击，他们才多懂一点实际呀！你看，一味的蛮干的结果究竟如何？还不是驱羊群入虎穴，这真是天地间第一等的罪人呀！

他的脑袋一摇一摆的越发说的起劲了！连他自来就喜欢闲着不动的左手也和着右手同时动作起来。

——照你这样说，去干的人是一等罪人，那么，不干的你，就一定是一等善人了！

她实在有点忍耐不住，言不由衷的便这样愤然的说出来。

——我虽不是善人，但是在这种局势下，这要鼓动着群众去牺牲的，谁能证明他不是恶人！

他的气焰更胜了，青白色赶去了他脸上的微笑。

——那照你的主张，是群众要干都应该制止他们干，是不是？

——是的。在这种情形下，只有采取退守战略。

——退守就不牺牲，就不流血，就是一等好人，这是你的所谓战略？

——难道我这个主张还有错吗？

——哪里会错呀！经济的罢工你都不主张，真是好一个退守的战略！

玉青再也不愿和他多作无聊的辩白了。冷然的报他一笑，便匆促的退出书室门来。

时间跑得真快，罢工被暴力高压下去后，匆匆的又是五六天了。在这五六天中，玉青几乎天天都要跑到金文家去探消息。但是每回去的结果，不是金文不在家，便是金文行色匆匆的向她略说云生的近况。至于谈到要会云生，金文总不肯肯定的同她约一个时日。玉青要想会云生的心，自然加倍的迫切了。但是从哪里去会他呢？究竟会他干什么呢？她都有些茫然，总觉得她心里确确实实的非一会他不可啊！她想会他的心愈切，他的音容笑貌也就很快的一天比一天的在她的脑中活跃起来，同时憎恶君度的心理也就加速度的增高了。从前她还隐忍着不和君度冲突，可是在这时候她无论用什么方法都不能压制着她爆裂出来的情感了。她几乎每天都要和君度口角，嘲骂和怒目而视。她甚至于觉得她多和他同居一天，她便多过一天奴隶式的娼妓生活。她已经大大的下了决心，在最短期内一定要和君度脱离三年半以来的夫妇关系。

他们两人间的感念和生活既这样的不同，各人的想法要走极端自是很当然的事啊！

有一天，玉青在金文家里突然得到一个可惊可喜同时又是可歌可泣的消息。玉青听了，惊得木呆呆的几乎不能答话了。这消息是什么呢？便是云生于数日之后将要离开 A 地而他去了，约她在最近一二日中择一个时间会一会。

她和金文商定了和云生会面的时间和地点，一个人回家来后，她细细的咀嚼着这一可惊可喜可歌可泣的消息，她仿佛喝多了葡萄酒的人似的，浑身的血液都像在温甜的况味中，舒活的流动起来了。她的心中感到狂喜，感到畅快。然而不到片刻，仿佛又有一阵寒风吹上她酒后的体躯，一阵恶寒又侵入了她的肌肤，冷得她似乎也有些微微打抖。她这时的内心，完全被这一冷一热的情绪支配着了。

她到书室，到卧房，到梳妆台前，到大衣橱侧……不知怎的，这些熟悉了的东西一映入她的眼帘，她都凄然的引起了无限的酸感！她望着眼前的一切，她仿佛在向它们狂笑，自庆她将要得着胜利了。她又像仿佛在向它们流泪，诉说她快要离别它们之前的无涯的酸楚。

这两天她的心里确然有些变态。她对于丁君度也特别的温和俯顺起来，她有时一想起他便要现出恶意的狞笑，但是有时到更深人静的时候，望见睡在她怀中的他，禁不住又一个人哽哽咽咽的暗泣起来。她为什么竟会这样的变态呢？她生活起了这样大的变态的主因和动力又是什么呢？连她都分析不出一个所以然来，她不过在几度矛盾的沉思之后，不知不觉的就这样的大大的起了变化罢了！

八

东山大学的校园，是在大学校址的左侧。园前是一个大操场，场的一端有条曲折的小径可以直达园内。园中的布置精雅而又天然，有小山，有亭榭，有喷水池，有笼着的小动物，再加以青葱的树木三三两两的点缀其中，景色是多么的新鲜，多么的幽静啊！

——你一人在这里多等他一下吧，我早已和他约好了。他一定会到这里来的，我有事，我要先去了。

金文在校园中的一间草亭内坐了一会，忽然立起身来握着坐在她身旁的玉青的手，这样含笑的说了几句，便想和她分手。

——今晚上并不早了呀！他是不是一定要来呢？

玉青的表情是十分的凄然，她仿佛不忍金文马上就离开了她，她紧紧的握着她的手不放。

——难道他还会失你的约吗？大概又是什么事把他耽搁了。我想他一定会来的，你请多坐一坐。

金文的颜色越发辉耀着殷勤恳挚的闪光，她用一只手去抚着她的肩，俨然像在温慰她的小妹一般。她那温柔诚恳的表情，真可以令人感激涕零。

——来，我虽然料得到他一定要来，但是，时间太晚了恐怕不好吧！

——哪里会晚呢？现在还不过八点钟。这大概是你的心理作用吧。真太把你苦了，太把你苦了。但我却不能不走了呀！再见，再见。

笑痕突然在金文的眉峰上展开，她紧紧的拥抱了一下玉青，亲热的摇了摇手，几步跳出亭外，快步快步的踏上曲径，曾几次带笑的掉头转来招呼玉青，过了一会便隐没在花丛树影中去了。

伫立在亭外来的玉青，目送着她昂然挺直的身影，渐渐在她的眼中消去，一个人冷清清的顿觉寂寞非常。她仰头去望天空，天空是一片银白，明耀的星子缀满了半天，一轮皎洁的明月已经高高的升在空中来了。月光笼照着全宇，霜雪般的横泻在校园中的花枝树影上，园中的一切景物，都像浮耀着一闪闪的银光，一片空明把校园中的一切都格外装点得十分的清幽，十分的奇丽。她出神的望着这澄澈的四周，看看在园中游玩的人已经渐渐的稀疏了，渴望云生的心，随着四围的岑寂，火一般的炽热起来。

她向四处看了一阵，并不见云生的踪影。她只好退进草亭中去坐在亭边，头横靠着亭柱，目不转睛的将上亭中来的小道盯着。四月里的南风，温和的吹入草亭中，月光的映射下，可以看得见她的短发飘飞，她的衣裙拂动。

突然，一个昂然的身影，从树枝间闪身到草亭中来，愈走愈近，愈近愈快，一步步的看看就要走进亭中来了。玉青留神的仔细一看，这人的颜色，是被一顶呢帽的边沿罩着的，从上而下也只能瞥见一片阴暗的黑影，连眉目都不十分看得清楚。身上穿的是一套黑色学生服，脚下是一双沉重有声的皮鞋，他昂昂然的运动他的身躯，精神抖擞的像一个长于运动的学校选手。玉青越看越不像云生，心中忐忑忐忑的越发惑然了：云生为什么会穿这样的衣服呢？她就在金文家会着他的时候，他都穿的是一套蓝色的工人衣服呀！她想这人一定不是云生了。然而她看他的行动是那样的匆忙，半分儿闲散态度都没有。若说是这东山大学里的学生，这样忙迫的跑到专供人游散的校园中来干什么呢？她又不敢肯定的那么推测了。

她正在这样徘徊不决的时候，那人已经闪身到她的面前来了！

——对不住呀！玉青！累你久等我了。

呢帽从头上落到了手中，站在玉青面前含笑点头的，确确实实的是化了装的云生。

——啊啊，是你呀！

玉青大大的吃了一惊，高兴得从亭边上跳了下来。她瞥见站在她面前精神焕发的他，温柔而又刚练的他，说不出内心里的发狂般的喜悦，她竟毫不避嫌的握着他的手摇了几摇，一股灼热的暖流，触电般的便从他的手心中传到她心的深处来，心脏突突的在她的胸腔里猛跳起来了。

——你怕等得有些不耐烦了吧？今晚上又有些事把我耽搁了，所以没有对准时间来。你同金文一块到这里的吗？

他一点疲乏的神色都没有，依然是在草亭中站立着。

——当然是同她来的呀。她已经回去了。她不来我怎样会想到这个地方会面好呢？你今晚上为什么又这样的打扮？

——我是东山大学的学生，我当然该这样的打扮呀！你看，我的徽章！

他将胸前挂着的校章掏了出来，在月光下摇晃了几下，笑的越发有趣了。只不过他的这一笑却不比平常，他的笑纹里，显然蕴藏着无限的深意。

——十天以前你还是一个工人，今晚上你又是一个学生了，你真会变呀！

——说不定还要变几个模样呢！

他们在月光映射之下又相顾一笑。

——喂，这一回的事，恐怕你又很危险吧？

——我倒没有什么。……

他们的话锋转到这回的罢工上去了。彼此的情态都顿然严肃起来，笑痕在他们的颜面上敛了迹。

——真想不到这次的事竟得到这样一个结果呀！前几天正在严重的时候，真气愤得我发抖啊！

——你的话小声点吧！我们走过那面去再细说。

一提起政府用暴力来镇压罢工的事，玉青的震愤又复燃起来，她不曾提防着她的激愤的声调说的过高，云生连忙制止着她。带着探察的目光向四围扫视了一遍，才朝亭中较幽暗的一角走了过去。他们平排的在角边的亭栏下坐下了。月光从身后打斜的射过来，亭外不易瞥见他们的面身，他们之间却能藉反映的光影，面对面的看得清清楚楚。

——我真不小心呀！

——因为你太震愤了，当然难怪。

——你究竟受什么危险没有？难道他们这样厉害的，都没有注意到你吗？

玉青的美眸内，闪出了关切而又慰问的光辉，凝神的全浴在云生的脸上，她仿佛聚集着全副的精神，预备要听近在她身旁的英雄般的战士，述说一切阵中经过似的，她的表情是异常的紧张和异常的严肃。

——危险自然随时随刻都有危险呀！不过我并没有把它当成危险，所以也就很泰然的过去了。可是到了罢工被破坏之后就不成，罢工区域里四处都有侦察我的暗探，我实在不能在那里活动了，只好跑出来在外面暗中活动。待我刚刚把各厂里的工会负责者组织好后，我的住址又被暗探侦察到了，我差一点就被他们捕去了呀！好在有人预先来报信，我才免脱这次的危险。这几天侦察我的人更多，没有办法，才化装成这个倒像不像的样子。这回在工人的要求上说，虽然大大的失败，但是他们革命的情绪却因此大大的增高了。这也可以说是我们的成功呀！

云生目注玉青，轻言细语的诉说他这回危险的经过，凝神倾听着的玉青，听到有些地方，都禁不住愀然作色的暗自惊寒，但他却还是那样不动声色的随随便便的说下去，说到末了，他竟很坚定很有信心的微笑起来了。

——啊啊，我还不晓得有这些惊心动魄的经过呀！金文为什么一句都不告诉我呢？

玉青的面上还罩上一层惊恐，她那一闪一闪的目光，不住一上一下的在云生的身上打量。她瞥见身经百战的云生的情态仍然如平时一般的满不在意，惊佩和崇奉的情绪，几乎逼着她去狂吻这位充满着狂暴的热力的人物。

——想来是怕你为我受虚惊吧！

他这样答复她后，望着她笑了一笑。

——真的，要是前几天我晓得，更要为你担心不少了。

一痕媚笑展现在玉青的眉宇间。她又想起金文之可佩了。

——这样说来，金文毕竟很聪明呀！

云生望着那迷人的媚笑，心里猛然起了一阵悸动。他的笑痕也在脸上展开了，他死死的将她的闪光的美眸望着。

——是的，金文很聪明。

玉青的头渐渐的垂了下去，把云生的视线避开了。

他们之间，暂时流动着沉默。

——听说你不久就要离此地吗？打算到什么地方去呢？

玉青这两句问话，微微有点凄颤。

——三天以后就要走了，多半是到南方去。

悲离惜别的表情，半丝儿痕迹都在云生的身上寻不出，只不过在他的含笑中，多添了几分漫柔罢了。

——这个地方一点都没有什么留恋吗？

——最值得我留恋的当然是我的工作，可是事情已经到了这步田地，又有什么值得留恋呢？我们的事业是没有地方性的，我们的人数是没有地方性的呀！随便哪里我们都可以干！

铜铁般坚的意志，从他这一段谈话中完完全全的表现出来了。他的眼中流动着不折不挠的光辉。玉青望着这巍然屹立在她面前的他，一想起她眼前的遭遇，几乎长淌下泪来。她不敢正视他，只凄然的睁起潮湿的双眼，把漫天的星影出神的望着。

云生一见这种情形，为之吓然了。

——玉青！你们近来的生活还好吧？

云生有意的要想把她的悲感挑引出来，看看她究竟有一腔什么样的心事？

——我的生活是娼妓式的生活！我们的生活就是矛盾的生活！有什么可以告诉你啊！

她依然出神的望着天空，连头都不掉转来，她的声调不但不凄颤，并且还有些急躁。她分明一想起她的生活就有些愤激了。

——你们的生活究竟矛盾到了什么样的程度？我是快要离你们远去了的人，告诉我，看我还能稍尽点劝慰之力不？

——我简单的告诉你吧，我是再也不能同他共同生活下去了。

我已大大的下了个决心，在数日之内和他离异！

——玉青！我前次不是劝你要深深的考虑吗？冒冒失失的去做，只有增加你的痛苦呀！

——我什么都考虑过了。你难道还劝我牺牲自己的信仰去过娼妓式的生活吗？

——我当然没有这样的糊涂呀！

——那你就不该来阻止我！

——但是，玉青！你将来怎么办呢？

盯视着玉青的双眼的云生，说到这里的时候，音波也微微的有些抖动了。他想起了玉青的遭遇，确感动得他的心里一阵阵的悲酸起来了。这样的悲酸，确又还是几年来很少浮现的第一次。

——我将来吗？……我，我……

仿佛一支毒箭似的，飕的一声便把她的赤心射穿了！她细细的咀嚼着他这一句反问话，她口里找不出一个适当的答复出来，一阵心酸，两行热泪便簌簌的长淌下来了。

——你将来怎样呢？老老实实的告诉我吧，玉青！

——我难道脱离了他就不能独立生活了吗？

玉青的声音越发颤抖得厉害了。

——啊啊，不，不，不！我的意思不是这样的，你误解我了，你误解我了。

——那么，你的意思是怎么样的呢？

——我是说，你和他离异以后，你将来怎么办呢？不感到一个人的孤寂吗？

——啊啊，云生！……

她的睫毛上闪出一道泪光，双眼一闭，头便沉沉的垂下去了。她仿佛陷入了烦乱的沉思中，过了一会，她突然闪着锐利的眼光，不住在云生的浑身上下溜转，她好像有满腔愁绪不能倾吐似的，四肢抖栗着，痉挛着，忽的她发狂一般的，一下便投身到云生的怀中，抽抽噎噎的便哭起来了。

——玉青！玉青！你心里怎么样啊？

——云生，云生呀！我已经变成这个样子去了。你恐怕不似三年半前那样的那样的热爱我了吧？……

玉青的头忽然抬了起来，明月映照着她晶莹的泪眼，在不住的探讯云生，她如软如绵的紧贴着他的胸膛，两手也紧紧的环抱着他的腰围。她仿佛骤然获得了她已曾失去了的无上的珍宝似的，生怕他又再失去了，只好死死的把他搂抱着。

她这样的一问，仿佛在他复燃后的情焰浇了一桶火油似的，熊熊的烈焰冲上他的心来了！他望着这曾经被人蹂躏过今晚又回到他怀中来的玉青，他虽然是一个生活在斗争中的战士，然而他同时也是一个有血有肉有感情有人性的人呀！他看她的眉睫还是三年半前那样秀媚，她的身材也是三年半前那样玲珑，她的面庞虽然失去了三年半前的丰腴和红润，然而，她的内心却依然是那么的热爱他，她的信仰也久经波折而未曾稍变呀！他想起了她的娼妓的生活，也想起了那猪猡也似的丁君度，他想起他这三年半中回念她时的酸苦，更想起了三年半前他们临别时他哀恳她的情况。——种种过去现在和未来的惊喜和烦念，霎时间都如烈火一般的灼热，发狂般的在他的心中燃烧起来了！他也紧紧的搂抱着她，也含着两滴辛酸沉痛，感激狂喜的热泪盯视着她。

——玉青！你是不是能同我一样艰苦耐劳的过生活呢？

他们两人在沉默的互视中过了好一会，云生并不直接答复她迫切需要解答的问题，只这样颤声的问。

——我一定可以的呀！

玉青的声音更颤抖得厉害了。

——你能下一个牺牲的决心，同我一齐去做英勇的奋斗吗？

——我早已经这样下了决心的呀！

——你同着我一块儿共同生活下去，大概你不至于失悔的吧？

——啊啊，云生，云生呀！你难道还不相信我吗？我怎的会后悔呢！

——你真的不后悔？

——不！决不！决不！决不！

——那我比三年半前还要千倍万倍的热爱你呀！

……他们两人同时紧紧的一抱，热烈的相吻起来了。点点滴滴的热泪，相互融流在一块儿去了。

四月里温和的晚风，在校园中四处吹拂，明月打斜的照进草亭中来，照着一对相吻着的泪人儿的衣边裙角，长远长远的他们都还未从亭中散去。

九

午后一点钟的时候，丁君度教授手里夹着一个皮包，慌慌忙忙的向东山大学的大道上走去了。今天，他的神态有些特别，是平日间不容易看到的。他的脸上是异常的青白，闷沉沉的像有什么不得了的心事把他牢缚着似的，半分儿生动的表情都没有。他的鼻腔里虽然还没有到"苦啰，苦啰"的程度，可是，他呼吸的短促和急迫，却也不是心旷神怡的人所应有的气度，至于他的半闭半开的近视眼，仿佛没有得到充分的睡眠似的，一丝丝的血彩，蛛网般的布满了眼球，连近在左右的一切景物，都像茫茫然的在他的眼中失掉了存在了。

真的，这样大的事横塞在他的心头，他哪里能够睡得着呢！——玉青自从昨天午后和他谈了一阵话外出以后，一直到他今天跨脚出门外来的时候，她都还未曾归来，他的心早都被层层叠叠的暗云迷雾笼罩着了。她为什么还不回来呢？她不回来又到哪里去了？这两个问题在昨晚上更深人静的时候，如马蹄般的踏遍了他的心田，他越想追寻解答，越得不到一个大胆的敢于推断的解答，越得不到一个解答，便越向不敢推断的那方面追想去了。结果，他竟如悬身在火山的焰口中似的，两眼直射着孤寒的灯影，整整的一晚上陷在焦灼的杂思烦感中合不上眼来。他曾想到：玉青出外去的时候，突然热热烈烈的来握过他的手，当时他还不觉得她这举动有些反常。到后来想起竟成了他不敢推断而又不能不向那方面推断的一个旁证了。他又曾想到：玉青在临去的时候，满脸都闪动着凄然的苦笑，那苦笑的含意是那样的深微，笑纹的开展又是那样的不自在。他当时虽也还不十分觉得，但到后来忆及，竟使他的心惊怖得狂跳起来。他想，她为什么竟突如其来的有这种反常的举动呢？他彻夜焦思的结果，虽然也得到了一个很有可能的答案，然而，他毕竟大没有勇气了。他不敢大胆的承认这一答案，同时也不忍心肯定这一答案，只又想来想去的从各方面拼命的去搜求事实来把他的答案打消了。

——她为什么还不回来呢？

——她不回来又到哪里去了？

他从昨晚上想到今晨，从今晨又想到午后，一直到他跨进东山大学的讲堂内去张开口来讲书的时候，这两个问题依然如暗云迷雾般的把他整个的心笼罩着，得不到一个敢于肯定的解答。

他马马虎虎的东扯西挪的把几点钟课上完后，一个人又失魂少魄的跑出讲堂来，慌慌忙忙的想回去看看，玉青究竟回来了没有。他刚刚走出教室不远，还未到操场前的时候，一个听差迎上前来恭恭敬敬的递上一封信过来。他一看见这信上的笔迹，突的，心脏在胸膛里猛撞起来，连拿着信的手都打起抖来了！她为什么不回来竟写起信来了呢？这封信是从哪里寄的啊？难道我们间的不和还要用笔战来表现吗？难道她不顾一切的竟……啊啊，他不敢推问下去了。他不好在学生多的地方把信拆开。他迈开大步，几步便蹿到大操场的一个人迹稀疏的角落边去了。他手颤心惊的将信撕开来一看：

亲爱的君度：

这样的称呼是我最后一次的称呼了！因为我想将"亲爱"二字来答谢你过去对我的爱情，同时也想将它来结束我们从结婚以来的亲爱！

不幸的是伟大的时代的变动把我们思想的路线砍成了两条，我们的生活因之也就走上了两条极端相反的轨道。这其间，我虽曾忍泪吞声的想尽了种种的方法，想把我们的生活归并到一条向上的路上来，然而我的拼命的努力终于是徒然，我们依然还是背道而驰的各自朝前跑！

数月来，口角冲突，相嘲相骂的痛苦经验告诉我：要使你的生活自由，你的精神和协，只有我离开你；反之，假如我要得到生活的康健，和精神的调达，也只有你离开我。否则，不是你男性的威权压服了我；便是我女性的魔力把你驯服了。偏偏又不幸的很：你既不能压服我，我也不能驯服你。结果，只有我和你的生活，同时陷入波澜汹涌的苦海中，不能自救自拔。

君度哟！细细的追想我们这几月来的生活吧！你的生活有你新的人生观作你的指南，也许你还感不到什么不安的痛苦。可是心灵脆弱的我呀！早已经受不了这样矛盾生活的刺激了。

我曾经作过长时间的思量，我想：

为了你的生活的自由，只有我走！

为了我的生活的康健，也只有我走！

我走了后，我深深的知道，你将感到极度的难堪和悲酸，然而我希望你明白：长痛不如短痛。于你是只有益处，于我也是只有益处。

我朝什么地方走呢？告诉你：我走的是屠场也似的南方。——那儿不是天堂，也不是乐土。

我同谁走呢？我也要老老实实的告诉你：我同走的是无名无势的云生——他不是高官，也不是阔少。

我最后的希望，是你的思想和生活改变过来，我们即使就在天南地北，我们也能同在一条路上努力奋进！……

玉青上。

这哪里是一封信呢？简直是一枚摇震山岳的炸弹啊！他还没有看完，他哪里能够看的完呢！而他的头部已经被这猛烈的刺激震昏了。信内的一字一句都像散射着强烈的光芒，他的近视眼，也被这光波的反射快要眯成一条线去了。"苦啰！"大大的一声在他的鼻腔里响了过后，接着便是珠一般的热泪从面颊上长淌下来。心是狂跳着，四肢是颤抖着，胸背两面都同时受着恶寒的侵袭，仿佛四围都陡然起了一阵昏天黑地的风沙。他迷迷糊糊的，好像自己也化成了尘沙被狂风卷到渺渺茫茫的空中去了。这时，他已经没有知觉来审视他究竟还存在不存在。

他昏昏然的似乎失去知觉了！——这么大的刺激他又哪能泰然自得的逆来顺受呢！——昨晚上他在焦思中最引起他内心里的恐怖和颤栗的，便是玉青和云生的爱的复燃，云生竟又把玉青从他的怀中夺了过去！事实上究竟有没有这种可能呢？他一想起玉青数月来对他的态度，玉青近日来的苦闷沉郁和不安，以及她近日来泣笑无常的生活的变态，他连四肢都惊怖得打起抖来。他想她的外出不归，大半是到云生那里去了。因为在 A 地这个地方，她既无可以过宿的亲戚，也无可以过夜的朋友，她不到云生那里去还有什么地方可走呢？他的心里虽然是这样的推断，但是，不知怎的，总有个捉摸不住的东西在那里掌他这种推断的嘴巴，而且又还提出许多相反的事实把他的推断打消了。结果，他只是半疑半信的，让这种相反的情绪在内心里剧烈的暗斗。这暗斗一直延续到今天，一直延续到他拆开来信看的时候，谁想这一看，竟如半空中横来了一声霹雳，不仅他心中的疑云散了，而且，人也被震击得有些昏昏然，似乎暂时失了知觉了！

　　校园中吹来了一阵阵温和的微风飘过他的面颊，他呆立了好一会，渐渐的惊觉了。他举起朦胧的泪眼向四围看了一看，眼前是一片迷茫，四面八方的景色都像装起鬼脸在向他嘲笑。他心里受不了一阵一阵喷涌起来的悲酸的摧折，他的热泪如泉一般的倾泻出来了！他仿佛觉得他突然失掉了一件比生命还要珍贵的东西，他自己的生命都寄生在这件东西上。现在这件东西既被别人和根拔去了，他只有枯萎朽腐和死灭了！他又仿佛觉得他是被劫夺，而那个劫夺他的人要是真是一个强暴者，他还心服，偏偏劫夺他的人又恰是一个曾经被他劫夺过战败过的弱者呀！他的心里是何等的羞辱何等的愧愤啊！这时，他一面感到极度的悲酸，一面又感到非常的羞愤，他觉得他夺不回来玉青他实在不能生活了，实在没有颜面在人世间生活了！他的眼睛一花，仿佛玉青和云生都没有走，都像就在离开他不远的地方，——这地方虽然指不出来，但他的心中却有这样一个幻觉。——突的，一团团的愤火烧进他的心来了，他大大的下了一个决心要去和云生决斗，也大大的下了一个决心要一把抓着玉青打她一个皮破血流后，再问她一个岂有此理。他的泪也不流了，身也不抖了，摆开了两腿，他便快步的朝前踏，玉青的来信被他扯成了碎片，撕成了小块，揉成了细粉去了，这还不够，他又用力的将这些细粉紧紧的捏着，捏着捏着，迷迷糊糊的仿佛他已经扼着云生的咽喉，拧着玉青的腮肉了！一股股深长的臭气，喷烟般的从他的口中不断的吐出来，眼睛早已眯成一条直线去了。鼻腔里不消说也很有节拍的响着："苦啰，苦啰，苦啰，……"

他倾斜着上半身在操场里绕了几个空转，他脚踏着的地面，如浪桥一般的浮荡起来了。但他并不昏眩，反而觉得他的身躯轻松了好一点，他虚飘飘的又从操场中折回校里的小道上去了。他的眼睛中映现着讲堂，桌凳，黑板，校役，向他冷笑的学生，向他点头凝视的同事，他慌慌张张蹿来蹿去的不大去理睬他们，他们也如闪电一般的就从他的眼目中驰过了。

他的手依然将揉碎成细粉去了的那一把东西紧紧的捏着，捏着，捏着，心里也依然是迷迷糊糊的仿佛已经死死的扼着云生的咽喉，死死的拧着玉青的腮肉了。

——只消再使劲儿的一捏，一个马上便要一命归阴；一个顿时也就要血流如注！

正在这时候，一个惊心的身影，从他的对面直走过来，他认得很明白，这人正是他的学生金文，正是玉青曾几次在他面前称佩过的金文。他想，金文同云生们都是同党的，同玉青也定然很认识，难道他们的行踪和关系，她竟一点儿都不知道么？她当然是知道的呀！多多少少总是知道的呀！他心里这样的想着，他们间的距离已经只隔十来步远了。他的心脏忽的猛跳起来，一阵强烈的刺心的酸感在他的心中搅动，喉咙里仿佛被什么东西紧塞着似的，眼泪又将他眯紧着的双睛雾一般的迷湿着了。

他大大的向前蹿了几步，决心要想从金文的口中探听点消息出来，他大大的将双眼睁开来一看，真奇怪呀！只隔三五步看看就要走近前来的她，哪里是什么金文呢？她的秀眉，她的眸子，她的圆脸，她的小嘴，她的袅娜的腰围，她的娉婷的身影，正是他要追寻的玉青呀！正是比他自己的生命还要珍贵的玉青呀！他惊狂得几乎呼唤起来，抢前一步向着挨近身来的人儿一搂抱，只听得一声严厉的呵叱从他抱着半边肩头的人的口中吐出来，他再睁开眼来一看：啊呀！哪里有什么玉青的身影呀！

他抱着的，却是昂然侧立的金文！

两道火炬也似的惊诧而又愤怒的目光直射在他的颜面上来，他抖悚着，仓惶着，愧惭着，沉默着。仿佛那火炬似的目光，看看就要将他镕毁成一团灰烬去了！

——你，你，呀！……你看，看，看见我的玉青没有啊！……

他的喉舌就像被什么东西胶紧了似的，好容易才将这几句话从口中说出来，他的手早已从她的肩头上滑下，手中紧捏着的信纸的细粉洒满了她一身。他紧紧的牵着金文的衣边，身子朝前一曲，昏倒在她的脚下去了！

如蜂拥一般的学生带着惊奇的笑声，奔集到丁君度教授横倒着的地方来，衣边被他紧紧的牵着的金文，也陷在惊奇诧异中去，一点儿都摸不着头脑！

十

丁君度在医院中整整的住了两个礼拜才出来，要不是医生的手法很高明，他早已入了疯人院里去了。就是他出了病院以后，他的神志虽然清醒了好多，可是，他那受刺激过度的神经有时也很容易兴奋，不过，兴奋的程度，没有在病院中那么剧烈，那么高强罢了。

这回的刺激，本来是他一个新生的很好机会。但在他的心里，新生不新生倒满不在乎，他所切齿愤恨的对象似乎倒有些两样了。在病院中时，他心里迫切要枪毙的，要绞杀的，甚而至于要把他砍成肉泥酱的是云生，是劫夺了他生命的寄托者的云生。然而到出了病院以后，他心里时时刻刻都在诅咒，辱骂，毒恨，愤憎的，却是他恨不能几爪把她撕成碎片的玉青。他觉得玉青太淫纵，太放荡，太轻佻，太没有感情了！他从前对她是如何的好，她要这样就这样，要那样就那样，她简直是他家中握有最高威权的女皇，她哪点不自由，哪点不惬意，她偏偏要说些什么生活的自由不自由，康健不康健，痛苦不痛苦，这都不过是她运用这些漂亮的名词来粉饰她的淫荡和寡情罢了。他越向这一方面去想，憎愤的毒箭越是瞄准着向玉青的胸膛猛射，他的情敌他都似乎把他饶恕了，他要绞杀他的毒念，竟渐渐的移注到玉青的身上来。

他决心要报复这一可悲可愤的痛心的奇耻大辱，但他怎样去报复法呢？玉青已经远远的远远的走了。毕竟是教授聪明，他的心里有他特创的教授报复法！——玉青不是常常都说他颓废堕落么？也不是常常都说他投机取巧么？玉青最后给他那封信中，不是又说他们的思想不同生活因之时起冲突么？不错，他想她说的这些都是事实，但他今后偏偏要加倍的颓废堕落，偏偏要加倍的投机取巧。同时更要运用他的聪明才智以及他全部的生命力，去战取一个富于革命性的女子，一个富于实际经验能使玉青惊佩的女子。他想，他这个企图能够成功，在精神上，他可以遥遥的向玉青示威，更可以填平他心里残缺的血肉。什么奇耻大辱，自然都变成了胜利的光荣。——这就是丁君度教授特创的报复法！

而且，在他的心目中，这个女子已经有了。金文的条件不是样样都合适么！现在所差的就是他的拼命努力。他自从那次在校中昏倒在她的脚下过后，她曾把他送到医院，也曾隔不多几天又去看看他，待他出院以后，他也去拜谢过她，同时也在她的面前诉说过他内心的悲苦，他记得他和她说话的时候，她总是那样笑微微的，那样自自然然的给他一番殷勤的劝慰。他一想起这些的时候，不消说丁君度的灰败了的心里，又燃起了一星星希望的微火了。他每到想起玉青的时候，他心中的微火便要大大的炽热起来，他想追求金文的心也就比什么都要迫切了。

自从他大大的下了这个决心以后，他在浪游的日常生活中又加添了一门追逐的生活，他每到他心里沉郁苦闷，或悲酸愤憎的时候，他不到舞场中或酒楼中去寻求安慰和麻醉，他便远远的跑去找金文，找不到金文的时候，他失望的心中又加倍的阴沉酸痛起来了。能够暂时陶醉他的，还是只有舞女的摆动的纤腰和酒楼的强烈的刺激力。一到寻到金文的时候，她对他虽然没有什么特别的表情，虽然常常都是随随便便的一说一笑，但在他的心中已经得到了非常的满足。因为他只要时时刻刻能接近她，只要她不把他当成一个可卑可耻的人看待，他对于玉青，仿佛就已经施了一部分的报复手段了。何况她每次对他都很客气很诚恳，他自然应该非常的满足呀！

时间飞一般的向前跑，他出院以来，已经快要满三个整月了。他的生活是一天比一天的堕落下去，一天比一天的阴郁下去。同时他的内心里也一天比一天的悲酸，一天比一天的沉痛。他对她拼命追求的结果，依然和他没有对她追求前一样，每回看到她，她都是一样的诚恳，一样的客气，弄得他连要找一个倾吐他心曲的机会都没有。有时，他一看见她轩然昂然，大有俊伟男子潇洒风流的气概，做贼人心虚，反而使他暗暗的吃惊，暗暗的心寒胆怯！

初秋的残热一转便又清凉，在别人正是神清气爽的时会，然而丁君度的全生活却被浓厚的阴影蒙蔽着了，酒是一天天的喝的多，浪游是一天天的加厉，失眠，咳呛，脑痛，体虚等大小病痛，也前前后后的发作了起来，身体枯瘦得十分可怕！不过，他的身躯虽然是这样的衰弱，但他对于金文的野心，却是熊熊然的比什么火焰都要炽热。他想，能够拯救他的，唯一的只有她一个人了，如果她能爱他，或者说她能接受他的爱，他满腔沉痛的积郁马上就可冰消了。阴影可以变成光明，耻辱可以变成荣誉，失败也可以变成胜利啊！但他三个月来的努力，金文哪里对他有半丝半毫爱的表示呢！不仅爱的表示没有，在他的观察，仿佛对他连半点儿同情心和怜惜心都没有呢！他差不多快要堕进绝望的深渊中去了！

人在快要绝望的时候，唯一的一条出路，便是冒险。聪明的丁教授，在无可奈何中也决心这样的干一下。他竟赤裸裸的把他数月来的凄苦和积郁写成了一封长信寄与金文去了。他信中的词句是异常的委婉悲酸，态度也是异常的温柔真挚。他遮掩着他的真心，他不骂云生，不怨玉青，也不怪运命，他只严厉的痛责他自己。他又隐藏着他的野心。他不说她是如何的可爱和他又是怎样的爱她，他只一味赤裸裸的诉说他这几月来怎样拼命的浪游，同时又如何拼命的饮酒。他又赤裸裸的向她说，他已经得了最厉害的神经衰弱症和喉呛头痛病，恐怕他的生命是不会长久，直到末了的几行，他才半明半暗的说，要使他的生活有新的转机，除非得到新的活力的推进。他又说他现在是孤零零的没有朋友的人了。他希望她能够使他新生，希望她多多的赐些教益。

信虽然大胆的寄去了。但是将要得到怎么样的回答呢？他没有理智力来下推断，只随时随刻都在悬心吊胆的，全心灵完全被惶惑恐怖的情绪支配着，不得片刻的宁静。

一天突然接到回信来了！里面放着霞光的有这样的几句：

——……你说你要新生！只有靠新的活力的推动才有可能。我想，革命的情绪容易摇动的我们，恐怕不仅是新生吧，就在平日也要有一种外力的推动和监督，我们才能步步向上啊！

——时代已经不容许我们有一步落后，我们只有相互砥砺，相互督责，相互奋勉，相互努力，以求我们共同的理想能得早日实现。

——新生吧！新生吧！决志新生吧！失掉了一个爱人算什么！

先生！我将要怎样称呼你才好呢？同志吗？还是先生？

——······

丁君度看完了这封信，高兴得狂跳起来。他发狂似的拿起那封信高高的举在空中，一来一往的不住在书室中大跳其天魔舞。他的口里虽然不好惊叫，心里却惊喜得暗吼起来了，他的眼前飞散着霞光，三月来的沉郁和悲苦凝结而成的浓厚的阴影，都像被这锐利的光芒驱逐开了，连他隐微的心的深处都哈哈哈的放出笑声来，光明摆在他的面前来了。

——······相互砥砺，相互督责······

这是多么亲切的口吻呀！他怕他适才的眼睛发花，站在窗前再仔细的看一个明白。

——······失掉了一个爱人算什么？

这句话又是什么意思呀！他望见这一句的每个字都得辉耀着霞光，他细细的去咀嚼它的含意，一滴清泉仿佛滴进了他的心中，顿时间凉彻了他的心而又甜透了他的心了！他自责他太胆怯，假如他早把这封信写去，也许他还不至于吃这么大的凄苦。他微笑着将眼一闭，仿佛胜利已经又跑进他的手中来了。

——什么东西呀！你！你看，你所惊佩的人已经和我要好起来了。只要我再一努力，哼，娼妇！摆你的什么臭架子！你嫌我颓废么？你嫌我书呆么？你嫌我投机取巧，堕落无聊么？偏偏你心目中最惊佩的人才不嫌我这些呀！你要跑吗？哼！你这时就跪在我的脚下我也不要你了呀！

他闭着的眼睛所看见的只是一片黑，——然而在这黑影中他仿佛分明抓着了玉青的头发，咬牙切齿的，嘲笑而又矜持的把她痛痛快快的毒骂起来。骂了一顿，他又仿佛迎胸一脚把她踢开了！——待他睁开眼时，光阴的霞彩，又不住地在他眼前飞舞。

狂烈的惊喜支配着他全部的心灵，他独自一人在书室中大跳大笑一阵后，他仿佛得着什么启示似的，忽的跑到写字台前，提起笔就在那里狂书一阵。狂书一阵过后，忽的又将金文的来信诵读起来，读了一会又看，看了一会又读，这样一看一读，一读一看的过了好久，忽的，他仿佛又得到什么新的启示似的，高高的举起手来在桌上一拍，哈哈哈的大笑起来。他顺手把帽子拿在手中，立起身来，像飞也似的跑出门去。

正在这个时候，剥剥剥的传来一阵敲门的声音。

是谁呀？他心里这样的惊问，他两步踏过去便把门开了。

——你要到哪儿去呀？看你这样子。

跨身进门来的，是那小光头林晓山，一对探海灯似的睛光，从他那瘦黄的脸上一扫便直射到丁君度身上来，眉尖和嘴角都闪动着惊异的微笑，手早已伸过来握着君度的手摇摆起来了。

——我吗？我马上就要去找苏裱铺去呀！

丁君度瞥见是他，心里禁不住大大的跳了几跳，从这小光头的身上，他猛然记起了云生来，但他并不悲愤，并不酸楚，心里反而越发豪纵越发骄傲起来，他虽然会不着云生，可是晓山似乎已经等于半个云生了。他傲然的望着他，所差的，是他还没有对他摇了摇头，拍几拍胸口。

——苏裱铺！你找苏裱铺来干吗？

神秘的微笑浮在林晓山的脸上了。他看见他这种半似疯狂半似变态的神气，暗暗的惊诧起来，他锐利的目光开始在他的浑身上下深刻的打量了。

——哈哈哈，我找苏裱铺来有我的用处呀！你知道吗？快点告诉我！快点告诉我！

他竟自发狂般的大笑起来，这叫晓山的更惊异，更摸不住头脑。

——我是书局里干事的人，好的苏裱铺当然知道得很多，你有什么东西，托我去裱好么？

——哈哈哈，不能托你，不能托你。别的东西都可以托你，这件东西却非我去不行啊！

——什么东西呀？告诉我！

——哈哈哈，别的东西都可以告诉你，这件东西却不可以告诉你呀！

——不可以告诉我？

——怎样可以告诉你呀！怎样可以告诉你呀！

林晓山听说他很悲苦很郁闷，今天他本来是想来慰问他的，谁知一来便看见他这样语无伦次的越说越是疯狂。他深深的观察的结果，知道他一定是受了什么意外的刺激。但他所猜不破的是：刺激他的究竟是什么？

——喂，丁先生，你是不是马上就要出去？

——想是想马上就出去呢！

——是这样，我就不能在你这里多谈几句话了！

——啊啊，我真糊涂！我真糊涂！我不出去了。请坐！请坐！请坐！

他又一把拖着林晓山在写字台前去坐下，晓山坐下后，抬起头来一看：

相互砥砺！

相互督责！

相互奋勉！

相互努力！

失掉了一个爱人算什么！

这分明是五张红墨水写的大标语呀！机警而又深刻的林晓山，到这时越发惊诧得摸不着头脑了，瞬动着小圆的双睛，把这位病狂者出奇的望着，心想：这究竟是怎么一回事呀？

——喂，丁先生！我看你今天红光满面的，一定有什么喜事！

晓山眨了几眨眼睛，先说一句话来逗他。

——不见得吧！

他只是微笑摇头，从表情上看来，已经是口拒而心诺。

——一定有的，一定有的。

——就是有，恐怕也不多。

——给我猜准了呀！快告诉我！

——你别要着急吧！我问你：你从哪点观察出我有什么喜事？

——我不是说了吗？因为你红光满面呀！

——红光满面？真的吗？

——当然是真的呀！你看你的脸色是多么的好！

——真的好吗？

——不信你就自己照镜子去吧！

——哈哈哈！

他真去照了一照镜子，大鹏展翅一般的在书室中绕了几个大圈，狂笑的音波仿佛在室中荡来荡去的激起了回响。

晓山瞥见这幕滑稽的喜剧，翘起两瓣暴牙齿，也禁不住摇头摆脑的跟着他大笑起来了。

——喂喂喂，丁先生！你究竟有什么喜事，总该告诉得我了呀！

晓山待他绕到他面前来的时候，偏着头去问他。

——我还是不告诉你。

——你不告诉我，我当然没有权力来强迫你，不过，你要晓得：别人都只晓得你只有忧事，并不知道你有什么喜事呀！告诉了我，我可以给你作义务宣传，可以给你登义务广告，这于你究竟有益没有益呢？你想。

——你看吧！你看写这封信的人对我好不好？

"忧事"这两个字他听着不仅刺耳而且还有点心酸，于是，他突然将衣袋中藏好了的信掏出来递给晓山。真想他马上就到各处去给他登义务广告。

　　——混蛋！这封信有什么关系呀！

　　晓山用全部的注意力去把这信详细的看完后，心中禁不住这样的怒骂起来。他深深的知道他的神经已经错乱极了，才表露出这种狂妄疯痴的举动出来。他想，他没有什么好法子可以纠正他，只好也和他说一说似是而非的疯话：

　　——当然很好呀！这个人我还很熟呢！

　　——你很熟！你看她比玉青如何？

　　——当然好啊！预祝你的成功！预祝你的成功！

　　——别乱说！别乱说！

　　——只有你乱说，我哪里乱说呀！

　　——我没乱说，我没有乱说。

　　——你不乱说就得了。你刚才要找苏裱铺究竟要裱什么？

　　——难道这封信没有一裱的价值吗？

　　——哪里才仅一裱的价值呢？我想你最好把它当成爱情的象征体看，早晨夜晚都跪在它面前做一次祈祷，叩几十个响头，然后再去吻它几吻，这样，我敢断言，你的成功一定很快啊！

　　什么晓山都明白了。他很惊诧，为什么丁君度的心境竟糊涂到这步田地呀！他看他是不可救药的了。打开诙谐的话匣又把他嘲笑起来。

　　——你为什么总是这样的滑稽呀！

　　他口里虽然不满意晓山，但他心里却充满了甜感。像这样的滑稽，正是救治他心病的无上的灵药呀！

　　——我从来都不滑稽，我的话都是真话。

　　——我看你的人生观有点与众不同。

——你何所据而云然？

——你似乎有点儿戏人生，是吗？

——我儿戏人生的证据在哪点？

晓山看他忽然又谈起正经话来了，也就正正经经的和他说起来，不过，心里总很诧异：他为什么刚才那样疯狂呢？

——什么事你都拿一个滑稽的眼光去看，去对付，这不是儿戏人生吗？

——不的，我绝不儿戏人生，老老实实的告诉你吧：我倒有点嘲骂世人，不过，我所嘲骂的世人不是全体，只是我所最深恶痛绝的一部分，而且，这一部分，十人之中有九个半都是在社会中占着特殊的地位的，我既没有勇气去扑灭他们，我只好把他们当成蛆虫看，你想想吧，蛆虫在粪池中还在不住的竞争和挣扎，逞强和自负，是不是值得令人喷饭呢！

——社会中有没有值得你崇敬的人呢？

——当然有，当然有。凡是不惜牺牲，去扑灭蛆虫般的优越地位的人，我都五体投地的敬佩。

——那么，你为什么不去扑灭那些社会中的蛆虫呢？

——所以，这就是我的大缺点呀！

——你看我究竟是社会中的哪一部分人呢？

——不消说是我所敬佩的，因为你毕竟是好教授。

——金文呢？

——更不必说了！

——玉青呢？

——玉青？啊啊，我们的人生问题还是不说了吧，告诉你一件好消息。

林晓山见他的狂疯又忽然发作了，不便和他再继续正正经经的说下去。一件新鲜的事情挤进他的心中来，他想藉此将他们间的会话结束。

——什么好消息呀？

——后天体育场有一个反日示威的群众大会呀，你知道吗？

——这和我有什么关系呢？

——没关系？金文是一定要去的呀！

——真的吗？我是一定要去参观的了。

——不错，后天参观的人一定很少，大家一定都欢迎教授去参观参观呀！对不住！对不住！我要走了。

林晓山走的时候，少不了又和君度摇几摇手，君度也照例要短送一程到大门。

迎面吹来了一阵凉快的秋风，晓山将肩头耸了几下，大步大步的走上街头，他的心里加添上无涯的感叹，脸上依然浮现着神秘的微笑，他仿佛又在人生的舞台上看了一幕可怜的滑稽的悲剧，从来就很轻松的心湖里，突的落下了一块沉重的石头来了！

十一

A地体育场的反日示威大会看看就要开过了。来参加这一示威游行大会的群众：有工人，有学生，有商人，有妇女。千千万万的人如山如海的挤满了全场，各色各样的旗帜如火焰般的在秋空中飞舞，严肃紧张的情绪支配着各个人的心胸，仿佛天空中都燃烧着仇恨的，悲愤的，壮烈而又奋勇的熊熊烈焰，群众的心，在这时真比钢刀还要锋锐，沸水还要腾沸，烈火还要威猛哟！

这当然难怪呀！——日本帝国主义无端出兵抢占山东。山东的劳苦群众，死在它的机关枪、大炮和开花炸弹的残酷射放下的，至少在五六千人以上。青岛被它占领了，胶济铁路也被它抢夺了，济南更被它占为军事的根据地去了。只要还有点血性的人都应该起来反抗呀！所以，群众大会中，除了议决了许多反对日本帝国主义的方略外，又议决马上就整队到各地去作群众示威的大游行。自这一议案经群众热烈欢呼的通过后，一队队的人便开始在会场中移动了。

会场中的人涛，顿时便如狂潮一般的波动，直向会场的出口冲将过去。"打倒日本帝国主义！"的口号，如雷鸣般的狂呼出来，把明静的秋空都仿佛震划成粉碎去了。这时，群众的热烈震愤的反抗情绪，真比什么都要磅礴，猛烈，威凛！

群众的热力，真仿佛万头上阵的火牛，避之者生，逆之者死！

群众的热力，又像一座崩裂了的刀山，远之者生，近之者死！

然而偏偏有一种镇压群众的暴力横袭过来了呀！——群众游行的队线，刚刚排到街口要折向马路去的时候，一队武装的骑兵，飞也似的向街口的群众面前奔驰而来了！马连马的排成了一条长线，紧紧的将群众的去路封锁住，半步也不能前进。马上的士兵一个个手中都持着上有明晃晃的刺刀的长枪，杀气腾腾的真是如临大敌！

群众突被横来的暴力的阻挡，仿佛急流碰着石壁似的，冲退转来的，是一阵狂喷的迸溅的浪花，顿时，群众中便掀激起了滔天的大浪！

——打倒帝国主义者的走狗！

——怕什么！给他妈的冲过去吧！

——冲啊冲！冲过去！冲过去！

摇撼山岳的狂吼，从一个个发指口张的群众中怒叫出来，火焰般的旗帜在半空中发狂般的翻动着，千万双流着烈火般的愤恨的目光，都集射在那骑兵们的身上。波来荡去的人涛，从会场激滚到街心，又从街心激滚回会场，一来一往的真像狂风暴雨之夜的晚潮澎湃。

骑兵们兽也似的狞恶的睛光，盯视着不住的向前冲来的群众，快枪从肋下一放，轻轻的便靠上了马头，只消一声命令，就不瞄准而群众也会自倒了！

马声长啸着，马蹄怒踏着，群众冲激着，兵们怒视着，四围的空气，是到了极度的紧张，看看就有惊震天地的可怕的事件发生了！

——你们群众大会的指挥者到哪里去了，请出来听话！

粗声大气的骑在马上说这句话的，分明是一个骑兵的下级官长。

——你有什么话快说！快说！

街上前面去的，是从人丛中跑出来的金文，她昂起头去问那军官，心里虽然早被愤火冲烧，但她还是毫不动感情的在他的马前站着。

——你是什么人？

——我是群众大会的代表。

——是代表，你就好好的听着：我们司令的命令，只许开会，不准游行！请你马上转告参加大会的人，快点自动的解散。

骑兵官一手勒着缰绳，一手却像木棒般的向着金文不住的划指，他的喉舌，他的肩架，他的眉目，他的胸脯，都像是"命令"两个字堆成的，无一处不表现出命令的臭气。

——为什么不准游行？请问。

金文的答话很轻快，态度是严肃极了。

——我们司令负有维持本地治安之责，万一发生扰乱秩序的事，谁负责？

——游行就一定会扰乱秩序吗？日本帝国主义者在山东这样的横行，这样的蛮暴，山东的民众惨死在他们的机关枪和大炮之下的，至少也在五千以上。青岛被他们占领了，济南也被他们抢夺了。像这样丧权辱国的事，难道我们连游行示威的自由都没有了吗？难道我们一般民众连表示点反抗精神的自由都没有了吗？我们是一般被压迫的中国平民，你们一般士兵也是被压迫的中国平民，你们想想呀！我们山东的平民兄弟的尸骨堆积起来是比山还高，平民兄弟的血流汇聚起来也比大河还深，我们竟连对日本帝国主义者示威游行都要被禁止了，我们将何以吊慰我们惨死了的平民兄弟的英魂呀！我今天谨代表来参加大会的十五万群众提出一个要求：请你们的司令马上收回成命！

昂然的巍立在群众最前头的金文，听了那官长的几句粗短的话后，悲愤的烈火突然冲上她的喉咙里来。她不似适才那么镇静了，尽量的提高她颤动的嗓音，挥动着拳头，对着那般狼也似的骑兵，施了一番煽动的演说。

——不行的！我们是奉命行事！

骑兵官狞视着金文，恶狠狠的这样叱斥了一句。

——好一个忠实走狗呀！

——打倒日本帝国主义者的走狗！

——给他妈的冲过去啊！……冲！冲！冲！

一阵嘲骂的愤恨的怒吼声，突如狂涛一般的激嚷起来。骑兵官的脸都气得涨红了，怒气腾腾的好像马上就要发泄他兽性般的凶狠！

——为什么不行呢？你既可以奉命，当然也可以传达下情呀！

金文这样的说了后，愤火也烧上她的脸上来了，她的双腮上浮泛着两朵红彩，气冲冲的仍把那些骑兵们轮视着。

——不行就不行！不准就不准！我没有你们的理由那么多，我是奉命行事。赶快给我解散！

猛兽也似的骑兵官，越发逞他的粗暴野蛮，仿佛再有一言半语去触犯他，他就狠毒的行起凶来了。

——啊啊，士兵兄弟们！你们想呀！我们十五万人今天一齐到这里来是为的什么？还不是为了我们山东的兄弟们被人成千成万的惨杀了，我们中国的领土被人抢占了，我们才到这里来轰轰烈烈的做一番示威运动？要使我们这十五万人都有长枪，都有大炮，我们早都去和日本帝国主义者拼一个你死我活去了，还到这里来做一种消极的反抗运动干什么呀！你们的手上有的是枪，至少总应该保护我们才对。但你们的司令却要你们来阻挡我们，你们的下级官长又不和我们代传民意，要晓得，我们如果真被你们的武力解散了，那你们简直是在和日本帝国主义者助威助势呀！所以，我们再诚恳的希望你们各位平民兄弟谅解，尤其是希望这位官长明了，把我们今天的请求马上和我们传达上去。

金文瞥见那骑兵官的凶险的恶相，心里大大的吃了一惊，连忙带着那动人的颤抖的音波，想去缓和那快要到来的流血惨剧。

——不准你再说！我只问你一句话：你们究竟愿意散会不愿？

一只手指着金文的骑兵官，大大的叱吼了一声，两只火红的牛眼忽的突了出来。

——我们示威的目的没有达到，你就把我们这十五万人枪杀完，我们也不愿意散会！

金文再也忍不住愤火的冲烧了，她一变适才的温和，——在快要剧变之前装做出来的温和，——也高声大气的答他一句。

——你们真的不愿意散会吗？我就要用我的马队来冲散呀！

——冲你妈的！好个王八蛋东西呀！

——打死这日本帝国主义者的走狗呀！

——冲吧！冲吧！冲吧！我们快快给他冲过去啊！

——打死这日本帝国主义的走狗呀！打！打！打！……

金文还没有来得及答复骑兵官的话，一阵零乱的嘈杂的喧腾的狂叫怒吼，夹着排山倒海之势冲将过来，只见数十支旗杆飕飕飕的不管三七二十一，就劈头劈脑的从金文的身后直刺到那骑兵官身边去了！

骑兵官在马上怪叫了一声，马向后面退了两步，口里面发了一道令人寒抖的命令出来。

——开枪！开枪！开枪！

——打不得呀！打不得呀！……啊啊！士兵兄弟们！开不得枪呀！开不得枪呀！……

正在这一刹那之前，金文一见这种紊乱的情形，知道一瞬间惨剧便要开演了，一面摆开两手去阻止愤不欲生的群众，一面又挺着胸脯摆动着双手去劝止那快要逞凶的士兵。

她的声音都吼得嘶哑了，急得满脸绯红的，在群众与骑兵的阵线中间拼命的跳动和狂吼。——然而，她的努力毕竟是徒然，终于砰砰砰啪啪啪的开枪了。金文在震惊中，知道流血的惨剧到来了，毒愤的烈火在她的浑身上下燃烧起来，她也不顾死生的向着前面，拼命的冲将过去！

枪声，吼声，叫嚣声，啼泣声，叱咤声，诅骂声，马蹄的得得声，人涛的激荡声，融和成一片悲壮的雄浑的音乐，山摇树震的把天地都惊动了！

恰巧在这个时候，丁君度教授也在体育场门口的人丛中闪身出来！

他惊惊惶惶的张目四看，突突突的心脏狂跳得似乎就要从口中跳出来。群众的奔腾和愤吼把他的耳目都像震得失了聪明了。他心寒胆战的昏昏然的不知如何才是。他只好糊糊涂涂的，一任人涛的掀激而东偏西倒的漂出场外来，场外的奔腾和愤吼比场内还要厉害，他更惊吓得来几乎横倒在地下去了！

——我向哪里走的好呀？啊啊，金文不知又跑到哪里去了呀？

他似乎已经分不清东西南北。心里只不住的这样叫吼。他的身子弯成了一个直角，驼着背跟在别人的身后拼命的乱跑。他这样的乱跑一阵后，忽然大胆的将头抬起来，恰巧在这时候，有一个身影从他的眼前驰过，把他惊得怔住了！

那小光头不是晓山吗？他跟着那人影飞奔过去。他还没有追着，他口里便大呼起来：

——晓山！晓山！等一等呀！

林晓山掉转头来，瞥见是他，把脚步缩短了几步，稍稍的点了一个头，表示他是在万人奔跑的仓皇中把他候着。

——到这面来，我问你！你冲什么？

丁君度一把将林晓山拖到街旁的一家门前，握着他的手发问。

——你为什么连冲的勇气都没有了呢？

晓山跑得气冲冲的，脸上都像在出冷汗。

——我冲不冲你别管，我问你：你看见金文没有？

他拖着了晓山，仿佛眼前就什么事都没有了，嬉皮笑脸的他又做出些狂态来。

——你真是神经病呀！拖着我干吗？

晓山的瘦脸上闪动着憎愤的表情，他的手一挣，仍想冲将上前。

——噫！你今天为什么这样的勇敢呀？

——我请你别要死死的拖着我好吗？

——啊啊！这大概是你真正反蛆虫的表示吧！

——你别找这些鬼话来同我纠缠好么！

——不纠缠你，不纠缠你，但你总要答复我一个问题，我才放你呀！

——什么问题？快说，快说！

——我问你：你看见金文没有？

——金文在前面冲呀！还不知是死是活呢！

——在前面？哪里？哪里？

——就在那骑兵开枪的地方呀！

——啊啊！

他"苦啰，苦啰"的怪吼了一声，迎面喷了晓山一口腥恶气，拔起两条腿飞也似的就向前面去了！

——啊啊，我倒霉！我晦气！偏偏今天还要碰着这个可怜虫，这个神经病者。

晓山望着他偏偏倒倒的奔向前去的身影。这样愤骂他几句后，长长的嘘了一口恶气，眨了几下小眼睛，气冲冲的也冲到前面去。

枪声虽然沉没了，然而叫喊声，喧嚷声，叱咤声，咒骂声，马蹄的得得声，人涛的激荡声，依然融和成一片悲壮雄浑的音乐，山摇树震的把天地都惊动了。

十二

冬天来了。

两月前体育场前的一场流血事件，中国的一般劳苦民众，虽然很英勇的表露出他们反抗的热情，然而中国的媚外势力毕竟还大，日本帝国主义者，依然很稳定的坐领山东，民众的热血，终于是白流了。

侥幸未死的金文，受了这次凶险的烈火的煅炼，奋斗的精神越发较前坚决和勇往了。她自动的训练自己的精神和自动的学习一切的精神，是十分的严厉而有兴趣，差不多每天十四个小时，她都生活在一条正当的路线上。她不做事就读书，不读书就做事，她没有一天让她的生活走到浪漫的园地里去。

一天，她正在家中看书的时候，林晓山忽然跑到她家中访她来了。

——啊！真不愧是女中英杰呀！这样奔忙的你还有时间和兴趣

来看书吗！而且看的又还是"State and Revolution"呀！你真要想当中国的卢森保吗！

晓山走到金文的面前，微笑着点了几下头，一手把她桌上的书拿来一看，惊佩的情绪突然浮现在他的瘦黄脸上来，他口里不住的吐出钦佩的话，顺便就在桌前的椅上坐下了。

——我哪里有当卢森保的资格呀！别把伟大的卢森保侮辱了！

金文一面招待他坐，一面便这样含笑的答他。

——没有资格！假使前次你被那蛆虫指挥的军队打死了，什么资格都有了。卢森保不是也被德国那些蛆虫枪杀的吗？

——真的，没有资格！没有资格！

——啊啊，你太客气了！太客气了！

——无所谓客气不客气，就照你所说，我也还活着呀！

——不错，你现在确还活着。但是，对不住得很，你将来不是很有同卢森保一样的可能吗？所以，我称你是中国的卢森保，是很对的，可在同时，我又要祝福你的前途，样样你都可以像卢森保，而最后的那次呼吸却大可不必像她呀！

晓山摇头摆脑的说到这里，两人同时笑起来了。金文望着这小光头（不，小光头已经戴上一顶花呢鸭嘴帽了）的神态，暗中惊佩他的机巧和聪明。

——近来你编辑了什么书？

——书！还不是一些伤天害理愚弄青年的书呀！我这人真倒霉！凡是我的朋友，谁都晓得我是打起旗号反蛆虫阶级的，哪晓得命运总爱和我捣乱，偏偏逼得我不能不去和蛆虫为伍！

他说的很起劲，一颗颗飞沫从他的暴牙齿下滚出来，同时又像很苦恼似的，嘴角边挂上了一痕苦笑。

——你的蛆虫说我还不知道呢，你所说的蛆虫是指什么？

——凡是社会上的剥削者和有优越地位者，在我的眼中看来，都是臭得难闻的蛆虫。书店老板当然也就是这种东西呀！不过大小肥瘦比较起来，他是瘦而小的一类罢了。

——哈哈哈，这真是你独特的蛆虫观呀！不过你又为什么甘心去和蛆虫为伍呢！

他奇妙的议论，把金文都说得哈哈大笑起来。

——是呀！我也知道这是我致命的弱点。我很坦白，凡是我所敬佩的朋友，我都公开的和他们说过：社会上只有两个阶级，一个是蛆虫阶级，一个是反蛆虫阶级，我心目中所五体投地崇敬的人，便是用尽自己的生命力去彻底的打倒蛆虫阶级的人。而我自己却只能站在蛆虫与反蛆虫之间。虽然表面上说来，我也是一个消极的反蛆虫阶级者，但是消极毕竟等于零呀！

——那么，你又为什么不去彻底的打倒蛆虫阶级呢？我想，你假如能够大大的下个决心，运用你的聪明才智去反蛆虫阶级，我相信你所诅咒的蛆虫一定会早些时间死灭！

——我何曾没有这样想呢！可是我太没有勇气了。知道了我的致命的弱点，我却没有力量去改正。

——难道你这一生都不能改正你的弱点了吗？

——恐怕不能了吧！

——这真正是我们反蛆虫阶级的队伍里的一个大损失呀！

——哈哈哈，你说得太客气，太客气。像我这样的人，就加在你们队伍里来，也不过是一片鸿毛，是无足重轻的啊！

不自然的巧笑深深的在他的眼角旁划了几条曲长的深痕，愧惭的情绪在他的心里搅了一会，很快的又消散了。接着，浮现在他的面部的是机巧的神秘的微笑，是超然的伶俐的表情。仿佛宇宙间的万事万物都被他很透明的看透澈了。就是金文们认为神圣般的事业，也像被他一把捏在手掌心中。他在椅子上沉思的摇了摇头，泰然自得的又像什么不惬意的事，都在他的心中驰过了。

金文瞥见这小光头的先忧后喜的变幻不测的表情，一面惊佩他的深刻机警，一面又觉得他竟为聪明所误，惋惜而又敬重的两种相反的情绪把她支配着了。她望着这小丑似的嘴脸的侧面身影，不知要找些什么话来和他谈才好。

室中顿时沉默起来了。

——丁君度近来还常见吗？密司金！

沉默一阵，突然他灵感般的把头掉转来看金文，他仿佛记起了什么惊奇的故事一般，满脸闪动着滑稽的浅笑。他面部各器官的配置本来就很滑稽了，再加上无数条有意耍滑稽的笑纹，不消说滑稽的表情是更鲜明而又深刻了。

——他是我们的教授呀！当然常见面。

他那张突然而来的、滑稽的嘴脸，一映入她的眼帘，她心里微微的吃了一惊，心想他为什么一提及丁君度就做出一张鬼脸出来呀？她知道他的问话一定有深意，但她却不能马上把他的深意猜测出来，她想：他或者是想起了玉青"倒戈"的那件事上去了。

——是在讲堂上常见面呢，还是他常常来你家中？

冷笑挂上了他闪动着的眉尖，滑稽而外还加上几分审问的意味，这使金文更惊诧了！

——有时他也到我这里来玩，但我总少理睬他。

——他和你通过信没有？

——有虽有，但并不多。

——你复过他的信没有？

——在两个月以前，记得他曾痛哭流涕的写过信给我。那一次我看他实在太可怜，曾经回过一封信去劝慰他，望他别要太悲观，太颓废，把精神振奋起来，走上一条新生的道路，随后，我看见他还是那样疯疯癫癫的，我知道他是不可救药的了！我简直也没有睬他。

——哈哈哈，你还不晓得呀！

他听了她这一番话后，"苏裱"两个字在他的耳中嗡的一声响了起来，那位神经病者的身影，在他的脑幕上闪现了。他忍不住失声一笑，从椅子上跳了下来，一对圆小的锐利的睛光，不住的在金文的身上溜视，把金文更弄得莫名其妙了！

——什么？什么？

——哈哈哈，新鲜的故事！新鲜的故事！

——什么新鲜的故事呀？

——哈哈哈，你还在梦中呀！你还在梦中呀？

——究竟是什么一回事呀？

——你好好的听我说给你听吧！说出来，起码要笑破你的肚皮，气穿你的胸口呀！……

狂笑的声浪渐渐的收了，晓山站立在金文面前，开始他的描画和叙述了。他两只脚交换的站着丁字式，双手是一摇一划的在胸前乱舞，他的头时而向左右摇，时而又向前后点，圆锐的眼睛带着冷嘲的形态，时时都在闪动，口中尖刻的批评的辞句，简直比他裂开了的唇下的飞沫还要多。他对金文说，丁君度怎样在台上写标语，他又说他为什么要去找苏裱铺，他又说群众大会那天，他怎样瞥见他，他又说，他一闻金文在前，便飞也似的奔到血战肉搏的前面去，他还说，他对她是如何的倾诚，他更说，他对她是怎样的发痴发狂，怎样的神魂颠倒！他说到末尾，又这样的收束几句：

——他为什么背着你那样的疯狂，会着你时又为什么竟半点表示都没有呢！想来他一定还有些胆怯的关系吧。他神经上受的刺激太大了，他已经变成了个病狂者。所以，他的一言一动，都只能助人谈笑之资，谁还去相信他的疯话呢！

金文听了他这番描述，仿佛意外的受了什么东西的猛击似的，初起，心里气愤得颤抖，双腮飞着火热的红焰，口里喃喃的吐着怨气，沉重的脚跟不住的在地面上直蹾起来，恨不得马上就去抓他来批掌一顿臭嘴！过了一会，这一阵愤焰在她的心中也就冲过了。她想起他毕竟是一个神经昏乱的人，痛责痛骂他又有什么用处呢！徒然使晓山冷笑她罢了。因此，听到他的话尾，她也似怒非怒的，似责非责的慨叹了几句：

——真是糟糕的很呀！谁想我那封慰勉他的信，竟引起他这样大的误会呢！他真是一个神经昏乱的病狂者啊！

——是呀！一个不可救药的病狂者！病狂者！

晓山这样的答应一句后，他们的谈锋转论到别一方面去了。他们谈到了玉青的思想和个性，也说到君度的生活和性情，他们又说到了云生的精神和毅力，同时也就说到了他们三年半前的一段三角恋爱史。他们说的津津有味的，仿佛把刚才的一件令人可愤而又可笑的事都忘记了。

——这几天报上的消息，不是说南方捕杀的人很多吗？不晓得玉青和云生究竟安全不啊？

云生们的三角恋爱史说完后，金文突然很关切很忧戚的这样叹了一口长气。

——啊啊！我还差点忘记了交给你呀！

这一声长叹宛如一根木棒，把晓山敲得惊觉了！他忽的在身上抖了几抖，慌慌张张的不住的在衣袋里摸索。

——什么呀？你摸。

——信，玉青来的信，我们在这里东拉西扯的说话，竟忘记了给你。信递到金文的手中，她又惊又喜的把它拆开了：

亲爱的文姊：

别来快半年了，想来你还是那样的刻苦，那样的安健，那样的精神抖擞吧？

容许我，亲爱的文姊哟！我要告诉你一件最不痛快的事，一件最伤刺我心，最碎裂我魄的事。我的云生，我的云生呀！已经在数日前轰轰烈烈的 D 城事变中牺牲了！英勇痛快的牺牲了！

你知道吗？在我未告诉你前。你也许不知道吧？让我简单的告诉你。

这次事变不久，敌人便从四面合围拢过来了，我们的武力是那样的单薄，那样的不长于军事技术，照理说是很难于支持的呀！然而我们的武力，大半是从民众中刚刚才武装起来的没有训练的武力，却很英勇，竟能血战肉搏的与围拢来了的敌人拼了个整天整夜。到了第四天的晨早，敌人的兵越来越多了，几乎超过我们十倍以上的武力。但我们的群众依然毫不畏怯，而且还很英勇的个个都有个死斗的决心，剧烈的战争于是又继续下去。一直到傍晚的时候，D 城都还在我们的手里。我们正准备在黉夜时组织一个敢死队去突围，去将敌人的阵线横腰击断，使他首尾不能联结。谁知天刚一黑，我们东面的防守军的兵力太弱，终于被敌人十倍以上的雄厚兵力冲破了。我们的可爱可敬的武装同志，一个个都很英勇的拼死在战线上！

恰在这时，云生正坐在汽车上驰奔到东面去指挥，料不到他迟来了一步，敌人刚刚冲进防线内来了，啪啪啪的一排快枪。文姊哟！我的云生，便在这乱枪扫射下连中三弹而牺牲了！

待汽车飞驰回我们阵线内来的时候，我听到那位在狂弹中，在死线上，险到万分而又侥幸挣脱出来的汽车夫报告，我走来抚抱着我那血淋淋的云生的尸体，我在悲愤中哭昏过去了！过了一会，我的热泪突然被愤火烧干了似的，杀敌的烈焰顿时灼热的烧遍了我的全身。我回转到我们的妇女敢死队中，

（本来我就在妇女敢死队中）我较前越发英勇了。因为我早已下了必死的决心，我唯一的目的：是在求一个报仇的光荣的死！死！死！

血战肉搏的剧烈战争又继续了一天一夜，我们终于失败了！终于光荣而又英勇的失败了！然而我这个求死的人结果竟又幸生了呀！

亲爱的文姊哟！我并不愧悔我的幸生，我正庆幸我能在死中得活。因为，我只要能够存在一天，我便要拼尽我生命力的活动，去为我惨死了的云生报仇，去为那数千惨死在敌人残酷的绞杀下的同志报仇！

从今夜，我的心中没有什么极度的悲伤了，我的心中也没有什么狂流的热泪了。我生活的路程，是由激愤砌成，我的全身心随时随刻都被熊熊的愤焰燃烧着。亲爱的文姊哟！我只晓得肩担着我云生的事业拼命向前冲！我只知道继续我云生的遗志努力去奋斗！……

玉青上。

金文仿佛突然受了一下很沉重的打击似的，她信还没有看完，手便痛愤得打起抖来了！一阵恸悼的哀感和激愤的情绪交织在她心头，她接接连连的顿了几脚，很悲愤的说了几句悼惜的话出来：

——啊啊！云生牺牲了！云生牺牲了！这是我们多么大的损失呀！

——真是你们的大损失啊！像他那样忍苦耐劳，那样踏实沉着的群众领袖，在哪里找！在哪里找！

站在金文旁边的林晓山，把信看完后，也这样很痛悼的长叹起来，这时，他脸上的严肃的表情，简直是平素间所稀有。他的心里虽然没有金文那么激愤，可是从他死死的咬紧牙关这一点看去，他想杀尽杀绝那般蛆虫的心，恐怕什么时候都没有这时那样迫切了！

悲愤的沉默流动在他们之间，金文充血的双眼，仿佛不住的喷射出火光似的，把门外的一方灰败的凝冻的天空，愤愤然的死盯着。她痛愤的心里，一想起了南方的几千人的牺牲，她好像一脚就要将那血骨堆成的宝座，那吃人精血的恶魔的宝座踏成粉碎！晓山呢，他却不敢，神秘的微笑了。他耸了几耸瘦削的肩头，两手很难过的轻搓着，深长的怨气从他的口中不住的吐出来。

恰巧在这个时候，丁君度教授一偏一倒的向金文的家中走来了。

他手里抱着一束初开的梅花，花的清芬时时向他的鼻中喷射，他飘飘然若有所感的微笑起来了。他把梅花凑上唇边吻了一吻，他想这花上吻着唇迹，总有一天会转印到吻花这人儿的身上去呢！于是他一吻再吻，以至于三吻四吻……十吻百吻，花瓣都几乎被他咬吞下去。

金文的家看看就要到了。他的心脏撞钟擂鼓一般的猛跳起来，他觉得今天是该他大胆的时候了。从前便吃了不大胆的亏，以致连信都不敢写，随后大着胆儿写了信，甜快的慰言也就因之得着了，假如今天还是从前那样胆战心惊的，结果一定是说不出来的苦痛。所以，他想今天无论如何他都要大着胆儿对她有所表白了，就是有把刀放在他的咽喉上，他也要把他这几个月来对她的倾诚，对她的热恋，以及对于她的相思苦，他都要详详细细的说出的！尽管大胆的说！尽管大胆的说！不说怎样会成功呢！

金文的家到了。

丁君度教授两步便窜到门前，轻轻的推开了大门，闪身进去。

——密司金！没有出去吧？我今天来的真好呀！哈哈哈，真好！真好！

丁君度先生在大门内高叫一声，然后走进金文的书室里去，他一见金文还在，便哈哈哈的大笑起来。他的腰弯了下去，作了一个九十度的鞠躬，才将手中捧着的梅花双手敬递到金文的面前。他仿佛没有瞥见林晓山似的，他非但不打一个应酬的招呼，或作一个无言的目礼，他竟连头都不掉过去，只顾半眯着近视眼睛，把眉毛都笑弯了下来。

凝视着书室门外灰败的天空的金文，被他这一高呼惊得怔着了。她想起了刚才晓山描画他如何狂热的单恋她的话，云生英勇的牺牲和玉青刻苦的奋斗的种种情形，也在同时攒进她的心中。从来就不动感情而又长于交际的她，这时也连脸都气转成青白去了。——她恨不得一脚把这可怜的疯狂者踢滚出大门外去！

——不错，不错，你来的正好呀！啊啊啊，我们的革命理论家，我们的革命队伍中的第一等人物！第一等人物！你来的正好！正好！正好！

神秘的冷嘲的形态闪现在林晓山的眉眼间，他不管丁君度睬不睬他，他提高了他那惊人的嗓子怪叫了几声。他把小脑袋摇摆了几下，用半只恶意的眼睛去瞟着丁君度教授，似乎晓山的心中也把这位大学教授扔在粪池中去当蛆虫去了！

选自阳翰笙：《两个女性》，亚东图书馆，1931 年，署名华汉

暗　夜

一

一阵低微的，悲哽的，嗟怨的泣声，从一间东倒西歪的茅屋中漏出，混乱着一阵秋风打着残叶的沙响，在天色灰白的低空中旋回荡漾，把四周的已觉凄然的景色，格外烘托得十分的悲凉，十分的凄苦！

大概是这一椽茅屋的骨干太枯瘦了的关系吧，盛夏的狂风暴雨，已经将它的背脊摧折了好些地方。东一块西一块的破裂了的大洞和小洞，即使有秋风秋雨和秋阳的温和的抚吻，也已难将那破烂了的伤痕恢复了！屋前是一块乱石铺成的空坪，折向左边是一条曲达陈镇的小径。一条曲曲折折的小河，横划在离这茅屋有三四里远的地方。踏出茅檐，可以远眺一张张秋帆的远影。在乳色的秋空中若隐若现的，不慌不忙的浮移和摆动，茅屋的右后方有一个大的肥料池，靠近的草棚下又还有一个小粪坑，秋阳的热光虽不如炎夏时的酷烈，然而，那一股股被蒸腾起来的，时时刻刻都在屋前屋后缭绕着的，相溶相合的肥水的奇味和屎尿的怪臭，已经令人够受了！

残秋的山，残秋的水，残秋的草木，残秋的田野，残秋的……残秋的……残秋的一切，都似披上了一层萧瑟的灰败的轻纱，摆起了一副苍白的，忧郁的，凄惨的，枯老的面孔。

茅屋中悲泣的声音忽的中断了！然而继续传出来的却是相对的

怨语和大声的长叹。

——我该怎么办！我看！……我看！……唵，只有这么多点稻米，就是留着自己吃也不够几个月呀！哪里有来还租米！哪里有！哪里有！唵，我看……我看怎么办啊！……

坐在茅屋中破桌旁的老罗伯，揩干了枯眼中的老泪，匆的从桌旁立身起来，两手不住的向空中乱划，灵感似的望着隔间内土灶中的残火，自言自语的，如醉如狂的说起话来，他弯着一个背，在屋中走来走去的乱冲。他已经有五十多岁的年纪了。他的精神虽然还安健，力气也还未尽衰老，但是，他的背部却因几十年的艰苦的重担的高压，已经微微的有点伛偻了。

坐在桌旁矮板凳上的罗妈妈，她的年纪和老罗差不多，她的枯白的头发已经落得快光了。一块旧了的蓝布披在她的头上，她屈着身子紧的盯视着地下，枯涩的眼角边还留有未曾揩净的泪痕。她瞥见老罗伯忽的发狂似的悲叹起来了。她的心里更难过，连忙抬起头来，盯着在她面前走来走去的他的身影，悲叹的说：

——只怪得我们的运气！……唵，……我们种种种田的人是靠天吃饭的呀！……天天天不保佑我们有什么办法呢！……

罗妈妈那枯涩的破喉发出来这几句沙音，再经过那落了四颗大牙的不关风的扁嘴巴的传递，很凄颤的音波已经有些混朦，再加上她生来的口吃，自然她的语言不大辨别得十分清楚了。她本来想谈这几句无可奈何的话来安慰老罗伯的。然而，她这话说出来了以后，老罗伯竟像没有听见她说话似的，睬都不睬她，仍旧在屋中摆开阔步划脚划手的东一窜来西一撞。罗妈妈瞥见这种情形心里一酸，头又垂下去了。这时候，她仿佛滑落在黑洞里的人似的，前后左右都是一片漆黑，一缕微光都看不见了。茫茫然，她在无可奈何的迷惘中，只好听凭命运的播弄和处置。她似乎已经没有力来和命运搏斗了！

她颓然凄然而又泫泫然的垂头坐着。她像被穷愁悲苦把她逼到另外一个世界中去了。她枯死了的心中只有一片麻木！一片剧痛以后的麻木！

　　忽然，老罗伯收住了脚步，将两手交叉在股间，举起有神的双眼把罗妈妈望着，向她说道：

　　——你说什么呀？……天，天，天吗？唵唵，你哪里明白！哪里明白！这分明是人啊！分明是我们的田主啊！他！他！他！没有他，我们就饿饭也只饿得半年呀！……但是怎么会没有他呢？怎么才会没有他呢？

　　老罗伯张大了一双老眼，沉重的摇摆着头，他那酱黄色的皱纹的老脸上，在使劲的谈头两句的时候，还有一缕光辉在闪烁，谈到末了来，疑虑的失望的暗雾又把他的焦灼的心迷罩着了。

　　——是呀！世间哪里会没有田主呢！什么事情都是天意啊！

　　垂着头的罗妈妈，豁然举起头来。观视着老罗伯，留神的倾听着他的谈话以后，半似领悟而又半似迷茫的又推论到她的“天命论”上面来，她眼前的艰辛和愁苦都像轻减几分去了。她还凝着神呆看着老罗伯的态度。

　　——唵唵！……——老罗伯又将肩耸了几耸蹙着眉头继续说道：——什么叫做天意啊！我们的第二次限期又满了呀！缴吗？有什么去缴！不缴吗？又要被押到镇上去受凌辱，受痛骂！而且还要……唵唵，不缴又怎么行呀！缴缴缴！今天把这几升稻缴完，明天我们不被他催逼死，也要自己饿死呀！……唵唵，缴！缴！缴！……

　　老罗伯的眼圈一红，一滴滴灼热的泪珠，把那灰黄的红丝错综的白眼珠都淹湿了。一股无名的暗气横梗上他的喉中来。他的喉头一硬，不能继续说下去了。

　　罗妈妈看见丈夫是这样的凄愁，这样的悲苦，忍不住也流下老泪来。连她那枯老了的扁嘴唇都不住的颤抖起来了。她又将头低垂下去盯视着地。

秋风狂卷起来了。四围冷寞得可怕。茅屋中只能听到一片饮泣的凄咽之声与屋顶下的风吹茅草的吱吱的脆响，一扬一抑的相合相答。景象是多么的悲惨啊！……

——我说还是要怪我们的命命命不好。你看罗大是多么的不成器，这回他同你一齐在镇上放回来后，你看他他有一天在家吗？养这样的儿子有什么用用用处呢！……唵……说去说来还是要怪怪怪我们的命太苦！

在悲苦中的罗妈妈，半似自言而又半似自叹的扁了几扁嘴巴，举起珠泪莹莹的眼望着她那木然呆立着的丈夫想藉一句话来打散他的悲苦。

——哪里能够怪他呢！这孩子是多么的能干、多么的勤快呀！我们种这二十几亩田不都全靠他吗？除了农忙时候请一两个月工而外，一年四季不都全靠他去做吗？

老罗伯收住了眼泪，仍然坐在桌旁。轻言细语的替他的儿子辩护。

——你总爱袒护他！那么，他他他为什么一连几天都少在家呢！

——上农会去了呀！

——什么呢？你说。

——上农会去了！上农会去了！

——啊农会！好久不是就听说农会被衙门里派兵来打打打散了吗？

——他们还是在暗中进行。

——打都打散了，他还去做做做什么？

——他去同会长商量商量，看我们还有什么办法没有。

——唵！……什么都是命运。还有什么办法啊！

——你别这样说呀！你忘记了吗？上半年我们有农会在的时候，还说决定这下半年要要求减租，哪晓得下半年来，农会打散了，不但受了天灾不能减，就是迟点缴去，也要受他们的捕押呀！

——这都是命运！这都是命运！我我我们的命运好，农会又哪里会被兵打散呢！……唵唵，还是命命运。……

话对谈到这里终止了。

罗妈妈不能理解他们痛苦的根源，所以她把天地间的万事万物，都推到那不可捉摸的命运上去。他们为什么那么穷？别人为什么那么富？他们为什么要受天灾？老罗伯又为什么会被人捕押？秋收为什么都不好？农会又为什么会被打散？……这些大的小的问题，在她的心目中看来，都并不是不可解。很单纯的她觉个不过是命运罢了。——命运可以支配宇宙的一切；宇宙的一切都要被命运主宰。——然而要怎么样才能打破这不幸的命运呢？她却茫然了！她的痛苦也就在这一点，因为她既不能战胜命运，命运偏偏要来捉弄她，于是她只好辗转呻吟于那无情的命运的铁蹄下了。

她怅然的望望她的可怜的丈夫，又凄然的望望这扬尘四拂的空壁，她那深陷的鸡皮似的两颊又要因心的酸痛而颤动了。

双睛木然的凝视着门外的老罗伯，他的心中在几次剧烈的沉痛后，反而有些漠漠然。几十年来的痛苦的经验明明白白的点破了他，所以他深深的知道：他过去身受的艰难，并不是什么天意；他现在遭遇着的困苦也并不是什么命运。他分明看见过去的一切艰难和现在的一切的困苦，都是他那田主人厚赐他的。假如没有他，在过去他绝对不会那么的困穷，在现在他也绝对不会这样的冻饿，就在将来，那他更可以丰衣足食的过活。因此，他觉得像他，这样安分守己，这样忠实俭朴的人，一生之中竟受了这么多的艰难困苦，竟受了这么多的凌辱虐待，……固然都是因为他太穷了的关系！但是谁把他逼穷的呢？盗匪的抢劫吗？不是的。自己的懒惰吗？更不是的。逼穷他到这步田地的才是他的田主呀！他无论如何也不会忘记：他春耕夏耘，忙忙碌碌辛辛苦苦得来的每年的收获，一升一斗的都被他那田主掠夺去了。一年如是，两年如是，十年！……廿年！……卅年！……他从廿岁耕田起，一直到现在，他已经耕了整整的卅年了！没有一年不是他亲手将他血汗换来的稻米，一升一斗的，而且还要恭恭敬敬的送给那强盗！——他那田主！所以他在这卅年来的艰辛苦斗中，把谜样的许多问题，都凭他苦闷的经验猜穿一切了。他坚决的认定他过去的，现在的，甚至于将来的一切穷困，饿寒，欺凌，侮辱……都是为了他那田主存在！存在！存在！——然而田主要怎么样才不会存在呢？田主是咒骂不死的，田主是不容易染时疫的。官厅是保护田主的，军警是听田主驱使的。田主有人有钱有势力，而且就算旧的田主死完了，新的田主又可以继续出来。有什么方法可以摧毁他的存在、扑灭他的存在呢？这个问题在老罗伯的心中激荡了十余年，依然没有一个好的解答呀！上半年的农会本来决定这下半年要要求减租，在那时他便很惊喜，觉得这个办法，有些切近于他十年未决的问题的解决了。不幸农会又被军队打散，连他心中这一星希望的微火都全被浇灭。当然，他更感到绝望的悲哀了！并且，看看第二次缴租的限期马上就要到来——只有几天了！——拿什么东西去缴呢！向人借贷？没有抵押品谁肯贷给你？拦路抢劫？法律又专门是用来虐杀穷人的！拼着饿死所有的都缴去？可是这些微的稻米又哪里够！……唉唉，凶年不减租，天灾也不减租。你这蛇蝎般毒的田主哟！看看我这一家人便要被你活生生咽吞呀！……木然的望着门外天空的老罗伯想到这里，心中暗暗的发出不平的怒吼来了，他的双睛又有些润湿了。这时，他唯一的希望，是他的爱子罗大马上归来，因为他无可奈何的心中暗暗的想：也许罗大还能意外的给他开一条生路啊！

门外是一片灰白色的，空漠漠的低空。老罗伯的双睛都望得有些枯涩了。他闻不到罗大的足音，也看不见罗大的身影。他的眼前是一片渺茫茫的惨白色。他的耳中却又是一片风吹叶落的萧萧声。景象是这样的凄凉，他又恍如堕入绝望的深渊中去了。他的心中一阵阵的酸了又酸，他的泪泉似已经枯涸竟流不出眼泪来，他屈肘在桌上支着头部，仍然目不转睛的望着门外，颓然的神色俨若大病了的人一般，他渐渐的竟在朦胧的倦态中迷迷糊糊的半睡了。

二

茅屋左侧的小径上传来了一阵急促的脚步声，在沉默中垂头丧气的罗妈妈猜测怕是她的罗大归来了，连忙立起身来想探头望出去，而那足音却逼近她面前来了，接连着两声叫妈妈的喊声，也从外面传了进来。她又惊喜又怨责的几步跨出门外去。果然，是她的儿子罗大归来了！

——妈妈！爸爸可在家？

罗大两步踏近母亲的面前，笑嘻嘻的同她谈话，他的神态很和顺，好像一匹壮健的大鹿子。

——啊啊，在在在家，在家！……

罗妈妈的心里又高兴而又忧戚，她的口本来就有些吃，这时更吃得厉害，连话都不能多说出来，她的两颊不住的抽动，扁嘴唇也不住的抖起来了。

——爸爸！……

罗大站在他母亲的面前向门内这样的放出一声大叫。

迷睡去了的老罗伯一惊，他朦朦胧胧的向外一看，啊啊，几乎惊喜得跳了起来！这时在他眼中的罗大是多么的壮伟啊！—— 一根锄棒打斜的横擒在他的手中，赤褐色的脚下套着一双粗麻草鞋，摆开了的大八字，脚跟稳重的踏着坪地，一头短发乱蓬蓬的向后纷披，浓黑的眉，发光的眼，……并衬着满脸多血的褐色的肉，在秋光明媚之下威然屹立，简直像只初下的壮虎！绝对不是他妻子眼中的驯鹿呀！——他心里大大的吃了一惊，心想罗大一定有什么好办法了，不然，他的神采为什么会有这样的壮健这样的魁伟呢！他在惊疑中暂时忘去了几分忧愁，立起身来便跟跟跄跄的奔出门外。

——爸爸！……

——啊啊，你几时回来的？

——刚到。

——我真望得你着急呀！……还是进来说吧。

于是三人便又折身进茅屋中。

罗妈妈仍旧蹲身在矮凳上，两只枯老了的眼睛不住的把她儿子的全身上下打量又打量，接着一个人又叽里咕噜的说起来了，她说的什么不大听得清，大概有一半是责怪罗大不该一连几日都在外面跑。

——会长怎样向你说呢？……——老罗伯的心里很急，所以他坐下后的第二腔便是这样的突奇。罗大却并不直答他，向他做一个手势，于是他又才掉转谈锋继续说道：——罗大的肚皮恐怕饿了呀！你先去把水给他烧开，让他来热点吃的，好吗？

罗妈妈微微的点了一点头，望望她的儿子又望望她的丈夫，然后慢慢的立身起来，长长的叹了一口气，才迟滞的摆开步态，稳重而又安健的，一步步走向左边的灶屋中去。

罗大一直看着他的母亲的身影隐没在灶屋中去了，他才放心的坐在他父亲的对面。

——会长究竟怎样向你说啊？第二次的限期，只有几天了呀！罗大！

老罗伯把头伸长到桌中，一对有神的老眼珠射出了一星星希望的烈火。他的声音低促而又紧迫，似乎在喘气一样，眼角边一条条忧郁的沉痛的枯黄皱纹划得愈深了。

——管他妈的，我不怕！

罗大的嘴唇一咧，眼睛也张大了起来。他将他的胸脯一挺，出口便是这样一句愤骂人的话。

——不怕！押起去挨饥受辱你都不怕吗？你……你……罗大！

罗大的话虽然是这样的简单和粗暴，然而在老罗伯心中却非常的合适而有力呀！因为他最怕的，是罗大也同他一样的无办法，一样的无勇气。……

——不怕！不怕！我怕什么呢？爸爸！你看：我总要打死那批混账东西来替老人家出气！

罗大将钢铁般坚实的腕拳向桌前一挥，眼珠内射出了愤怒的烈火出来了！他那粗大的眉头高高的竖起，健康而又生动的赤褐色的脸上，现出了豪快的，自夸的，勇敢的表情，更把老罗伯惊呆了！因为罗大出去的时候还是那么样的胆怯，为什么一回来就这样的勇敢呢？所以，老罗伯赶快的逼他一句：

——气话少说些的好呀！我问你：会长究竟是怎么样说的？

——会长吗？他起初还是问我们要怎样干呀！——罗大的粗暴鲁莽的神气变得来和平多了。

老罗伯听了这话，仿佛突然吞了一口冷冰似的，连心窝子都凉透了，心里顿时便有些惶惑。

——你还是详详细细的向我讲吧，罗大！

——爸爸！我讲，我讲，……我到了会长那个地方。哈！好多人都到了。刘伯伯咧，陈大阿哥咧，毛老三咧，张老七咧……哈！好几十个。他们早都到了。还有些农会的办事人，我还认不清楚呢！人都齐了。会长便一个个的问我们的来意，于是每个人都照实说，话说完后，会长才说话。他说今天的话归拢来只得一句：就是都缴不出租米！啊，爸爸！你说奇怪不奇怪，连那些没有受天灾的人都说缴不起，我还以为只有我们这样的人才缴不起呢！我们的稻没有得到好雨水，被太阳晒死了好多，所以才没有米去缴租，他们那些都靠河边并没有干倒，为什么也缴不起呢？奇怪！……

——往年我们没有受天灾，缴得起不呢？——老罗伯愤愤然的插问一句。

——缴倒缴得起，不过缴了以后，就穷得要命。有时竟会把人饿死呀！

——好呀！像这样谁愿缴租米呢？

——所以，所以，会长最后决定大家都不要缴一粒租米！

——对的！不过不缴租米以后又怎么办？

——有办法！

——有什么办法？

——杀！杀！杀！……杀完了恶霸田主我们好分土地。

忽然罗大将手一伸，做了一个杀人手势！

——谁的主张？谁的主张？谁谁谁呀！罗大！

老罗伯的老眼也忽然凸了出来，心脏更突突的在他胸膛里猛撞！

——大家是这样主张！会长也是这样主张！

——真的吗？……

——真的！真的！

——啊，啊，啊！……

突然，老罗伯将他那脉络隆然的老拳，在桌上沉重的一拍，发狂般的怪叫一声过后，从桌旁跳了起来，一冲便跑到门坎边。他浑身将枯的血液如海涛般的沸腾起来了，他偻着背昂起首来望着门外的秋空，他那枯瘦了的脚腿，枯瘦了的肘膊，枯瘦而又黄皱了的两颊，……都不住的挛动，就是他那嘴巴上那几根不长不短的花白胡也都不住的颤抖起来了！这时候，突的，他觉得他的心里轻松了好一块，仿佛那块沉重而又坚固的，压了他整整有卅年的铅石，忽然飞在他头上的半空中悬起去了。他觉得异常的轻快，异常的舒展，而且像这样的轻快和舒展，是他过去卅余年的苦斗生活中，所未曾感到过的，他今天还算是第一次啊！可是，他的疑惧和惊恐也在同时挤进他心里来了：那块飞在半空去了的铅石，分明并没有粉碎，也分明还有落下来打破他的头颅的危险。所以，他的心里充满了矛盾之感，快乐到了极度，同时惊恐也到了极度了！他呆望着门外那片灰白色的迷迷茫茫的秋空。一瞬间竟然像变成了一片涛澜汹涌的血海。那可怕的头颅，那可怕的尸骸，那血淋淋的可怕的断骨残肢，都像在这可怕的血海中浮荡了起来！……他心里不住的这样的疑问：要这样才能够扑灭所有的田主的存在吗！也要这样，才能够使一般与他同地位的人有翻身之一日吗！未免太可怕了吧！未免太可怕了吧！——然而，不这样，又怎能够掩埋一般田主？不这样又怎能够使一般穷苦的农民生存呢？老罗伯终于陷在又惊又喜又疑又惧的状态中不能爽然自适了。

他用两只手紧紧的抵着他的胸脯，死死的闭着双眼，一若老牧师在虔诚的祈祷什么似的。肃然而又凛然的木立在门前一动也不动。过了好一会，他才忽然折转身来，大大的张开眼睛，沉重的摇一摇头，拖长着破音说道：

——噫，罗大！这样都干得吗？

——为什么干不得呀！难道你还情愿饿死吗？爸爸！——罗大已经把他父亲心里的疑惧看穿了，他故意这样的说一句来激动他，好填补他心中的缺点。

——杀死人是好玩的啊？干不成功就要你自已的命啊！……唉，罗大！

——不干就能够太平吗？不干就能够不要命吗？

罗大的脸一青，偏着头似乎有点不高兴他父亲的多疑和胆怯。

——啊啊，罗大！罗大！……

惊怖的情绪越发将老罗伯缚着了，他深长而又沉重的叹了一口气。老泪几乎从他的眼眶里簌簌的落下来。他又陷入无可奈何的悲苦的境况中去了。

飒飒的一阵秋风吹进门来，只见老罗伯披散在颈项上的枯发飘扬，只见老罗伯那破旧了的老蓝布衫的衣角拂动。

茅屋中顿时被沉默支配着了。

——究竟怎样去干法呢？会长还有什么话吗？有什么详细的计谋没有？

沉默了一会过后，老罗伯走近罗大的面前，若有所悟的低声发问。

——你心里别着急呀，爸爸！会长还没有决定呢！——罗大看见他父亲窘极了，想这样说一句话来安慰安慰他。

——什么呢！还没有决定吗？胡说！胡说！

——不！不！不！还没有决定哪天干！也没有详细决定怎样干！他要我们各人回去都仔细的想一想，然后再开会来决定。

——不错！不错！这样大的事是好玩的吗？会长真是一个了不得的人物呀！他的话真对！真对！

老罗伯听了罗大最后的一句话后，心里的紧张才渐渐的弛懈了。不过，他总觉得这件事情太大，太不平常，他活了整整有五十多年了，像这样反常的事，他不仅还没有看见过，连听都还没有听到过，他想鲁莽的罗大是没有什么办法的，他自己呢？更是老昏了老糊涂了，老得来一点胆都没有了。无论如何都不敢朝伤生害命这一方面去多想的。他简直好像变成了一个一点用处都没有了的人去了。但是，这件大事又不能容许他不去打划呀！所以他在无言中把心都划乱了。他很想有一个能人能够指破他一条必胜之路。

正在这时候，罗妈妈从灶屋里一步一步的走过来，她头上顶着的一方蓝布上沾满了柴灰，老青布衫上也都被灰堆满了。

——水开开了呀！罗大，你你你快去。

罗妈妈一面抖拍着身上的柴灰，一面望着正在出神的罗大，扁扁嘴唇这样的说。

——妈妈！我知道。

罗大笑微微的站起来迎着他的母亲，把靠在桌旁那根锄棒提去放在门后，搓一搓手折身进灶屋中去了。

——唵，罗大这这这孩子好难说！这几天真像一匹野马！你看他有有有几个时候是在屋里呀！这还是要怪我们的命运苦啊！养着这样不成器的孩子！唵，……

罗妈妈刚一坐在桌旁，便这样噜哩噜嗦的絮聒起来了，她的声音是那样的破沙那样的刺耳。

老罗伯仿佛没有听见似的，木呆呆的坐在破桌旁，依然出神的望着门外那一片秋空，沉沉的陷入了烦思。

——其实也难怪，他的老子你怕又是好东西吗？看看看见他空手回来了，竟骂骂骂都不骂两句！……唵，还有什么说头，只怪我命苦！

罗妈妈瞥见她的丈夫睬都不睬她，心里一气，话头便掉转来对准着她丈夫射了。

话头虽然射中了老罗伯，但他依然在那里出神，依然若无事然的睬都不睬。而且他的思潮在一度凝想之后，他突然想起一个可以指破他战胜一切的人来了：这个人的智慧，这个人的机敏，这个人的阅历，这个人的见闻……总而言之，这个人的一切才干，他都五体投地的惊服。并且论起关系来他和他又是同宗，讲起情谊来他和他常常都得往还，同时他又时时都得到他一切的帮助，尤其是在他受人欺凌的时候。

所以老罗伯一蹲身立了起来，伸手到门边去提过那一根开路的用了多年的老木杖，慌慌张张的便要想跨出门外去了。

　　——你这老疯狗，要要到哪里去呀！这个时候了。

　　罗妈妈看见她丈夫这种没头没脑的情形，把她自己惊呆了，她只好给他一骂。

　　——不远不远，我去不到好久就回来，你大惊小怪的干什么！

　　行色匆匆的老罗伯话还没有说完，身子已经跟跟跄跄的跑到门外的空坪上去了。

　　罗大听着这一片闹声，赶紧从灶屋里跑到空坪上来拦着他的父亲说道：

　　——爸爸要到哪里去？

　　——到九叔叔那里去一会就来。

　　——九叔叔！找他干什么？

　　——找他闲谈闲谈。

　　——去不得呀！爸爸！

　　——你要来管我了吗？嘿，你这孩子！

　　——不是的！不是的！会长说过，这个事体不能走漏出去的呀！

　　——我是傻子吗？唵，你这孩子总把我看得一点用处都没有，我不过是去探一探他的口气罢了，你放心！你放心！

　　说着他竟偻着了背慢慢的折向左边的小径上去了，一步一步的他连头都不掉转来。

　　——那么你快些回来呀？爸爸！

　　罗大瞥见他去意已决，而且素常也很知道他父亲是一个稳重又老练的人，也只好由他去了。他怅怅然的望着他老父，那弓形似的身影，亲热的叫了他一声，直到听到他破喉里哼出来的回声和瞥见他背影掩没在小径的转弯抹角处后，他才掉身转来，想仍旧走进灶屋中去。料不到他的母亲还在那里唠唠叨叨的做出骂人的样子，扁嘴弄舌的不知在那里骂些什么东西。他只好和颜悦色的把她扶进门去。

秋风卷着黄叶，依然在门外的空坪上沙沙的纷飞，不多时以前那一阵低微的悲哽的嗟怨的泣声，虽然摇减了，荡散了，然而一阵阵枯涩而又近于嘶哑的，听不清楚的骂声，又时断时续的从茅屋中流荡出来了。

三

残秋的小径上堆满了一层层的枯黄的落叶，把向前走的道路都大半遮没了。老罗伯凭着手中的木杖，一步一拨，一步一杵的向前直奔。小径上一颗颗尖圆的小石刺着他的脚跟，他都若无事然的毫不觉痛。他的脚下穿的是草鞋，粗长的坚硬的脚指，有时反而硬把无数的泥沙和石子都轻无所觉的踢来飞滚起来，就这一点，也很可以看出老罗伯的身体已有一部份因痛苦的磨折而渐变僵木了。

远远的一缕缕的黑烟，从四处的烧瓦砖灶的烟囱上狂喷出来，缭绕在秋朗的高空中。由浓黑而渐灰淡，由灰淡而渐素白，一条条的，稀薄的，似云似雾的淡淡的白烟，直冲入晴空，密接着一片片的浮云。在秋阳反射之下，幻化成了无数的霞彩，在高空中明耀着，灿烂着，飘荡着，使你仰望秋空的人，分不清谁是烟云谁是霞彩。乡村中的秋景是多么的静美啊！然而老罗伯的两只老眼都没有来注视这些大自然的变化和静美，他的心中只是一片冰凉，懂不得什么是自然，什么是美丽！他只是微偻着背平视着白茫茫的前方，一步一跌的向前急走：他的脑子里也只是在不住的打划，怎样才能试探得出九叔叔的态度？又怎样才能够得到他的谋助？怎么样才可以扑灭田主？又怎么样才能够保证不失败？……连他的脑子都划乱了，他还有什么心情来赏鉴自然呢！一林林的枫树从他面前驰过了。一抹抹的田舍也从他面前驰过了。小桥，清溪，柴夫，牧子，枯树，平野……一切的乡风乡景都从他面前驰过了。然而老罗伯似乎并没瞥见，他只觉得驰过他眼前的，不是一闪的白光，便是一团团的暗影。这时候的他，对于一切的风景人物都是一个色盲者了。

他只晓得偻着背平视着前方，一步一步的走！走！走！

突然，一片呻吟的，凄惨的，哀楚而又悲痛的音波，从小径折入大道的左侧边传来，把他惊觉了。他住着脚向四围探视，都是一片荒地，看不出什么动静来。他又拔起脚朝前走，适才那片动人的凄颤的哀音又飘拂过来了。他凝神一听，知道这声音是在左侧边较远的地方。于是他便大踏步的向着这颤声传来的地方急走。他刚一转折到大路上去，果然，在不远的大路旁，展开了一幅凄惨的图画：

路旁左边的，一根未尽枯凋的大树下，横靠着一个褴褛的近四十年纪的妇人，瘦黄的脸上涂满了一块块的尘沙，除开了那对无光的眼珠而外，都是片灰黑，分不清楚哪点是皮肤，哪点是尘渍。一头蓬秽的乱发披散在树根上拖长到泥土中。破烂的，千缝万补的单衣，已经不能遮蔽她的体躯了。东一处西一处的都有枯黄的肉体显露出来。她的胸部一起一伏的在抽动，褪了色的灰嘴唇边漏出了颓丧的痛楚的呻吟声来，而且在她左手腕中，还抚抱着一个一丝不挂的赤条条的，三岁左右的孩子。小孩子的身上滚满了泥灰，花眉花眼的在那妇人的身旁爬动，哀啼，叫唤。

老罗伯走到她的面前。他凝视着这病倒在路旁的妇人，悲悯的情绪在他的心中摇震，他竟停住脚踌躇起来了：——不顾一切的就忍着心酸朝前走吗？还是同情的去探问下她的苦况？——他很犹豫，不能决定他马上应不应该走。

——哎哟！……老伯伯，救救命呀！……

他的心里还没有决定。可是，她已经早举起那对无光的眼睛死死的盯视着他。哀恳他的援救了。

老罗伯的心，忽的猛烈的剧痛起来，引起了他的同情的哀感！

——我……我……我不是好吃懒做的女人呀！老伯伯！……我是逃难的！哎哟！……哎……

那妇人的眼睛并没有转动，她蹲了几下病躯，想坐起来高一点，她在悲哽的呻唤中，诉起苦来了。她的小孩子浮肿的脸上，那对明亮亮的大眼睛却带着惊疑，怕生的把老罗伯怯怯的望着。

在这种情况下，老罗伯哪忍不顾就走呢！他终于同情而又悲悯的问起她来了：

——唵！你怎么会病倒在这里呢？嫂嫂，你没有家吗？

——家！……家！……家！哎呀！我们住的地方都被田主人收回去了！老伯伯！哪里还有家，……家……家呀！……相信我，老伯伯！……我不是讨口的！

她的胸部抽动得厉害，气更喘起来了。她向老罗伯投了一瞥凄绝的目光，这目光使老罗伯看出她在可怜的命运中还保持着几分自负，和自信，于是更引起了他的同情。他想，她一定不是一个自居下流的乞妇，大概又是命运捉弄了！

——你的丈夫呢？嫂嫂！

——他吗？……当兵去了呀！

两行心酸的热泪，从她的眼里长淌下来了。泪流所经过的颊部，突划出两道边岸分明的水沟，她依然不住的在气喘。

——他为什么不好好的去耕田种地呢？

心里痛极了的老罗伯，自知他这句话有些勉强，但他找不出话来安慰她，只好这样说。

哇然一声，她忽的在展转呻吟的悲痛中号哭起来了！老罗伯的话像打中了她心的深处的伤痕似的，她猛然间，便用她那头部紧紧的去抵撞着树根，死死的闭着眼，浑身都不住的战抖，痉挛，抽动起来了！

无知的小孩，凝望着他妈妈这样的悲啼，也跟着"妈呀妈"的号叫起来，用他那紫黑的小手不住的在他妈妈的胸前拍动。

老罗伯的心里酸了又酸，同情的老泪也几乎滴了下来，他微偻着背将木杖抵在胸前，严厉的痛责他自己不应该这样的老得糊涂，不惟没有安慰着人家，反而说出一句引人悲感的伤心人语。真老得太糊涂哟！他在痛悔中望了望一片荒凉的秋郊，真想撕破自己的爱乱说的老嘴！

一阵秋风卷起轻沙从这儿掠过，号泣的音波也随之远荡了，大树上沙沙的落下了三三两两的枯叶，从老罗伯的腰背间滚下来。

她大声的号哭渐变成低泣的抽噎了，她在哽咽中又喘气喘气的诉起苦来：

——哎，老伯伯！他……他……他哪里愿意去当兵呢！……可是，田地都被主人佃给别人了，耕！……耕！……耕什么呀！……种！种！种！……又种什么呀！谁愿抛妻别子去当兵！但是，……不去又有什么办法呢？坐着守死吗？……唉唉，老伯伯！还是要怪运气，今年的收成是那么的坏，连连连还租米都不够。所以……所以……主人把田地另租别人了！……

老罗伯倾神的静听着，忧戚的面容上，时时都现出同情的哀感，听到末了，不知怎的他的心里竟如被人猛刺了一刀似的，他啊啊啊的暗叫起来了。

——我是从这里过路的，我……我……我想到我的娘家找工做，……我的娘家是在离这里有廿里路的唐家湾。……唉唉，老伯伯！哪晓得我我我走到这里便害了寒气病，……走不动了，昨晚还在这里露宿了一夜呀！……唉唉，老伯伯！你能救救我吗？哎哟！……哎哟！……

她含泪的时断时续的把这段话说完了后，颓然的一翻，又翻不转身来，无力而又疲困的目光，哀恳的把老罗伯的脸盯着，像一个垂死的人，期待他去救活她的样子。

　　心中正在发出如狂的暗叫的老罗伯，听到她这样哀恳的言词，又看见她那么热望的神态，他下意识的用他的左手在胸襟上和腰袋上摩了几摩，怅怅然的依旧伸上来擒着木杖，心里好像忽然吹过了一阵凛冽的寒风，微微的战抖起来了！他感到了一阵难言的剧痛，不住的悲怨着自己："啊啊！我怎样去救她呢？我有什么能力去救她呢？我有药品吗？有金钱吗？有精力吗？……我才不该住着脚来管这些闲事呢！命运苦的人多得很呀！我活了几十年还看少了吗？真真不该不该住着脚……然而像她那样凄惨，那样可怜，我又为什么不该去问问呢？我人穷了难道人性都没有了吗？难道良心都没有了吗？……"他自悲自责的一阵过后，他望见那妇人的哀恳的凄惨的目光，还直射着他动都不动。老罗伯更不知要如何才好，同时她那虽然无力而又似有锋芒的光波却又把他紧紧的威刺着！逼得他马上不能不给她一个有希望的答复。

　　——啊啊，嫂嫂！你请放心！请放心！我回头来救你好了。我一会就回来，很快很快！

　　老罗伯已经拔起脚步朝前走了！他临去的时候，仿佛还瞥见她感激而又不放心的将头点了几点，颓然的把孩子抱来挨近她的胸前，半闭着眼睛，似睡非睡的陷入昏迷的状态中去了。

　　一条蜿蜒的大路展开在老罗伯的眼前，他像后面有人在追赶他似的，偏偏倒倒的拖起木杖只顾朝前窜。隐隐约约的，他仿佛还听到那妇人的动人的哀音，在随着一股股的微风，在他的耳边萦回荡漾，她那黑黄的面孔，她那无力的目光，她那一起一伏的胸腹，……她那可怜的浑身紫黑的孩子，……甚而至于她那横靠着的那根大树，都像被一阵急风吹飞了起来，不前不后的就在他的左侧方闪烁，仿佛就要随着他走到什么地方似的，于是他惶惶然的不安极了。

——啊啊，我当了骗子了呀！……然而谁逼着我当骗子的呢？谁？谁？谁？……

他一边走一边想，他刚一想到这里，仿佛在他那不前不后的左侧方闪烁着的幻影，传来了一阵似曾听过的刺人心魂的泣诉声：

——唉唉，老罗伯！还是要怪运气，今年的收成是那么坏，连连连还租米都不够！所以……所以……主人把田地另租别人了！

这几句话好像一支奔放来的毒箭，把老罗伯心的深处的创痕射穿了，他忽把右手来抵着心窝，疼痛得浑身打抖！

——啊啊，这几句话正是替我所说的呀！我我我不是收成也不好么？我不是连还租米都不够么？……我的茅屋虽还未被田主收回去，我的田地也虽还未被田主租给别人，但是，……呀！我已经被追押过一次了呀！我的限期已经看看就要满了呀！万一……万一……呢！我的罗大不是会同她的丈夫一样吗？我和我的老妻不是会同她和她的孩子一样吗？啊啊，……可怕！可怕！可怕得很呀！

老罗伯这样的哀叫一阵过后，他的老眼一花，仿佛对面那灰茫茫的道上，忽的闪现出一个红肿鼻子的矮胖子来，他认得明白：那便是他的田主人，那便是将要逼死他的大地主！他的血液突的沸腾起来了，愤怒的烈火烧遍了他的全身。给了他无穷的胆量和热力，于是他突然停住了脚，发狂般的张大开他那两只火热的眼睛，气昂昂的活像一个上阵的老英雄一般，内心中如雷鸣般的怒吼起来了：

——啊啊，你！你！你！你不容我们穷苦的农民生活下去的田主哟！你你你！你们真该杀杀杀杀呀！……

老罗伯直挺起手中木杖，向着现在他面前那个身影，迎胸便刺将过去！

然而待老罗伯还想要鼓起他的余勇，奋力的刺第二下的时候，他已经随着那根刺出去就拖不回来的木杖直扑下去了！

四

罗九叔叔，确确实实的是老罗伯的同宗，但是若要问他们是同几代祖人的，那他们都确有些茫然，没有一个能够一口答出。不过他们在"相需"的时候确是得互相往来互认兄弟罢了。但哪些时候才是他们"相需"的时候呢？例如九叔叔家的菜园地里要编竹篱的时候，农忙时节请不到栽秧人的时候，秋收时请不到割稻人的时候……总而言之，凡在贱价不能雇用到人的时候。那么，九叔叔便认起弟兄来了，他便用同宗的大压，去枷在老罗伯的颈项上，逼得老罗伯或"罗大"不能不来替他当几天不吃养料的牛马！在老罗伯呢，他也有他说不出来的苦衷。他也有他需要他的时候，只不过他十有九回都只需要九叔叔来做他的靠山，凭藉他的威光，好去吓退那些偷他山地上的玉蜀黍，割他田坎上的毛豆，拔他菜畦里的白菜、萝卜的恶邻人，除此而外，他便没有什么实际需要了。此外便只有在暗中惊佩九叔叔确是一个成家立业的人—— 一个农村中的博闻广见者！

十八年前，罗九叔叔也不过和现在的罗大一样，是一个贫困人家的儿子。——而且现在的罗大还有家，还有父母，那时候九叔叔却丧了双亲连家都没有了！——现在却大大的不同了。他有四五间傍山倚树的瓦屋。有四十亩左右的肥田。有五百多株大的桑林。有一里多长的小山地。有两条水牛一群鸡，一条黄狗一对绵羊。还有那瓦屋左边那一池数不清的鱼还不算。九叔叔总算是小康之家了！但他为什么会这样的发财呢？这个问题，乡里的人好多都曾发出这样的疑问，只可惜都没有一个人得到个正确的答案过。不过他们都晓得十八年前他在乡里东飘西泊的不能糊口了。确是去从过军，但不到三年后，他竟满满的装了几百块洋钱回来，在故乡买田置地的做起人来了。而且回来后的他，不仅谈吐，容表，见识，礼貌不同前，就连口音都有些变了。所没有变的，只有他那三代祖宗流传下来的守土观念，和那勤慎俭朴的发财思想。

他的田有三十亩是佃给别人耕的，有十余亩是留下他自己种，他家里请了一个长工，一个牧牛童，他自己并不上山下田去力作，坐在家里抽一抽叶子烟，指使指使他们便够了。没有事的时候，他也高兴和邻近的乡下佬谈天，所谈的大半都是一些打仗，攻城，烧，杀，城里的建筑，卖淫的姑娘……这一类惊奇的故事，乡下佬闻所未闻见所未见的故事。自然，乡下人没有一个不敬畏他，不把他另眼相看了。

……

空跌了一下的老罗伯，终于一颠一簸的跑到了九叔叔的门前，他杵着木杖气喘喘的向四面一看，屋前的空草坪上只有一群鸡在那里啄食，牛棚里的一条水牛正张大开那双绿莹莹的怪眼睛在敌视他，门外是一个人都没有。

他大着胆子方想跨进门去，突然堂屋边传来了一阵吵骂声，把他惊讶住了：

——……像你这样的没用，人家才敢欺负你呀！……别人，……哪个敢！……

——欺负老子的人还没有生！……你这娼妇别小视我呀！……哼！……

——……

凝着神在倾听的老罗伯，断断续续的虽然还没有听清楚里面在闹些什么，但那一句尖脆和一句粗壮的传出来的尾音，已经惊觉了他：这是九叔叔夫妇在吵嘴！于是便毫不思索的跨进屋去。

他刚一跨进屋去，便看见一个矮小精干的人站在堂屋右边的门口带着惊异的神色向他努了几努嘴巴，做一个点破他的手势。这人打的是双赤脚，一脸的大黑麻子。他想：这人很面熟，为什么记不起他的姓名了呢？老罗伯只好也向他点了点头，尖着脚走近这人的面前去。

——为什么事呀？他们。

老罗伯的声音很低，他恳求那黑麻子给他一个明白的答复。

——吵嘴，吵嘴！……你来干什么？老伯！你的罗大回家了吗？

黑麻子那对发光的黑眼睛，在他的全身上下睃来睃去，像要在他身上窥探什么的样子

——罗大回家了。我是来玩玩的，你去请九叔出来吧！你说我来了。

那黑麻子便是张老七，老罗伯听到他问罗大的时候忽然想起来了。

——我先要问你，你打算和他谈些什么话？

黑麻子俨然变成了个审判官，一对近于侦察的目光，不客气的在老罗伯的身上打量又打量，语气又是那么样的粗撞！

——你别管我的呀！老七。

老罗伯受了他这样不礼貌的待遇，心头的怒火虽忽冲了上来，然而毕竟是老年人，一转瞬间又降下去了。

——不管你！罗大什么话都告诉了你呀！不管你！老伯，你应该处处留心才对！

老罗伯心里猛然一惊，想起了他儿子到会长那里去的时候，张老七在座。于是便转怒为喜的敬佩起这位能守秘密的黑麻子来了。他微笑着向他说：

——我明白，我什么都明白，你请放心吧！难道我还是一个老傻瓜吗？

这时，张老七才把他射到老罗伯身上去的目光缩短一半，招呼他坐下后，两步踏进内屋里去了。

　　老罗伯一个人坐在那空寂的堂屋内的竹椅上，心里不安起来。他想，他来是要探听九叔叔的态度和请求他的谋助的，哪晓得一来便遇着他们夫妇吵嘴。不消说，结果一定是很不好的了。并且，站在旁边又还有一个侦探，一个不许他走漏一点风声的督察者，这使他更连话都不好说了。他心里真气，觉得他委实没有一条有把握的路可走。他抬头去望着一条条的瓦沟，接二连三的叹了几口深长的怨气！

　　九叔叔走到堂屋中来了。

　　——啊！大哥几时来的？……老七为什么不倒茶呢？

　　九叔叔虽然微笑的表示欢迎，但在他的微笑里却深藏着未曾消尽的余怒。他穿的是一套青洋布长衫。脚下是洋袜和布鞋。他的两个颧骨很高，瘦黄黄的。脸上也微有几条皱痕。上颚有点向外暴挺，谈话时一对门牙都露在唇外边来了。

　　——我刚来，不要茶，不要茶，……

　　老罗伯立起来躬了一躬背又重复坐下，他在路上打划好的一腔话，不知怎的竟一句都记不起了。

　　——听说今年你们的秋收很不好，是吗？——九叔叔很关心的问。

　　——是呀！连租都不够缴！——老罗伯很忧戚的摇了几下头。

　　——又听说你的田主人王大兴，还请人下乡来拘捕过你们父子两个，是吗？

　　——是的，是的，我们被他押禁在警察局住了好几天，限我们十天以后一定要缴，现在只差几天了呀！……缴！拿什么去缴呢？——一提起这个缴字，老罗伯的心里又酸了。

　　——好个王八蛋！王大兴，是个什么东西呀！他凭仗他的亲家钱文泰这老狗的势力，诈骗乡人欺凌乡人，真该杀！

一颗颗的飞沫从九叔叔的暴牙齿下飞出来，他那锐利的眼光中忽然流出了一星星的烈火，他坐着的竹椅都几乎被他打倒了！

这样一来，把老罗伯几乎惊喜得来发昏，尤其是九叔叔口中那个杀字的效力特别大。他简直把一切的悲愁都忘了。浑身顿然鼓起了无穷的勇气！很自然的跟着叫了起来：

——是呀！真该杀！真该杀！

——还有钱文泰这条老狗更可恶！他以为他是一个乡董便了不起了。到处敲诈人，到处勒索人，简直像一个乡皇帝！你看，这回城里送了些什么国库券，叫他按殷实人家分派，这老狗不惟不多派点给有钱人家，反而大半都拿来分摊在靠种田过活的人身上。像我这样的人，都被他横派来五十块！你说这老狗该杀不该杀？

九叔叔将五个手指张开来摇了几摇，怒焰越发冲得高了。他从椅子上忽的跳了起来，双掌在大腿上一拍，在地上乱蹬了几脚，胸脯挺得笔直的，显出了他十五年前时的军人本色！

——这些东西都该杀！都该杀！不杀尽杀绝，我们这些人怎么能够过活呢！

老罗伯真想不到九叔叔有这么样的一副义愤心肠，几乎激动得来流老泪，他想：他今天来此的目的，一定可以达到了。呵呵，一定可以达到了！

——是的，这些王八蛋，总有一天会被人杀尽杀绝！你想他们刻毒不刻毒？国库券，什么东西呀！一张换不到钱的纸！他们就只晓得推与别人，自己一张都不要，真是混账王八蛋啊！

九叔叔的拳头只是在空中乱击，摆开双脚在堂屋中的空地上发狂似的跳起来，假如钱文泰摆在他的面前，他硬可以一脚把他踢死！

倒了一杯茶给老罗伯后就在那里盯视着他的张老七，心里暗笑了一阵都吓跑出了门外去了。

——我们也得想个办法来对付他们才好呀！九叔叔！——老罗伯便乘机先来试探他一句。

——难道我还怕那些王八蛋吗？老哥！你看我那妇人懂不懂事？她偏偏要来和我闹，说我无能，说我软弱，别人才敢欺我，把五十块的国库券向我家里送。唉唉，真气死我！讨着这样一个不识时务的女人！我真的怕那些王八蛋吗？什么东西呀！

九叔叔掉转身来，仿佛没有听见老罗伯的话似的，连诉带骂的向他诉起苦来，诉到末了，他向通内室的门边跳了几步，就像要扑进房去打他内人的样子，呼吸都紧促起来了。

——女人家不和她一般的见识，你还是请坐吧，我们来商量商量对付那些王八蛋的法子，过来，过来，请坐过来！

老罗伯看见他这种情形，这真以为他没有听到他的话，对他还抱有无限的热望，连忙立起身把他劝过来坐着，想继续用话头去试探他。

——唉唉，真气死人！——怒焰未消的九叔叔坐好了后，还在叹气。

——我们真该想法对付那些王八蛋呀！九叔叔！——说过了的话老罗伯又再重复一遍。

——你有什么好方法呢？——九叔叔很惊异的望着他，似乎刚才的许多话他都没有听到。

——我吗？嗨，想得出什么方法呀！

——别人有什么方法告诉你没有？——九叔叔的眼里忽然闪出了尖锐的黑光，向他的全身上下泻去，然而他还不曾觉得。

——谁肯来告诉我呢！……不过农民协会里的人总可以帮助我们吧？我总是这样想，不晓得对不对？

——农民协会！什么东西！算了吧！算了吧！要它来帮助你，

简直是碰着鬼，那倒不如听别人欺凌的好！

——上半年他们不是主张减租抗税吗？国库券不是也同杂税一样的吗？——老罗伯听了他那出人意外的话后，仿佛在大热天吞了一口冰凉的泉水似的，上半身都冷透了！

——减租抗税！鬼话！鬼话！算了吧！算了吧！靠他们是不行的。许多人说农民协会里的人是流氓痞子，是光棍无赖，其实他们哪一个又是安家立业的人呢！要他们来帮助你，那倒不如硬着头皮拿五十块洋钱给那老狗的好！农会里的人都是好打来往的吗？唅，大哥！你别错想了！你别错想了！

一分钟前热火还在心里燃烧着的老罗伯，听到了他最后这几句话后，恍如忽然将全身都落在冰河里去了一般，黄皱的老脸上再加上一层铁青渐渐的变成深黑去了，他受了这一剧烈的痛心的猛击后，气得来几乎话都听不出来，他的内心里开始战抖起来了

——那么，怎么办呢？……

——怎么办！自然有办法呀！凡是这类无恶不作的人，总有一天会遭杀身之祸的，中国你怕没有那种锄奸的英雄吗？有的，有的。你等着吧！总有一天会有那种能人来杀他们呀！

——世间会有这样的人吗？

——当然有呀！说不定一年半载就要到我们这些地方。

——啊啊！……

老罗伯变成深黑去了的面部，又深深的笼罩上一层暗雾，一口咬紧牙关，禁不住四肢都打起寒抖来了。他很不自然的望着地下，耳边里已经听不到九叔叔说的是什么话了。虽然九叔叔还在那里继续发表他那古往今来的吊民伐罪的英雄论。

过了一会，老罗伯便颓然的立起身来，告别这位多闻广见的，发表英雄论的主人翁走了。

他穿过草坪，微偻着背一步一步的踏上他的归途。忽然在他的

身后汪汪汪的传来了一阵狗吠声，他掉转头来一看，啊啊，一条肥壮的大黄狗飞奔的向他直扑而来了。他高高的举起他手中的木杖迎头便是一下，那狗看他的杖势来得凶猛，一退便躲开，忽的一扑便又乘势奔过老罗伯的怀中来，哗的一声便将他怀前的将朽了的蓝布衫咬破了一个大洞，幸而张老七跑来得快，不然他腿肚上的肉都被那恶狗咬一大块跑了！

——人穷受狗气！唵，我真倒霉呀！

——别气！别气！过几天我们就不倒霉了！

张老七微笑的安慰着他。他仿佛没有听清楚似的，望了老七一眼便走了。

满腔热望换来了一肚冰凉，老罗伯长长的唉了几口闷气后，猛然把头昂了起来。他似乎有些警觉了。

——啊啊，有钱的人都靠不住！有钱的人都靠不住！我真倒霉的很呀！他分明在和他的老婆斗气。我为什那样没用，竟把他当成一半是同情我的义愤呢！他分明是受不了钱文泰们的欺凌他才那样该杀该杀的放口空骂。我又为什么那样糊涂，竟把他当成一个能说能干的人呢！我真老昏了呀！老昏了！老昏了！……

——他说将来一定会有英雄出来救我们，会有英雄出来杀那些王八蛋。但是，我缴租米的限期只有几天了呀！他妈的什么英雄英雄等他出来时，老子饿死了的骨头都打得鼓响了！打得鼓响了！难道我就这样望着那些王八蛋来捕我押我打我骂我以至于饿死我吗？难道我们一定要得到他这位缩头缩脚的听天安命的人的谋助我们才能够成功吗？啊啊，我们太不相信我们自己了，我们太小视了我们自己了！

——干吧！干吧！干也是死，不干也是死，干呢，还可以从死里求生呀！

——拼吧！拼吧！把这条老命拿去拼吧！把这条老命拿去拼

吧！啊啊！……

狂涛般的思潮一起一伏的在老罗伯的脑海中揪起了滔天的大浪！他毫不顾盼的只是昂起头朝前走，他的脚下异常的稳健和轻快，飘飘然的他似乎在飞起走的样子，一切的惊愁一切的恐怖，一切的人世间的酸辛，他这时仿佛通通都忘了。他的心里只有一个简单的观念，一个由几十年的复杂的痛感中归纳出来的简单观念！这观念是什么呢？——便是拼命！拼命！拼命！

晚秋落日的余焰，烘射得半天血红，把苍茫的大地上都映成了一片光明，老罗伯便从这光明的归途中，一步一步的踏了回去，一步一步的踏了回去。

<h1 style="text-align:center">五</h1>

秋阳已经渐渐的落在山背后去了，南山岭的山顶上烘照出一片明丽的晴光，把山顶上的一林疏树，都反映得来叶叶辉煌枝枝灿烂。山顶上的秋空，是一片嫩红，镶近这嫩红的四周的，又是一片片金黄的，碧绿的，明蓝的，浮动而又瞬变瞬化的云霞，把半边高朗的天空，又装点得那么样的潇洒，那么样的明艳！

从顶而下，枝叶上闪烁着的光辉，便渐渐的稀疏，到了山的半腰，那晴丽的闪光，已经在林顶上消失了。山腰里是一片的阴暗。而山岭脚下的一块坟冢，却早都被笼罩在苍茫的暮色中去了。离这坟冢有半箭之地远的地方，是一条曲曲折折的小径，小径的左边又是一片种着山薯的沙地，一条条不高不低的砌起来的沙堆，都平行的垂直在这条小径上。沙地之外，才是一大片空旷的渺远的田畴，割了稻的田中，只剩着一丛丛的稻椿，在干裂了的泥土中矮矮的蹲着。远远的瘦树田庄，隐隐约约的有时也浮现在那一片苍茫空远的背景上。黑色的天幕确已经快要垂落下来了。

坟冢上的一角，有一对小羊，在那里跳动，埋着头来来往往的似将寻草嚼的样子，牧羊人的身影，闪现在墓碑的旁边，模糊的只现出一个凝神靠立的轮廓，离这坟冢有几百步远的上边却是一个有疏林环绕的山坳，林边的高处又仿佛有一个人影在那里木立，他的胸面是对着那牧羊人的背部的，从山脚下看上来，谁也会误说他是一株矮树的，模糊的瘦影。

一林修竹横划在坟冢的左边，直拖长到山坳的近处，从山脚下的小径上看上来，只能见到一抹苍苍的林影，在幽暗的暮色中摇动。

这山坳的空处，有一大堆人影，在那里蹲坐着，杂草丛丛的掩没了他们的下半身，一个个都硬挺着胸腰，精神抖擞的把坐在较高一点的那个人影盯视着，秋风拂着他们那毛森森的黑发在额角上乱飞，他们说话时的声音，是那么样的低紧，又是那么样的粗壮！

——……

——我们再不要迟疑了！不干还有什么活路可走呢？如果再过两天还不干，那些王八蛋又要来炮制我们了呀！啊啊，我们只有干！只有干！干！干！

坐在草地的靠下边，微偻着背像一支弓的老罗伯望了一望众人，使劲的用手在胸前一挥，愤愤然的这样说。

——不错！不错！我们应该马上就要干！

左右的两排人影，同声的低吼了起来，每人的上半身，都起了一阵骚动。

——干干干！不错，我们一点也不要迟疑，一点也不要畏缩。不过我们要明白，这不是一件好玩的事！我们要有计划要有组织，而且还要有大多数能牺牲能奋斗的伙伴才行，单凭几十人几百人是一定会遭失败的，一定会被扑灭的！我首先要问问你们：在近几天内各村里的农友的表示怎样？是不是各个人都愿把这条命去拼？你们各村负责的人老老实实的说!

穿一套青布短衫裤坐在较高一点的一个面色清癯的壮年汉子热烈而又沉着的发表了这一段言论后,他那一对炯炯慑人的眼睛里射出了一道锋锐的闪光,把围坐在他两旁的人睃视着,他的态度是异常的庄严,异常的诚挚。

他——这壮年汉子,——便是在秘密中进行一切工作的农民协会会长汪森!

——东村,东村的情形怎样?

——东村的农友都愿干,都不怕!只有少数人,胆子小一点。

——西村呢?

——西村也是一样呀!他们天天都痛骂田主,有些胆小的,我们正在劝说。

——南村和北村又怎样呢?

——我们南村更厉害了,前天还打伤了一个下乡来催租的人,连头都打破了!

——我们再不领起他们来干,北村的农友会自己干起来呀!他们这几天磨的磨刀!擦的擦土炮!他们都说谁来催租,他们便和谁拼!

围坐着这一堆人影中,断断续续的有四个人这样简短的置答。他们的态度都非常的庄重和紧张,半点儿也不随便。

—— 一般的农友都是这样的热烈,这样的肯下决心,那就很好呀!不过我们还要明白,单是会算自己的力量还不够,我们还应该详详细细知道敌人的势力,我们才有把握呢。现在请 个住在镇上久点的人作一个这几天内敌情的报告!

汪森留神的听了他们四人的报告后,他的态度依然是那样的庄严,那样的诚挚,冷冷的一点狂热的表情都没有,一对有光的眼睛,一闪闪的在这一堆人影中探视。

——我晓得，只有三十条枪！

突然，坐在人丛中的张老七伸出三个粗指头出来作了一个手势，很快的这样说了出来。

——可惜你知道得太简单了，还是请梁子琴说吧！子琴是镇上的小学教师，什么他都知道得多。

汪会长的话把张老七的热兴冷去了一小半，他那又黑又麻的脸上不自然的微颤几下，他把身子斜蹲下去抚着杂草去了。

于是，年近廿七八的梁子琴便有条有理的报告起来。他说镇上总共有四十名警察，三十支枪，又说每个土豪劣绅的家中都有防身的武器，他又说警察局的形势是如何摆布的，局长胡奎又是怎样的酗酒好色，……他把镇上一切的武装情形，交通情形，和一切土豪劣绅的家中情形都详细的说明了。末了又提出了许多怎样进攻，怎样埋伏的意见。

——那么，明晚我们就去攻打警察局好么？

蹲在地下闷了半天的罗大，听了梁子琴的报告后，实在不能按捺了，他将身立了起来向着空中就是一拳，做了一个猛攻的姿势，热血在他的浑身沸腾起来了。

——是呀！我们再也不能迟疑了！最好明晚就干！明晚！明晚！

老罗伯的怀疑自从那天被九叔叔打破了后，他特别表现得勇敢，比一般青年人都勇敢！

——不错！我们进攻的时间是很迫促的了，虽然不一定是明晚，但至迟也不得超过这四五天之内。为什么呢？因为敌人的力量照这几天看来是很松懈的，是很脆弱的，我们只要很有组织的去进攻，一定有九分九的把握，如果把这个时机错过，那一定会有很多的困难！但是，我们要晓得，我们要有很好的组织才能战胜一切，我们目前所有的只不过是一种不怕死的反抗的热情，还没有很好的组织起来。所以我们马上便应该决定几件重大的事：第一，我们应该组织一个总的指挥机关，一切的行动都要绝对服从这个机关的命令。第二，我们应该武装两千农友，去和我们的敌人打拼命仗。第三，我们还应该组织敢死队、纠察队等来猛攻敌人，监督自己。在我们未实行攻打镇上以前，这几种组织我们一定要首先组织妥当，不然，我们的胜败是没有把握的，我希望今天到的负责的人，大家讨论讨论。

汪会长的话刚一说完，头缩下去挨近丛草的张老七突然将腰一伸又大声的问道：

——为什么不组织杀人队呢？我主张把那些王八蛋杀一个干干净净！杀一个痛痛快快！

汪会长还没有答复张老七的疑问，罗大又在旁边吼起来了：

——不错！不错！又为什么不组织放火队呀？我主张把那些王八蛋的高楼大屋都烧他妈一个精光，烧他妈一个痛快！

空草坪上的空气，顿时被这两位粗莽人的豪爽快语煽动得异常的热烈和紧张，四围坐着的人，都更加兴奋了起来，一个个咬牙切齿的现出了一副愤容，像马上就可以去冲锋陷阵的样子。老罗伯更高兴得不得了，连他的几根胡子也都惊喜得来发抖！

——啊啊，杀人！放火！这两个问题是多么的重要呀！不是刚才这两位农友问及，我差点把它忘了。是的，是的，我们要打翻这不良的社会制度，绝对不是和和平平可以了事的，我们要杀人！我们必须杀人！我们要放火！我们必须放火！但是，这绝对不是说我们走一路杀一路，走一处烧一处！我们是有一定的限度的呀！要知道我们是不得已而杀人！我们更是不得已而放火！我们要杀的人都应该是我们的真正敌人，我们要烧的楼屋都应该是我们的敌人所盘踞着的楼屋。因为我们不扑灭他，他们便要集中力量来扑灭我们。所以，这都是不得已的事情。绝对不是图痛快搞来好玩的事呀！啊啊，各位农友！我们应当不仅是一个社会的破坏者，还应当是一个社会的创造者才对，这一层还望大家注意！千万的注意！

汪森那冷然的面孔和冷然的态度，忽的变成热烈的神态去了，他仿佛受了什么袭击似的呼吸都有些紧促，他似乎把这个问题看成一个很严重的问题去了。他一句追紧一句的把它的利害分析了出来，他又挥动他的拳头，一摆一击的来助势。他的目光几乎是挨次的向各人的身上流泻，他的心中，更迫切而又紧急的要想每个人都应深刻的了解这一个问题的重大意义。

——我的意思并不是走一路杀一路呀！

——谁说走一处烧一处呢！

罗大和张老七都警悟了，但他还要很不自然的谈两句来辩解。

——不是这样就更好，现在我们来讨……

汪森的话还未说定，突然，梁子琴在他的眼前做了一个阻止他的手势，把他的话插断了。他随着众人抬头一看，只见立在林边高处的那个人，正在那里不住的和他们做手势，他倾耳一听，又仿佛听到坟场上飘来了一阵叱羊的声音，他心里猛然一惊，想道：是什么人来了呀？

原来那牧羊人和林边木立着的人，都是他们来开会前放的望哨！

大家都在沉默中惊呆了。

只听到一阵嘹亮而又清脆的牧歌，从山脚下飘上来：

春也忙，
夏也忙，
风风雨雨过山岗。
粪担横肩锄在手，
灌园铲草苦不休。

苦不休！

苦不休！
秋也愁，
冬也愁，
寒霜十月下田中。
麻衣不敌雪风冷，
步步泥浆冰透胸。
冰透胸！
冰透胸！

歌声突然中止，接着飘上来的是一片尖脆的童声的争吵：

——忙什么呀？阿土！牛再放在坟山上去嚼一嚼草不好吗？

——天都要黑了呀！你还要到坟山上去找鬼吗？……驰！驰！驰！……老子倒要走了呀！

——嘿！你这小鬼真可恶！你跑什么？你跑什么？你怕你的姊姊在家偷人吗？小杂种！我倒惟愿你从牛背上栽下来，跌断你的狗腿呀！

——算了吧！算了吧！阿青！还是来唱我们的山歌吧！来来来！来唱两首新山歌，好么？

——好，我们一齐来唱吧。

一瞬间歌声又起：

横也凶，
竖也凶，
田主催租逞威风。
吃人精血敲人髓，

年年收获一扫空！

一扫空！

一扫空！

时也来，

运也来，

钢刀在手莫徘徊。

杀尽天下吸血鬼，

田地归公真快哉！

真快哉！

真快哉！

奔放而又粗壮的歌声，随着得得得的牛蹄踏地的脆响，一扬一抑的在晚秋的苍茫的低空中，激荡出一种雄浑的动人的情调，歌声止后，突然又传来一阵惊人的怪吼：

——杀！

——杀！

——哈哈哈，杀！杀！杀！

接着又是一阵绵绵密密的急促的牛蹄飞奔声，牧童们似乎在狂欢怒吼中冲向前去了。

这给与山坳中的那一堆人以多大的鼓舞和兴奋呀！

炽火忽然烧过了他们的全身，一个个都自动的打破了他们间的沉默，从蹲着的乱草中跳舞起来，挥手动脚的，在心中发出了雷一般的共鸣的怒吼，适才的严肃的精神，顿然变成热烈沸腾的紧张状态去了！

老罗伯搔着头发，望着一片苍暗的晚空，惊喜得来啊啊的发出一声声的低促的长啸，假如这里没有人，他定要大吼一叫的赶下山来了。

——我们的事还没有讨论完呀！

汪森刚刚的这样叫了一声，于是许多人又静悄悄的围坐下。山坳里的会场秩序又重新恢复了。

于是，他们便开始讨论起组织问题来：总的指挥机关应该怎样组织？两千农友又要如何才可以武装？敢死队应该用什么方法去募集？纠察队又要怎样才能行使职权？……一切的利害和一切困难，他们都很详明的去解剖分析和讨论，每个问题都能得到一个具体的办法出来。他们又将一切负责的人都推举出来了。末了，又决定梁子琴专门去做侦探敌人的工作，会议至此，便算快要完结了。

汪森在末尾又发出一段警惕的话来：

——各位负责的农友们！事情算被我们这样的决定了，但是，成不成功谁有一定的把握呢！不过我们可不管。因为我们不干也是要饿死的呀！这一个算是我们求生的战争，我们如果有衣穿有饭吃谁也不愿来干这种玩意，正因为我们连生活都不能生活了，所以我们才起来这样干，这样拼命的干！可是，这儿我们有一点应该注意：我们虽然是求生，但我们都不能不存心必死。要是我们大家都怕牺牲那便什么都完了。所以从今天以后，大家都应该大大的下一个必死的决心。大家都应该如军队般的武装起来，上阵的时候应该很勇敢的绝对服从命令，不许一人后退，哪个后退便先枪毙他！农友们！牢牢的记着！牢牢的记着，胜利的旗帜已经在我们的眼前招展了！努力奋斗吧！努力奋斗吧！……

汪森张开了一对圆睁睁的黑眼睛立起身来，发狂也似的不住的用手在空中击动。蹲在草堆中的人感电也似的通通都随着他跳叫起来了：

——努力奋斗！努力奋斗！

——杀！杀！杀！杀尽一切豪绅地主！

——土地是我们大家的！土地是我们大家的！

一片豪快的低促音冲上了林梢。假如他们不是在秘密的会议中，管叫群山万谷都要发出一片惊人的回响，可惜他们叫啸声毕竟太小了，连那坟场上的牧羊人都没有听到，——他们的第一个望哨都没有听到！

暮色深深的沉垂下来了。他们在狂欢鼓舞的晚风中，怀着满腔热情的激愤，向林脚下四处奔散了。

六

四围的山色都披上了一层轻薄的黑纱，茫茫的大地，已经被深暗的暮色征服了。

从山坳上散了会下来的张老七，拖起了他那两条酱黄色的毛腿，在蜿蜒的苍茫道上沉重而又稳健的一步步的向前走。

突然，他听到他的身后有人呼他：

——老七吗？……慢慢走呀！

他连忙掉转身来一看，原来是梁子琴的模糊的身影在苍茫中直奔过来。

——啊，梁先生！你还要赶回镇上去吗？

——是的，我还要回镇上去。

梁子琴跨前几步，已经赶上来与张老七平排而行了。

远远的孤村中浮动着乍明乍灭的野火，秋虫的唧唧的颤声，从山脚下的泥草中横飘过来，黑茫茫的一片低空中，吹来了一阵微寒的秋风，把他们那破旧了的短衣衫都吹拂起来了。

——你还记得吗？老七！

——什么事呀？

——哈，你就忘了吗？胡奎呀！

——胡奎！就是那个警察局长吗？好一个王八蛋！你看我这回要活活的打死这个杂种呀！

老七的心里猛然一惊，愤怒的烈火，从他的心炉中冲了上来，把他的脸都烧热了。

——这样一个仇人，我怕你都会忘记呀！你有本领，这回就去生擒他来活活打死吧！

——我死都忘记不了这王八蛋的狠毒呀！梁先生！那回幸亏你来的早把我救了。

——这回你应该报仇！

——是的，我一定要报仇，我不是向你说了吗？我一定要活活的打死这个杂种！

——对！你应该很勇敢去打警察局，你的仇才可以报呢！贪生怕死不仅报不了仇，还要把自己的老命送掉的，老七！你说是不是？

——是的呀！我们还有什么路可走呢！就是没有胡奎，我也决心要去拼命的呀！

——你勇敢！你真勇敢！你努力拼命吧！我要从这条路去了。

梁子琴和张老七平排的走到十字路口，子琴向他点头的笑了一笑，折向左边的一条大道上去了。

张老七望着子琴向前驰去的身影，倾斜着一步步的向前奔驰，一个人恶狠狠的恨骂了一声，在沉默的途中，记起了一件不如意的可耻的往事：

那是五月端阳那一天的事。

张老七本来是在陈镇的乡村中做短工谋生的，他没有一定的农具，也没有一定的茅舍，今天在王家做短工时用的是这把锄头，明天到李家去又用的是别一把去了。他的两脚两手便是他找饭吃的工具。除此而外，什么东西都没有了。他没有一定的主人。一年四季他都过的是不安的飘泊生活！

今年农忙的时候，他便在九叔叔家做短工，九叔叔看他很勤快，一点都不躲懒，心里便很爱他，时常都想找些可以挣钱的事来给他做。端阳前后不正是红桃子上市很奇贵的时候吗？所以九叔叔便暂借了两块钱给他，要他花两天的整工夫，到四乡去拣选上色的红桃，预备端午节那天拿到镇上去卖贵市。张老七在感谢之余自然就照九叔叔的吩咐去办。

整整的跑了两天，连脚板皮都跑破了的结果，老七的成绩确还不差，满满的担了一大挑鲜红而又肥大的桃子回来。在初四的那晚上，老七几乎从梦中都笑醒了！

端阳节到了。

老七很早的便从床上爬起来，把这一大挑桃子，一个个的择出来堆在一个半新的箩筐里，四围摆着碧绿的桃叶，又洒上一层清凉的冷水，然后又才将那四十几个红得爱人的拣出来，搁在两头的翻转过来了的箩筐盖上，得意洋洋的戴上草笠，才担起朝陈镇的大道上走。

闪过老七身边的人，哪一个不赞叹这一担桃子的鲜红可爱呀！甚至有好些人在路上就想拦着买他的。老七总是这样笑嘻嘻的向他们讲：

——我要去赶早市的呀！要买到镇上去买吧，十个铜板一个！

十个铜板一个，自然是他的威吓人之词，实实在在的五个铜板一个那倒是他的真价。他一边喘着气拼命的向前急走。但他一面却在心里暗中打划：一个吗五个铜板，十个吗五十个铜板，一百个吗五百个铜板……银价是二吊四，五百个铜板就要合大洋两块，……大大小小共六百个桃子，起码不是都要值拾块大洋吗？张老七想到这里，心头甜了又甜，脸上的黑麻子都发起闪光来了！因为他还没有去掉两块钱的本钱呀！至少他要赚大洋八块！

八块大洋！白亮亮的明晃晃的八块大洋。这在张老七的眼中是多么大的一笔财产呀！所以，张老七连气都不歇，一股劲儿便担到陈镇的镇口。

　　时间虽然才九点多钟，大概是端阳佳节的关系吧。已经有不少的人在陈镇的街市上来来往往的走了，乡间来卖药草的、卖菖蒲的、卖小菜的都挤了不少的人了。张老七的心里自然更慌张，更想一口气跑到市街中卖果实处去。

　　满街人的目光都集在那挑箩筐上来了，每个人看到都要啧啧称羡。老七瞥见这种情形更甜进心里去了。

　　八块大洋！八块大洋！白亮亮的八块大洋！明晃晃的八块大洋！看看就要落进张老七的衣袋中来了呀！

　　——站着！站着！担桃子的！

　　跑得汗流满面的张老七停脚一看：一个背着枪的青衣警察从街口上赶了过来。

　　——放下来！担起干吗！

　　警察恶狠狠的把他望着，张老七大大的吃了一惊，心脏在他的胸膛中猛撞起来！

　　——什么事呀？——老七依然担立起不动。

　　——你不上税吗？——警察的眼光简直同狼一样的凶狠，十分的令人可怕！

　　——桃子都要上税吗？

　　——菜还要上税呢！桃子！

　　——那么，怎样上法呢？

　　——你担起干吗？放下来再说。

　　于是张老七只好将担着的箩筐放下。街上往来的人已有好多住着脚在盯视他们了。

　　——那么，怎样上法呢？

——见十抽一，你这箩筐里有多少呢？

——有有有五百呀！警爷！——张老七的声音都打起抖来了。

——不许诳报！诳报就要重罚！

警察板起一副铁面孔再狠恶的望他一眼，把头躬下去拣他那搁在面上的顶好的红桃去了。

——没没没有说诳！……等我来来拣给你你吧。你别专择我那做招牌的红的呀！

张老七连忙蹲身下去护着那箩上那四十几个红的不要他拿，于是这警察便冒火了。

——你这混账东西，又诳报，又不要我选好的吗？

啪的一声张老七的腰间已经吃了一警棍了！他忍不住痛将手一松向后倒退几步，眼看着那些顶好的红桃便要一个个的被那警察拣起去了呀！好的一去，哪能惹得起人的心爱？又哪能卖得到五个铜板一个呢？看看那八块明亮亮的大洋便要从他手中滑落了！他的心头一酸，仿佛有一根毒针刺着他似的，疼痛得来再也不能忍受了。于是他便很猛的扑到那箩筐面前，死死的护着那几十个红桃子。

——你别要专拿我那几十个很好的呀！那是我的命！那是我的命！……——他口里不住的这样狂叫，用两只粗毛手来阻挡着警察的手。

——你这混账王八蛋！你！你！你！

啪啪啪的如密雨般的沉重的警棍又抽在他的腰背上来了！他的身上被打起了无数十条青紫的伤痕，那警察还在手起棍落的密打，他再也忍不住痛了，用力的向着那警察的胸膛上便是一拳，只听得那警察怪叫一声，仰天一翻便滚倒在地下去了！

——你要抢我的枪吗？你你你这蠢猪！你你你这王八蛋呀！

被打翻在地下去了的警察，蹲身起来后，把背上的枪取下来高高的举起，抢上前来想劈头就是一下。这把老七吓昏了。连忙取下箩筐下的扁担横上去一架，当的一声那支枪便被他架落下来了！——张老七反而浑身吓得打起抖来！

——什么事呀？什么事？什么事？

那警察刚想再扑过来的时候，胡奎带起四个警察已经巡到这里来了。胡奎听了那警察向他报告以后，不问青红皂白迎面便是几个耳光，打得张老七的眼前，只是火星乱迸！老七挨了这顿打后，更抖得连话都说不出来。他不知今天要撞下什么大祸啊！

——跟我带起走呀！妈的什么东西！什么东西！

胡奎跑上前迎筐两脚，便把两箩红桃子通通踢倒了。围着看的街人都一齐蹲身下去争抢，一霎时这一挑奇贵的桃子便完了！

完了！完了！那白亮亮的八块大洋便完了！那明晃晃的八块大洋便完了！……

两行热泪便从老七的眼中滚落下来，他在众人嘲视和敌视之下嚎哭起来了！

当天还是梁子琴到局里去玩，才把他保出来的。完了，完了，一切都完了，连那挑半新的箩筐都完了！……

……

张老七想到这里，仿佛有十几支火箭射进了他的心中似的，脉管里的血流都沸腾起来了！那啪啪啪的几个耳光，打得他的眼前火星乱迸的耳光，热烘烘的他的烧红了的两颊都似乎还有余痛。他那灼热的涨痛的双眼微微的起了一阵黑圈，一个高大魁梧的，穿着警衣的身影，闪电般的从他的眼前驰过了！那不是胡奎那个杂种吗？他很敏捷的用他两只筋肉隆起的黑手向前去抓了几抓。他恨不得一爪把那驰过去的身影撕成碎片！——然而！他撕着了什么呢？他终于昂起头来仰望那黑茫茫的一片天空，失望的长啸起来了。

从这一段伤心的往事，更引起了他无穷的可悲的往事来！

他觉得像他这么样的一个人，简直还比不上一堆牛粪和一块枯柴的价值，为什么呢？牛粪还有肥田的作用，枯柴也还有烧火的作用。而他在社会上的一般人的眼中，简直比牛粪和枯柴的作用都没有了。牛粪和枯柴摆在乡下人的面前，每每还能引起人的心爱，而他呢，简直是一粒惹不起人注意的田边路畔的泥沙呀！

　　他记不清楚他是几时死的父母。他也看不见他有什么亲亲戚戚。他仿佛六七岁的时候便和人家看过牛，每天还要他割两大背的牛草，下大雪的残冬还要他上山下山，炎炎烈日的盛夏又要他担柴担水。从那时以后，一年四季他都是那么样一件破麻衣，崖畔水边，檐前屋角又常常都是他的栖息地。他遇着的田主人的老婆十个有九个半都恶而又凶，一不如意，不挨一顿棍棒至少也要受一顿难堪的毒骂。而且一年半载又每每是要更换主人的。今天还不知道明天又要走到何处，明天更不知道后天能不能生活。因为用不用他的权都完完全全的操在主人手里，他有什么方法可以决定他的行踪断定他的命运呢！

　　从六七岁时起，他便在那饥寒交迫的泥潭中挣扎苦斗和肉搏，而今已经整整的有廿年了。他挣扎出了一个什么样的结果出来呢！苦斗出了一条什么样的出路来呢！肉搏出了一个怎么样的境地呢！……可怜！可怜！廿年后的他，依然还是那么样的一个他。不说别的，竟连一把铲地的锄头都没有！一把小小的铲地的锄头都没有！……

　　他想想他的过去，想想他的现在，他愈想愈心酸，两点晶莹的热泪几乎从他的颊上直滚下来了。

　　然而他一转念来想想他的将来。他过去的一切哀愁和现在的一切酸辛，都被他那熊熊的希望的炽焰焚化了。他还愁苦什么呢？只要干得成功，他不仅可以报仇雪恨，而且还可以解除他毕生的痛苦。可以达到他廿年来尚未达到的目的；他可以无代价的分到田地，可以无代价的受用犁锄等。

他还愁什么呢？他还苦什么呢？

这时他所愁苦的已经不是过去所愁苦的了。真能横梗在他心头放不下去的，只有一个怎样才能战胜敌人的问题，所以，他那纷紊的心情都渐渐的单纯化了！他把他的注意力渐渐的集中在这个问题身上来。

荒郊的磷火，半明半灭的在四围的阴暗的山影中时隐时现，深秋的夜色是一片阴森的浓暗，秋凉已经透入了张老七的全身了。

一步一步的，张老七终于到了九叔叔的草坪上来。灯影从牛肋窗里透出昏黄的光丝，老七刚刚跨进门去的时候，九叔那对慑人的眼睛便从那窗里投一瞥惊异的光波过来。老七很不自然的踌躇而又胆怯。

——为什么这样迟才回来呀？老七！

——你问我做什么？关你什么事！——这句话虽然突然冲上他的舌头，但他毕竟把他冷吞下去了。只好撒谎的说：——镇上今天真好玩呀！九叔叔！

——好玩你就把自己的事忘了呀！哼，你们这种人！……——九叔叔的脸皮都气青了。张大了的眼睛活像要从牛肋窗里突落出来一般。他这样冷冷然的半怒半责的叱了一句。

——今天实在对不住，以后我早点回来吧。九叔叔！——老七赧然的发出了哀恳的声音，他的呼吸都有些急促，他心里的话似乎不是这样说的吧？但他又不能不这样说了！

——你只要知道就好呀！只怕，哼，你们这种人！……贱皮骨！说过就是了！

轰的一声窗门关了，老七的心中还深深的映着他那最后的一瞥，那半恼怒半斥骂的最后的一瞥！过了半刻，九婶婶那淫荡的笑声又从窗洞中漏出来了，这笑声，添了他无穷的愤感！

——都是一些该杀的东西呀！王八蛋！

一团愤火烧过了张老七的全身。他如受了猛烈的刺激的人一般，气冲冲的便撞进自己那间黑而狭的牛棚似的房中去了，他用火柴点燃了清油灯，坐在木板板的床边上望着四围那灰黄的灯影，一个人如醉如狂的发起怔来。

——啊啊，有钱的人都该杀！都该杀！哪有一个王八蛋是好的呢？……我还不预备我的武器吗？我还不赶快预备我的武器吗？

他跳起身来向床头一摸，沙的一声便拖出一把生了锈的长梭镖来，他把这东西擒在手中试了一试，几步他就踏出门外去了，牛棚里的牛的乱动他都仿佛没有听见似的，踉踉跄跄的他便折向右边一条小道上去，小道的尽处是一条河堤，堤上是一林稀疏的翠竹，淡水淙淙的声音在幽静的深秋极晚传来，音波是多么的清脆啊！然而张老七仿佛没有听见什么似的，大步大步的便跨到溪边的乱石旁来了。天色是那么样的灰蒙，暗淡的溪水中只能瞥见一堆一堆的乱石的轮廓，和浅水的光影，什么都分别不清楚了。这条路是他已经常来惯了的。于是他便将手中的武器横了下来，用手去摸一摸溪旁那块磨惯了刀的粗石。弯下半腰便使劲儿的磨起来。

他这时的心境，比火山爆发时还要炸烈，还要狂突，还要怒吼！半丝儿徘徊的念头他都没有了。他觉得要挣脱奴隶般的生活，只有去拼命！拼命！拼命！除此而外，简直没有第二条可以走的大路了。九叔叔适才那一瞥辱人已极的目光，不就是在明明的启示他："你不拼命你一生一世都要受到同样冷酷无情的待遇呀！而且说不定还有更冷酷更无情的等待着你啊！你还不去拼命吗？"……所以这时候的他，浑身内外都被愤怒的烈火燃烧着，在他一磨一磨的仿佛把全生命的力都灌注在那梭镖尖上去了。

哗哗哗！杀杀杀！粗忙的磨刀声和他内心里的怒吼声，奏出了一曲谐和的壮曲。一切吃人精髓的田主，都像被他穿上了梭镖尖，连九叔叔都像被他刺死在淡水中去了！……

深夜的寒风在他的头上横扫而过，淡水已经是冰凉彻骨的寒流了。然而他却一点都不觉得，他神思恍荡的仿佛觉得他不是在磨梭镖，他是在一刀一刀的杀那些吸血鬼啊！

七

大田主王大兴家的招待室，设备得异常的古雅。室内的前方是一个雕花窗，窗心中还糊着一张题诗的彩画。窗外是一个小花园。有小小的金鱼池，有各种各样的将残的菊类。室中的四壁都挂满了名人的字画。窗前放着的一张朱漆长方书桌上，又还有汉砖砚，古瓷瓶一类古而又老的文具和摆设，靠后方的一张大红木的花床上的设置却又特别而又漂亮了：青花毯上驼着两床丝棉锦被，床上罩着的是白罗蚊帐子，帐门是一对银钩高高的钩起的。床的中心放着一个长有尺半的白铜盘，盘中套着的一个小白铜盘上才放着鸦片烟斗，烟杯，烟缸，……和那座发光的雪亮的白铜烟灯。一支镶着珠宝的深紫的长烟枪横陈在大白铜盘前，一切擦亮了的烟具都在微黄的灯光之下，发出耀眼的光亮。

时候快近黄昏了。

王大兴是坐在靠右边的床上的。他这人生得矮而又肥，他的腿和手又都是肥而又短，他的肚皮膨胀起来像一个装满血汗的大酒坛。饱饱满满的似乎快要被那血汗的波动而爆裂。他那肥大的脸上，偏偏又生满了一脸的小红疮，那浮肿起来的鼻子上更成了这小疮盘踞的大本营，密密连连的把他那个鼻尖都染成了一片殷红，活像一个将要破皮的烂桃子，他一手摸着他腮下的一嘴络腮胡，笑眯眯的望着坐在他左手边的钱文泰献殷勤的说道：

——再吃两口好吗？这是很好的"云土"呀！

他的鼻孔里好像塞着一块什么东西似的，发音是异常的沉浊和混沌。

——吃的有了。吃的有了。

高瘦的钱文泰，把昂着的头掉一半过来，在喉咙里答应他一声，仍然又挺直着胸脯木坐着。他已经是四十好几岁的人了，但他的精神还很旺健，从来不肯驼背弯腰的作一个老衰者。

——我想先同文泰兄谈一谈，好吗？

王大兴那猪也似的小眼睛，笑来横划成一条平行线去了。他的双肩很吃力的耸动了一下，肚皮上那块肥肉也随着起了一阵抖颤，一阵不知不觉的抖颤。

——好！你说吧！什么话？

钱文泰立起身来慢慢的取下他头上那顶缀瓜皮帽来吹一吹灰，随手又将身上穿的哔叽夹袍和青大呢马褂拍一拍，然后才很淡漠的这样答应他一句。他的颧骨高耸的脸上没有什么表情，他谈话时不仅不笑，那不乱抽动的深黄色的面皮，简直还像一块森冷的冰石。

——你看怎么办呢？我那三十几家佃户今年都在和我捣乱呀！现在已经是九月尾了，租米还没有收到一升半合，就是豆麦也没有得到三斗两斗，前次虽然很费了你的心，替我叫警察局去拘了十几个来催问，他们当时倒都没有一个敢说不缴，可是现在的限期又早都到了，仍旧没有一个慷慷慨慨的缴来，昨天我家里的人下乡去催，反而受了他们一场辱骂呀！最可恶的是老罗两父子，这老狗已经是推了一次又推一次了。他不但不缴，竟敢公然的在乡间骂我。说我要逼死他那条老命。这一家跑到那一家的去劝我的佃户起来反对我。你看这老狗可恶不可恶呢？……咦，文泰兄！我看乡间一定还有人在那里捣鬼，往年哪里有这种现象呢！一定有流氓痞子在那里教唆，你是我们一镇的主脑，要赶快想个法子才好呀！这些愚蠢的贱骨头太无法无天了！

王大兴眯着眼睛斜瞟着这一位一镇的主脑的人物。他那脸上的笑容忽然敛迹了，他那眉头一紧一竖的随着心脏的一酸一痛而起落。两只肥短的，离地有五寸高的脚，不住的悬来摆去的敲着床腿。他似乎谈得有些气喘了，他用一双手去摸着他的宽大的胸脯，表示出异常焦灼和苦恼的神态。

——不仅府上是如此呀！……今年！

钱文泰的耳朵是竖起的，但他那锋锐有神的两眼却始终盯视着前面的空地，并未曾掉转来望过王大兴半眼。他凛然的倾挺着上半身，依旧是毫无所动的漠然置答，老练而又矜持的气度是表现得十分充足了。

——那么，怎么办呢？

——有好几十家都同府上的情形是一样的吧！——钱文泰仿佛没有听见他的话似的，依然盯着前边一动也不动。

——是的，那么，怎样办呢？

——怎么办！……你听见说没有？他们不缴租米就算了吗？他们还要聚集乌合之众，想图谋不轨呢！

——图谋不轨！这批贱骨头不怕死吗？他们敢怎么干呀！

——不敢怎么干！唵，你真没有听见吗？他们要来打杀我们呀！

——啊哟！还了得！还了得！

打杀两个字的音波比毒刺的锋芒还要尖锐，闪电般的便刺入王大兴的耳鼓中去了，他的上半身朝后一扬，比箩筐还要大的臀部都失了重心，轰的一声便翻倒在床上，把白铜烟盘都震动得叮当作响，他惶惶然的似乎连魂魄都吓落了！

奇怪得很！床沿上起了这么大的剧烈的震动，钱文泰依然还是若无所觉似的，望着一片灰暗的前方，木然的坐着。微微有点不同的也不过是他那两只眼睛转动得较前厉害了。他似乎在沉思什么或者计划什么一般，他的眉头开始抖动起来了。

——那么，怎么办呢？难道我们就坐着等他们来打杀吗？

费了九牛二虎之力才翻身起来坐着的王大兴，哭丧着脸带着抖声这样急躁而又哀求的说。他背上的肉还在一阵阵的又冷又麻又痛又抖。

——你别心焦，我自然有办法，十天以后你看，要是那时我还没有扫平这些乱党，还没有杀尽这些暴徒，你尽管笑我钱文泰比三岁大的小孩还要没用。你焦心做什么呢？尽管放心好了。一切的事情都有我！

突然，钱文泰在沉思中立起身来，用那锐利的目光盯视着王大兴的面部，他的眉头大大的展开。死一般冰冷的颜面上都闪着活跃的，自信的，倔强而又矜持的光辉来了。连他那唇上的短髭都起了一阵跃动，说到最末一句，他更拍起胸膛来。

——是的，我深知文泰兄很行，很有谋略，但是，我很想知道，你究竟用什么方法来对付他们呢？愿意告诉我吗？

这时王大兴眼中的钱文泰，简直比救世的基督还要神圣还要有威权还要值得信仰了。

——我只消向你说一句你就明白了吧：今天我派人到县里请兵去了。兵到时，我就要他们下乡去捉人，还有什么问题呢！

——真派人去请兵去了吗？哈哈！文秦兄真能防患于未然呀！那么，只要杀得几个暴徒，那我的租米就不愁那些混蛋东西不缴了。哈哈，文泰兄！不是我当面捧你的腿儿，你真不愧是我们一乡之长呀！哈哈哈。

仿佛有块笨重的东西从王大兴的胸口上落下去了。他望着屹然的立在他面前这座神圣的偶像。他几乎感激涕零的拜倒在他的脚前。

——别太客气了。这是我应有的责任呢！我受了你们一般绅商的信赖，我当然不得使你们吃苦的啊！

钱文泰在床前走了几步，怡然自得的仍旧坐在床沿上来了。

——我再敬你两口烟吧，文泰兄！请靠下来。我们边吃烟边谈话好么？

王大兴的身子向后一翻，两只脚弯来抵着床头，横靠在烟灯旁边，拈起一根细烟签，在灯火上打起烟泡来了，钱文泰也含笑的将身子靠下，两个人面对面的都将目光集中在那香气扑鼻的烟泡上。手动眉开的，活像一对一肥一瘦的蜷曲而又舞爪动脚的大虾子。

——究竟是哪些乱党在乡间挑唆那些无知的愚民呢？

——你还不知道吗？就是上半年办农会那些人呀！

——不是又有那个会长汪森吗？

——当然啊！就是这个流氓搅得很厉害！

——不是听说他已经逃去远方去了吗？

——他们的行动都是神出鬼没的，今天去了明天还不是又来了。

——哈，这王八蛋！捉着他非剜他的心肝不可！我们这一乡都被他闹得来鸡犬不宁了呀！

——还不止他一个，听说有好几十人呢！

——那就非赶快下手不可了，应该愈快愈好呀！

——也不仅是你一个这么说，好几十个到我家来都是这样催我呢！

——愈快愈好！愈快愈好！……来，请！这口烟打得还不错。火炮筒！火炮筒！好生喝吧！我来和你掌灯观火！

——好好！

于是，呼噜噜呼噜噜的一股股灰白的烟丝便在帐中缭绕起来了。

……

幕色渐渐地在室中浓密起来了，黑暗虽然堆满了室中四角，但是，床帐中那雪亮的烟灯却越发辉煌起来。这一对蜷曲的一肥一瘦的大虾，却沉醉在吞云吐雾里去了。

——喂！你们倒抽得很舒服呀！

正在过瘾的王大兴听见到这突来的一声怪叫！抬头一看，一个穿着秋绒军衣的高大汉子，粗声阔步的走近他们的床前来了，他仔细一打量才知道是局长胡奎。

——啊，来得好！来得好！我们等了你好久了呀！为什么才来呢？过来抽烟！过来抽烟！

王大兴连忙翻滚起来，笑眯眯的去欢迎他。钱文泰也立起来点了几点头。

——我不吃烟，我要吃饭，你今天不是特别请我们喝酒吗？

走得气喘的胡奎，将头上的白边警帽取了下来，一屁股坐在床旁的木椅上粗声大气的，不客气的吼了起来。

——是的，是的，就是等局长来我们就吃呀！抽两口烟玩儿好吗？我马上就去吩咐他们把酒菜预备好，请过来，请过来，随便抽两口。

王大兴已经慌慌忙忙的运动他那肥胖得来像只猪样的体躯向门外去了。

——喂！王先生！今天我知道你请的客很少，最好请先生那贵姨太太出来陪一陪酒才对呢！哈哈哈，愿意吗？

胡奎睁开他那对色眼，望着王大兴那呆笨的身影，这样俏皮的说。

王大兴只掉转头来，微微的一笑，便跨出门外去了。

这时钱文泰才请胡奎过来抽烟，胡奎也很慨然的倒下去抽了几口，东拉西扯的和钱文泰吹起牛来，他说这几天警察们都很勤谨，他每晚到街头街尾去巡视都没有一个人敢在岗位上打瞌睡。他又说他的公务是怎样的忙，每晚又只睡得到四点钟的觉。他又说他的生活太干枯，薪金又不够花，老婆也不漂亮，他说着竟长长的叹起气来了。于是钱文泰又劝他，要他好生干，钱是不成问题的，由他负责去请上峰加他的薪，上峰如不准，再由他负责去找几件可以进财的事来关顾他，他可负责担保，绝对不得拆烂污说白话。而且他又向他说，只要有钱，讨小老婆是再容易没有的了。老婆这种东西，简直等于一条锦被样的，没有钱便得不到她，一有钱便可买来拥抱着睡了。他这些话一攒进胡奎耳中，如吞着一口口的蜂蜜似的，连他的心都甜透了。于是胡奎便发誓般的说，只要镇上的绅商待他这样的好，只要他能够进很多的财，他可以把乡上那般不法之徒捕捉完的。而且他还可以打，可以杀！……

他们的说话至此，一个仆人进来催请他们到厅堂里吃酒去。他们便含笑的跟着那仆人去了。

夜幕已经完全垂下来了。厅堂上左边的一张搁着茶具的桌上，放着一座高高的煤油灯，厅的中央才是一张黑漆的方桌，桌的一角又放着一盏小小的洋灯，光波四射，把四围都照得很明亮。

酒菜都摆设得很停当了。王大兴坐在席的右方，提着一把银瓶，一斟一劝的奉陪着他的佳客。

——多喝几杯吧。胡局长！前次真是很操了你的心。不然，我那些佃户真要爬在我的头上来撒屎撒尿了！请！请！请！文泰兄！请把这一杯干了它。

王大兴举起了手中的白银杯，笑微微的奉劝他的客人，他一口先把他手中那杯喝干了。他把空杯拿到桌心中表示给他们看看。

——你的租米不是都收齐了吗？

胡奎的手中正擒着一只鸡腿在大嚼，他那两只大眼只死死的盯着鸡骨上附着的筋，他并不曾瞥见王大兴手中的空杯在他眼前闪过。

——哪里收到一升半合呢！……啊啊，酒，酒，请干这一杯！

胡奎把鸡骨丢在一旁，本想又要去捞第二只的，他手中的筷子都插进清炖鸡的缸中去了，瞥见王大兴这样一做，只好赶快缩转来，一口把酒喝干，口中愤愤的骂道：

——谁敢不缴？谁敢不缴？你说！我明天就替你捉来这样！——他把他的手掌啪啪啪的打了几下，做一个打屁股的手势——不愁他不缴！不愁他不缴！

——胡局长办事真认真！真爽快！这不能不说是我们镇上的幸福。

坐在首席上的钱文泰一面微嚼着东西，一面也含笑的恭维起胡奎来了。

——是的！是的！真是我们镇上的幸福！啊！哈哈哈。

王大兴把颈上那一圈肥肉都笑抖起来了。

——太乱恭维了！太乱恭维了！……今天的酒吃得真不痛快！王先生的姨太太为什么还不出来陪陪客呀！

胡奎依旧不睬谁，只顾大筷大筷的吃他的菜肴，他一面吃一面又把头一摆，假装出一个不满意人的态度出来。然而这种假作谁都知道是故意做的。连钱文泰都抿嘴笑了。

王大兴正要起来解释姨太太为什么不出来的原因，仆人忽的递了张名片过来，说有个人要来会他们，商量要事。王大兴征得了他这两位客人的同意，便叫仆人去请他进来。

过了片刻，一位穿学生服的二十余岁的青年。面目清癯，很文雅很俊秀的跨进客厅中来了。

——啊哈，梁子琴先生！来得好，来得好，我正想找个人来同我拼酒呀！

虎食狼咽的胡奎丢下筷子，两步便跑过去拉着梁子琴的手，大说大笑的跳起来了。主人翁王大兴自然也起来迎了过去，只有钱文泰坐着不动，他不过向来者点一点头罢了。

梁子琴含笑地向着各人寒暄了几句过后，才说明他的来意：

——今天把钱先生、王先生和胡局长的清谈和兴会都打断了，真对不住！我哪天就想和钱先生说一说话，又因自己课务忙，钱先生的公干也多，所以竟没有机会。今天打听得钱先生和胡局长都到王先生府上来了，只好很冒失的到这里来说一说，真是对不住！对不住！

他的一对明亮的睛瞳轮视着三人的颜面，一上一下的不住打量他们的表情，似乎探察他们对他的态度。

——梁先生太客气了，无论如何都要吃几杯酒，小儿承先生的教诲，待几天定要到贵校来致谢，来拜访。

——对不住王先生！兄弟是刚刚才用过晚饭，而且也不会喝酒，空坐一坐，陪一陪就对了。……

梁子琴的话还未完，胡奎已经在旁咆哮起来了：

——胡说胡说！你都不会吃酒吗？岂有此理！岂有此理！来！起码三杯！——他已经满满的斟了三杯递到梁子琴的面前来了。

——也好也好，我喝喝酒来助兴也好！

梁子琴那灵活的双眼，又将他们三人盯视了一遍，他瞥见首席上那位老人始终是在冷然的微笑，并没有什么赤诚的表示，心中不知不觉的有些凛然生畏。

——梁先生有什么要紧事同我们商量呢？

钱文泰似笑非笑的紧盯着梁子琴，他投他一瞥极尖锐极深刻的探察的目光，似乎心里有些明白他的来意的样子。

——我么？有桩要紧的事来问先生。

梁子琴的脸上虽然没有变颜色，但他的心里却大大的吃了惊！

——什么事？——他的眼珠都似乎有些突了出来，他依然毫无表情的把他盯着。

——今年不是许多的乡下人都抗租不缴吗？先生是一乡之长，

究竟采取什么办法呢？拘捕？追押？观谕？还是请示上峰？我很想得知一个梗概，有可以帮忙的地方，我可多多少少的尽我的绵薄。

梁子琴的心里虽然很紧，但他的外表上却做作得很诚恳。连胡奎都不好和他纠缠酒了，王大兴自然只有点头表示好意。

——我倒还没有想着很好的办法，梁先生觉得有哪一种好点呢？

——我吗？……钱先生！当然更没有主见呀！先生阅历和经验都比我们青年人要高明百倍，先生觉得该怎样办就怎样办的好，我不过想有我可以为力之处，我很愿受驱策，绝不辞劳！

梁子琴也依然是那样的热忱，那样的关切，而且他的态度又是这样的庄重，这样的诚恳，自然脑筋简单的胡奎并看不出他有什么鬼胎了。

——算了吧！梁先生！别说这些鬼话了吧。你要晓得钱先生今天就派人到城里请兵去了，你想将来会采取什么办法呢？你别空担心，钱先生比什么人都聪明，也比什么人都精明。天大事落下来了我们都不要愁，有他去肩担着。我们还是来喝酒的好！哈哈哈，请喝！请喝！

胡奎一把抓着梁子琴的手要他喝，他虽然含笑的遵命喝了，然而他的心头一惊，仿佛吃了一棒似的，昏昏然的心里都打起冷抖来了。

突然钱文泰的双睛一突，马上又将头掉在旁边避开众人的视线，心里不住的叹起气来。

——是这样那就可以不用我担心了，钱先生真精明能干呀！假如不这样对付，那些愚民乱干起来怎么办呢？来！王先生！胡局长！我们大家起来敬钱先生一杯酒。

聪明的梁子琴连忙立起身来，做出他欣悦的天真的神色，很殷勤的走到他面前敬起酒来了，胡和王自然也很高兴的去敬酒。

——不敢当！不敢当！

这位精明老练的一乡之长，终于忍着一口恶气，而且又还是含笑的把这口酒吞了，他真万料不到胡奎会这样莽撞的道破他的秘密！

——梁先生！你看王先生大方不大方，我要求他的姨太太出来陪一陪客，他硬舍不得！——胡奎待众人坐下后，又咆哮起来。

——是呀！王先生应该放出来陪一陪客才好，去请贵姨太太出来吧！欢迎之至！欢迎之至！——梁子琴索性放浪起来了，他将手拍了几拍，胡奎也跟着他拍起来，掌声在厅堂中激荡着回音，全厅堂都哄闹得嗡嗡作响。

——对不住！对不住？土俗得很。见不得客，见不得客！——王大兴的脸，越发红得怕人了，他格格的笑了起来，把浑身的肉都笑得来不住的抖跳。

梁子琴把王大兴纠缠了一阵后，他又掉转来和胡奎赌酒，胡奎的兴趣虽然很浓，但酒量却敌不住他，胡奎醺醺然的已经大有醉意了，口里还不住的在那里叫姨太太，叫二夫人，东拉西扯的都把话头掉在妇人的身上来了。梁子琴瞥见他那饥渴的眼中，不住的射出一星星的色火，他于是便乘机挑动他一句：

——喂，胡局长！赛桃花在等你呀！那妇人是多么的美丽啊！

——对呀！真生得漂亮，生得美丽！

赛桃花三个字一传入胡奎的耳中，马上便化成了一个苗条的艳影在他的眼前一闪，他的骨头骨节都像酸麻起来了，口边上更仿佛长长的流了一口涎水。

——告诉你吧！今晚她的丈夫到别处去了不得回来！——梁子琴瞥见钱和王都没有注意到他们的谈话，于是，再细声细气的在他的耳边吹了这么一句。

——哈！真的吗？

胡奎的全心灵都像要酥醉了，梁子琴见到他这种神色，向他一连点了几下头，在心里暗暗的放出了哈哈哈的大笑！

　　于是梁子琴便立起身来推故告辞走了。

　　——啊，胡局长，我还要告诉你一件最要紧的事，你今晚回去特别要召集警察们来训话，要他们从今晚起，应该特别勤谨，街头巷口加双岗，来往的行人有嫌疑的都要检查，十二点钟后便不许一切的人通过，千万别要忘记，马上就回去说！

　　钱文泰瞥见梁子琴走后，他那瘦脸上不住的闪烁着可怕的寒光，很认真的和胡奎谈这一段话。他的态度很庄严，很像一个上级官在下紧急的军令！

　　——统统都记得！统统都记得，我马上就走！

　　胡奎立身起来和王大兴致谢后拔起脚就想走，他的心头真慌乱极了！

　　钱文泰又把他拉在一边，附着耳朵和他说：

　　——还有更重要的话和你说，记着：今晚四点钟左右，火速派二十名警丁，到东乡去围搜农会的办事处！凡是里面的办事人，不论大大小小男男女女统统给我捉来！引线的人都是有的，你只须记着发命令就对了。

　　钱文泰肃然的抿着唇上的短髭，发光的黑圆眼睛突出来死死的将胡奎盯着，他的一字一句是异常的沉着和紧张，凛然的杀气从他那冰冷的面部显示了出来，他捏紧着的手心中，似乎已经捏碎了好多农民的骨头骨节了！

　　——记得！记得！我什么都记得！

　　胡奎慌慌忙忙的已经跨出门外去了。他表面上似乎就要去调兵遣将去干的样子。

　　过了片刻，王大兴客室中那铺烟床上，又蜷曲着一对一肥一瘦的大虾，昏昏迷迷的又沉醉在吞云吐雾中去了，于是，呼噜噜呼噜噜的一股股灰白的烟丝，又重新在帐中缭绕起来，时浓时淡时起时灭的缭绕起来。

钱文泰和王大兴都似梦非梦的仿佛又飞上了另外一个飘飘然的世界！

八

稀疏的灯火，在街旁巷角一闪一闪的吐出幽绿的微光，秋夜已渐渐的深了。陈镇的长街上已碰不见几个来往的行人，沿街的店铺，大半都将双门上锁了，只有铺板门上的拳大的小窗还漏出一丝丝微黄的淡光，有时还有一两个跑街的孩子，在那小窗口下叫买什物。

胡奎从王大兴家穿过一条小巷，跑出街来的时候，他拖起那沉重的双腿，不知要向何处踏去的好。——回警察局去吗？还是去一窥美人的动静呢？——他张开他那朦胧的醉眼，向黑茫茫的四围望了几望。地皮上似乎有一种极强烈的引力似的，竟把他紧紧的吸引来独立着。适才钱文泰的命令早都抛在脑后去了。

一阵冰凉的秋风，从他的身后横扫过来，他微微的打了几个寒噤，醉热的体躯，顿时觉得异常的轻快和凉爽，不知怎的接着便有股怪痒的暗气摇震着他的全身，连他的五脏六腑都像泡在洒精坛里去了。突然，一个纤柔的，细嫩的，袅娜而又温雅的年轻女人的身影，如淫妖一般的不住的在他的眼前闪来闪去。她那细长的腰，不肥不瘦的柳条脚，小小的红唇上面衬着那两瓣净白而又带微红的桃腮……啊啊，总是那样不远不近的在那黑茫茫的暗影中浮动，他的腹部竟怪酸痒的不舒服起来。而且，这种怪难形容的酸痒，竟由腹部而腰部，由腰部而胸部，不到一分钟连脚指尖上都传去了。这一刹那间，即使有一座刀山横阻在他的面前，他也要拼命的跳将过去的呀！所以胡奎竟像一只饿狼似的，挺开胸脯两手向那浮闪的艳影一抱！——啊！他才知道这是一个可爱的幻影？

然而这可爱的幻影，这妖艳而又动人的幻影，并不是不可追求的悬在天边的。这时灭时现的幻影，确确实实是一个落在人间的活物呀！而且，只要你大胆，只要你肯干，只消朝东快跑几步，这妖艳的幻影便可以化成一个实体摆在你的眼前！炽热的色火正在燃烧着的胡奎，他怎肯轻轻便便的就把她放过呢！他终于乘着他的酒兴，飘飘然的一偏一倒的向着陈镇的东头跑去了。

——哪里去？胡局长！

胡奎在灰暗的长街上，正走得起劲，突然从他的身后，闪来一个人影。在他的肩头上一拍，把他大大的吓了一跳！

——我怕是谁呀！子琴，这样夜深了你还没有到学校里去吗？

——我马上要回校。

——没有什么事吧！——胡奎慌慌忙忙的想拔起脚就走。

——忙什么呢？我问你：我走以后钱先生和你谈些什么话呢？快告诉我！

——谈的话都与你无关，你要听来做什么？我有要紧事，我要走了。——胡奎的脚又提起来了，他在半暗的街旁，把梁子琴气狠狠的望着，心中冲起了一团团的说不出来的怒火。

——你有要紧事，算了吧！难道我还不晓得么？好！我不作难你，赶快去，赶快去偷看赛桃花去！——子琴的口里虽然是这样，但他两手却把他向反方向拼命的推。自然，这使胡奎的心里更急躁起来了。

——你放手！你放手！我向你老人家说吧！——于是胡奎便将钱文泰最后告诉他的话统统都照实说了，末了他又才恳求的说：——现在总可放我走吧！

——还要问你一句：你要照着他说的执行不呢？说！快说！说

了马上就可以走！

——管他妈的！明早晨再说。

胡奎将身一挣，摆脱了子琴，踉踉跄跄的向东头冲去了。

——哈，这老王八蛋！是多么的狠毒啊！今晚上的时机真决定得好呀！……啊啊！……

梁子琴的心中异常的激愤。他搔着他在晚风中飘拂的短发，发狂也似的向左边急踏了几步，隐没在一团团的黑影中去了。

赛桃花！赛桃花！赛桃花究竟是怎样一个人物呢？

她是陈镇东头一个小行商的妇人。因为她年轻而又美丽，于是镇上的一般浪人，便同她取了这么样一个妖艳的绰号。

她的丈夫是常常都肩着一挑货担到邻近的村镇中去赶市，一年四季大半都是朝出晚归的。她人虽然生得那样的标致，但她却并不如一般少妇的轻浮，东跑西奔的到处去卖弄风情去勾人的魂魄。她没有事总是坐在家里半闭着门做活计，门外面就发生了天大的事情，她都是不管的。整日里除了黄昏日暮的时候，寂然的在她自己的门外怅望一会而外，是很不容易跨出大门外一步的。正因为如此，镇上的一般浪人都只能从门隙里去遥望她娉婷的俏影，要想瞻仰她那各部份发达得很匀整的全部的仙姿，几几乎是百日难逢的事，因此，赛桃花在一般浪人的眼中更是一个不可多见的芳踪飘渺的美人了。

这位飘渺的美人和胡奎的初遇，是在数月前的一个换门牌号码那一日。胡奎从那天瞥见她一眼后，早就为之心醉了。可是胡奎的心醉尽管心醉，别人家是良家妇女，他又有什么办法呢？还不是只好望着别人嘬着的一块嫩肉吞沫水罢了！不过，有时他心里在闷不过的时候，也常常喜欢把那涎羡的妒意向着他的熟朋友表示表示。梁子琴的耳中便听到过他不知说过好几十次了。因此，梁子琴今晚虽然特别对准他的心的深处放了这么样一支甜蜜的毒箭，他也竟不知不觉的欣欣然的甘愿被这支甜蜜的毒箭射落在陷阱中去而毫无所怨了。

胡奎追逐着他眼中的幻影，向前直奔。他一偏一倒的终于到了他那幻影的幽栖之处了。

他朝前前后后看了又看，邻近的灯火早都熄灭了，四围是一片昏暗，只远远的一柱玻璃罩的街灯在那里昏昏沉沉的散射着绿荫荫的光丝，胡奎立身之地几乎是面对面都看不见人影了。不知怎的，他竟如一个无耻的窃贼似的，羞怯怯的心脏在胸膛里猛撞起来！不知要怎样做才好。

他在街旁迟疑了片刻，他大着胆儿拖着那比钢条还要沉重的脚轻轻的走到她的门前。他从她那陈年的破旧的门洞里闭着半边醉眼一望，啊啊，那微黄的灯光之下，她还正在靠着一张背椅在那里抛针引线呀！她那凝视的媚眼，她那紧蹙的秀眉，她那侧面的细长的腰围和着她头上那黑亮亮的发光，都像喷射出一股股迷人的怪香，在朝着那门洞里直射。这回的，绝对不是什么浮闪的幻影，分明是摆在眼前的活灵灵的玉一般的美人啊！可怎样办呢？怎样办呢？……他的心脏突突突的较前跳动得更厉害了！他很不安的踌躇起来！他想她的丈夫无疑的确实是不在家的了，他就大胆的撞进她的门里去吗？但她叫喊起来却怎么办呢？他焦躁得来没法可想了。不知怎的，适才摇震过他那全心灵的那股怪酸痒的暗气，又在他的浑身上下一阵一阵的作起怪来，更把他陷入异常苦闷的躁乱中去了。他望了又望那可望而不可得的美人，他的涎沫，确确实实的从他那大口角长流了下来。他的头死死的顶着那有洞的门板，十个伸长的手指也将门板死死的扒着，他那又酸又痒又醉又酥的四肢，竟战抖抖的震颤起来了。

突然，有一种冷冰冰的硬东西在他腿腹间敲了他一下似的。他伸手一摸，才知是他腰间挂着那支白朗林在他的腰上摆动！他顺便用手去擒着他这支手枪，心里凝思一会，胆儿便大了。而且，色火烧化了他的粗莽，他还想出一条狡骗的毒计！

他用手轻轻的去拍了几下门，他亲眼看见她始而吃惊继而疑虑，终于姗姗的含笑的走来开门了。这时，胡奎的心里，真是又惊又喜又壮又怯，甜快得来形容不出！

呀然一声，破门开了，胡奎大着胆儿闪电也似的一转便闪身进门去。

赛桃花看见进来的才不是她的丈夫，大大的出人意外的吃了一惊，吓得来几乎大叫出来！

——不许做声！我是来搜查匪人的，走！快把灯照着我搜查！

胡奎拔出他的手枪，黑亮亮的在她的眼前晃了几晃，顺手将门一关，突出了一对牛眼大的眼睛督促她要她赶快去拿灯亮。

赛桃花早已经吓得来目瞪口呆，几几乎失了知觉了，只好埋着头伸手去拿桌上那盏小小的煤油灯，如一只驯服的羔羊似的，听他无情的任意鞭策。

——到你的卧房里去搜查去。走！快走！

——啊呀！我的卧房里不能让你去呀！官长！去不得！去不得！

赛桃花毕竟是一个少出闺门不知人事的年轻妇女。胡奎这种狂妄的举动，她还是破题儿第一次碰到的，她简直把他当成是真的去了。

——叫你不要做声呀！去不得？为什么去不得？你把匪藏在里面吗？去不得？走！赶快走！

可怜这个无知的乡闺的怯弱的女人，终于被胡奎这位恶狞狞的凶神逼进她的卧房中去了。走在她身后的胡奎一面在欣幸他的成功，一面也很诧异她：为什么竟这样的无知胆怯。

刚一跨进门去，胡奎便装模做样的在她的床前床后假意的搜了一阵。她瞥见他这种情形，在受了猛击后的昏昏沉沉中，忽然清醒了转来。她觉得这位来者的行迹太使她怀疑了。

——对不住得很！把嫂嫂太惊扰了。我刚才因追一个小偷，忽然在嫂嫂的门前不见了，所以才特别进来搜一搜，想起来，我也太冒昧！不过为了公务，竟致惊扰了嫂嫂，总请原谅原谅！

他将他的面容一变，粗笨的人也说起漂亮的话来了。他将手枪一放，竟坐在床侧的板凳上去，笑微微的献起殷勤来。

她并不答话，羞怯怯的连耳朵都气红了，她想这个来者一定是个不怀好意的流氓，她的心里惊吓得来突突突的狂跳，她很想哇哇哇的大哭起来。她的全身都如陷入了恐怖的深渊中！

——嫂嫂不要见怪！我是警察局的局长。你看我的身上不是有肩章吗？不要见怪！洋灯请拿给我。

急躁的胡奎，生怕她呜呜咽咽的大哭起来，索性把自己的地位说出来安她的心，而且又一手把她的洋灯接过来，放在长条桌上去。

她依然一声不响的在那里含羞的立着，这时她那桃色的双腮，却都吓得来转变成苍白去了。她觉得一瞬间，便会有不测的剧变会临到她的身上来，她便要蒙到极难堪的侮辱，但她又百计无方，怎么可以抵挡这天外飞来的奇祸呢？她觉得她在这个粗伟的蛮大的野人之前没有力可以和他对抗了。她这时唯一的希望，只有望她的丈夫赶快归来，赶快归来！

——嫂嫂为什么不说话了呢？我是很喜欢和嫂嫂谈谈心的呀！有什么话你尽可以说，最好嫂嫂在床边上去坐着和我说更好！

胡奎看见摆在他面前的这样苗条这样丰艳的羞羞怯怯的美人，他又想到他那说不定快要归来的丈夫，那一股怪疼痒的暗气，又第三次来震撼他的全心灵了，他的心脏加速度的不住的狂跳，他于是便大胆的去拉她一把，把她拉到床边上去坐住。

没有半分儿人事经验的她，吓得来连话都说不出来了。浑身只是不住的打起抖来，仿佛成了一个无抵抗的屠场上的小羔羊去了。

——啊啊，嫂嫂，我真想了你半年了呀！

胡奎看见这一个莹洁的白玉般的活美人，摆在他的眼前，他再也不能按捺了，他张开他的长臂，一抱便紧紧的搂抱着她，一口咬紧她那小红唇，他很想几口把她浑身那可爱的白嫩的肉都吞在肚里去！

她的眼前起了一阵黑圈，仿佛被一块笨重的石头压着她似的，她似麻木又似痉挛的失了知觉了！

可怜这个畏怯的，柔弱的，无知而又渺小的女性，竟在昏迷中，受了那粗野的，蛮性的，失了同情人的一场蹂躏！——那猪也似的奔突蛮人也似的淫乱的人的一场蹂躏！

……

砰砰砰的大门外传来的一阵急剧的叩门声，兽性刚刚发泄过了的胡奎，吓滚下床来了！

砰砰砰的擂鼓般的声音又连连不断的响震过来了，胡奎吓得来浑身发汗，不住的打抖！

赛桃花在昏迷的羞辱中微微的听到是她丈夫归来的叩门声。忽然，增加了百倍的勇气从吓得来已经半死去了的状态中，复活了转来，她将眼一睁，瞥见胡奎很狼狈的在那里表现出走投无路的神色她在羞愤中更把精神提起来了。

砰砰砰，外面的拍门又剧震起来了！

她于是一翻身便跳起身来，慌慌忙忙的理好衣裤，披散着云发，便想一步跨身出门外！

这时逼得胡奎恐怖极了！他连忙一把抓着她，张开那对大眼睛，气狠狠的把手枪对着她的胸膛怒骂道：

——你这娼妇喊！喊出来我就是一枪！一枪打了你后，我还要去打死那门外的活乌龟！你敢喊！你敢喊！……你听我说：你赶快把亮吹了出去开门，你不准说一句话，好好的把我从暗中放出去，假如一做了声，我一枪便要打死你这娼妇，打死那个乌龟！走！赶快走！

噗的一口，胡奎便先将灯灭了，赛桃花本想藉这个时机大叫大闹的，但她一看见胡奎那个吃人肉的鬼怪般的样子，她心里又想她死都不要紧，反而把她可怜的丈夫都害了，她实在不忍心。她只好依从这个吃人的恶魔的命令，一步一步的忍泪吞声的向大门边走去。

呀的一声门开了。——然而，正在这刹那间，虎的一团黑影，从门边飞也似的闪出去了！

——啊！什么东西呀？是条大黑狗吗？你这个人为什么灯都不拿一盏呀！……

丈夫的声音是那样的惊疑，那样的劳惫，而又是那样的温柔有情，于是赛桃花的心里猛然一酸，扑倒在她丈夫的胸怀中，悲悲切切的号啕痛哭起来了！

——什么事呀？什么事呀？

丈夫在黑暗的室中，紧紧的抚抱着她，惶然而又惑然的一点也摸不住头脑！

九

已经是夜晚一点钟的时候了。

警察局门前高悬着的灯光，在深夜的秋风吹拂之下，光波是那样的昏黄，那样的幽暗而摇荡。鹄立在门前守卫的两个持枪的警察，朦胧的思睡的倦眼，已经看不清胸前的景色，昏昏沉沉的在那里打起瞌睡来了。

忽然，有一群人影，在长街的黑暗中闪动，一瞬间，便如风驰电掣般的猛奔到警察局门前来了！守卫的警察大大的吃了一惊，才想举起枪来探问个明白。只听得一声尖厉的怪叫：

——缴枪！缴枪！不准动！不准动！

一根根尖锐明亮的梭镖，已经刺近他们的胸腹上来，只消稍微用力的朝前一刺，他们的肠肠肚肚马上便要刺穿出来了。他们紧紧的抓着长枪吓得来浑身打抖！

——不缴吗？老子就跟你刺进来呀！

浑身穿着短衣的粗长大汉，将手中那锋利的发出寒光的梭镖弹了一弹，突出赤火般的怒眼睛把他们敌视着。

——我我我缴枪就得了啊！请别别别杀我！请别杀我！

一群群的黑影早已从他们的身前，直奔进局中去了。只听得一阵阵如万马奔腾时的轻快而又急促的足音，在他们的耳中震响，他们那惊怖的心中，更想不到这些壮汉是从何而来，只知道战战兢兢的缴递他们的枪弹，口里不住的哀求免死！

——好个狗王八蛋！老子们免你的死！免你的死！

明晃晃的几根梭镖尖一闪，两个警察便被刺翻倒在地下去了！他们掉转头来也跟着一群群飞奔的暗影，冲进局里去！

——缴枪！缴枪！不准动！不准动！

横卧在局内两旁的警察，被这如雷霆般的怒吼的震扰，都惊惊惶惶的张开惺忪的双眼来一看，啊啊！一根根的长的梭镖短的刀剑，杂着一支支的手枪，在昏黄的灯光之下，都把他们致命的地方瞄准了呀！

——我们缴呀！我我我们缴呀！……

如猪一般笨重的横卧着的警察们，都如羊一般的驯服的发出了一片恳求的哀叫，平日间敲诈农民的威风，不知吓缩到什么地方去了！

——诚意缴械的就好生睡着！不准动！不准走！谁要走动，就先给谁一刀！

忽然，汪森自人丛中跳了出来，手里擒着一支手枪，气昂昂的将手向四围一挥，威武又严肃的发了一道这样的命令。

谁还敢敢走呢？一个个都吓得来屁滚尿流，咬紧牙关，连抖都不敢抖了！于是所有的枪弹都被冲进局来的暴徒们缴了。而且，又将他们一个个的手都反缚起来。他们不仅失了反抗的勇气，就连稍微动弹两下都不可能了。

正在这一刹那间前，拖起一根磨擦得雪亮的梭镖的张老七，很勇敢的随着众人冲进局中来后，他叫了几个同伴，飞也似的便直冲到胡奎的寝室中来。他想照着梁子琴曾经向他说过的：生擒他来活活的打死！

他和着几个同伴冲到了胡奎的房前。只见他的房门是半掩半阖的。从门隙间漏出来的暗淡无力的灯光，似乎都被人声的喧腾而摇震得来快要熄灭了，张老七瞥见这种情形，心想胡奎这只蠢猪，不是闻风而遁，便是尚未归来，他一肚皮烈火，仿佛忽然淋来了几滴冷水似的。虽然未即浇灭，然而心里却大大的冰凉了一节！——他终于挺起梭镖，几步踏进门去。他向床前一看，啊啊，他几乎惊喜得狂跳起来了！

原来从赛桃花家逃回局里来的胡奎，因酒色过度，浑身已经酸软疲劳得来不能动弹了，他横卧在床中，简直睡得不省人事。局内的喧腾和嘈杂的响声，振动都似乎还太微弱了。简直不能惊醒他那鼾声如雷的沉沉大睡！

这时张老七猛然想起了胡奎那沉重而有力的迎面的一耳光了。那打得他的眼前火星乱迸的一耳光了。他的心里不住突突的狂跳，黑而又麻的脸上仿佛烧热得疼痛难挨，他抢上前去一步，摆动他手中的尖利的梭镖，对准胡奎的背心扑的一声，他便想从他的心口上把他刺穿过来!

可惜这一镖刺斜了,只在他那肥胖的背上斜斜画了一条鲜红的一字。胡奎像一只惊醒了的怪兽似的,发出了一声尖厉的长啸,顺手在床头上一摸,一支小巧的白朗林便落在他手中来了!他睁开了他朦胧的睡眼,才想向着这突来的敌人放射。然而张老七毕竟手快眼快,第二梭镖已刺穿了他的手心。砰的一声枪声虽然响了,可是手枪却被刺落在床上。胡奎又想忍着疼痛再作最后的挣扎!扑扑扑的梭镖,胡奎终于被冲进房来的几个人刺死在床上了!

张老七还不十分放心,伸手在那血淋淋的床上摸起那支手枪,砰砰砰的又在他的头上连打三下,才从房里冲将出来。

这时候局内的警察的枪弹刚刚缴完,整个的警察局完完全全被这些贱骨头占据了,毫无牺牲的占据了!

警察局刚刚被他们攻下后,沿街的吼杀声,嘈杂声,奔跑声,呼喊声,撞门时的砰砰声,开门时的劈啪声。……混乱而又粗暴的在街头巷口镇东镇西,不规则的,不调和的,狂乱的喧腾起来了!

汪森站在警察局的楼上去一看,这种如狂潮激荡般的杀声和着暴风骤雨般的枪炮声,在陈镇的西头,喧闹狂吼得特别厉害。汪森心里一想:如没有敌人的顽强抵抗,绝没有这样大这样剧烈的激战!他于是再向喧声腾起的西头仔细的一看。大地是一片昏黑,深夜的秋风,卷起一团团的灰沙,呼呼呼的狂扫过来,灰暗的天空,只浮动着一块块的死灰色的乌云,连半点儿星光也没有。他又哪里能够看出一点儿动静呢!枪炮的互击声,群众的吼杀声,一阵阵的愈密愈烈了!——忽然在那人声和枪声喧腾之处,红亮亮的燃起一团烈火来,一缕缕的乌烟向着黑茫茫的一片晚空直冲上去了!

啊啊,火!火!火!烟!烟!烟!烟和火!火和烟!枪炮声!吼杀声!火星的爆炸声!……一片天崩地裂般的,粗暴的,狂力和猛烈的炬火,仿佛就要将那夜神的黑衣蒙着的丑恶的宇宙,震碎和焚化了！

　　汪森连忙带了一部份群众，直奔到陈镇的西头来！

　　……

　　原来在十一点钟的时候，老罗伯父子便带了七八十个武装的农民，埋伏在陈镇附近的丛林中。他们的任务：是在攻打钱文泰和王大兴的庄舍。他们以镇上的枪响为号，一闻枪声便开始攻击。

　　钱文泰和王大兴的庄舍，都在陈镇西头的街背后，他们来往街上时是要经过一条小巷的。他们的庄舍之间，相隔不过数百步之遥，倚门相呼，彼此都可听到的。这两座庄舍外面都围了一圈高而又坚的大围墙，每座内的两扇大门至少也有五寸半厚，围墙内有高楼，有花园，有四条恶狗，八个武装的壮丁。一切防御盗窃的工程，在平时便设备得很完整。

　　老罗伯蹲坐在丛林深处的树根下望望一片黑茫茫的树影，竖起两只耳朵都听不到镇上有什么响动，心里着急起来了，他想起了他的田主人——那个一脸红火疮，满脸络腮胡的，粗而又胖的王大兴——对他的刻薄和阴狠。他又想起了那个乡董——那个颧骨高耸的，眼睛慢人的，高瘦的钱文泰——对他的高傲和凌辱。他又联想到他二次被押的情形和他被释回来时的光景了：

　　一天两个警察把他们两父子从局里提到了钱文泰的庄上来，那时王大兴也正在钱文泰的厅堂上，他们一见那个瘦瘦的冰冷的一张鬼脸的钱文泰在死死的盯视着他们两父子，他们仿佛失了魂魄似的不能不跪下了！

　　——老罗！你这老狗！你这老无赖！老流氓！你这老狗自己去想：你沾了我王家多大的恩德呀！你耕我姓王的田，恐怕至少也有十五年了吧！你吃是吃我王家的土地，穿也是穿我王家的土地。养老婆养儿子，也是专靠我王家的土地，你现在要忘恩了要负德了，公然要起来抗租不缴了！哼，你你你这老狗，我我我不打你实在不能出我这口恶气啊！你！你！你！这老狗！老狗！老狗！……

轰轰轰的一阵密雨般的拳脚，如捶死猪也似的，沉重而又坚硬的纷落在老罗伯的头背上来了！他的浑身起了一阵剧烈的痛楚，打得他的老泪长流，几乎哇的一声吐出一口鲜血来，他的四肢都痉挛起来了。然而王大兴似乎还不满足，还在那里挥拳动脚的骂，就像要咬他来吃的样子。

——你这老不识时务的东西，赶快回去预备租米去吧！限你十天！如果你再要抵赖，再要这样的顽皮，那我就非打断你的狗腿，送你到县公署去坐监坐卡不可了！你听清楚没有？老狗，你，赶快跟我滚出去！

左手摸着短胡的钱文泰，这样投井下石的跟着骂了几句后，叫那两个警察把他们两父子放出庄来了。……

仰头望着一团团树影的老罗伯，猛然想起这一段伤心的往事，血液便在他将枯的脉管里奔流起来了，他又望一望或远或近或隐或现的他的同伴，那些与他同样的陷入一条不幸的运命中的同伴，他又想一想他们那可悲的非人的生活，与他同样的可悲的非人生活，他的心中愤恨极了！他举起他手中的武器，更忘形的狂跳了起来，他那愤火燃烧着的胸中，更逼得他几乎啊啊的发出惊人般的狂吼！

——你要做什么呀？爸爸！

把蹲在他身旁的罗大都惊吓着了，连忙牵着他的裤脚，轻声轻气的问他。

——啊啊，罗大！快同老子一齐去杀呀！

他在树根下将他手中的土枪一挥，发狂也似的把双眼向前一瞪，他似乎就要和谁交战的样子。

——快坐下呀！爸爸！你不怕误了大事吗？时间还早啊！快坐下！快坐下！

这时老罗伯才如梦初醒一般，沉重的摇摆几下头，颓然的依旧坐下。

一分一秒的时间，虽然还是往日一样的驰过，然而在老罗伯看来，似乎这时光比平常走的太慢了。他竖起两只耳朵听着听着听着……远远的林顶上的晚鸦，展翅的，微细的声音他都听到了，——然而陈镇街上的枪声还不见传来，他蹲在地下，把埋伏在长街上的农友们怨恨起来了。

一分一秒的时间又向前飞奔了过去……

砰砰砰的一阵尖脆的枪声，拖着深长的尾音横空传了过来，把死寂的沉静的晚空划破了！老罗伯惊喜得大叫了起来，他们两父子照着原定的计划，每人带领三十余人，从林里冲将出来，一个跑步分开来便将两座庄舍都围困着。

老罗伯围的是王大兴的那座庄舍，罗大围的是钱文泰那一座。

老罗伯带着的人，刚一冲到王大兴庄舍的时候，预先埋伏在那墙脚下的人早就翻墙进去将那两座大而厚的门轰的一声打开了，三十余人便如潮一般的冲进门去，长枪短刀的便杀奔到王大兴家的第二道门前！

谁料王家那八个壮丁，一闻镇上的枪声一响，便纷纷的武装起来，退到高楼上去，便向着这黉夜冲进庄来的一些闪动的黑影，接接连连的放了一排密炮。老罗伯也纷纷散在四角对准着那座高楼放起枪来。

噼噼啪啪的狂吼狂叫的乱打一阵过后，老罗伯们手中的武器，大半是梭镖长剑士炮土枪，毕竟抵不过敌人手中的精良枪械的扫射，打了半天，还是打不破王大兴的二门，这把老罗伯焦躁急了！于是他便带起几个同伴偷到庄舍的后方，将各人预先带来的那淋着煤油的燃料，抛掷在王大兴的矮舍上放起一把大火来，霎时间秋风一起，烟火便很猛烈的燃烧起来了！

明亮的火光闪照着的地方，高楼上的敌人便看得清清楚楚，砰砰砰的一排密枪斜扫下来，老罗伯便被敌人无情的子弹打中了！——鲜红的热血从他的肩膀上喷流出来，他并不觉得剧痛，只仿佛浑身失掉了抗斗的猛力似的，一块沉重的东西迎面给他一压。他不能不昏昏迷迷的卧倒在地下了！

炎炎的烈焰不住的向上直冲，跳动的闪烁的赤焰的长舌在秋风横扫之下，舐穿了栋栋的屋梁。烈火横空，反映出老罗伯的枯瘦的老躯，横倒在殷红的血液中不住的抽动，冷颤，抖痛！

罗大带领着的三十几个人，虽然紧紧的围着了钱文泰的庄舍，但因他们那翻墙进去的同伴，门还未开便被敌人的快枪打倒在内。所以，他们直到现在还未冲将进去，只不住的在墙外放土枪，声嘶力竭的狂跳狂吼！王大兴家的烈焰都冲腾到半空中去了，他们不仅冲不进门，不仅不能绕到后方去放火，站在高处的敌人，在火光的反射下瞥见了他们闪来闪去的身影，密密连连的放了几十排枪，使他们反而不敢靠近墙脚边去了！这使罗大的心中愧愤得来痛苦非常，他曾经下几次必死的决心，掷了土枪，一个人拖起一条明晃晃的长梭镖冲上墙去！——然而，毕竟敌人的势优械利，子弹如雨点般的在他的脑前脑后肩左肩右狂扫过去，他又不能不翻退在墙脚下，暂时的躲过这十分可能的大危险！

正在这无可奈何的时候，小巷中起了一片惊人的叫哨，汪森带着的一大队人从巷中冲过来了。罗大在绝望的情态中，惊喜得狂跳了起来！

于是，汪森便分了一部份人去围攻王大兴家，亲自督率一部份来猛扑这久未攻下的钱文泰的庄舍。

砰砰砰啪啪啪的比骤雨还密的枪声，突然狂响起来了。群众的呼啸更较前吼得狂烈。把两座庄舍内的敌人魂魄都吓落了，手中擒着的快枪只能在那里战战抖抖的无目标乱放，刚从警察手中夺来的武器，在这里便大逞威风了！

罗大在惊喜之余，便跳在正在那里两面督战的汪森面前打了个招呼，一个人又挺起手中的梭镖，偷偷的大胆的翻进高墙去了。他缩在墙脚下轻轻的爬过大门前，他用力的将那托门的障碍物掀开，轰的一声将那两座大门打开了。正在这一刹那间，敌人便对准着大门边横扫一排枪下来，心中乐极了的罗大，猛的饮了一粒毒弹，含笑的倒卧在血液中，浑身动弹了一阵，两脚长伸，便牺牲了！

汪森瞥见大门一开，便带起十几个人冲进门来，砰砰砰劈劈劈的向着钱文泰的庄楼横扫顺射，钱文泰的家人打的被打死，逃的逃到后门外，不到一刻钟整个的庄村都被他们占据了，钱文泰被生擒，他的壮丁被缴械。对面的王大兴家也在同时被打下，王大兴也被擒，他的壮丁都大半在激战时被打死了。自从这两家攻下以后，整个的陈镇，完完全全的落在了农民的手里。

倒卧在血泊中的老罗伯，被许多农民呼醒以后，他才觉得他的肩膊上异常的痛楚。他才晓得是他的左肩中伤了。他被他们慢慢的扶起来向街上走，他又才听到说他们已经完全胜利。把全陈镇都攻打下了。这时候他的神志已经渐渐的清醒了转来。他一听到了胜利的消息，他那枯皱的死灰的脸上，闪现出兴奋的狂欢的笑纹来了，他那迟滞而又沉重的脚步变得异常的轻快。扶着他的两个人，都像反被他带着跑一般，他忘记了他的伤痕，忘记了他的痛楚。他精神抖擞的飞也似的向前直奔。他如醉如狂的发出了一声声的自言自语的长啸：

——啊啊，打胜了！打胜了！谁想得到呢？也会有我们这些贱骨头的天下！哈哈哈！也竟会有我们这些穷骨头的天下！……

老罗伯偏偏倒倒的奔到了钱文泰的庄前来了，他停着脚抬头一望，他想起了他的罗大来。他瞥见灯火萤萤之下有一大堆人蹲在那里围着什么似的，他心里忽然打了一个寒噤，神思恍惚的疑惑起来，他不要人扶持他垂着那只血淋淋的手，拔起脚便飞奔过去，人丛中也忽然让开了一条小路，一片惊碎他心灵的同情的颤声叫了起来：

——啊啊！让开，让开。他的父亲来了！

抢进前去的老罗伯仔细一看，横倒在血液中的血肉模糊的罗大的尸身展现在他的眼中来了。他那正在剧烈的震跳的心，仿佛猛然受了一种尖锐的利爪抓着似的顿时便撕成碎片去了！他向前窜了几窜，一蹲身便跌倒在他儿子的尸身旁。两行灼热的老泪从他那皱了的面颊上滚落下来！

——罗大！罗大！我我我的罗大！我我我的罗大！啊啊，你竟先我而死了吗？你你你死得太早了呀！像我这样的老朽为什么不死呢？……啊啊，为什么不死!? 为什么不死!?

偻着背伏在他儿子尸身上的老罗伯，呜呜咽咽的痛哭得越发厉害了！两旁站着的农友都弯下半身去劝慰他，然而他的哭声却并不因众人的劝慰而稍息，反而大大的号啕起来。过了一阵他的哭声竟然嘶哑了。他的浑身不住的起着痉挛，抽抽噎噎的竟悲哽得来呼吸都有些梗塞了！他伏在他儿子的身上吞声饮泪的过了片刻，突然，他灵感般的将头摇震了几下，双脚一缩便立身起来了。他睁开他那红肿的火一般的血眼，用手揩干了他的老泪，昂起头向着钱文泰的庄内愤愤然的发狂般的便怒吼起来：

——啊啊，钱文泰！钱文泰！你这陈镇的田主们所养的恶狗！你你你毕竟把我的儿子咬死了！血淋淋的咬死！你你你王大兴呀！你你你这吃我的血肉，喝我的血汗的，狼一般贪婪猪一般肥胖的吸血鬼呀！你吮吸了我十五六年的血肉还不够，你又活活的把我的儿子枪杀死了！血淋淋的枪杀死了！啊啊，我的儿我的儿！我们穷人的儿！我们穷人的儿！统统都被你们这般吃人肉的妖精杀死了呀！不是吗?! 不是吗?! 请看我们这一村，请看我们这一镇，再请看我们这一县和我们这一省，哪处的贫穷农家的儿子，不是被你们这些钱文泰、王大兴一样的妖精活活的吃死了的呢？啊啊，你你你全县的钱文泰！你你你全县的王大兴！你你你全省全国的钱文泰！你你你全省全国的王大兴！我们要和你们拼一个你死我活呀！你你你……啊啊，我们打胜了！我们打胜了！……

发狂也似的老罗伯，突出那一对烈火般的火红的眼睛，动脚挥手的指着庄内狂骂一阵。他兴奋的猛勇的向前冲了过去。他终于无力的昏昏迷迷的倒卧在他儿子的尸身之前了！——他似乎在昏迷的麻木中失了知觉！

十

次晨。

陈镇四郊的农民，都如蚂蚁一般的，千千万万的，如潮如水的奔流到镇东的一块广漠的空场上来了。羊角叉，大关刀，长棒，梭镖，土枪，土炮……这些八十年前的遗物，这些曾经和洋鬼子的洋枪洋炮比过高低的遗物，今天又密密麻麻的在这空场中闪动着明耀的光辉和威凛的神彩了。

赤脚的，泥腿的，蓬头的，散发的，麻衣短褐的，裸胸露肘的，男的女的，老的少的，都拥拥挤挤的堆满了空场，一片欢腾，喧嚷，嘈杂，叫喊的杂声繁响，宛如狂涛骇浪一般的激荡和澎湃。

群众大会的会场中，突然有一个跳上台去将手中的一面红旗向四围挥了几挥。张大开嘴巴在那里高叫了几句。渐渐的这汹涌着的人涛便和平湖秋水般的静下去了。

——开会了，开会了，请推举主席！请推举主席！快！快！快！

接近台边的群众都看得很清楚。这位穿着一袭学生服在那里笑逐颜开挥脚挥手的青年分明是小学教师梁子琴。

——汪森！汪森！汪会长！汪会长！……

四围的群众都同声的狂吼起来。汪森于是从人丛中含笑的跳上场中的会台。一阵如雷的鼓掌声简直响彻了云霄。汪森不住的向着台下的群众点头，掌声更加鸣鼓般的响个不住。

受了群众热烈的拥护的汪森，心里充满了描述不出的馨甜和痛快，他那青癯黄瘦的冷静的脸上，都闪耀着桃色的霞彩了。他异常兴奋而又异常严肃的摇动了他挺直的身驱，热烈而又诚恳的开始发言：

——亲爱的农友们！请牢牢的记着：今天是我们最值得纪念的一天呀！我们用了我们自己的力量，打碎了几千年来便枷在我们手足上的镣铐，今天以前我们都还在替人家作奴隶，替人家作牛马不如的奴隶，今天以后，我们便要起来作主人了。自己作自己的主人了！我们要打翻这几千年来视为神圣不可侵犯的社会制度，我们要创造一个我们可以生存可以过活的美满的社会，这自然是一件不容易的事。不过，大变动的时代已经到来了！只要我们相信我们自己，相信我们的力量，相信我们伟大的团结，舍得牺牲，舍得吃苦，胜利是终于要属于我们的啊！你们想想吧：十天以前我们还在被那些田主老爷鞭挞辱骂呀！现在怎样呢？一个个吃我们的血汗的混蛋东西。不是都被我们生擒活捉到了么？难什么呢?! 只要我们肯拼命，难什么呢!?

——不难！不难！啊啊，不难！不难！

台下的群众如狂潮般的异常兴奋的喧嚷起来了，汪森停了一会又才继续着说：

——但是，我们也要晓得今天还不过是我们胜利的开始。我们前途的困苦艰难真不知还有多少摆在那里，要我们去奋斗去咀嚼啊！难道我们的敌人就不来反攻我们了吗？难道我们就可一事不理的过太平日子了吗？想想看，亲爱的农友们！我们的敌人是不分县界省界和国界的呀！我们应该用什么来对付敌人，应该什么来处理自己呢？

——我们杀！我们杀！杀！杀！杀！……

只见一片明晃晃的刀尖在半空中闪烁，群众又在台下沸腾起来了！汪森连忙将双手向下一挥做了一个手势，群众的狂叫才平静下去，他又继续发言：

——杀！杀！杀！事情并没有这样简单呀！单凭一个杀字就把什么问题都解决了么？仔细的想想看，亲爱的农友们！我想事情是一定没有这样简单的啊！现在我们应该多请几个人上台来讲讲自己的意见，看看各人究有怎样的感想，然后我们再来讨论这一问题，好么？亲爱的农友们！我们首先就请我们这位老英雄，这位为了我们农民的利益而奋斗，牺牲，流血的老英雄老罗伯来讲演吧。我们大家快拍掌欢迎！快拍掌欢迎！

——欢迎我们的老英雄！欢迎我们的老英雄！

啪啪啪的一阵狂鸣狂吼的鼓掌声，从台上到台下，从远处到近处，都震天震地的狂响起来了。群众的热狂，简直到了最高度！

受伤了的老罗伯，在台前被人把他扶了上台去。他的手是用一条白带缠着，系在筋络棱棱的颈项上的，他偻着背不住的向四面八方点头。他那酱黄色的皱脸上浓密的罩上了一层死灰，两鬓两颊都愈现陷落了，只有他那炯炯有神的眼不住的散射出火热般的狂愤的表情。他宛然被沉痛的悲哀和热狂的惊喜搅扰着他的心神了，他似笑非笑似哭非哭的，似愤愤然而又似欣欣然的盯视着四围。秋风吹动了他的散发，吹动了他的单衣，他放开了他的喉咙，热烈而又兴奋的说道：

——诸位肯拼命肯牺牲的农友！我这个老不死的老朽应该向你们说什么呢？我又有什么话可向你们说呢？啊啊，我们是胜利了！我们确确实实的是胜利了！昨晚上我们在打拼命仗的时候，我还没有料到我们竟会这样轻轻便便的就把陈镇完全占据了呀，我那时只想拿我这条老命去拼，诸位农友也只顾拿这条命去拼，硬拼的结果，我们终竟把料不到的胜利得到了。这是谁的力呢？大家要明白：这是我们自己的力！我们自己的力！从前我总觉得我们自己太没用，简直比一根鸡毛还要轻柔比一堆狗屎还要下贱。我们做得了什么呢？一生一世好也不过等于一根鸡毛一堆狗屎罢了。做得了什么呢？所以在前几天各位都在一齐想干的时候，我还想去找罗九叔叔的帮助。我还相信他是足智多谋的，能跟我们想出一个必胜的办法来。哪晓得我才碰到鬼呀！有田有地的人哪里能够来替我们这些穷骨头想办法呢！他们只想发财。站也想发财，坐也想发财，睡觉做梦也想发财，他们做得了什么?! 做得了什么?! 我简直把我们自己太看轻了。太看得没用处了。昨晚上的激战才把我这个老糊涂教乖，我也深深的自信：人世间只有我们这些穷得来连饭都没有吃，衣都没有穿的劳动者，是顶有魄力顶有作为的能人。其余的十有九个都是行尸都是废物。我们，啊啊，我们！应该怎样信仰我们自己呀！

——我现在已经是一个没有多大用处的人了，我带了重伤。我的，我的，我的罗大，啊啊，昨晚又被我们的敌人打死。我我我还有什么用处呢？我只想我我我的罗大，能够为自己为大家多多的出点力。谁想谁想……啊啊，他他他竟牺牲了！为了他自己牺牲了，为了各位农友牺牲了！啊啊，我这老朽！我！我！我！……

一股悲伤的暗气直冲上来梗塞着正在狂愤中的老罗伯的喉咙，两滴晶莹的热泪从他那血红般的火喷喷的老眼中直落下来了。他那半嘶哑而又半抖颤的音波如涩弦一般的突然中断了。台下的群众忽如感电般的狂愤的怒吼起来：

——为我们的罗大报仇！为我们的罗大报仇！杀尽一切大地主！杀尽一切大恶霸！

一阵狂鸣怒吼的声音，是那样的凄惨！那样的悲壮！老罗伯硬着心肠吞了一口酸悲的热泪，仰起首来灵感般的向着秋空长长的嘘了一口恶气。又继续着说下去了：

——诸位农友！其实我们也用不着悲酸。像我这样的空哭，这恰为证明我这老朽之没用啊！其实我仔细想来，我从二十岁耕田起，今年已经耕了三十余年了。一年四季我都没有半天休息过。我的血我的汗一年一年的堆积起来，一定比我的儿子昨晚流的还要多呀！一定比我的左手昨晚流的要多呀！但是这三十余年堆积起来的血汗，是谁给我喝去了呢?！究竟是谁给我喝干涸了呢!？啊啊，别人喝尽了我三十余年的血汗我都不哭，昨晚才流了我那么样一点血，才牺牲了我一个罗大的血肉我就哭了，这真是恰好证明我之没用处呀！啊啊，诸位农友！假使把你们那被人喝去了无量数的血汗，汇流起来，我想一定可以合成一个血浪掀天的汪洋大海呀！流一点点儿血，我们哭什么!？我们哭什么!？现在是拿我们的血去换取我们的衣食住的时候了。为了我们自己的衣食住，为了我们大家的衣食住，为了我们大家的子子孙孙的衣食住，为了我们将来的全人类的衣食住，我们用不着怕用不着哭。我们只有拿我们这一点一滴的热血去拼啊！啊啊！啊！拼！拼！拼！……

在讲演台上发狂也似的老罗伯，大概是激愤得太过度了，他左手上的伤痕突然溃裂，鲜血不住的奔流出来。他虽然忍痛的挣扎着，然而年老血枯的老罗伯毕竟支持不住了，只好随着一阵热狂的鼓掌声，和激愤的叫啸声走下台来，倚靠在台下的一根板凳上丝毫不表露出痛楚的神色，愤愤然的两眼闪出热烈的希望的光辉，凝神的倾听着台上讲起的演说来环视着他的一般群众，更为之动容了。

于是汪森又将梁子琴请上台来，作一个短简的演说。登上台的梁子琴精神是特别的抖擞，表情也特别的兴奋而灵动。他提高了他清朗的喉头，很流利很畅达的向群众说道：

——亲爱的农友们！我还有什么话可以向你们说呢？最沉痛的最深刻的而且又最是斩钉截铁的警语，都被我们的老英雄，我们的最值得崇拜的老罗伯，透透彻彻的说完了，我还有什么可以说呢？汪会长既要我来说几句话，我就来向大家报告一件消息吧！你们知道么？钱文泰这老王八蛋昨天就派人到城里请兵去了呀！这是我昨晚在王大兴家刺探他们的秘密时，在胡奎口中探得的。我们自然用不着悲观，但也别太乐观了呀！我们要准备，我们应该马上就要准备。我们要以武装去对付敌人的武装，要以鲜红的血流去掩埋粉碎敌人的铁一般坚强的残忍的反扑。从今天以后，我们虽然已经由奴隶变成了主人，但是这主人并不是安安逸逸的就可当得成的呀！我们应该全体武装起来去打平我们这全县全省以至于全国的我们的敌人。我们才有安居之一日。眼前正是我们牺牲奋斗的时候啊！亲爱的农友们！记着！记着！牢牢的记着。钱文泰请的援兵说不定快要到了啊！赶快准备我们的武装去奋斗啊！赶快！赶快！……

说得起劲的梁子琴还没有跳下演说台，台下的群众突然喧腾和叫喊起来了：

——枪毙钱文泰！枪毙钱文泰！

——枪毙生擒着的一切大地主！大恶霸！

——马上就拿出来枪毙呀！请众公决！

群众的怒焰已经燃烧到极点了，清朗的低空中，只见着梭镖尖，和大刀尖如闪电一般的白亮亮弹动。热狂的愤焰已经是压制不下去的了！于是汪森便挺身出来，严肃而又慎重的向着台下大声的取了一个表决。连站在远远的农村里的牧牛童子都高高的伸起手来。赞成当众枪决生擒着的一切大恶霸地主！

这样一个庄严的群众团体的表决过后，二十分钟左右，便在这千千万万的农民围绕着的空场的东角，砰砰砰的一排密枪。十几个大地主都失掉了他继续剥削的生命，饮弹而死了！

群众的狂欢的鼓掌声，又如雷动般的狂响起来，一个个的棕褐色的脸上都闪现出胜利的光辉，会场中喧腾得特别厉害！

　　继续登上台去自由演说的十余人，大半都是简单而又朴实，热烈而又勇敢。会场的空气愈见兴奋愈见紧张。每个持着武器的人们，都在这异常兴奋和异常紧张的空气的卷动中，愤愤然而又昂昂然的都变成了一个个将要到战场中去血战、去肉搏的英勇的战士去了！

　　最后，被群众的狂热的激愤的热情鼓荡着的汪森才挥动着他的拳头，热烈而又沉着的将各人所说的点综合拢来，诚诚恳恳的加了一番真挚的，感情而又理智的赞语。然后又提纲摘要的抓紧着几个要点，用严肃的声调，高高的向台下的群众宣布：

　　——现在是大家同意的了：第一，我们要全体武装来对付我们的敌人，来保障我们的胜利。第二，要组织一个贫民委员会来分配土地处理政务。这想是到会的农友们全体的意见了？

　　汪森那对炯炯有光的，射出奇彩的，可敬可爱的黑大眼睛向四围环视了一遍，群众们都仿佛他那锐利的光波，投泻到每个人的身上来了。大家都欢欣鼓舞的发出了一声声的快叫：

　　——是我们全体的意见！

　　——是我们全体的意见！

　　——我们马上全体一致武装起来！

　　——我们马上组织好贫民委员会！

　　群众的喧骚，叫啸，狂吼，热闹，又如海涛般的相激相荡的澎湃起来了！

　　过了一阵，一片惊天动地的欢呼口号声，在空场中吼了起来。雄浑的悲壮的紧促而又斩切的音波，直冲上半空中，绕来荡去的在高空不住的波动，迂回，激荡！

　　高朗的鲜红的秋阳，正散射出金箭似的光针，驱散了满天的灰败的乌暗的浮云。高空中只有一片血红的鲜艳的霞彩，——啊啊，血红的霞彩！鲜艳的霞彩！

一九二八年，八月一号初稿。

选自阳翰笙：《暗夜》，创造社出版部，1928年，署名华汉

萧蔓若

|作者简介|　萧蔓若（1908—2008），四川璧山（今重庆璧山区）人，原名萧秾崟，常用笔名有萧曼若、吴亦、丘垤、艾丛、林映等，现代作家、教授。担任过文协成都分会常务理事等职，主编过《笔阵》《文学新报》《通俗文艺》等。代表作品有长篇小说《解冻》《庸人传》（长篇连载）等；短篇小说集《萧蔓若小说集》；短篇小说《撤退的某一夜》《癫女人》《友情》《某先生》等。

解　冻

第一部

一

卡车像一匹调皮的马儿似的，一路嘶哑着喉咙叫喊，一路任性地蹦蹦跳跳，从不肯合拍地规规矩矩跑。好容易一看见前面的城角，它就发狂般拼命叫自己震跳一下，然后带着一种打死它也不愿再动一步的，缄默的，无赖的神气，在地上生了根。好像说：

"那不是，各人走去好啰。"

车背上，这就跳下三个穿军服的人来。同样的草绿颜色，同样的腰皮带，同样的没有胸章或领章。他们却是三级跳跃式的官阶：上士勤务，少校秘书，上校处长。他们的名号，从上到下：钟勋烈，吴涛，王福生。都一齐用着不满的眼光，打量了这捣乱的家伙一眼，含恨地跨动着各自的脚步。

他们沿着城外一条小街道走着，爬动在那破毁的，荒废的，凄凉得叫人想开快跑的地带。到处是站在露天底下的残缺的墙壁，门和窗的大洞，张着嘴巴在哈冷气；到处是烧焦了的，悬挂在半空中的梁柱，长伸着叫化子般的，向人乞怜的手膀；到处是瓦砾堆，那里面还看得见衣橱，碗柜，床铺什么的尸骸……这整个的景象，仿佛一个什么可怕的巨大的恶魔，曾用双手乱抓过一通。人，没有了，店铺，没有了，喔喔啼的或汪汪叫的动物也不见一只。满街只活动着一种恶心的怪味儿——焦臭的，死亡的，和别的一切不吉利的东西的混合气体。

"嗡唔——"走在最前面，微微躬着背梁，架着近视眼镜的钟处长，不时用双手罩住嘴巴，好像在玩一件什么新发明的乐器，他的鼻管子这就发出那么一种怪声调。

可是，没有应和。

他骂了：

"混蛋！"

"唔，真是……"跟在他后面的吴涛，不过意似的，应酬地动了动嘴。

瓦块在脚底下碎碎地哼叫着。几双脚板都下得非常轻，仿佛怕他们会踩着了什么危险。

转了一个弯。

"嗡唔——死人臭。嗨!"前面的人,忽然发一声喊,他站住了。一大群红头苍蝇,突地旋风似的,向他们包围了过来。

这是一群声势浩大的,强悍的神鹰部队,显然特地埋伏在这儿,担任着袭击的任务的。现在,它们等候到了敌人,就毫不犹豫地从四面八方向他们围攻。

钟处长一边吃惊地呻吟着,吐着口水,同时叫两只手护卫着他的脑袋,在近视眼镜后面细眯着一双惶惑的眼睛。可是,当他们一面抵抗,一边前进还不到十步远,红头苍蝇的兵力却更加雄厚起来。刚才的好像不过是斥候或者尖兵,现在,才和它们的主力接触了。那成千成万的矫健的飞将军们,结成了强固的一大群,满街上仿佛在腾走着一团活了的云雾。它们用着固执的,阴险的,邪魔的,几乎听不见的轰隆隆的吼声,用着沉默的,狠毒的,决死的愤怒和英勇,牢牢地把他们围困起来,攻击他们的全身,特别是他们的头部。

钟处长完全发慌了。他的嘴巴胡乱地"啐!啐!"的叫着,摘下了头上的军帽,当作防御的武器。吴涛在地下拾起了一根竹棍子,玩耍花枪一样,拼命在空中乱舞着,红头苍蝇们碰在竹棍上,雨点似的嗒嗒嗒地响。

"王福生!你还不到前面来!"钟处长给窒息般地,好像他是闷在一只罐子里,挣出了声来。

掉在最后头的王福生,这就怪声地应了一个字音,赶紧跑到前面去了。他从身上脱下一件军服,疯狂似的在空中挥打,保护着他的长官前进。

运气好,他们毕竟逃出了苍蝇部队的重围,虽然钟勋烈处长这时已经满头大汗地喘着气。他的嘴巴忙碌着,又要骂混蛋,又要吐口水;还得叫他的近视眼睛四方警戒着,提防第二次的遭遇战。

"混蛋，呸！他妈的把我们当成死尸！"

一家歪歪斜斜的店家的门口上，贴着一张字条：

"第×××师××处嘉定留守处"。

王福生推开了那半开着的木板门，让这两位官长首先跨了进去。

屋子里坐着的三个人，连忙站起身来。

"哈，处长来啦！"四方脸，右边太阳穴上，肉皮和头发交界地方有枚猪肝色的，铜钱般大的疤痕的一位，热情地点头招呼着。

"怎么，你们都在这里？"钟处长两只手搓着才在一条板凳上抹下来的灰，王福生就开始四处奔跑，想找到一条抹布。钟处长坐下去：

"算啦，老太爷！"他转过头来，"你们为什么不到前方去？"

"我昨天才来的，来迎接处长，哈哈哈……"四方脸说。

"廖处员呢？"

那被问着的，年纪不过三十左右，却是一个精光的秃头，一双瞌睡似的小眼睛，苍白的脸：

"我的病……"

"你的病还没有好？"钟处长心里却在骂着："混蛋，搞一身的花柳病！"

然后他把头一偏：

"喂，跟你们介绍一下，这就是新派到本处来的吴秘书；这是舒心寒，舒处员；廖恒通；叶全德。"

忽然，他向门外望了一眼，想起了刚才的境遇，又恶心地吐着口水，摘下他的近视眼镜，拼命用手绢擦着，仿佛那上面还停留着什么秽气。

大炮声，隐约地不时从远处传来，穿过那沉默的，黯淡的空气，好像透过一个迟钝的，乏光的梦境。每一声炮响，吴涛总莫名其妙地要抬起头，望望这屋子的上空，似乎在研究那炮声是从这屋顶或墙壁的哪一个空隙传进人的耳朵里。飞机的洪洪声，不知又从什么地方响起来了，那声音，好像一只没法比拟的气球，很快地愈胀愈大，一刹时变成了山崩一样的吼声，就从这房顶上滚过去，震得全部房屋都在打抖。一道阴影映过屋顶的玻璃瓦，在地上划过。屋子里的人，赶紧闭住了说话的嘴，微微歪着头，看有不有炸弹的响声。

钟处长正想用"混蛋"来报复，第二次的洪洪声又吼噪了起来。于是，仿佛从此已得了势，越渐越渐频繁了，它们不断地在房顶上咆哮过来，又咆哮过去，铺张地，夸耀地，满天空给搅得一团糟。

吴涛，心神不安地坐在那儿，每一次那暴躁的洪隆隆的声响一从头上吼过，他的心子就紧的快要炸裂，呼吸也有些困难的样子，终归于叫他似乎想发疯，想大声号啕，想抓住一件什么东西就跑。过会儿他便催促一遍：

"我们走吧。"

"好，我们走吧，"钟勋烈救了他，"这地方——混蛋！"

叶全德是留守的，廖恒通有病，现在是钟处长，吴涛，舒心寒和王福生一同上了路。

一离开那破败的，恐怖的嘉定城，走上那空旷的，宽阔的公路，吴涛的心境便豁然开朗起来了。他有意让钟处长舒处员他们走在前面。那两个先是一前一后的走着，后来他们并排在一起。舒心寒一路扶着钟处长，说着，笑着，像只猴子一样，从钟处长的这边跳到那边，仿佛就要跳到别人的肩头上去。

吴涛独个儿吊在后面，叫胸口挺开，深深地呼吸着。秋天底下的江南田野的风光，的确是美丽的。到处似乎都碰得见"诗意"。瞧，多么广阔的稻田，黄金般的海浪一样，一直泛滥到远方，淹没着四野的村庄和树林。小河无声地在田地里四处穿流，嘻笑着吸下一片蓝天。几株赭红的低矮的枫树，歪在那儿的桥头，好像喝醉了的朋友，在打赌谁敢先走过桥去。这边，稠密的林子结成了一片绿的云，在碧玉一般的天空底下，似乎在缓缓浮动。雪白的庄院的一角吝啬地晾在那儿，待会儿，那绿的云一过去，就可以出现全部的村庄。青蛙懒洋洋地在稻田里说着蠢话；蜻蜓成群结队飞渡着无边的禾稻的海洋……

吴涛可没有心情作诗。他给公路上的热闹的场面集中了注意。

公路上，断断续续地来往着兵士，更多的是从前线下来的伤兵。有的是躺在担架上的，死人一样盖着污黑的军毯；有的挂着竹棍，一路呻吟着慢慢搬动腿杆。血点子在路上连接着，交叉着，像谁故意画上的一条条没有尽头的虚线。有的已经乌紫了；有的还绯红着，新鲜地在冒着生命的热气。

吴涛一面瞧着那些受伤的战士从他身边走过，一面有意选择着路，照着血迹踏着走。他的鼻管莫名其妙地酸着，心里不知涌起了什么一种滋味儿——好像是喜悦，又好像是悲哀。

"我是在踏着战士的血迹前进啊！"他轻轻动着嘴巴，小声地歌吟着，眼泪水已经滚进了眼眶。他用牙齿咬紧他的下唇。

在前方，隐约地听得见了机关枪的声音——咯咯咯咯！咯咯咯咯！……单调而琐碎。

吴涛追着了走在前面的一个伤兵，一只手膀给绑腿布挂在胸口跟前。

吴涛和他并排走着的时候，问：

"同志，怎么受了伤还朝前方走呀？"

那个望了他一眼：

"后方登不惯！"

"唔，怎么……"

"住在嘉定临时后方医院里，肏他先人，气闷得慌，只住了五天，不干了！"

"手膀受了伤？"

"轻伤，没关系，快好了。"

"又回前线呀？"

"对啦，一天不听见枪响，就难过得很呢，嘻嘻。"

吴涛听那伤兵是他家乡的口音，就和他讲起同乡来。对方一听说是同乡，也分外亲热了，问别人是哪一县，也介绍出自己的小地名来。

"流山？哈，我熟得很！"他跳过身向着吴涛，"二十二年我还在那儿要过好几个月呢——好地方，好码头！衙门口的粉蒸牛肉是出了名的，还有老亲家的乾酒。我每天差不多都要打半斤儿，带到牛肉馆子去吃得醉醺醺的。还有小东门城墙边儿的案桌①，哈哈哈……到过我们敝码头么？没有？以后回家的时候，请到敝县来参观参观。你只要在北门大街问声刘青云，没有一个不晓得的，肏他先人，飞机又来了。"

他们在公路旁边一根小树底下住了脚，监视着天上的三架飞机从头上飞过，又继续走他们的路。

"你怕飞机么？"吴涛问，在地上拾起一根竹棍子。

"肏他先人，就是飞机讨厌。啊，在前线，它们真飞得低，就在头上——嗡嗡嗡，嗡嗡嗡！哈，一跳出工事就可以把它抓下来！日本的步兵，老子们倒没有放在心里，你看，有一天总要抓一个把活的来逗着玩儿！"

"怎么玩法呢？"吴涛歪着头，瞧着这人的筋瘦的，却又似乎颇为硬朗的，黑黑的细颈子，觉得很感兴趣。

---

① 即屠桌，这里系指娼妓。——原编者注

"法子早就想好了：用根棕绳子把他狗刍的套着，像爬儿狗一样，一天牵着这里走，那里走——用四只脚在地上爬着走，两只手也叫他变成两只脚。看见人就命令他打个滚儿——打滚儿！妈的，你犟么？就跟他一脚；还做条假尾巴跟他栽在屁股上。晚上呢，关他在猪圈里跟猪一堆睡……"

刘青云不动声色地说着，好像在叙述一件平常的家屋事。吴涛心里想：这家伙真是异想天开。

忽然，那伤兵响亮地咳一声嗽，吐口痰在路上：

"呸，分路啦，再会再会！"

他向着右手边一条小路走去了。吴涛很有些舍不得似的望着他一直走到那小路的尽头，像跳一样跨过了一道水沟。

同行的人老远在前面去了。那两个并排走着的，已经不容易判决哪一个是钟处长，哪一个是舒处员。吴涛赶紧开着小跑，追上了他们。

现在，他们一道儿离开公路，穿进由林木的浓荫所封固着的一条小路上了。柏树，榆树，桂花，竹叶，篱笆……给道路搭起了凉棚，阴幽幽地，叫才从那干燥的公路上来的行人特别感到惬意。村庄静悄悄的，藏在树林里。小溪给野草照得翡翠般绿，穿着林木，打起笑涡儿流过。人走在小木桥上，发出清脆的悦耳的声音。碾米槽闲空地在农家的屋角上躺着。一只牛站在篱笆后面，竖起耳朵，专心听着外面行人的脚步声，用短尾巴打着蚊子。鸣蝉拉长着喉咙，噪得人想打瞌睡。

机关枪声却也更见听得清楚了，枯燥地，空洞地，毫无感情地响着，像顽皮的孩子，不怕手软，老在敲打着木梆。它们给隔在树林的外边，和天上的飞机声一样，对人们似乎一点儿关系也没有。在那些幽静的院落里，看不见一个老百姓，他们大概全都躲在屋子里，藉着这深厚的树林做掩蔽，仿佛就可以隔绝一切的灾殃。

吴涛这时候，倒的确给这优美的乡村风景所陶醉，想做诗了。可是毕竟还是没有做。他只连连地在自己心里感叹着，觉得这些地方，就是他的家乡比起来也实在差得太远。他想，要是日本人的铁蹄真踏到这里来，那是太可惜了！

走过一段路，他们渐渐发现了有伤兵和散兵，都在树荫下面横七竖八地躺着，坐着。有的在天南地北地聊着天；有的热闹地做着香烟和饼子的生意。卖主和顾客都是兵，一块破门板陈列着各式各样的货色搁在地上。有的毫无挂碍地围坐一团在打着纸麻将，卖力地叫着吃进一块嵌张，或者碰到一块白板。有的却怪声怪气地唱着："月儿弯弯照楼台，打个呵嗐瞇呀——睡来，瞇睡虫——又上——来了，嗳哟，嗳哟，嗳哟，嗳哟……"

忽然，一亮，树林边展开一片光天。舒心寒指着前面一所小房子说：

"松林乡，到了。"

二

钟处长一到松林乡，他便收到一封早已在那儿等着他的"公事"，叫他到昆山去开会。

看着看着那"公事"，他就气忿地嚷起来：

"混蛋，二十三号，怎么不早一点到！"

不晓得是怪那"公事"到晚了，还是骂他自己来得太迟。可是当他想起"公事"是早就到了的，他含舍含混混吵一通完事：

"混蛋，污七八糟……中国人做事真是一塌胡涂……倒霉……中国快要亡啦……这些草包，皂角……"

他忽然联想起他家乡的香蕉，荔枝，甘蔗……

"嗨，算啦！"他把右手一扬，清除了那些植物的名字，"王福生，跟我一道走——今天去歇葛亭，明天早上还可以赶到……"他很快摘下他的近视眼镜，对着它说，仿佛它是王福生。

"处长歇歇脚啦，明天一早走不好么？"舒心寒，一边洗着脸——他有这个习惯，把洗脸当做他人生享受之一——叫他那本来已经够红了的鼻子呼噜呼噜地给擦得更红，热情地劝着他的主管。

"真幼稚！"钟处长手里拎着近视眼镜，照着门外的亮光，细眯着眼睛，专心诚意地在察看那上面的什么情景，嘴里反驳着，好像是批评那两块突出的玻璃真幼稚。然后他又把它架上他那低矮的鼻梁，"明天——来得及么？"

舒心寒把洗脸巾巴一声甩在脸盆里，仿佛他对于长官的一切忠告都已奉尽，无愧于心地响亮咳嗽一声，走出门外去了。

钟处长这就关照吴秘书，说他不在"处"里的时候，请吴秘书负责督导一切，不过——

"什么工作暂时都不要动，等我回来再说。"

这下子，经理处员刘必然，也就是钟处长的太太的兄弟的姑表的连襟，又给叫到了另一间屋子。钟处长摘下近视眼镜，把他那只尖尖的下巴钻近了对方的耳朵，紧张着一张三角脸，看起来，好像他在警告那个：这次的对日抗战，是中华民族生死存亡的关头；实际上，他对他的属员说的是：

"无论如何，钱不准乱开支一个！"

他带着王福生起程了。

晚上。

吴涛老是睡不着。他在形式上闭着眼睛，静静地躺在那用门板搭成的床上，嗅着那充满活气的夜。夜，用着生命的气息在大声的呼吸着，唱着只能用灵魂的耳朵才听得见的欢歌。时起时灭的机关枪声，就在这大声的呼吸和欢歌里，清脆地敲打着，永远震颤着人的心。有时候，枪声很远，轻轻地扣着黑夜的边缘，有时候，它突然拉近了，仿佛一下来到这屋后边。吴涛就会在黑暗中赶紧睁开眼睛，微微抬起脑袋。

可是，没有什么事。他又重新把身子躺平，暗笑着自己的胆小。他起了个誓：从此无论遇到什么危险，他都绝不惊慌。

"到前方来，"他郑重地告诉自己，"第一要镇定，要真像个战士那么沉着，勇敢……譬如……当然……不过……什么？笑话！……一定的……"

他发现他对于自己的训勉有些穿凿起来，就见怪地在枕头上拼命摇一下头，武断地作了一个结论：

"好，就这么办——慢慢练习嘛，先生，胆子是越练越大的！"

突地，一阵紧迫的，急躁的机关枪声，又陡然在他头顶的墙壁后面吵嚷起来！可是他正待骚动的时候，有谁在他脑子里刺了一下似的，叫他记起了刚才的誓愿，努力不叫自己慌张。然后伴着他在黑暗中的浅笑，稍微跳动着心脏，奖励地轻轻在自己的脸赏上了几耳光。

似乎要迷迷糊糊的睡去了，但一下又清醒过来，这么着不知有多少次，老像走了几步又忘记什么似的要回转身。他绕着圈子搜寻着那忘记了的什么。忽然他找到了：

"哦，我到前方来了呀！"

于是，他满意地悄悄笑着，又放心睡去；再像刚才那样扮演一回。

"小孩子！"最后，他带着烦厌的，瞧不起的神气，责备着自己。

可是，一种飘渺的得意，甚至于可以说是骄矜，总不时要来烦扰着他，那个"我到前方来了""我到前方来了"的思想，像一缕乱麻丝一样，纠缠着他的头脑，叫他又觉得甜蜜，又觉得憎恶。

"唉，"他叹着气，我这个人……真是太神经质……真是小孩子……睡吧……真是——一二三四五六七八九……静一静……一二三……前方……抗日……好，就这样办……"

不知从什么时候起，他在恍惚的睡梦中，听见了一种嗡嗡嗡的声音，好久好久都在单调地响着。

"什么东西？"他昏沉沉地问着自己。

"管他妈的！"他又昏沉沉地回答。

可是，他突然想起：他是在前方的呀！这就像拔一颗钉子一样，把他从沉睡中一下拔了起来。他睁开眼睛，天已经大亮了。对面床板上，舒处员还静静地睡着，黄呢军大衣，有一半跨着他的被盖，另一半爬在地上。他翻起身，研究着那嗡嗡嗡的方向。

他在几间屋子里巡视了一通，大家都一致地安稳睡着，床板连着床板，像陈列着一摊摊的旧货。

一个小勤务兵打水来给他洗了脸，天上的嗡嗡声越响越近了。

他走出屋子，躲躲闪闪地，藉着田地里那取着一定的距离独立着，互相远远地打着招呼的树木，稀花花的高粱林，走到一个小溪边。有几株壮大的柏树撑在那儿，给地下一个很好的掩蔽。

他站在一株柏树底下，观察着天上的那只飞机：它悠闲地，仿佛一个诗人似的，在晴朗的深秋的晨空里，鱼一样的游着，哼着枯燥的，缺乏内容的调子，从这一个村庄到那一个村庄，在进行着一种颇有礼貌的访候。

田野上，到处在流动着人的江河。沿着那些稻子，高粱和棉花的田地的小土路，老百姓在川流不息地来来去去。向后方走的，都各自扛着五颜六色的铺盖卷，衣箱，锅头，桌凳，木盆，瓦罐，鸟笼，以及一切七七八八的东西。女人背着孩子，手上还挽着一只大包袱。一条小狗默默地跟踪在后面。有的是空着手向火线那面走的，那是第二次再回家抢救家什的人。他们蚂蚁般的牵着线子，来往着，交岔着，弯绕着，满山遍野都在爬动，好像大地自己身上跳动着的脉搏似的。

天上的那只飞机，俯视着这流亡的人群，发出得意的，空洞的干笑。

忽然，那小勤务兵站在了吴涛的面前：

"报告秘书，请回去吃饭了。"

这就是刚才给他打洗脸水那小家伙，紫红的小圆脸上，滴溜圆一对眼睛，有几分羞涩地闪动着。

"你怎么晓得我在这里?"吴涛问，装做他是在观赏风景的样子。

"唔，我找了大半天，才找到了。"

吴涛再瞄了一眼还在天上绕着圈子的飞机，恋恋地离开了那儿。小勤务兵跟在他的背后。

他照旧不走大路，选着有树木，高粱的地方走；一到空旷的，没有遮拦的处所，就加快脚步跨过去。那只飞机，这时候却已经端端地来到了他们的头顶上。他赶紧躲在一株树子下面，仰起头警戒着，不肯走了。

"不怕得，秘书。"那小勤务兵劝慰地说。

等那只飞机打斜方向，飞开了去，吴涛才带着轻微的惭愧的心情，移动着身子，一面玩笑似的问那小勤务兵：

"你不怕飞机么?"

"不怕。"

吴涛回过头瞧了瞧他：

"你什么名字呀?"

"杨树林。"

"十几岁了?"

"十五岁。"

从对话里，吴涛知道他是贵州人，是本师前年驻扎贵州时便来当勤务兵的。

吃饭的时候，吴涛听着那永远不肯休停的头上的嗡嗡声，他心里总像有只手捏着似的发紧。他嘴巴在吃着饭，心子却跟着那嗡嗡的声音走，跟着它的远或近来变换他的松弛或紧张。

突地，那嗡嗡声变成了一种怪声的啼叫，划破天空似的长号了一声，跟着便——轰！轰！轰！三声巨响。屋子，墙壁，门窗，连同泥巴地，都起了一阵剧烈的摇动。

"又炸后面的炮兵阵地啦。"说话这人好像在随便谈谈几年前的一件小事情，不动点儿声色，一边用左手不停地扒着饭。他的名字叫周天，绰号左派，又叫瞌睡大王，官阶：中尉处员。

"杂种，差一点把饭碗也给我吓掉了。"舒心寒笑着说。

吃饭的人都跟着笑了。只有一个人没有笑，他放下碗筷，站起身来：

"呸，胆小的东西！"

舒心寒抬起头望着他，沉默了半分钟：

"你骂哪个？"

"呸，胆小的东西！"那个人走出屋外去了。

舒心寒盯着他的背影：

"妈的！"

这场面又把大家都逗得轰笑。

"何必呢？"周天打了个饱嗝，说，拖着一双木板鞋又睡觉去了。

舒心寒右边太阳穴上的疤子还在通红着：

"这家伙，杂种，老子要揍他！瞧着看，看还是我舒心寒闹得过他梁仲宣，还是他梁仲宣闹得过我舒心寒！"

吴涛听着那永远不歇息的飞机的声音，他又情不自禁地走出屋外去，依然沿着那条熟路，走到刚才去过的小溪边。

他坐在柏荫底下，在一册横行的抄本上用钢笔给他分别了一星期的太太写了一封信。信里，他用着非常热情的语调写了好几句："我到前方来了！""我到前方来了！"最后，是叫他的太太好生抚养他们的孩子，说也许过些日子，他可以请假回南京，到乡下来看望她们。

　　有人远远地在叫着秘书。吴涛把抄本关上。是梁仲宣来了。

　　这个人，在吴涛对面的草地上坐下，就热心地用着他的广东官话报告起本处的情形来。他说话似乎非常吃力，嘴巴老像嚼着一件什么东西。吴涛替那说话的人着急，也不忘记专心望定他的脸，叫别人满意他跟那说话的是同样热心的人。

　　"舒心寒这家伙顶无聊了，"梁仲宣宣布，"而且胆小得要命。前几天，秘书你们还没有来，有天晚上，前线有不稳的风声，这家伙，便什么都不顾，独自跑到嘉定去了。处长秘书不在的时候，'处'里本来是指定他负责的，你看，他这个负责人！万一那天晚上真有什么事的话，你看……"

　　接着，梁仲宣便声称，他顶瞧不起的就是胆小的人——妈的，既然要到军队里来干事儿，要来抗什么日，又何必那么怕死呢？呸！

　　吴涛的脸上一阵一阵发热，好像他的话一句句都刺着他自己。他找机会岔开了对方的话头，和别人讨论起今后的工作计划来，彼此发表了一通议论。可是最后两个人都说：

　　"还是等处长回来再说吧，看开会的结果怎么样。"

　　他们俩似乎很谈得来。吴涛发现梁仲宣的见解，许多地方跟自己都很一致。

　　他们的畅谈可突地给一阵更庞大的马达声截断了：四匹银灰色的铁鸟，唱着骄傲的、鲁莽的歌曲，横过他们的上空。它们在天上，绕了一个大圈子，最后在东南角一带盘旋。那下面是一线灰色的树林，给天和地划了一条分明的界限。四架飞机便给那条灰色的线迷住了，或者是那条灰色的线拉上了天空，系紧了铁鸟的翅膀。它们老沿着那仿佛给人安上的无形的圈子的周围旋绕着，旋绕着，不知打了多少个圆圈儿。

忽然，那先头的一只，像突地失了脚一样，拖长着嗓子，悲惨地尖叫一声，往下栽落，没入那条灰色的树林的线里去了。叫人正在吃惊，担心它不会再爬起来了的时候，却是一声撼动大地的声响——轰！那只飞机便又从树林的灰线的那边飘了起来，隐没在那低空的薄薄的云层里。于是，第二只又跟着第一只的原路，照样来一次表演。于是第三只，第四只。而那个第一只早又从云里出现，追踪着那最后一只的尾巴，在准备着它第二次的轮子了。

这精彩的节目，叫那坐在小溪边，树荫底下的两位看客，竟忘记了这是敌人在轰炸他们军队的阵地，不停地互相用惊叹的哼声赞美着这个奇观。这杰出的表演，一直继续了二十分钟，那些长着翅膀的刽子手们，才自认为目的已经达到，满意地飞回巢去了。他们这才惊醒过来似的，彼此对望着呼了一口长气，用摇头来代替他们咒骂的言语。

天空里，暂时沉寂了，敌阵的大炮却更见勤勉地轰打过来。吴涛一听见那大炮弹划过空气的呼吼声，便不自觉地会把背梁弓得更低些，眼睛瞧着空际，仿佛想看出那炮弹的来踪去迹。它们有时是在他们的前方爆响着，有时却飞跃过他们的头顶，在不远的后边孔隆一声！邻近他们驻防的本师炮兵阵地，也不时要用同样的礼物给敌人回敬过去。因为逼近，那响声就更加劲仗，树木，田野和溪水都给震得打抖。

梁仲宣又跟吴涛讲起作战情形来，宣告本师担任的防线怎样比别的部队更宽，本师的战斗力怎样比别的部队坚强，本师的师部怎样最靠近火线，而且，就是本师的××处，也比别师的师部更接近火线些。

他讲演着，那剃光了的脑袋，那白皙的脸子，那猴子似的黄色的圆眼睛，一齐发着得意的光辉。

"可是，"梁仲宣结论说，"我们回去吧。"

吴涛勉强跟着那一个从地上站起来身来，但他又立刻坐了下去：

"还是请你一个人先回去吧，我要在这里写封信。这里清静得好。"

三

吴涛登在屋子里，老像有灶香远远烤着他的背，叫他非常火燥，因为那可恶的飞机声，好容易有片刻的停息，又时远时近地发响起来了。他总觉得屋子里非常危险；屋子一定是敌人轰炸的目标，而且它坍下来会压坏人。他总想跑到野外去，永远坐在那安全的小溪边的树荫底下，可是他又怕常这样会给他们瞧出了他的胆小，太丢人——你还是秘书啦，叫别人以后怎么信服你？于是，他改了计划：更多的就在屋角边的竹林附近溜达着，飞机远了，他便又走进屋去，这样叫别人仿佛觉得他总是登在屋里。

黄昏来了，前线上由一天的辛勤工作转入了沉寂。田野里来来去去的搬家逃难的人群，也为了遵守部队的规定——下午五点以后不准通行——都绝迹了。大地从整天的动荡和扰嚷里归于寂静，开始用着恬适来新生自己。夕阳的晚照，抚慰着橙黄的，无边无际的稻田，抚慰着带着晚霭的树林，村落和小溪的流水。微风的俊俏的小脚趾儿，轻轻踢着稻梢，满田里絮语着息息索索的声响。蚱蜢，螳螂，叫咕咕，四处跳跃着，歌唱着；麻雀在竹林里嘈杂地争吵着难懂的话，又赌气似的蓬一声飞掉。

战争，炮火，暂时都成了谎话，世界是这么样的和平呀！

竹林外的桥头边，有一群人在闲散着，他们是吴涛，梁仲宣，舒心寒，周天和别的人。大家似乎都给这迷人的，迅速变幻着的黄昏征服了，谁也不说一句话，只默默地缓缓移动着脚步和眼睛，送着那迅速变幻的黄昏远去。

浓重的暮色，偷袭般地向大地合围了拢来。稻田，树林，村庄，小溪，都渐渐溶成了模糊的一片。最亮的一颗星开始在天上点燃起来。

可是突地，一个梦中的恶魔似的，什么地方，飞机又在发响。大家却都不理会它，暮色隐蔽了一切的物象，谁也不用理会谁。那喤喤的吼声，显然非常地低，从人们的头顶上掠过。大家抬起脑袋，什么也瞧不见。

忽然有人在村庄那面叫起来：

"汉奸，打信号枪！"

昏朦的田野上，他们看见了一线线红绿的火星向着天空斜射上去。于是这里那里都在叫嚷起来了，许多人在呼喊着，追逐着。

小勤务兵，杨树林手里抓住了一个。

"狗肏的，假装蹲在那里屙屎，我跑拢去一看，地下是光的，什么屎没有！"杨树林喘着气说，把那几乎比他高一倍的他的俘虏拖到吴涛跟前。

吴涛审问着那个高大汉。他发现这家伙实际是个大傻瓜，把他放了。

飞机声还在天上辘辘的响着，他们走进屋，把马灯旋小了放在桌子下面。

第二天早晨。

"又准备成天到晚躲飞机么？无聊！"吴涛心里有个疙瘩似的，想。他觉得这实在不成话：到前方来，一天什么工作也没有，只是躲飞机。钟处长哪天才回来呢？

"什么工作暂时都不要动，等我回来再说。"他想到钟处长临走时对他的嘱咐，心里觉得十分气闷。

"处"里的人们，全都安安闲闲的：有的在下象棋；有的在抽烟卷。周天一丢了饭碗，照例又倒在床上打起大炮般的鼾声来；谭书记成天捧着一碗烧酒，怪有味地呷着，一边哼唱着"劝君更尽嗯嗯嗯，一杯酒呀，西出阳关——无故人啰!"的恍惚的歌调。他，这位钟处长的嫡亲姑表，是出了名的酒罐子，常常喝得东倒西歪，不倒翁一样。他学识丰富，公文娴熟，就是记性太差，总记不住钟处长对他的训诫，不许他叫他老表，像以前在家乡时那样。因此，便常常逗起钟处长对他的申斥。

经理处员刘必然，坐在一张方桌边，集中了全副精力在拨弄着算盘珠子。这工作对于他十分吃力，他不时不时就叹一声气，把那和账簿上对不准数目的算盘珠，生气地拂掉。

吴涛看见舒心寒在专心诚意地洗着脸，呼噜呼噜地把鼻子擦得通红。

"到前线去看看，去拜访拜访师长他们。"他试探地提议说。

"好，秘书，我陪你一道去。"舒心寒非常热忱地附议，然后他大声叫着：

"雷华！雷华！把总处寄来的传单带着，和我们一块到师部去!"

准尉司书雷华，很快就从一间屋子出来了。他穿着整齐的军服，打着三个人字的绑腿，头戴钢盔，腰胯上撇一支勃朗林，俨然一个英武的带兵官。他的腋孔下夹着一大叠印刷物。

他们出发了。三个人沿着一条小土路前进着，在稻田里，棉花田里，树林里穿插走着。天，阴沉沉的，低压着潮湿的雾气。大炮弹穿过雾气呼啸着。吴涛总不忘记时时弯下腰。

"不怕得，不怕得。"舒心寒说，好像在劝勉别人，又好像是安定自己。话一出口，他就向地上蹲下去，等到屁股快挨着地，又跳起来。

雷华却一声不响地在前面一直领着路走。他因为有兴趣常常去到前线，这一带的道路他熟悉得很。他在那些纵横交错的小路上，毫不思索地认定他要走的那一条。他挺直着腰身，跨着豪迈的脚步，像一头矫健的狮子。

"雷华！雷华！慢点走！慢点走！"忘着那渐远的背影，舒心寒一会儿就这么叫着。

不知为了什么，吴涛有些羡慕起前面那个人来，觉得他身上有一股什么劲。吴涛也努力把自己的背脊伸直，脚步也加大一点，而且试着当炮弹在上空嘶吼过去的时候，也像雷华那样，不要弯下腰身。

吴涛似乎渐渐觉悟过来了：直起身子并不比弯下去更危险——反正都是一样。于是，他开始胜利地，趾高气扬地走着，还夸大地甩着两只手。

路旁边，出现了一座小小的庙宇。不知是什么时候，房顶给炮弹削去了一只角，一些折断的梁木横搁在路上。坐在木棚里的一排泥菩萨们，全都黑着脸，悲苦地在承受者那飞来的横祸。庙门口一个小土地堂，屋盖也离开了原来的地位，那位断了一只手膀的土地太太，偏着头向着坐在她身边的土地老爷，仿佛在说：亲爱的，你看怎么办？

穿过一丛树林，地面开阔了起来。机关枪清脆地吐着声音，步枪子弹像黄蜂一样唧唧地在低空乱窜。

雷华首先伏低了身子，很快横跑过了那开朗的地带，躲进一个小树林。吴涛跟舒心寒也用着同样的姿势跑了过去。

藏在这小树林后面的一座小院落，便是师部的所在。雷华再穿过那小树林，一直向前面跑，他到战壕里发传单去了。吴涛和舒心寒便钻进了一堵院墙的缺口，由一个卫兵领导着，进入了一间地下室。

黑暗的洞里，幽幽地亮着两支烛光，蓝师长跟他的参谋长坐在一条矮凳上，谈着什么问题。矮几上放着电话器，参谋主任在忙着接听电话，有时候递给蓝师长。

"唔……是的……可以的可以的……好，就是这样……"

"子弹？……当然，那不行的……绝对……"

"还是要修理……不能乱动……一切要听命令……"

蓝师长用着一些简短的，旁人摸不着头脑的断句在电话上指示他的部属。客人们走进去，他也好像没有看见，叫别人空坐了一会儿，他才放下听筒，喜气洋洋地来打招呼，盘问着这样那样。

蓝师长的脸又黑又瘦，仿佛才经过了一个长途旅行，看得见一道疲乏的阴影在他那神气活现的脸后面爬。

似乎有意酬报这两位来宾的冒险的拜访，他十分兴致地向他们报告起一些前线的消息来。他说到本师的官兵，作战是怎样的英勇，日本人怎样的并不可怕，他相信就这么稳扎稳打下去，日本人永远也冲不过来一步。

"就是，"蓝师长抽了一口香烟，把烟子吐在电话机上，"下级军官跟士兵们，常常不听命令，总想冲出战壕——他们在战壕里熬不住，说老是等敌人来冲，实在丧气得很，而且飞机又炸得凶，与其死在战壕里，不如冲出去，死了还痛快。其实，"他又吸了一口烟，"也难怪他们……可是上边的命令不叫乱冲呀！……这件事真麻烦得很，常常要跟弟兄们打招呼，不然就要出乱子。……"蓝师长现出无可奈何的得意的神气，好像有一道他所不愿意有的光辉从他那黑瘦的脸上掠过。

不知为了什么，看着蓝师长的脸相，听着他的言语，又望了望这个阴暗的地洞，吴涛心里感动得很。他先恭敬地向蓝师长致了慰问，说他怎样的为国出力，怎样的辛苦，并且说他是怎样了不起的民族英雄。他的声音微微打着颤，一面失悔着自己的态度和言辞都似乎过火了一点。

蓝师长毫不见怪地倾听着；很有把握地回答他的问话。

最后，蓝师长通知他的来宾们：

"本师的人已经打得差不多了，大概这一两天就要撤退?，有××师来接防。"

"怎么——就要撤退?"吴涛问，心里好像忽然崩了一个缺口。

"唔，撤退下去整理整理，过几天当然又会开上来。"蓝师长无足轻重地说明。

轰！一颗大炮弹，像一声巨雷，叫人不及防备地突然在头顶上炸吼开来，墙壁给震得发跳，泥沙雨点似的从头上洒下来。

坐在洞门口边的吴涛，赶紧向更里面的地方钻。舒心寒已经两只手爬在地上，带着一张尴尬的笑脸，望着蓝师长，仿佛在向他讨饶。

第二次的炮弹又在上边一声爆炸，这回显然比第一次更近些，叫所有这地下室里的人们的耳朵都一齐发了聋，担心这屋顶就要坍倒。

"没有关系，没有关系，"蓝师长安慰他的客人说，"没有什么，这几天来附近差不多掉了千多颗炮弹。"

他把烟屁股摔在地上，踩熄它：

"你们再坐进来点好了，恐怕破片。"

"这地下室震得垮么?"吴涛担心地向着他们的主人发问。

"这地下室还坚固，大概还不容易吧。"

"要是刚刚掉在顶上呢。"

"那当然只好完了。"蓝师长笑着说。

吴涛还来不及想象他现刻是处在怎样危险的境地，大炮弹的爆裂声又厉害地轰响起来，而且跟着是接二连三的好几声巨响。它们好像就看准了这个地下室，在集中向它发射，总在它的左近吼啸着。每一声爆炸，上下四壁都要起一阵剧烈的抖动，一些瓦片石块什么的在屋顶上和屋角边的竹林里打得乱响。

"恐怕又发现什么目标了。"蓝师长独白似的说，"陈绍武！"他叫着洞门口的卫兵，"叫他们通通隐蔽起来，不要在外边跑啦。"

陈绍武去了，可是好久好久，这边还有谈话声和嬉笑声。吴涛心里是说不出的着急，他真想向蓝师长建议，叫把那些不听命令的士兵抓来枪毙掉。他失悔今天不该来。每一声炮弹的炸响，他就感到他的生命越更可贵。

约莫发了二三十炮，才完全停止了。外边的兵士们就一齐嚷着到河里捉鱼去。

"这些家伙，总是大炮一打过就去捉鱼。"蓝师长带着奖励的口吻说。

舒心寒提议要走，这也就提醒了吴涛。两个人于是言不由衷地向蓝师长他们告了别，说改天再来拜候。然后他们钻出了洞门口，走出院落，便没命地向来路飞奔去。等跑了一段相当的路程，他们才停下来，互相解嘲似的大笑一通，开始放慢着脚步。

四

雷华第一个爬起床，很快打扎好了自己的铺盖卷，就指挥着勤务兵夫子们，把公文箱，油印机和厨房里的家具，整顿清楚，挑到外面土场上去。同时各间屋子都在响动起来，马灯的亮光互相照射，人影子在灯光里晃动着。

舒心寒呼噜呼噜地在洗着脸，一边问着：

"雷华，都收拾好了没有？"

大家集中在大门外的土场上了。谁叫了一声：

　　"左派呢?"

　　"雷华，快去叫周天，他还在睡觉!"舒心寒命令着。

　　雷华在帮忙一个夫子重新捆绑一只铺盖卷的棕绳，他赶快丢了它跑进屋子里去了。在黑暗中他绊了一跤，摸着了一双鞋子：

　　"勤务兵，这是哪一个的?"

　　"我的，我就来拿。"小勤务兵杨树林正在场子里跑来跑去。他的身上捆满了东西：军毯，杂囊，包袱，热水瓶，洋磁碗，臃肿得像只皮球一样，跑起来全身叮叮当当。

　　雷华走到周天的床边，用手推着那睡着的人：

　　"周处员，周处员，出发啦!"

　　那一个猪似的咕噜咕噜地哼着。

　　"出发啦，还在睡!"

　　"晓得晓得!"周天蒙在被盖里应着，跟着又猪似的咕噜咕噜。

　　雷华把他的被盖掀开了一半：

　　"你晓得，出发啦，大家在外面等你一个人!"

　　"出发啦——住得安安逸逸的又要出屄发!"周天慢慢地挣起身来，在黑暗中揉着眼睛，打着呵欠：

　　"照盏灯来呀!这样黑里巴梭的我怎么看得见!"

　　杨树林很不高兴似的照了一盏马灯进来，替他打好铺盖卷，嘴巴叽咕着：

　　"又不早点起来……"

　　十分钟以后，所有的灯火全熄灭了，零乱的小队开始上了路。

　　暗黑的夜发出微明的，捉摸不定的亮光，仿佛什么地方有一星微弱的灯火透过了一层黑色的厚纸。树林像埋在暴风雨中的连绵不断的山，小土路幻梦似的浮现在朦胧的海样的稻田里。谁都不做声，只把整个的心眼放在脚板上，不叫踩虚了步子。洋铁公文箱偶尔碰撞着，发出破锣般的声音。挑夫们的肩头上的扁担永远鸡鸭鸡鸭地歌唱着，好像在唱着催眠曲。

路渐渐地在宽阔起来，人也渐渐地在多起来了。进行着的部队的骚音，充满了夜的田野。背后，机关枪声断断续续地在敲着，仿佛是巡夜的更夫。

他们这一小队一混进了大队伍，雷华便忙碌起来了。他要照顾着挑夫们，不叫给队伍混散。有时他走在小队的前面；有时候他走在后边；待会儿又不得不夹进小队的半中腰去。他要察看着那在路旁边稻田里息下来的，是不是他们"处"里的夫子；他要检点着有不有落伍的。雷华，他一向觉得他的责任重大得很：驻营的时候，他应该把用毛笔或用钢笔蜡纸写成的公事写得很好；开差的时候，他应该押好一切的行李挑担。而且他认真地尊重阶级服从。从前他在家乡的军队里当过半年多少尉排长的，对于军队上的规矩，他弄得一清二楚。现在，他是准尉司书，他驯服地听从所有比他阶级大的长官们的差遣，他也毫不客气地命令着底下的文书上士和勤务兵夫。这些底下人却似乎总不大听他的话，常常叫他心里十分生气，想：这些老百姓，什么都不懂。

忽然，前面电筒亮了一下。

"哪一个！"雷华叫着，"张贵生，是不是你？打什么电筒，不要命啦！"

"哪一个打电筒。"那勤务兵张贵生跟着雷华应和了一声，好像是在帮着雷华询问，又好像是在否认并没有人打电筒。

"扯烂你的腿！"

"快走快走，"张贵生故作惊惶似的，推着他前面杨树林的背，"扯烂你的腿来了！"

雷华在心里咒骂了一句，又立刻勾起了他非要当一个带兵官不可的念头。

"当司书是受气的，一定得设法进中央军校出来当个军官!"他默默地宣誓，用拳头打击了一下黑暗的空气。这样，他又想起从前在家乡当少尉排长那些情形来。那时，他真是威武得很，对他的部下要扯烂哪个的腿就扯烂哪个的腿。他也上过火线，左手膀还带过伤。可是，现在在中央部队里，他只能当个准尉司书；要当排长的话，尤其是在这抗日的军队里，他想，除非还要进中央军校。

他越想越生气来，恨不得马上就跑到中央军校去。

"雷华雷华!"舒心寒在后面叫他。

雷华答应着，等在路旁边，不知道那叫他的人有什么吩咐。

舒心寒到了。他说：

"龚家宅还有好远啦?"

"我怎么晓得？你叫我有什么事么?"

"我就是问你龚家宅还有好远。"

雷华一声不响，各自又跑到前面去了。

舒心寒追着了他：

"雷华雷华，你好好干，我一定跟秘书处长他们说，叫他们提拔你——秘书对我说，说你很勇敢，很能干呢!"

"我想进中央军校，请你跟我讲讲好不好?"雷华用左手撩开了在黑暗中扫着他头顶的树枝。

"这个恐怕办不到吧，处长他们准你走吗？你走了，哪里去找像你这样好的司书？开差的时候，哪一个押行李？这个恐怕办不到。"

"我……"

"我晓得，辛苦一点，将来总有办法的，听我的话不会错。"

跟着，舒心寒便说他三十岁了才搞到一个少校，劝他才二十三岁的雷华越安心越好。说现在将就一点，将来总有希望。

"当然啦，未必一辈子就这样么？将来总有一天，处长，秘书，也一样能够当得成。"

雷华知道舒心寒是原在讲他自己，心里又好气，又好笑。

那一个还在说下去：

"不要慌，什么都有时机，时机一到，就成功了。雷华，我将来当了处长，我请你跟我当经理处员好不好？"不等别人答复，他继续往下说："经理处员可也不是好当的，要会打算盘，账更要弄得清楚。雷华，你有了爱人没有？"

雷华的脑筋几乎来不及接应他，他一会在说这样，一会又跳到那样去了。

"我升了上校的时候，非讨个小老婆不可。哈哈哈哈！哎呀，不得了，下雨了。"

果然，下雨了。起初是若有若无地在人的脸上洒两点，随后便密密麻麻地落起来。田野里，树林上，都嚣骚着一片声响，仿佛是无数的人在说着悄悄话。土路也开始滑起来，路旁的树枝滴着大的水点在人的颈子上。

一到了龚家宅，大家就钻到老百姓家里去烧火烤衣服。只有周天一个人不声不响，他把潮湿的上下装脱来揉在板凳上，便各自睡进被窝里去了。谭书记不晓得在什么地方又找到了一碗酒，他坐在火堆边怪有味地呷着，不管身上的湿衣服发出浓重的烟雾。

第二天，雨更下大了，村庄的街上，水积成了池塘，屋檐边挂起水的帘子。可是，出发的命令又来了，要走路。

周天连声连气地骂着：

"妈哟！妈哟！"

公文箱全披上了稻草，挑夫都戴好斗笠。舒心寒不知在哪儿也抓到了一顶斗笠。

吴涛什么也没有，心里正在着急，他忽然看见雷华光着身子走到雨天里去了。这一来，他也安心了，觉得有了受苦的同伴。他率性坐在板凳上，脱起鞋袜来。

"秘书，鞋子脱不得，刺脚得很。"雷华站在雨里劝告。

吴涛听从了他的话，仍旧把鞋袜穿好。

小土路上，一片的水潭和泥泞。吴涛也学雷华那样，拄着一根竹棍子，跛子似的走着，觉得又痛苦，又好玩。起初他还有顾及着鞋子和裤子，后来知道不济事，就什么也不管了。

路旁边出现一个打着雨伞的老头子。吴涛向他交涉，愿意出一块钱和他交换这把雨伞。老头子听说是一块钱，意外碰见一笔好生意似的，连连点着头，把雨伞交出去。吴涛摸出了一张钞票放在老头子的手里，老头子拿着它在雨里瞧了半天。后来仿佛发觉会给雨水淋坏，才赶紧把它放进腰包，在田里踩跳着走了。

吴涛打着雨伞，一边快活地走着，一边觉得对那老头子十分抱歉。

机关枪声已经不再听见，只剩下大炮的响声在雨天里沉闷地轻微地呻吟着，一直把他们送到了宿营地。

第三天，天晴起来了。他们却听说要在这里驻下去，暂时不会走。

舒心寒望着晴朗的天说：

"处长不晓得什么时候才回来呀！"

五

仿佛一个赌输了钱的人，难免不事后责备自己，抱怨自己，在心里填满着可耻的恼恨一样，钟处长这时，正躺在苏州一家靠近观前街，叫做复兴旅馆的房间里，一个人失悔，生气。他不是为了赌钱（钟处长是顶反对赌钱的），而是为了那常常和"赌"相提并论的另一件事。是鬼怂恿他昨晚上叫了一个姑娘来，那干柴棍似的，又短又瘦，脸上涂满脂粉，头发光光地向后梳着，露出一对猫样的耳朵的小女人。现在，像见不得光亮的动物一样，在晨光里，她隐退了，正如一个赌徒，当赌具已经撤去的时候，他会逐渐清醒过来。

"混蛋！倒霉！"钟处长完全神志清白地对自己咒骂着，在枕头上摇着脑袋。枕头上，还残留着一股不知是香是臭的头发味儿。"桂玉"，那鄙俗的名字，又闪过了他的脑子。

无论如何，钟处长是不能原谅自己的。半辈子来，弄姑娘他这还是第一次，虽然女人他倒至少玩过半打，但那是另一回事。那不是嫖娼，不是把钱花在一种不正当的行为。这一次，鬼摸了脑壳，糊涂迷了窍，他破天荒干了一回傻事：他把那花花的十二块法币，牺牲在那下流的妓女身上！他真该死！

他突然升起了一阵烦躁的心火，同时下意识地伸手在枕头下面摸了摸给它压着的一角毛票，轻轻哼了一声。

"混蛋，"他独白着，"还要叫我给点车钱呢！"

刚才演出的一幕，又一次不愿意地给钟处长回忆了一遍。

那不过才十分钟光景。天一亮，那女人——桂玉，真俗，钟处长想——就起了床，在淅沥的雨声中，咒骂着天气。她站在床当前，一面穿扣衣服，一面却爬到钟处长的枕头边，说请他随便给她一点车钱。

"什么——车钱？没有这规矩！"钟处长恼恨地训斥着她。

那女人不和他讲规矩，只无赖地老偎在他的耳朵边，用着一半谄媚，一半乞怜的声调，恳求着他，说她虽然拿到八块钱（旅馆的茶房，从中吞食了四块），可全都要给她的妈妈，她自己一文也得不到，请他随便给一点赏赐。

钟处长霎了霎他那干涩的近视眼睛：

"你到底是要车钱还是要什么钱？"

"随便叫什么钱都可以，叨你一点光……"

他觉得这女人很狡猾。他忽然记起昨晚上睡的时候，会顺手在枕头边上放了一角毛票。他担心这女人发现了会抢去，赶紧把枕头向外边移了移，让它把那张毛票压得更牢靠一些，然后抚慰着自己不快的心情，闭上眼睛，声明他要睡觉了。

这样，他到底听着那娼妓离开了他的床边；听着她打开房门；听着她的脚步走下楼去。

"混蛋！"钟处长不愿想了，再骂了一声，狠狠地翻起身来。叫茶房算过账，告别了那个不祥的复兴旅馆。

钟处长披着雨衣，在水淋淋的街上走着，一直为他这一次的荒唐行为在发恨，失悔昨天不该搬到旅馆住。

"王福生这混蛋：处长，这里房子漏，你去住旅馆不好么？"他想起昨天在留守处，那位上士勤务兵敦劝他的情形。他以为这次，他遭受这笔意外的损失，完全该由王福生负责，虽然，凭良心说，他本来就自己有些主张，觉得房子是漏得叫人讨厌，所以才搬进旅馆。谁知道他就因此犯了有生以来第一次的大罪过！至于为什么他这一次会失足，许多日子以后他还是想不通。

"好，你这东西，"他在心里对王福生说，"你看我把你的津贴取消，四个月，就是二十块……自然，茶房也很可恶，他诱惑你，叼唆你，为了从中吃四块钱……哼！"

他冒着雨走了一个通城，拜访了好几个地方，又接洽了征集宣传员的事。前天，在昆山开会的结果，他知道新近增加了各种各样的经费——事业费，宣传费，特别费……而且决定各处要马上把宣传队组织起来。钟处长抱着那么大的热忱和喜悦，特地绕道来苏州，就是为的接洽，招揽青年学生，组织宣传队这事的。

事情是那么顺利地就进行妥当了。这叫钟处长十分高兴，但同时又似乎使他有些歉然，觉得这成功的未免太容易。这是不行的。因为宣传队早一天成立，就早一天多笔开销。这样，他又颇有些懊恼起来，又加以这次的荒唐举动，意外损失，竟渐渐激怒着他，至于使他发恨地故意照着街路上的水潭踩，让污泥水溅在他雨衣的后幅上，溅在从后面跟来的行人的脚腿上。

雨天保障着市民们对于敌机轰炸这一方面的安全，市面呈现了它应有的活跃和生气。湿淋的街道上来去着有兴致的人群。观前街的铺家全都大大地开着门户，吞吐着顾客。糖食店更特别打眼地山一样堆着各色各种叫人流口水的甜货。大的玻璃瓶子在柜台上队伍似的排列着，红的金橘，紫的蜜枣，绿的冬瓜，透过玻璃比赛着各自的芬芳。还有这城市出了名的西瓜子，满筐满筐地摆在柜台里，等候着嘴香的人带它们到街上去嗑着闲走，把瓜子壳吐满那污湿的街路。

钟处长每经过一家糖食店，他就要站那么一会儿，仿佛一下忘记了一句什么紧要的话，要通知掌柜的伙计。最后，他毅然下了决心，走近一爿堂皇的柜台边去。

一个伙计站过来了，笑眯眯地，问他要什么。钟处长把脑袋凑近去，集中视线透过他的近视眼镜，挨次察看着那些贴在玻璃上的红纸条儿，念着红纸条上的糖食的名号和定价，心里可就不舒服得很。

"混蛋，真贵！"他心里忿忿地骂着。

"包五分钱五香瓜子。"

现在，钟处长沿着挂起雨的帘子的店家的屋檐下走着，正准备和别人一样开始来嗑瓜子。可是他忽然想起自己身为处长，怎么好随便在街上吃东西呢？况且应该实行新生活。他连忙又把那瓜子包儿塞进袋里去。

雨渐渐地下得小些了，从屋檐上滴到地下来的雨水的响声，也渐渐显得有气无力。钟处长的火车表告诉他已经是午后一点。他踌躇不决地踏进了一家小饭馆。

他开始在菜牌上从头到尾地考察着。等候在他桌子边的，是一个满身狐臭的高大汉子。一会儿钟处长发觉他已经不在跟前，便又高声地把他叫回来，让那狐臭气味继续冲着他的鼻子的时候，他才再埋起头到菜牌上去寻找。

——炒腰花四角；炒肚头四角；炒蹄筋四角五分；炒……钟处长的近视眼，几乎要钻进菜牌去了，心里早就发起火来——混蛋，真贵！

其实，他是可以叫一两样可口的菜来吃吃的，但他忘记不了这一次的"失足"，不得不决心叫口腹节约，以补偿他身体另一部分曾经有过的奢侈，而且他还决定要从各方面来省，好弥补那一笔意外的损失。

"茶房，你来呀！"一时又失掉那狐臭气，他气昏了，突然摘下他的近视眼镜，用手绢拼命地擦着。

那茶房果然又走回来。钟处长把菜牌一推：

"切两毛钱的凉肚子，一个豆腐汤。"

"先生，不喝酒么？"那茶房试探着说。

"不要，赶快拿饭来，我还有事。"他回答，失悔最后一句是多余的。

"哼，她还说死也要死在苏州呢，那娼妓！"钟处长扒着饭，不知怎的，又记起那桂玉回答他日本人来了她逃不逃的问话来。

"让她去！"他最后大量地在心里决定说，搁下了他的碗筷。

他又冒着雨走过通城，第二次去拜访那位答应帮忙替他征集宣传员的新识的朋友。

"进行顺利，凑巧得很，刚才有人告诉我，说正有七八个学生想参加军队工作。他们可以同你一道去。我正要来找你。"那位朋友高兴万分地迎着他说。

"好得很，"钟处长也表示非常快活的样子，"不过，还不要忙，不必一道去。所以我也是为了这事再来向你说一声……"

"怎么样，一道去不很好吗？还有什么问题？我已经叫告诉他们了，同你一道去。"

"不不不，"钟处长似乎有些着急，"总要有个布置呀!"

"哦?"

"一定候我从前方来信。我有信来，才请老兄通知他们，马上到前方来好了。"

"好吧，不过……"那朋友也似乎不甚热心了。

钟处长于是拉扯了一些足以间接增进友谊的闲话来，和对方畅谈了一会，恢复了别人的好心情之后，他才告了辞。

一回到留守处，钟处长就将王福生叫来骂了一通。这把那位上士勤务弄得非常糊涂。因为用尽了他最大的心思，完竭了他所有的聪明，他也听不明白他骂他的理由和骂他的词句。钟处长似乎在故意使用着他听不懂的全部的隐语。只有最后几句话，他听清楚了，那是格外叫他吃惊的话，他简直全身发抖了:

"你听好：从这个月起，取消你的津贴，四个月以后，才给你复原!"

王福生等他的长官训骂完毕，他便坐到大门外一张桌子边，一个人去恶气，去回想近些日子来他做了什么不吉利的梦没有?

现在钟处长，却好像一下解决了若干件耿在心里已经十年了的大事件似的，他完全心境爽释了，躺到他的床上，嗑起那由五分钱换得的五香瓜子来。等最后一片瓜子壳吐出了他的嘴唇，他便又把王福生叫到他的面前，用一根指头虚点着他的胸口，说:

"把东西准备好，明天清早回前方去。"

六

在岔道那儿，大家打了个招呼，四个人分成两组，各走各的路了。

梁仲宣又继续发挥着他那宣传第一的议论，坚决主张宣传工作比打仗还要紧。说着说着，他便停下脚步，掉过身来，拦住吴涛的去路。他脱下军帽，亮出那只圆溜溜的光头，问吴涛赞不赞成他的理论。等吴涛答一声"对的"，他就高兴的了不得，一跳转身，再大踏步往前走。他加快着速度，仿佛要这样来补救他刚才停站了的损失。

田野上是静悄悄的。村庄，树林，小溪，都浴着和平的空气。有几个农夫在锄着土。远处，一条乌黑的牛呆呆地立着，一只和他同样颜色的老鸦站在它的背上，好像它那儿生了一个瘤子。邻近的人家也都似在睡着的一样，只看见有一丝一缕的炊烟从屋顶上飘出来。

东方的大炮声轻微得几乎听不见。

他们互相望着，笑了笑，彼此用眼睛询问着对方：

"我们在什么地方去宣传的？"

路旁边有一间草搭的碾米屋，大概好久没有用过了，只剩下一只光石滚子歪在那圆形的石盘上。石盘的三方面临空地横架着木条子，板凳似的摆在那儿。

他们走进这"屋子"，坐在一条横木上。一个年轻的庄稼汉从那边走过来了。他手里捏着一根竹鞭子，一路在地上打着走，经过这碾米屋的前面。

梁仲宣叫住了他。

"喂，你去叫田里的老百姓来！"

那个站住脚，发着呆。

"去叫他们来听我们宣传——讲话。"

那年轻人似乎明白一些了，露出黄牙齿笑了笑，便回头向田里走。

可是，那些泥脚腿只站在原处和那年轻伙子谈着什么，老不肯来。梁仲宣发急了。他跳出碾米屋，再跑过去几步，大声地呼唤着他们，挥动着一双手，带着一半奉劝，一半威胁的姿态。

田里的人，这才托不过情似的，把锄头栽在泥巴里，谦让地走过来了。一会儿从村庄里陆续走出来了一些男人，女人和小孩子们。大家挤在这碾米屋里。

梁仲宣看见意外地聚集了这么许多人，他兴奋得脸发了红。他要求先说话。吴涛用笑脸批准了他，他便开始着他的讲演，从"九一八"到"一二八"，从"七七"到"八一三"，哗啦哗啦地像倒水桶。他的手势比得非常花烧，看起来，像他在和一个瞧不见的人在打架。一会儿，他的双手向两边分，一会儿，其中的一只向前方击出去；才看见是一只拳头弯在他的胸前，忽然又变成一个巴掌撑上天空了。他吃力地把他的广东腔改为普通话，毛毛汗潮湿着他的颈脖子。

好半天他才停了嘴，自己心里满意得很，觉得他的演说实在生动而充实。

那些听众们，大家却只霎霎眼睛；有几个现出傻里巴几的生气，莫名其妙地笑着。一个年轻女人老偷偷地扯着她同伴的衣角，另一只手捂着嘴巴咕咕咕。

看着这情形，梁仲宣心里非常生气而且有些灰心起来——见鬼，他们听懂他话的么？同时他又感到几分惭愧。

为了替他捡起这"面子"，吴涛把刚才他说的这番话向那些蠢笨的农夫农妇们简略地重述了一遍，然后问他们懂不懂。

这一下，有些人在开始点头了。可是有一只长着花白头发和花白胡子的头，点着点着，就咕噜起来。

"你先生说，你们的军队，是为我们老百姓，打仗的，为什么他们……呃呃……"他把话在嘴里吞吐着。

"他们怎么样？你说呀！"吴涛说，望定他那一张涨红的脸。

那老头子却窘迫地躲避着吴涛的眼睛，不再开口了，只不住地抖动着他那干裂的，发白的嘴唇。

最后当他们离开了这些老百姓，走在向另一个地方去的路上的时候，梁仲宣老是抱怨着，一会儿恨他自己的话不普通，一会儿又怪这些老百姓听不懂他的话。吴涛却为了刚才那老头子奇怪的，叫人不快的态度，心里像顶着一块石头。

"老梁，你猜猜，那老头儿到底说的他们怎么样？"他叫着他的同伴问。

梁仲宣正为了他的讲演在生气，这一下触动他发泄的机会了。他冒火地嚷起来：

"猜，还有什么屌猜头！反正是他们干惯了的那些事！去他妈，我们辛辛苦苦出来宣传，他们，那些王八蛋，就用事实来否定！"

跟着，梁仲宣又诅咒起前方的一些叫人悲观的事来，譬如某个炮兵旅长通敌，为了一天一千元的代价，就哑着他的大炮；某师的××处长从来不到前方，躲在苏州的乡下一天到晚打麻将，等等。可是最后，他却很有自信般的告诉吴涛：

"这些时代的渣滓终会淘汰的，你瞧着！"

他又满足地大声笑起来，仿佛渣滓们果真已经淘汰掉。

一个小小的市镇突然出现。窄狭的街道上，热闹着乡巴佬。显然这天是一个集市日期。人们从街的这一端走到那一端，从这家店铺走到那家店铺，忙碌而又安详地在进行着他们各自的事业，仿佛都不把这是前线的后方记在心上。

一间小茶馆里，坐满许多人，后壁那儿有一个穿军服的躬起背在干着什么。吴涛他们走了进去，却发现正是舒心寒在聚精会神地洗他的脸。他呼噜呼噜地响亮着通红的鼻子；他立志要把它洗得烂熟，好让它从脸上跌落下来似的。

一看见吴涛，他就赶紧声明：

"我们到处宣传了一阵，才无意中走到这镇上来的。"

"周天呢？"吴涛问。

舒心寒用嘴巴指了指屋角上一张罩得有顶破帐子的床：周天正一只狗似的蜷着身子睡在那儿，打着适意的，节拍不乱的鼾声，好像这世界就和他的睡梦一样美满。

梁仲宣走过去拍醒了他。他揉着眼睛，打着呵欠，带着惬意的懒散劲儿爬起床，跟着他们走出街去。

这个街，不到五分钟就走完了，一所公立小学校作为它的收梢，梁仲宣提议进去观光。

一条路从大门通到里边，两旁的空地是一片枯黄的衰草。修路的人大约很节省石头，不把它们连接起来，只在泥地上点成一条虚线，走路的人就得当心，要步步踏着石块，不然的话便会一高一低，吃力不讨好。

里面冷清清的，倒很像一座庙宇。却忽然走出一个三十左右的人来，接待这些高贵的嘉宾。这个人原是这学校的教员。因为怕飞机，学生们好久都不来了，他这位教员，今天也是趁着赶集的方便，偶然来瞧瞧的。

一听说来宾们是部队上的××人员，他就高兴得了不得，宣言他自己也很想找个宣传工作干。

"那好极了，"吴涛说，"我们苦于语言不通，正有这计划：想找几位本地的知识分子来帮忙……怎么样——请你先生替我们作作临时宣传员？"

对方立刻同意了，还说愿意再介绍两个。于是，他开出了一张花名单，第一名是他自己——王少鸿。说明天清早约好那两位一块到他们"处"里来。

第二天。

上午九点钟光景，三位临时宣传员果然来了。招待过早饭，大家就谈起工作。

王少鸿，这位小学教员，瘦身材，矮个子，说起话来，又哀伤，又稳重，又谦恭，显出他是一个在苦难中受过磨练，准备为国牺牲的爱国份子。

"日本人真可恨极了，"他动了动他那紧蹙的眉毛，说，"我们是从事于保卫家乡的工作的，哪里还怕什么苦呢？……倒真要感谢你们各位长官，来替我们组织民众，训练民众……我们什么都可以牺牲的，时间，精力，甚至于生命！倘若各位长官不弃的话，我们很愿意在部队上永远跟着各位长官，在各位长官领导之下……请各位长官不客气的常常指教……"

另外那两位他的同志，却一律用着严肃的沉默来赞助他，叫别人看出他们全是死心踏地。

那些官长果然都高兴已极，如同在绝地里逢着救星。

"那你们就从今天起住在本处啰，快把你们的行李搬来吧。"舒心寒刚洗完脸，鼻子通红着，快活地回他们建议。

"是的，我们明天一定搬来。"王少鸿代表着应答。

这天的宣传工作，依然分成两队：吴涛和舒心寒加入王少鸿，梁仲宣跟周天加入另外那两位。

下午回来的时候，每一队都缺少了刚加入的人。他们都回家去了，说明天好搬铺盖卷来。

明天，铺盖卷并没有来，人也没有再到。再过一个明天，梁仲宣跑到镇上小学校去，人影也不见。

第四天，他们只好宣布绝望了。

吴涛和梁仲宣依然又跑到镇上，这一次他们找着了那位王少鸿。

"真对不住，是我的老母亲不许我来呀！"他抱怨着，向他们道歉，又像那天谈工作时候一样，紧蹙着一对眉头，好像才喝下去一碗药水。

"你临时帮我们几天忙也不行么？并不一定要你跟我们一块走呀！"吴涛说。

"真对不住……"

"还有那两位呢？"梁仲宣差不多是向他吵了。

"那两位么？"他越更把眉毛紧了紧，"他们看见我不去，所以也不去呢。……"

最后，他们离开了那所小学校，梁仲宣一路咒骂着：

"丢那妈，这就是这地方的知识分子！"

七

好像一股阴冷的风，吹进了每个人的心坎：浏行方面说是打了败仗。又听说××师师长罗×临阵退缩，已经押到南京讯办去了，这又叫大家感到几分痛快似的。

梁仲宣说：

"丢那妈，我主张多杀几个贪生怕死的将领！"

舒心寒立刻接过嘴去：

"杀有屁用，除非——"

"除非——嗨！"钟处长马上打断他的话头，"你们都是书生之见，中国人……一塌糊涂……亡国的现象……"

周天从一张凳子上站起身来，长长地打个呵欠：

"管他妈牛打死马，马打死牛，睡觉去！"他拖着一双木板鞋，走进他的寝室去了。

"劝君更进嗯嗯嗯，一杯酒呀，西出阳关——无故人啰！"谭书记手里捧着一碗酒，嘴巴哼着恍惚的歌调。然后，他把酒碗搁在桌子上，摇摇摆摆地走到钟处长跟前：

"老表，你说那件公事……"

"鬼摸你的脑壳，老表！"钟处长忿忿地摘下他的近视眼镜。

"处——处长，那件公事……"

"就那样写好了。"

谭书记，于是又摇摇摆摆地走了开。

经理处员刘必然爬在一张桌子上，全神贯注地在拨弄着算盘珠，雨点般的一阵响了之后，便是哗一声又把它拂掉。

师部来了通报：准备行军。

大家便又猜测起来——到什么地方去呢？梁仲宣主张：本师一定开到浏行方面去增援；舒心寒用着肯定的语气说，不是仍旧开回松林乡原防，你可以砍下他的脑袋。雷华一声不响地武装好了：头戴钢盔，打着三个人字的绑腿，勃郎林挂在他的腰杆上。

下午两点钟出发，六点就宿了营。他们这一帮人的宿营地是离太仓城二三里路一个不大不小的庄院，低矮的房屋，凌乱地，横七竖八地散布着。它的主人修造它的时候，仿佛毫没有经过计划，一摊给孩子们随便安放的木块似的。从这一列房子到那一列，往往要经过一滩稀烂的泥地，那中间点缀着几株矮秃的什么树儿，几堆牛粪和一丛快要倒塌的稻草堆。

钟处长一躺在那由王福生在一间堂屋里给他铺搭好的床铺上，就把雷华叫来骂了一通，问他为什么找着这样一个倒霉地方；然后便吩咐那位上士勤务给他煨姜糖开水，说天气冷，吃了活动血脉。

晚上，钟处长照例很早就睡觉了。他有这良好的习惯：夜晚早睡，早晨早起。上床之后，不一定睡得着，他喜欢一个人躺在黑暗里，睁起眼睛，做着这样那样叫自己乐意的梦。其中最使得他开心的，是趁着这抗战的时机，怎样多弄几个钱。要发迹，他必须好好把握住这抗战的机会。于是，他又想起了那些新添的什么事业费，宣传费，特别费来。他搬起指头计算着它们的数目，决定不乱花掉一角一分。于是，他便看见自己的腰包一天一天胀大了；花花绿绿的法币渐渐在他的面前堆成一座山了。他看见自己最后丢掉这个辛苦的处长，回到家乡享福去了——唔，好好儿享几年福，安安逸逸的死去。祖业那所破房子一定得给修造过，中式的不好，西式的也不行，中西合璧——好的，就是中西合璧。丢那妈，雷华找到这所房子，不晓得是怎样盖的，简直是混蛋得很……母亲多病，那时候恐怕已经过去，唉……难道永远和那小脚老婆困在一起么？不行！一定得讨个姨太太……桂玉，笑话，那娼妓？……桂玉……不要……。

不知什么时候，桂玉却又站在他的床面前了。她把身子伏在他的枕头边上，要他赏一点光。他非常气恼，决定一个钱也不给。那桂玉岂有此理，竟伸出手来他枕头底下来摸索那一角毛票。他顺手给了她一个嘴巴。她哭了，呜呜咽咽地，而且越来越响，简直像飞机似的吼着——怎么的，桂玉变成了一只飞机，她在房里的空间吼响着，盘旋着，肚子下边挂着一个蛮大的炸弹。她申言：倘若他不给那一张角票，她就要把那炸弹丢到他的床上，炸死他！

钟处长忽然带着满身的冷汗醒转来，他的耳朵比眼睛更先睁开，他真确地听见有一种飞机的声音在什么地方叫响。等他看见四屋的灯火还通红地亮着，他发狂了：

"混蛋，还不赶快熄灯——熄灯！"

像跳一样他梭下床，四周的灯火突然灭了。

他又疯狂地吼着：

"起来！大家起来到屋子外面去！看有不有汉奸打信号枪！混蛋！"

他的所有的部下，全都穿好衣服，摸着黑下了床，打着寒颤，跟着钟处长走出屋外去。

"周天呢?"钟处长叫了一声,"这个懒虫,让他睡在屋里炸死他!"

屋外是一片昏黑,有几粒寒星在冷空气里窥视。这里那里野兽一般蹲着的是四近的村庄,树木鬼怪似的高高耸着肩膀。

唔唔唔——唔唔唔——飞机在什么地方响着,可是它那么放低着声音,谦逊地抑制着自己;而且那么短短哼了几声,又突然停止了,仿佛什么地方的无线电还没有打起势。

大家把耳朵四方转动着,警戒着,最后都相信它恐怕已经飞到远处。

可是——镗!只差一点没有把钟处长吓得钻地!

"哎……这这这……吓……呃呃……"钟处长慌乱地哼着,用他那一双戴着近视眼镜的眼睛在黑暗中察看。

那声音又突然消逝了。

"有鬼——今晚上有鬼!"跟着这一声咒骂,钟处长一下跳进了烂泥田里。

这下子,他不声不响了,安静地立在那儿,仿佛他一向来的暴躁,就是为的跳进这烂泥田。

王福生首先去援救;雷华也出了一只手膀。等到钟处长重新把他那两只一塌糊涂的脚站在干地上,他才再恢复了他的肝火,气急败坏地辱骂了一通。

那暗空里的唔唔唔的响声,可又似乎在呻吟起来。钟处长于是赶紧斥退了那对于他的一双倒霉的脚的怨怒,专心诚意地来研究那怪声音。

"见鬼,这是什么飞机!"钟处长忽然怀疑似的说。

"我说也不大像飞机。"紧跟在他后面的舒心寒连忙附和。

的确,很不像飞机的样子。它"唔"着,断断续续地,用一种谦让的,克制的声音,一时在这里,一时又在那里。那声音,分明已经隐退到老远老远的地方去了，却又出其不意地，突然在你的头上出现——那就实在忍无可忍似的怪叫一声。有时候，又好像是一只什么大鸟在屋后边的树林里拍着翅膀一样。

"一定是受伤了的飞机，你看是不是，处长？"舒心寒热心地贡献出他的意见。

"看！"谁咬着牙低声叫了一声，"对面那小山头上，有汉奸在打信号枪！"

"噢，噢噢噢……我们去抓！"钟处长用着急迫的声调发出命令，"梁仲宣，你从这边去，雷华——雷华，你到哪里去了，混蛋，你从这边去。我们几个人从这条路去截。"

他们匍匐着跑到了对面那小山头，可是什么也没有。这边，村庄的背后，却又出现红红绿绿的星火了。

就这么着，好像是故意在和他们开玩笑，叫他们这一帮人老跟着那出没不定的信号枪的星火兜着圈子，四处飞奔。

忽然，那对面的小山头上传过来几响剥壳枪声。

"混蛋！"钟处长骂着，"一定是雷华那东西，乱放枪——汉奸听见枪声还不跑么？"

最混蛋的，可还是信号枪。简直有意在捉弄他们！那些红绿的星点子，分明在这里亮着，等他们跑去的时候，却又在另一处放光，叫他们从这个山头跑到那个山头，从这块地追到那块地，一直弄到钟处长筋疲力竭，连混蛋也骂不出口，代替它的是这口接不上那口的喘气。

天在发白了，前线的炮火，又开始殷殷地，热天的远雷似的轰响起来。他们这一群人，谁都填着满肚皮的怨气，好像在别处打了通夜的牌，输光了钱回到自己的家那么懊恼地，回到屋里来。

钟处长换洗了他的"泥足"，铁青着一张脸，躺在他的门板床上。

"混蛋，我要抓住一个汉奸——哼！"他咬紧牙关，丝丝地叫着，用拳头捶打着床板，好像它就是汉奸。

他想休息一会儿，但是他不能够，总有块什么硬石块顶住他的心。

突地，他把被盖一掀，一股脑儿坐起身来：

"王福生，叫雷司书来！"

雷华来了，看得出他的眼睛是才给揉过的，他一定刚从床上爬起来。他还是全副武装着，勃郎林挂在他的腰杆上。

钟处长瞧着瞧着他身边的短枪，就大发其火：

"混蛋！你怎么要乱放枪，汉奸不给你吓跑了么——把枪取下来，跟你缴了，永远不给你背！"

雷华恋恋不舍地缴出了他的武器，哭丧着一张脸离开了他的长官。

下午，特务连送来了几个人，说是汉奸。

"汉奸！"好像寻获了一件宝贝似的，钟处长的脸放出了光彩。

"哼！"他摘下他的近视眼镜，用手绢擦着，抑制着感情，"昨晚上把我们玩得好，今天叫你们这些混蛋认识我！"他奇怪地笑了一声，重新戴好眼镜。

屋子中间摆好一张桌子。钟处长自己来当军法官，审判这些混蛋。

首先，带进来三个：一男一女，都是三十左右，穿着满身补丁的衣服，生得来又黄又瘦，和一个五六岁的小孩子。

一看见原是这么一些角色，钟处长的心里凉了一半。他皱了皱那本来就几乎连在一起的小眉头。

"你们为什么要当汉奸？"他打起精神，恶狠狠地问。

回答他的却是两个人一片叽叽嘈嘈的声音，一个字也听不准。

钟处长再把眉头皱得更紧些，看起来已经连成一气了。

"他们的证据呢？"他向着那立在旁边的特务连的兵士问。

于是两面镜子连同一些话，一齐呈到钟处长的面前来：

"报告处长，今早上飞机来的时候，我们在田里挑泥巴做飞机洞，我们就看见他们—— 一定是两口子——站在那屋角边，叫这个娃儿回家去拿镜子来，当真他跑回去拿来了，他们就把它朝着敌机照。我们就把他们抓了来的。"

钟处长听着这报告，好半天没有动作，只那么呆望着站在他桌子面前的几个罪犯，好像要从他们的身上看出更多的东西。可是，从头顶看到屁股，从肚皮看到脚后跟，他们的身上并没有什么特别标记；依然是满身补丁的衣服，又黄又瘦。老实说，与其叫他们是汉奸，宁肯叫他们叫化子更合适。只有那小孩子倒还活泼得多，神气得多，圆溜溜一对眼睛在他的花脸巴儿上发奇地这一瞧那一瞧的。

"带下去，好好关起来，我有办法！"钟处长宣判。

跟着，再带进来了一个。

这是一个老头子，少说也有六十岁，背脊梁深深地驼着，衣服破烂，赤着一双污黑的脚板。

他的犯罪证据是一块白布。飞机来的时候，他把它铺在刚作好的工事上。

钟处长摘下他的近视眼镜，又戴上去。

"你这老头子也当汉奸么？"他心平气和地用着半开玩笑似的口吻问着。

那老头儿抬起头来，老鼠般的小眼睛那么翻白了一下，又赶快低下去。

这举动，似乎有点失格，钟处长在鼻孔里哼了一声：

"你说，老东西，你为什么要当汉奸——这白布是干什么用的，你说！"他拎起那件证物，重新板起脸孔，逼着对方不许抵赖。

那老头儿可是什么表情也没有了，只一尊塑像般的竖在那儿。

钟处长想尽方法，这样那样地盘问他，叫他招供。他却一味固执着，不开口，好像他本来就是哑巴；或者他被钟处长审问的话声陶醉了，开不得口。只是问他的人，偶尔在一处提高声音，他才像吓了一跳似的突然把脑袋抬起来，但跟着又低垂了下去。

最后，钟处长无论如何忍耐不住了，他在桌上使劲一巴掌：

"混蛋！你到底说不说，枪毙你！"

这一次，似乎才确凿地给了那老头子一个意外的打击，他全身剧烈地震抖一下，他开腔了：

"老爷，我是好人呀，开恩呀！"

这句话可还是那么平淡地说出口来的，仿佛一个懒学生站在老师面前被逼着念了一句书一样。那划满着皱纹的脸上，一点儿表情也没有。

庆幸他不是哑巴，钟处长的眼前忽然光明起来。他热心地继续审问：

"你为什么要当汉奸？"

"问你为什么要当汉奸？"舒心寒陪在那儿了好一阵，这时是非开口不可了，同时还用手把那老头儿的背重重拍了一下。

老头轻轻移动了一点脚步，那老鼠般的小眼睛，望了望那拍他的人，好像在示意他：下一次再不要那样。

"嗨，我问你，你是哪一国人？"审判官感觉非常麻烦地改变了话头。

"我……我是太仓人……"第二次，老头儿开腔了。

"不是——我问你是中国人还是日本人！"

"我是……我不是……"

"混蛋！我问你，你晓得在打仗吗？"

"打仗，听说蒋介石在和东洋兵打……"

"混蛋！蒋委员长！"钟处长赶紧从他的座位上站起身来，做个立正姿势。舒心寒和两边站着的兵照样做了，"你还不把脚收拢去，嗨！混蛋，东洋兵好不好？"

"我……我不晓得……我本来是种田的。前年儿子死了，老婆也死了，只留下我一个孤老头子，田也种不成了，命苦啊！"

"命苦就当汉奸！你妈的！"舒心寒顺手又在那老头儿的背上赏了一拳，叫他比前一次更厉害地往前蹿了一步，又用眼睛望了望给予他的灾害的人。

"这块白布是哪个给你的？说！"钟处长扶正他的近视眼镜，问。

"是张四给我的。张四说打东洋兵。张四说东洋兵的飞机看见地上有白布，会迷了路，跌下来。张四叫我看见飞机来了就把它铺在地上。"

"张四叫你铺在什么地方？"

"他叫我铺在壕沟边上。"

"给钱跟你么？"

"不给钱还成？我管他东洋飞机跌不跌下来，就是有钱我才铺呀！我不瞒老爷，张四一天给我两角钱。"

"哼！两角钱，够了么？够吃饭了么？"

"够了，老爷。我们穷人在哪里去赚两角钱呢？两角钱，够了，够了！"

"张四呢？"

"不晓得。他常常去了，又常常来了。"

"你照实说，张四在什么地方，我们要抓他。"

"老爷！"他哀求了，"抓不得呀！张四也是个好人呀！我发过誓的，说了要遭雷打呢！"

"哼，混蛋！"钟处长万分兴致地叫着，"你晓得这就是当汉奸么？这就是帮助东洋兵么？"

"啊，老爷，我不！"那老头儿赶紧声辩，"我不帮东洋兵，我这穷老头子，只要有碗饭吃，就很够了。我要帮哪个呢？我也不帮蒋介石，也不帮东洋兵，我只要有碗……"

"我要杀你的头！"钟处长忽然从板凳上暴跳起来，用一根指头瞄准那老头儿的鼻子。

一听说要杀头，显然远胜于要枪毙，他，那老头儿，着慌得像一头羊，一下就倒在地下，捣蒜似的，他磕着头：

"老爷，老爷，可怜我这穷老头子呀！我儿子也没有了，老婆也没有了！可怜我吧，留我这穷老头子多活几天吧，我又没有过错，让我每天在张四那儿赚两角钱来过活吧……"

"混蛋，混蛋！押下去，哼，哼……"

钟处长带着一颗非常别扭的心，仿佛打败了仗一样离开了他的法庭，回到他的床上。他把身子横埋在乱堆着的被盖中间，心版上好像生了毛。他听见舒心寒在另一间屋子热心地鞭打着那些汉奸，嚎哭声像暴雨一样打进他的耳门。

"打吧，打死这些混蛋……"

第二部

一

"处长处长，要派人到军部去接女同志么？我去好不好？"舒心寒刚洗完脸，通红着一枚鼻子，好像烂熟了的石榴一样，兴致勃勃地冲着上壁边的床板问。他的提神加劲，一半由于女同志，一半是为的显示他对于工作的热心，唤起钟处长对他的注意，好实现他干宣传队副队长的私衷。

"唔——可以。"钟勋烈，身子斜靠在被盖堆上，眼睛出神地望着屋顶，屈起一条腿，一只手在拨弄着那腿肚上的粗黑的毛，心不在焉地回答。他正为了什么事想得魂魄离了舍。

舒心寒十分开心了，嘴巴不知为了什么，嗬嗬嗬地叫着，跑进了另一间屋子里去。

"吴涛，"钟处长继续在想，嘴角上浮起了一丝恶意的笑，"这个书生面目，没有社会经验的蠢才，好像第一次出来干事，一点官场中的习惯都不懂……"思想在漂浮着，一分钟，他固定了一个坚实的意志。他在心里胜利地叫着："经济权，我的手里，你把我怎样！"于是他又专心致志地拧弄起那腿肚上的毛来。

舒心寒，从他的屋子里跑出来了，打扮得整整齐齐，连嘴巴的周围也在那短时间内刮得蓝莹莹地发亮；那右边太阳穴上，肉皮和头发交界地方的猪肝色的疤痕，仿佛也洗刷得分外光彩。

"处长处长，我走了啰，还有什么话么?"他说，站在那儿热切地等候着他的长官的吩咐。

"你到哪里去?"钟处长这时才完全清醒过来似的，把一根刚从腿肚上拔下来的粗毛从指头上弹开，坐起身来。

"处长不是叫我到军部去接……"

"什么时候我叫你?"

"刚才呀！"

"哦，我自己去。"

舒心寒，突然心里一阵发紧，两条腿也软得有些打颤了，仿佛自己费心尽力，设计筑成的新房子，眼见就要坍倒一样。他可还不死心，想勉力挽救这个危局：

"处长，还是我去好一点，你难得走呀！"

"我自己去。"钟处长嘴里说，身子已经梭下床来——想起这位少校处员那么热心地和梁仲宣竞争，想干那个宣传队的副队长，他心里好笑——开始着装了。舒心寒这才只好在自己的心版上打一个绝望的洞，走了开去。

钟处长跨出院子的大门，他完全把刚才那不必要的，曾经烦恼过他的思想排除干净了；而且转过屋角，一踏上那座架在一条小溪上的小木桥，从脚底下的清澈的水里发现只有自己一条身影的时候，他倒猛然想起来一件事：混蛋，没有叫一个人一道去，路上好谈天啦。

钟处长有这习惯的：要么就一个人或者异想天开地找一些非常美妙的事来胡思乱想，叫自己独个儿开心，或者让一些不顺意的想头钻进自己的脑子里来，和自己战斗，最后收得胜利的欢喜。要么就找着别人谈天说地，一边让自己的嘴巴随心所欲地吐泻着，一边叫耳朵装进一些从别人嘴里编出来的稀奇古怪的故事。那故事，倘若是关于女人的，就更加美满。在公余之暇，他惯常喜欢暗示他的部属们，鼓励他的部属们，说出一大批香艳无比地经验来。他面子上装做不在意的样子听着，暗中在喉咙那儿甜蜜地吞口水。在他听得心满意足之后，却又义正严辞地斥责那些故事的编制家，说在这抗战期间不谈点正经事，只会一味无聊地胡扯；否则他便另外找出一些口实来，骂他们真幼稚。

不远的小溪边上，有一个人蹲在那儿。

"梁仲宣！"

果然是梁仲宣，他立起身来了。

"你在那里干什么？"

"随便玩儿——处长哪里去？"

"军部去。你去么？"钟处长还是各人走各人的，好像他并不一定希望别人去。

梁仲宣却一声不响地跟在钟处长的背后来了。

他们一声不响地走了一段路。

梁仲宣，这个钟处长的同乡，说实在话，钟处长心里是有点喜欢他的。他热心工作，不算什么；他的爽直，坦白，虽然不怕得罪人，但也不念旧恶——他有时候也爱和钟处长顶撞几句的，但马上，无论那引起争端的事故如何严重，只要口舌一经结束，他便又若无其事地和他的敌对谈笑自如起来了（只对于舒心寒仿佛有点例外。钟处长不明白那是什么缘故）。这一点格外叫钟处长觉得对他满意。同时，他更是个雄辩家，从他的嘴里，可以听到无比有趣的故事。

"咳！"钟处长挤紧喉咙响了一声，"你平常不是很多话么？今天怎么像哑巴一样？"

"我在想……宣传工作，怎么样才能够深入民众。宣传工作……"

"还没有给你干宣传队的副队长，你好好想去吧！"

"我不愿意跟舒心寒争，"梁仲宣给钟处长的话激怒了，"处长认为哪个适宜就选哪个，我没有权利观念的，我只为着工作……"

违背了钟处长的初愿，这些话又引起了他心头的不快，尤其是那没有权利观念，只为了工作的论调，有点近于吴涛的口吻。他激情地嚷着：

"你比舒心寒行，可是吴秘书比你更行！他随时找着我啰嗦，我真伤他的脑筋！我是主官，我有全权决定一切，可是——"他忽然煞住，因为长伸在路上的一条树枝扫着了他的脸，他还没有注意到，几乎扫掉了他的眼镜。

"混蛋！"他骂着。"我不会那么将就他的，"他又继续着他的本题，"我有个限度，一切事情……怎么样，他不要找我麻烦。他对你说些什么？"

"他说，叫我干宣传队的副队长。我总是服从命令。不过，我不相信舒心寒懂得什么宣传。他不学无术，你问问那些宣传员对他的印象。宣传工作……"

"好啦，好啦。"钟处长忽然厌烦起来。那"工作"，"工作"的字音真有些刺耳。带着一种想避开红头苍蝇（他忽然想起了在嘉定城所遭遇的那一幕）的感情，打断那一个，"我晓得你的脾气，开了头就收不到梢。我当主官的自然有考核。又是宣传工作，我顶不高兴走在野外来谈公事！办公的时间你可以尽心竭力去计划，这时候，走在野外……唔……"

"那么……"

"譬如说，谈一点叫人快乐的事呀！"

从对面，一个女人走过来了，在这窄窄的小路上，跟他们挨身挤了过。是一个年轻的，洁白的乡下女人，手里提着一只布包，急急忙忙地在赶路。钟处长回过头去，叫眼睛在她那滚动着的肥圆的屁股上打了好几个圈。忽然，他发问了：

"家里——结婚了么？嗯？"

"没有。"梁仲宣回答。

"女朋友呢？年轻人总爱讲恋爱的。"

"我就从来不懂得什么叫恋爱，女人倒那个过……"

钟处长觉得恐怕会进入话题了。他赶紧把耳朵竖起来，一面担心着那一个不说下去。

"真的，你相不相信，"梁仲宣也果真一下把他的公事思想忘掉了，而且有意给钟处长一个满足似的，"我从来没有和女人讲过恋爱。我就不相信那东西——什么叫恋爱？骗人！明明不过是解决性欲，要说得那么冠冕堂皇！我不相信它的。我和女人发生关系，连一句话也可以不讲。"

泥土路折进了一个树林里，暗阴阴的叫人感到几分神秘的惬意。更深的地方，照例有一家静悄悄的小院落。一条小小的细流在树林里穿过。什么小鸟儿偶然发出一声啁啾的声音，在这初冬天候里，提早泄漏出一丝春意。在这样的地方，似乎很适宜描述那一类的故事。

"有一次，"梁仲宣继续说，用着愉快的声调，"从香港到厦门，在轮船上我碰到了一个……我和她并排站在甲板上看海，从白天看到黄昏……开初，我们互相望望脸，后来——后来我把她的手拉着，她就跟我到我房舱里去了……她又各自走出去了。我们自始至终，一句话也没有说……"

"哼，奇怪。"钟处长舐了舐嘴唇皮。

"还有一次，从广州到长沙，在火车上我又碰见了一个。我们坐在一个座位上，我靠着窗子，她靠着我。天黑了，邻座的人全都打起盹来。我贪看着夜晚的风景，那偶然闪着几点野火的黑漆一圈的风景。可是，我每次回过头去，嘴巴恰恰都碰着了她的脸。她也不说话，我也不说话。有一次，呵呵，我一下子竟把她的嘴碰着了。我也不说话，她也不说话，就那么亲了分把钟，到长沙，我下车，她也下车了，好像本来就是一对情人一样，自自然然地一同走进了一家旅馆……"

"哼，奇怪——这回说话没有呢？"钟处长忽然踩着一个碾路的石块，他跳起来问。

"在旅馆里说了几句的，不多。"

"后来呢？"

"后来她走了，我还住在旅馆里。"

"哼，荒唐鬼，真有这样的事么？"钟处长咒骂了。

"骗你？这些事平常得很，简单得很，就是这样：解决性欲。什么叫恋爱？"

田野上，电线的铅丝忽然多了起来，绊马绳一样，在棉花田里，或者别的什么田里。到处牵拦着，常常绊住人的脚腿。这是说明军部到了。

梁仲宣虽然早已停止了他的故事的宣讲，钟处长却还用了下面的话来追述了他的训斥，作为全部对话的结束：

"好啦好啦，不要多说啦，你们年轻人……浪漫派……现在是抗战期间，生活要严肃一点……不要那样……"

他们放过军部所在的大院子，走进了另一所低矮的房屋里去。

天井里，站着一个短小的兵，一看见客人光临，他就笑眯眯地迎了上来：

"钟处长，久违啦，今天什么风把大驾吹到了?"

是一个女的声音。他们才认出了她，这就是中国有名的女作家彭波扬，现任××妇女战地服务团的团长。她身体结实，精神抖擞，黝黑的脸子，广告她曾饱经风霜。她在中国文坛上出名的原因，第一是她的勇敢，第二才是她的著作。

这会儿，从里面又出来了一个。她身材比较高大，年轻，皮肉也非常白嫩，眼睛是水盈盈的，胸脯那儿，一对丰满的乳房把军服的左右两只小口袋顶得高高地突起，好像那口袋里原是装满着什么东西。是战地服务团的副团长程云凤。

"你们瞧，咱们的彭团长真是威风凛凛吧。"程云凤扭着屁股走过来替彭波扬宣传她的勇敢，"前天她亲手抓住一个汉奸啦。那汉奸是一个女叫化子!"

"啊!"钟处长提高嗓子发出了他的赞叹。

彭波扬可是谦虚地笑了，然后抱歉着说，这大半天竟忘记给来宾们安座。她又自己建议叫请勤务兵把板凳搬到天井里来，说这儿空气新鲜些。

这下子，她飞快地跑到屋里去了。一会儿她拿出来一本小册子，那里面写满了的字，都是记述她在前方的所见所闻；最末一段就是描写她怎样抓住那汉奸的。

"这本东西，"彭波扬介绍，"将来我要把它整理出来印一本书。"

"那要送一本给我们读读啰。"钟处长嘴巴说着，斜一只眼睛到程云凤胸前左右两边的口袋上去。

"那一定是一部了不起的大著作，很多人不是在埋怨中国没有伟大作品么？你们瞧瞧！"程云凤认真地翘起一根大拇指。

"啐，去你的！"彭波扬瞪着眼睛，笑眯眯地斥责她。

梁仲宣拖过那本小册子，随便翻了一翻，心里想：这很像一本流水账，又还给了她。

"不要见笑，"彭波扬认罪似的说，"写得不好……不过我近来对于写作态度，真是非常严肃了，简直不敢轻易动笔。可是一般读者希望读到我的作品的心又太切，我哪里又敢偷懒呢？所以……"

"当然当然，"梁仲宣现出十分郑重的神气，"彭团长是中国最伟大的女作家，是广大读者的精神粮食的仓库，大家都希望读到您抗战发生后的伟大著作，是理所当然的！"

"不过，"我们这位伟大的女作家依然还很抱歉，"我还是不大满意我这本东西，因为它们太写实了，以致许多地方难免减少了艺术的美感。"

"哦？"

"这真是一件难事，"彭波扬于是又叹了口气，"顾得写实来，又顾不着艺术；顾得艺术来，又顾不着写实……"

钟勋烈忽然插进嘴来：

"那么彭团长不是正在进退两难，不上不下了啰，哈哈……喂，言归正传，我们今天是来接人的，怎么样，哪两位去？"

"你们贵处的宣传队组织好了么？"彭团长问。

"人都来了。"

"一共有多少宣传员？"

“十来个——加上贵团长答应派的两位，就算十二个吧。”

“他们都是附近的学生？”

“苏州一带的人。”

“都是男的？”

“男女都有——怎样，彭团长要检阅名单吗？”钟处长一边说，一边从口袋里掏出来一张纸。

“罗静？呀，罗静也在里面啊！”程云凤伸过头来向那张纸瞧着，跳起来了。

“程小姐认识这罗静么？”

“她是我的表妹呀！”

“你的表妹是哪里人？”彭波扬扁着嘴巴，见怪地向她质问。

这一问，程云凤就哑气了，把一条鲜红的舌头伸了一伸。

“别个明明说是苏州一带的人，哼，冒失鬼！江得標，去请黄小姐跟周小姐来呀！你说钟处长他们接你们来了！”

二

吴涛一个人在院子后边那条小路上来回地踱着。从他那不时紧蹙的额楼，呆定的眼光和错乱的步履，可以看出他正有着什么繁难的心事。

他是被他们“处”里的一些事情所困扰着：人事上的抵触，工作上的障碍，以及今后一切不可避免的“处”务的争端。

首先，是钟处长。他的自私，爱钱如命，他的对一切事情的敷衍，鬼混和拖延。昆山会议就决定的各“处”立即组织宣传队，并加紧工作的展开，他却一推二宕，至今差不多快一个月，才招揽来了十来个青年学生。吴涛看得明白，钟处长是不愿把钱——那些增加的各种经费——用在工作上，而决心塞进他自己的腰包。这是一切问题的主要关键，而他便用了“拖”和“混”来油滑那关键的旋转自如。

全"处"的人，在工作上，很少肯和钟处长争执的（至多只能稍微表示不满），或者是不愿意，或者是不敢。钟处长常常用"主官"这个盔头来恐吓别人，用"全权"这面盾牌来抵制别人，有效地使他的部下们安分守己，听天由命。

吴涛，他不能够。在不甘寂寞的感情的驱使之下，他开始用只不洁的，轻蔑的手去触触那个尊严的盔头和坚固的盾牌，开始叫钟处长在生活上感到不安。吴涛敢于这样做，自然因为他稍有所恃。在官职上，他有过问（他想至少他有这个）一切的权柄。钟处长因此也开始对吴涛更加客气起来，但也更加对他深沟高垒，戒备森严起来，而且一遇有利的时候，也决不放过对他来一下明枪暗箭。

吴涛没有介意这些，他只为着整个工作的前途心里感到烦闷。

舒心寒和梁仲宣互争宣传队副队长的事，又是给吴涛新添的麻烦之一。宣传队成立了。照规定，由秘书兼任队长。吴涛正想派定一个副队长作为他的帮手的时候，舒心寒和梁仲宣便立刻分头开始有劲起来。在本处，当然只有他们两位最有胜任这个职务的资格，而他俩却各自认定只有自己才最适当。舒心寒以为，他是少校，阶级比梁仲宣高，当然他无问题。梁仲宣却认定，他的才能胜于舒心寒，他虽然是个上尉，倒并不以为这是弱点。于是，他们暗中争斗，互相诋毁，闹得叫那些男女宣传员们都把这件事作为一时私下议论的中心。

无论兼干宣传队长也好，副队长也好，原都不过是工作上的加重，并无别的利益可言的。因此，舒心寒和梁仲宣的竞争，在道德上，他们理应赢得同样的尊敬。可是在吴涛，他却有点偏袒梁仲宣。第一，他同意梁仲宣的看法：能力第一，阶级居次。第二，自从宣传员们来了以后，舒心寒似乎格外开心，爱和他们一块儿厮混，尤其喜欢寻着那个叫做罗静的女孩子说说笑笑。吴涛对这多少有点反感，存着防范的意识，这一点，说起来，他显然有侵犯别人自由的居心。

这问题的最后责任，吴涛还是推诿到钟处长身上。他认为钟处长有意放任他们斗争，不愿快些解决。

吴涛决心要再去和钟处长谈谈，因为这样拖延下去，宣传队的工作便无形中受到影响。

这一次，当他踱到那株榆树下面的时候，他不再打转身，一径向后门那儿走去了。

在钟处长的办公桌边——那时他正坐在那里，翻阅着一些文件——吴涛和他会了面。

"宣传队副队长的问题，"吴涛开始，"我想最好把它赶快解决下去，你的意见……"

"我没有意见，"钟处长说，没有停止他那翻阅文件的手。其实他心里是有点意见的：如果这样下去，工作上弄得蹩蹩扭扭，以至于叫那些宣传员们灰心，跑掉，再第二次来个征集，组织。中间又得耽延一月半月，十来个人的"开支"，又可以省掉一笔数。但是他再重复一句，"我没有意见。"

"那就决定派梁仲宣吧。"吴涛建议。

"派梁仲宣，"钟处长故意沉吟着，抬起头来，"考虑考虑看。"

"我晓得你这也要拖延！"吴涛心里说。"何必老考虑呢？派了就算了，我说。"

"舒心寒会不会答应？"

"当然不管他。我们只认定哪一个恰当，不管谁答不答应。这是命令。假如派他的工作，他也不答应呢？"

那一个沉默了。过了一分钟，他摘下他的近视眼镜：

"好吧，决定派梁仲宣。"

"在本处整个工作的展开上，我以为……"吴涛看见他得到了初步胜利，他再逼近第二步。

钟处长合上了他面前的卷宗，定定地从近视眼镜后面望着他，等他说下去：

"我以为，第一，是提高士气。我们应该多翻印一些对这方面可以发生效果的小册子，发给士兵们阅读，尤其是书刊之类更好，因为这可以使不认识字的士兵接受宣传。我们可以增加一个艺术人员，或者叫他们宣传员替我们介绍一个——学生里面可以找到会画的，常常画一些简明的图画……第二，我们应该是军民间绝对合作，使老百姓能够切实帮助军队，因此我们对于民众的宣传工作要普及，要深入，而且要进一步领导民众组织起来……第三——"

钟处长用手势截断了他的话：

"不忙，工作是性急不得的，一切只有慢慢来。看情势，先规定个第一第二第三，那么捆板，"他在鼻孔里笑了笑，"会弄成闭门造车，不合实际。同时更应该顾及'处'里的经费。我们不能随便糜费公帑……"

"糜费公帑，"吴涛重复一句，"把国家的钱营私肥己，才叫糜费公帑。在真正的工作上，我们倒应该舍得钱花；这绝不是糜费公帑……"

"可是什么都要有个预算，否则瞻前不顾后那怎么行？"

"本处的经费都有过预算么？"

"这还需要说吗？"

"那么……"

"这个……好，"钟处长忽然从板凳上跳起来，做了一个迫不及待的慌张动作，仿佛那闹肚子的人忽然感应了一个紧急要求一样，抓起他面前那只卷宗就往外面跑，一边说：

"我还要到师部去，有点要事，改时再谈吧。"

吴涛看见钟处长的身影消失在街头转角的墙壁那面去了，他不自主地在脸上掠过一抹大有深意的笑。这笑代表了如下的意思：

"你拖，你混，你狡猾，你躲闪，总不会使你一切全如尊意。……"

舒心寒走到吴涛的面前来。

"秘书，"他报告着，"其实我不一定要干那副队长，又不多得一个铜板。我不过……"他暧昧地笑着。

"处长已经决定派梁仲宣了。"

"我说处长有点和我们开玩笑。要派哪个就派哪个好了。一会儿想派这个，一会儿又想派那个。我又没有和梁仲宣争，奇怪。"

"将来还要组织锄奸团，我举荐你任锄奸团团长。"

"我才能不够，秘书。"舒心寒又笑了笑，一半是嘲弄，一半是讨好。

"笑话，不成问题。"吴涛也笑着，夸奖他。

"锄奸团什么时候组织？"他热切地问。

"我想越快越好，和处长商量商量。"

"我总是尽我的力量，不辞劳苦！"舒心寒愉快地说，然后他跑开了。

"舒心寒还是有他的用处的。只要好好鼓励他干……"

吴涛想着，走到那仓屋里去。

宣传员们都不在。角落上那间"斜角"里，留守着两个女的：张惠霖和罗静。

两个人坐在地铺上。张惠霖编织着毛线手套，飞快地动着竹针。罗静却专心诚意地在阅读一本什么书。它搁在她的膝头上。她俯着头，额楼上亮着智慧的光；两扇长睫毛在轻微地颤动。吴涛走进去，给了她一个小小的吃惊。她抬起头来，微笑着，把书本关好，放进床头边她的枕头里去。那枕头，是完全用书籍作为内容的。它是她的枕头，也是她的书橱。长长短短，厚厚薄薄的书本子，在那绣花的枕套里重叠着，堆砌着，让枕面现出一些分明的棱角和凹线。摆正了那只才搬动过的枕头，她又对吴涛笑了笑。

"这女孩子可爱。"吴涛在心里批评。

"在看什么书，罗小姐？"他说，打量着这屋子的上空。他到这里来是想察看一下这房子的漏洞，昨天晚上下雨，她们嚷着被盖给打湿了的。

"随便看看玩儿。"察觉了吴秘书的来意，"昨晚上我们淋惨啦，你瞧我们的被盖。"她笑着说。

两位屋主已经从地铺上站起身来，招呼她们的客人坐。

吴涛望了望门口边这间屋子唯一的一张圆凳子，他坐下去。

"等会儿就叫人来检漏。"他说，看见她们还站着，"你们不要客气呀！"

她们又坐下地铺去了。

"生活过得惯么？"吴涛问。

"很好，"罗静回答，"就是每天吃两餐好像还不习惯似的。"

"中间一定饿吧？"

"我们在外面宣传，常常饿得拼命喝老百姓的茶。"她清脆地大声笑起来，张惠霖也跟着笑。

"那太辛苦你们了。"吴涛也笑着说。

"我们不怕苦，怕苦就不会来！不过……"罗静说，忽然停住了她的话。

"是的，这要想办法。"吴涛明白她的意思似的，连连点着他的头。

忽然，罗静更把嗓子提得高些，响亮地宣告：

"我们只求不挨饿，不受冷，起码的生活，我们会努力工作的！"

吴涛听着这话，他心里非常感动，同时又觉得这话里面埋藏着酸辛。

"还是应该休息休息。"他一时好像找不到什么话，随便扯了一句，说出口，他才悟到这话毫没意思。

"她顶用功，一有点儿空闲她就拿着书本。"张惠霖第一次开了口，眼睛指着罗静。她似乎不怎么愿意在还不顶熟的人的面前说话的。她有一口很不整齐的牙齿。

"啊！"吴涛夸奖地惊叹着，"以前在什么地方读书？"

"苏州××女中。"罗静回答。

"她总是第一。"张惠霖补充。

"我的妈妈，好笑得很，她拼命不要我们来呢！"罗静笑着说。吴涛明白她那"我们"，是指她和她的弟弟罗端。

"你们怎么走脱的呢？"

"我们骗她：很快我们就回来的。'寒假回来！'她说，好像我们是去上学一样。"她忽然敛起了笑容，深思似的说。

"寒假过了就是春天。"吴涛笑了笑。

"是的，寒假过了就是春天，"罗静温习着，"我希望春天的时候回家看妈妈去……"

吴涛站了起来，走出那间"斜角"屋子。他对自己说：

"中国有救的，有这些可爱的青年……"

钟处长的面影可又突地在他脑海里浮现。他忿忿地摇了摇头，仿佛要这样摇去那面影。他重复说：

"中国有救的……"

三

"罗静，罗静，罗静……"一张五寸见方的白纸上，写了这同样的两个字，横着，竖着，斜着，字重着字，墨压着墨，一直让这张纸变成了漆黑的一块，舒心寒才十分惋惜地，把它叠成二指那么大一小张，夹在一本《镜花缘》里，下了决心走出屋外去。

他急匆匆地喊住了那正在屋外边坎子上晒晾着袜子的小勤务兵：

"杨树林杨树林，他们走的哪条路呀？"

杨树林怔了一怔：

"你说哪个他们呢？"

"宣传队！"

"几条路都走的。"

"那那那——罗小姐她们那一组呢？"

"这面，"杨树林的手一顺，把一只袜子从竹竿上掀下地去，"奵你妈的风罗布！"他骂着。

"什么风罗布？"舒心寒心不在焉地接应着，照着杨树林指示的地方走去。

池塘，竹林，一段土大路。一家小茶店在路边出现了。那儿围着一大圈人，原来正是罗静在讲演。舒心寒走拢去，一面用两只手拨开人群，嘴巴嚷着：

"老百姓让开，老百姓让开！"

等他钻进那人圈子，踏过了那小茶馆的门坎，他还大声咳嗽了一声，好像在通知说：我来了！

那正讲得十分起劲的罗静，轻轻向他点了点头，算是对他打了个招呼。另外那两位休息着的宣传员——其中一个是罗静的弟弟罗端——也赶快站起来让座。那些围着圈子的听众呢，在一时间也都把眼睛离开了那演说家，集中他们的视线在这位武装整齐的长官身上来。舒心寒自觉非常的重要了，坐在一只矮椅上，歪起头望着那位高高地站在一条板凳上的铿铿锵锵的罗静。在那些听众的面前，他现出是在考验，监督这位宣传家的神色。

罗静一结束了她的演讲，跳下凳子来，舒心寒首先啪啪噼噼地拍着掌，一面命令那些听众：

"拍掌呀，你们拍掌呀！妈的，光笑！"

他又掉过头来，嘱咐罗静：

"罗同志，休息休息，讲累了。"

"罗同志真讲得好，"他望着那才坐下来的罗静，便又奉送一只大拇指过去，"罗同志真讲得好，我佩服得很，我很……"

"哪里，舒处员，还要请您指教呢。"罗静笑了笑，头一摇，把那短短的搭在前额上的一缕头发，掀到耳朵背后去。

"客气客气，你问他们看好不好？"舒心寒转过脸向着还围在那儿不肯散去的人圈子，"你们说，这位女先生讲得好不好？"

没有人答腔。

"滚滚滚，已经听够了，还绷在这里干什么！等下飞机来了，看你们站一大堆！"舒心寒跳起来，挥着手吆吼着。他们就各自走散了。

"我非常讨厌这些老百姓，"他告诉那几位宣传员，"什么都不懂，蠢得像猪一样；又爱当汉奸！"

"就是因为他们不懂，我们才来宣传他们呀！"罗静说，没有变换她的笑脸。

"我真喜欢看你这笑。"舒心寒心里说，他的嘴巴顺口脱出来的是：

"对，罗同志说得对，我们要宣传他们！小老弟，你怎么不说话呀？"他一伸手就在邻座罗端的肩膀上重重拍了一下。

罗端，那十七岁的小孩子，也只是笑着。

"老弟，你和你姐姐哪个讲演得好一点？"

"当然她。"罗端不知怎的红了脸。

"对！"舒心寒用力在自己的膝盖上一巴掌，"你的话完全不错，罗静同志的演说真好！"他的眼睛又转到那女的身上，"我跟你学好不好？我就是，我就是不会讲话。"

"我倒要跟舒处员学哟！"

"你跟我学？哈！我们这'处'里的情形，你们才来不久，还不很清楚，倒的确应该要我指示指示……呵，我们这个'处'呀，真是一塌糊涂，再多等几天你们就明白了……"

"钟处长……"罗静迟疑地说，眼里流动着疑问的光。

"我们处长么？"舒心寒突然兴高采烈了，"你别说，完全是他妈一个坏蛋！这个东西，"他用右手的大指和食指弯成一个圆圈儿，"他看得比命还贵重。'处'里的人哪个不埋怨他！他妈的贪官污吏，发国难财！"

"吴秘书呢？"

"吴涛，书呆子，什么都不懂！还有梁仲宣，更是一个王八乌龟蛋，骄傲得很，不要理他；周天是瞌睡虫；谭书记，酒醉鬼，钟处长的老表；刘必然……"

"雷华呢？"

"一员准尉司书，这么大一个官儿，"他伸出来一只小指头，"提他干什么？"

"那么，全'处'的人，就只有舒处员最了不起啰？"罗静大声说，清脆地笑了。

"那——不敢自夸：舒心寒总是个正派人！你们看，再过五年，我舒心寒……"

"怎么样？说下去呀！"

"他们这一批，我都没有放在眼里……再过五年，我如果当了处长，我一定请你们几位来帮忙——老弟，"他又重重地拍了一下罗端的肩膀，"我拿经理处员跟你当，管钱的！"

到这里，罗静笑得已经伏在桌子上了，那两只圆鼓鼓的肩膀一抽一耸的。

"罗同志，你这是笑我么？你这是笑我么？"舒心寒伸过一只手去攀在她的右肩上，用劲拧了一把。

"不是，不是。"罗静抬起头来，讨饶似的说，还忍不住她的笑。

"老弟，你看你的姐姐——我还有事，我要先回去了。"

舒心寒立起身，跨出了茶店门外，走几步又回过头去望望罗静，远远地用手指威吓着她：

"你笑，你笑，谨防我收拾你！"

那笑声还一直在他背后响着。那真是又新鲜，又滋润的诱惑人的笑啊！这些日子来，他常常给这笑声弄得颠颠倒倒的。今天，她笑得好像更有意思了。

舒心寒全身轻松得快要飞去似的。他一边走着，一边不知为了什么，嘴里老是嗬嗬嗬地发出声响；还一个人轻轻地吼叫着：

"快拿石头来压住我呀，我要飞上天去了呀！……"

"舒处员！"

"我要飞上天去了呀！"

"舒处员！"

舒处员站住了，原来是雷华，那准尉司书。他一个人站在另一条小路上的一根大柏树底下。

"雷华，你在那里干什么？"

"写油印写累了，随便出来走走。你哪里去来呀？今天晚上听说我们又要移动了嘞！"

雷华跑过来跟着舒心寒一同走回屋里去。

雷华又坐在他自己的床边上了。他又开始把身子弯在床面前那张桌子上，拿起铁笔在蜡纸上刺刺刺。

一下子，他的背上麻了一溜，脸上也立刻烧得火辣辣地——怎么在该写"最后胜利"的地方，他划上了"罗静"两个字？他惭愧地赶快擦燃一根火柴放上去。那火柴吱吱吱地叫了一阵，熄掉了。他正要再擦第二根，舒心寒走了进来。好像做了贼，害怕别人拿着赃物似的，他一时惊慌得打不开火柴匣子，只好抓起那支铁笔，掉过头来按在那两个字上面去擦着。

"又写错了，不仔细一点。"舒心寒弯下头来，"罗"字已经不见了，还明明白白摆着一个"静"。

"静，你怎么要写个静？"舒心寒问，绷起一张脸。

"写错……"雷华的脸更红了，他低着头又去开火柴匣子。

"那么多字都不错，怎么偏偏只错一个静字出来？"舒心寒站在那儿，审察了对方好一会，才带着些许的不快走开。

雷华的心里又气忿，又羞愧。他怎样也写不下去了。而且外面坝子里一有脚步声，他又不得不伸起头去望望。最后他率性把蜡纸和铁笔都收起来，让身子倒在床上去，两只手蒙着脸，和什么人赌气似的。

过了一会，他把手从脸上取开，斜起一只眼望着他床头上的那本《我们为什么要抗战》。

那是一本薄薄的小书，罗静借给他看的。

罗静初来的第二天，早饭以前，雷华在院子后面那株榆树下面碰见了她，她一个人站在那里，手里捏一本书。雷华从她身边走过的时候，她把眼睛从书本上移开，向他微微笑了笑，作为打了招呼。他便信口说出两个字来：

"看书。"原也不过算是回报的形式。

她却给他注释了：

"唔，这儿看书很好。"

别人在和他说话，雷华似乎不好意思马上走开。他步子踟蹰着。

"看什么书?"他又随便吐了一句。

"《巴尔札克传》。"她说,把书本的封面昭示他。

他向它望了半天,觉得这几个字连在一起非常奇怪。

看看他那脸上一时的痴愚的表情,她好笑了。但她立刻悟到:她这个笑比他更痴愚,她负疚地驱走了它,用着那么和蔼的,诚恳的态度对他说:

"巴尔札克,一个顶会写小说的人,了不起的小说家。"

"这个人的名字——"他只把这句话说了一半。

"一个法国人。"

"借点小说给我看嘛。"雷华说,想起他的日常生活真有点单调。

雷华的生活的确实是单调的,一天除了写字以外,无聊的时候,只好朝野外跑,看天上的白云,溪里的流水,林中的飞禽。要是有点什么消遣的书翻翻,那一定是容易混日子些的。他曾常常记起以前那些叫他着过迷的小说书:《三国演义》《西游记》《说唐》《征东》《七剑十三侠》……它们曾叫他废寝忘食过的。唉,要是现在带得有两本在身边多好呀!这位爱看书的罗静,该有不少这一类的小说吧。

"好的,我一定借给你。"罗静快活地说,"等会儿我就给你送来好吗?"

果然,早饭过后,她给他送来了一本小说书。不是和雷华记忆中的那一类,也不是那个什么巴尔札克。是一本如她所说的"中国的新小说"。

雷华开始读着它,觉得没有什么意思;念起来也有点夹舌拗口。说句不怕得罪哪个的话,要不是好像对不起热心借书给他的那个人,他真不愿把它一直看下去。在第二天的黄昏时候,他勉力翻完了它的最后一页。

"怎么样，好看吗?"罗静笑着问，接着他给她送还去的书，眉目间飞扬着一种夸耀的光彩，仿佛这本书是她自己做的一样。

"好看，很好看。"他假装高兴着。脸上扮起喜悦的颜色，一面担心，害怕她会问起这本书里面说些什么，他真会一问一个大张口!

可是，她没有盘查他，却继续着她的快活，跑到了她的"床"边去。

雷华看见她跪在那地铺上，弯起腰身，在她的枕头里掏出好几本书来，在它们中间选择着。他明白她的动作。她一定又要找本什么书借给他看。他发愁着，很想不声不响地悄悄溜开去。可是他不能够。她爬在地上那优美的姿态，那短的披在头上的头发，那微黑的后颈，那罩在青布大衣下面的圆圆的肩膀，都那么有力地摄住了他，叫他走不开。

她很快从地铺上站起来了，走到他的面前:

"再给你这一本看，多有趣!"

雷华接受了它，笑着，道着谢，走了。

那也是一本"中国的新小说"。后来她又借给了他第三本，第四本。

与其说是为了那些书本本身的原因，不如说是为了它们的主人的原因，虽然勉强，吃力，他总认真地，一字不漏地，把它们读了下去。他觉得，如果不这样，实在对不起那好心的罗静。而它们，那些"中国的新小说"，也就奇怪地，一本比一本对他有味起来了。不知道是它们的故事，情节，一本比一本更觉有味呢，还是它们的笔法，调儿，一本比一本对他渐渐习惯，渐渐谐合。总之，他是有点喜欢起那"中国的新小说"来，觉得恐怕它们也可以赶得上《三国演义》《西游记》……

可是，这时候，罗静又换了个花样，借给了他一本《中国为什么要抗战》的小册子。

这本小书，给了雷华相当浓厚的兴趣。对于他一向从未考虑过的这问题，他似乎忽然明白了过来，而且觉得一下关心起这个战争来了。

现在，他躺在床上，斜起一只眼望着那本他已经看过的小册子，心里自然地又想起了罗静，那个借书给他看的人。他的脸立刻讨厌地发起热来，而且舒心寒刚才给他的羞辱更增加了他的火燥。他生气地把那本小册子抓过来又摔开去。

又是一阵脚步声响起来了，分明不止一个，还听见夹七夹八的说话声。一下，雷华就从床上蹦了起来，踮着脚跟从那小窗口望出去：第三组的宣传员回来了。罗静走在他弟弟罗端的后面。

仿佛一个高级长官莅临了一样，雷华赶忙整理好他床上的军毯，衣服包袱做的枕头也摆得端端正正。然后他再把钢笔蜡纸拿出来，毕恭毕敬地坐在那儿写，等候着那位高级长官的光降。

果然，一会儿她来了，像接连这几天她习惯了的一样——或者来问他书看完了没有，或者问他在写什么文件，或者就那么一句话也不说，站在那儿看他工作一会，然后走开。

“雷同志，你怎么一天老在写呀，休息休息吧。”忽然，他听见银铃一般的声音。

雷华假装吃惊地抬起头来，笑了笑，放下钢笔。他望了望她那因为才走过路的，热气腾腾的，发红的脸，一朵才喷过水似的玫瑰花样。他赶紧又低下头去再抓起他的钢笔。

两个人谁都不说话了，只听见那铁锥子划在蜡纸上的刺刺的声响，那么粗壮，那么有力。

时间就在这奇妙的沉默里一秒一秒地过去。雷华的手越动越快了，渐渐地好像变成了一阵疾风。一张蜡纸写得满满的，他才放下笔来，谦虚地笑着，瞧瞧这位高级长官，好像说：你看我的工作怎么样？

罗静赞赏地点了点头。

"《中国为什么要抗战》看过了么？"两分钟之后，她问。

"看过了，我说等会就拿来还你呢。"雷华说，在他身后的床上抓过来那本小册子。"这本书真写得好。"他添补着，交给了她。

罗静从她的青布大衣袋里掏出来另一本书，放在桌子上。

"《哲学入门》，"雷华高兴地念着。"哲学，啊唷，我怎么看得懂，那样高深的书！"

"不，"她解释，"并不怎么高深。它所讲的，不过我们实际生活的道理。那是从前有些人把哲学弄玄妙了的，现在我们……"她看见他脸上还现出怀疑的神色的时候，她又加添着笑了笑，"的确，我一点也不骗你，你看看就明白了的。"

她拿着那本《中国为什么要抗战》，快活地走出去了。

在门口那儿，她迎头碰见了舒心寒。他不理睬罗静，一直走到雷华跟前。他右边脸上那块猪肝色的肉疤发亮：

"写好了么？不要一天光跟他们宣传员打幌子。"

没有反响。对方仿佛是个虚靶子，发出去的箭没有着落。舒心寒只好仍然没趣地在那儿站了一会，又各自走了开去。

天一到了黄昏，舒心寒就特别振作起来，把雷华叫得来飞。

"雷华，怎么还不把公文箱弄出来？……雷华，油印机呢？……嗨，厨房的家俱就不要了吗？……周天起来了没有？雷华，去叫周处员啦……"

雷华在院子里四处跑着，指挥着这样，又打点着那样。

什么东西都收拾齐备了，只等待着出发的命令。林子后边的初升的月亮，这时已开始接应着白昼，把整个的天盖染得光辉起来，院子里也映上一层薄光，混合着初冬夜晚的寒气在那儿飘荡。

坝子上，一堆火柴燃起来了。一大群人围着它，都沉默地陶醉在那暖和的火焰的笑靥里和那噼哩啪啦的柴草的歌唱里。挑夫们各自守在自己的挑担旁边，小声地谈论着，吸着烟棒，准备着马力，火星儿在朦胧的夜空里闪耀。四围的房屋黑耸耸地屹立着，用着庄严的面孔给予这一群快和它们告别的远行客以最后的关照。屋后面的树林的顶上，亮沙沙地发着光，对过一带的林木却是灰茫茫的一片。野狗们抖擞着精神在远远近近地叫着；蟋蟀在屋角边多情地哼唱。那隐隐的，拖着一条迟钝的尾巴的大炮声，从远方飘过来，吟哦了一会儿，便在那冷清的夜空里消逝了。

最后是那堆柴火在惋惜中完全给打熄掉，一小队人马开始了他们的行路。

路，起初是窄狭的，沾湿的，冷凄凄的，阴森的林木伞一样罩在头顶上，从一些叶缝里吝啬地漏下点儿细碎的亮光，在人们的身上和阴暗的地上跳个不停。一会儿，他们可就踏上那空荡的，和银色的月夜联成一气的嘉太公路了。那里正奔腾着哗哗的军队的河。于是，像一湾细流碰着滚滚的大江，他们这支小队，马上就给它吞卷了去，不自主地只有跟着它一块儿哗哗地奔流……

夜是忠贞的，幽静的，温柔地给多情的月光拥抱着。东面的天空，正升腾起一轮滚圆的月球，庄严地跟着这个嘉太公路上的中国军队，在开始他们共同的长夜行军。

"罗同志，走得么？"舒心寒走不几步，就要用这同样的句子，向走在他前面的罗静小声儿发问。等到那一个照例答一声"走得"，他又只好用舌头舔舔嘴唇，追悔这一场简单的对话又告结局了。可是他再没有勇气添加点别的话。这一个沉默的，严肃的行动场面，压制着他，叫他开不得多的口。最后，他只好什么也不说了，紧跟在罗静的背后走，以为嗅着了那从她身上发散出来的神秘的香气。

过会儿，舒心寒可又忽然决定，要再问她一句"走得么？"了，却不知怎么的，他先回过头去看看，吃惊地发现走在他后面那个人，正是雷华。

他扭转脑袋把脸一沉（也顾不着别人看不见）：

"雷华，你该到前面去招呼招呼他们呀！"

雷华果然听了命令，跑到前头去了。补上来的便是周天。这一个眼睛是微微闭着的，一面走一面在打盹。他常常跟走在旁边的挑担们撞碰着，或者竟一下子给碰转了身，要打回走。于是他后面的梁仲宣把他推转来，纠正他的方向。再后面是谭书记，他在渴慕着一杯上等的大糤酒；再后面钟勋烈一心想着：这时候有点姜糖开水喝喝才好呀！再后面的吴涛，却又给这月夜的景色和这豪放的行军激动得快要流出眼泪来了。

月亮已经爬到天心，又渐渐在向西边打斜，四周不知从什么时候罩起了一层雾气。原野上的树木，房舍，和那茫茫一片的晚稻田的海，都渐渐越发朦胧起来，看去仿佛隔了层毛玻璃一样。

而且，只一刹那间，叫人还不及提防，大自然便突地变起一套魔术来了：漫天的雾障，用着不可思议的速度往地下沉落，仿佛忽然从什么地方奔来了一片汪洋的大水，淹没了这整个的世界。而它却又是那么浅浅地泛滥着地面，让远远近近的树梢一概浮露在它的外表，像一些苔藻和青萍在无边无涯的大海之中漂浮。天是惺忪的，西斜的月亮也是昏黄地眯起了一只睡眼，俯视着这地面上的奇迹。

"罗同志，"舒心寒又忽地开了口，"你信不信，我说要天亮了……"

罗静轻轻哼了一声，她冷得有些受不住了。她的肩膀上，头发上，全都给雾露打湿。她一边抖索着，一边跨着脚步。

而且她渐渐地好像有些跟不上前面的步子了。不知为着什么，前面的人逐渐加快了步伐，越在后面的便逐渐在开着小跑。舒心寒也觉得自己的腿有点吃力。

"舒处员，为什么这阵走这么快？"罗静在前面喘吁吁地问。

"天快亮了，怕日本飞机出来啦！"

这破晓之前的初冬的原野上，简直像忽然刮起了一阵狂风，扫荡着这支夜行军的部队。他们全部昏乱了，恍惚了，好像并不是自己的腿杆在移动，是各自服从着那阵狂风，让它把他们刮到无论什么地方去。他们只感到整个的地球在摆荡，在颠簸！

"走不得了么，罗同志？"

"不，不——他们当兵的还要背枪，背子弹，背军毯，那么重一身，都走得，我怎么……"

月亮已经完全落下土去了，代替它，是一派从东边地平线下喷吐上来的血一样的光芒，染红了那逐渐稀薄的雾障。这光芒，仿佛就是一道命令，叫那飞滚在这嘉太公路上的浩荡的队伍，很快地各自分散开，进入到公路两旁的村落里去。

四

王福生从门外进来，一径走到钟处长的床当前，站着，忽然弯下腰，把钟处长脱在床边的一双帆布鞋摆正，再退后两步，歪着头看着它们，仿佛在赏鉴一件精致的艺术品；然后又上前两步，站着。

"有什么事，猪！"钟处长冒火了，把一根才从腿肚上拧下来的出黑的毛，死劲掷到床外去。

"有——有几个人要会。"

"会我么？"

"会你。"

"什么人，"钟处长一面对自己说，梭下床来，又不放心地问，"像什么样子？军部的么？"

"不是，是几个……"

钟处长懒听他的了，走出办公室去。那里，雷华正爬在一张桌子上起劲写着，他的钢笔刺刺地发响。另一边，和那钢笔的响声相呼应着的，是刘必然的滴答滴答的算盘声。

"在什么地方？"钟处长旋转脑袋，见怪地责问那个上士勤务。

"那里。"王福生举起手，指着大门外。

从他的近视眼镜后边，钟处长看见了三个人远远站在大门外土场子的边沿上。他手一抬，带着埋怨的语调：

"请进来呀！"

"请你们进来！"王福生帮忙着。

他们进来了，见面礼是一封介绍书，上海市民救国会一位秘书写的。这位先生和钟处长先前有过一面之缘。在那介绍信里，他夸称这三位来宾是上海文化界的"知名之士"，因为愿意到前方来做点更实际的救亡工作，所以特地举荐他们到钟处长这儿来的。

"很好很好……唔，我们这里是不需要了，我可以介绍诸位到师部去。蓝师长正想找几位……很好很好……"钟处长眼睛没有离开信纸，嘴里致着欢迎词。"苟而已。"他念着一个名字，心里想笑，抬起头来。

"是我。"

"高尚涵。"

另一个点点头。

"邹戈。"

邹戈点点头。

"我们是……"苟而已舔舔嘴唇，他开始发言，仿佛他是被推举的代表似的。他有着一张四方脸，阔嘴巴；两只小得出奇的小眼珠，机警的哨兵一样，互相远远瞭望在那扁平的鼻梁的两边，犹如隔着一趟大平原。一开口说话的时候，他右边的那只眼珠便先转动了，跟着又是左边那一只，好像在互相远远招呼。他很想坐下空在他身边的一条板凳上去，好好来讲演一通，但又踌躇着，因为作主人的一直没有请他们坐。

"很好很好，"钟处长依旧维持着他原来的站立姿势，企图就这么样赶快结束这一场交涉，早已明白似的打断了苟而已的话，"很好很好，周天，你把这三位先生领到师部去见师长……"

"周天，你把这三位同志领到师部见师长去。"钟处长再重复一句，从口袋里摸出来一张名片，在它背面批了几行字，交给了那才从里面走出来的周天。这一位，立刻打了个又长又大的呵欠——啊！哦嗜……因为他才离开床铺，瞌睡还在作怪，领受了他长官的赐予，各自向门外走去了。那三位嘉宾于是赶忙跟在他的后面。

他们沿着一个黄土坡，在一条小路上走着。黄土坡是光秃秃的，瘦骨棱棱地拱出一些癞子石头。一只老鹰在它的上空盘旋着，在侦察着一个停足点。

"周天！周同志，你们真辛苦啦。"高尚涵望着前面那位沉默的武装同志的歪斜的肩背，试探着说。

"嗡，辛苦，啊——哦嗜……"

"你们贵处经常做些什么工作？"苟而已接着问。

"我是，睡觉，骗鬼的，什么工作。"

苟而已发现了一件珍奇宝贝似的，伸出手在前面高尚涵的背上使劲戳了一下。那一个回过头来了，两张嘴的嘴角同时向外拉了拉，四只眼睛睁得滴溜圆。通过苟而已的肩膀，高尚涵还分一点眼色给最后的邹戈，这一位报答了他一个恍惚的讥笑。

"你们都是从上海来的么？"

"都是。"苟而已抢着答，希望再听到一点意外的，发趣的论调。

果然来了：

"上海，住着那么舒服，怎么要跑到这里来？"

"做救亡工作啦，先生！"高尚涵顺应似的笑着说。

"救——亡——工——作——，好听。我说你们，等不到几天会回去。"

"哪个说的——嘿嘿嘿！"苟而已嘴巴反驳，心里却大为满足的对这位同志发生了一种莫名其妙的好感。

"前方危险么？"邹戈问。

"危险——什么危险？你只要睡在床上，睡得着着的，什么都不要管，就不危险了。"

"哈哈哈……"三个人都轻松地笑起来。

路转了弯，钻进了一个疏疏落落的竹林里去。十一月的风把竹叶逗弄得蟋蟋蟀蟀响。

从另一条斜路，走来了一个人。

周天立刻站住了。其余那几位不知道发生了什么事，也跟着停了脚，急忙问：

"什么事？什么事？"

让别人稍微着一点儿急，周天才回答：

"没有什么事，站一站。"

那个人走到了。

"陈副官，你回师部？"周天说。

陈副官承认了，说他是回师部的。

于是，周天打了一个呵欠：

"我就请你，把这三位同志，领到师部去。"

他没忘记把钟处长的名片交给他的代理人，然后叫脑袋轻轻偏一偏：

"对不住，啊——哦嗒……我不去了。"就把身体转向了他的来路。

陈副官把他们引出竹林，一道小河流在他们的面前出现。河对岸蹲着一座面向那边的小小的院落，它的后面是一条宽阔的发光的土路，一直来到小河边，仿佛一只野兽拖着条长尾巴一样。

过了河，就踏着那野兽的长尾巴，他们走进那庄院去。

"真好极了。"蓝师长一看见他的客人们，高兴透了顶，伸出手去给每一位热情的一握。

这大大的提起了苟而已的兴致，不让主人说下去，他抢先发挥。

"是的是的，"他快活地转动着他的两只小眼珠，"刚才我们已经听到钟处长说起蓝师长了，我们很愿意替师长效劳……"

"这是时代赋予我们的神圣使命，它要我们到军队上来……"高尚涵严肃地插进来，心里有闪起了一道光辉，充满着一种恍惚的、伟大之感的喜悦，习惯地摸了摸他的卓别林式的短髭。在世界杰出人物之中，卓别林是他崇拜的人物之一。为了表示对他崇高的尊敬起见，他不顾朋友的劝阻，才二十五六岁年纪，就在他的鼻子下面，做起了那么一把黑色的短牙刷。这样，跟着也就养成功了那不必要的习惯：一开口和人提起什么严肃的话题，他便伸出左手的两个指头——食指和中指去试验着它，仿佛它谈在玩笑的场合给粘上去的，一本正经谈起话来的时候，它也许就会脱掉。

"好极了！"蓝师长赞赏地说。

苟而已吐了一口痰在泥地上，叹息了一声：

"请蓝师长要多加指导……"

高尚涵警告地瞥了他一眼。生怕在蓝师长的面前他会说出更浅薄的话来。

"我觉得一个军人才是真真的英雄……"苟而已没有在意高尚涵的眼色，各自说下去，而且他灵机一动，突然来一个峭笔，为了显示他的文章的精彩。可是他一下糊涂起来，老想不上应该怎样接下去。他的脸不自在地有些发烧。

邹戈给他解围了：

"我们常常在报纸上，知道蓝师长的英勇战绩，我们实在敬佩得很……"

"惭愧，"蓝师长谦逊，微笑着，"你们太过夸了。"

"不过，文化人却也不少得。"苟而已的脑袋里忽然明亮起来，充满着希望，好像在黑暗中，他的钥匙一下投着锁屁眼。高尚涵提心吊胆地听他说下去："文化人是……是……总之，民族英雄是要文人去颂扬才更……更那个的……"他忽然觉得有观察一下环境的必要。他让他的小眼珠在这屋子里搜索着。屋子里，空洞洞的，除了蓝师长的一张行军床而外，是两张密接着的方桌，几把椅子，和行军床背后的两只皮箱。墙壁上，有一幅淞沪形势图；另一面，现着好几处较新的痕迹，说明那些地方以前曾经挂过长久的字画。从这屋子唯一的长方形窗子望出去，有一株高大的脱了叶的什么树，丫丫叉叉地刺着天空。窗子外面的屋檐边，在那树枝的一个空隙处，悬挂着几条棕索，那上面套着一顶破呢帽，奇妙地构成一个圆形：仿佛一个正在跳舞的女郎，扭着腰身，飞着短裙子。

苟而已的嘴停顿了，膀子拐了一下邹戈，用眼睛指示他那个奇景。等到邹戈发觉，而且也认出了，他也不自主地微笑起来。

"所以文化人也……"苟而已又望了那窗外一眼。

"不会落雨吧。"蓝师长感应似的说，"你们几位的行李呢?"

"搁在小南翔一个熟人家里。"邹戈说。

"那么请写个条子好了，叫人拿去——陈副官！……"

五

"这是一个飞跃的伟大时代，"高尚涵开始认真地对邹戈宣言，如像他曾经宣传过不知多少次那样，改验了他的卓别林短髭，眼睛瞥了一下苟而已，他正用着他手里的竹棍在松软的沙地上画了一个椭圆圈。"我们应该骑着千里马，不，坐着火车，还不行，驾起飞机，才赶得上……"

"坐无线电好不好？"苟而已说，在那椭圆圈里画上细细的鼻子眼睛。

高尚涵看了他一眼：

"王八蛋这个时候才和你开玩笑！"他仍然转向邹戈，"伟大时代，是不容易碰着的，我们恰巧靠这运气撞上了它，所以我们就千万不要放过它，要疾起直追……"他笑着，仿佛在征询对方的意见。

"往什么地方追呢，你以为？"邹戈说，也望了望苟而已竹棍下的图画，刚好才给点上了一只小嘴巴。

"问题就在这里！"高尚涵加重语气，"往什么地方追呢？"他似乎也在自己疑问着。可是他不求解答它，实际上他是无法解答它，却兴致勃勃地从另一面把问题深入进去，"这是一个伟大时代，毫无问题的；我们也正生活在这个伟大时代的，也毫无问题，问题是在我们怎样抓住这伟大时代的中心，或者说它的神经，那么我们就可以毫不辜负自己地来轰轰烈烈干一场……"

"轰轰烈烈，做一个大英雄！"苟而已讥讽地插进来，转动着他两只哨兵似的小眼睛。

"只有愚蠢的野心家才想做什么英雄！"高尚涵激怒地申斥着，但这句话说出口来之后，他忽然自己心里反感起来，掉过头去，"告诉你，老苟，英雄也并不是不可以做的，看做怎么样一个英雄。旧的英雄，他生活在群众之上，"他加重着"旧"字和"上"字，"奴役群众，压迫群众；新的英雄，却是生活在群众之中，"他加重着"新"字和"中"字，"他服务群众，贡献群众。我们不能作一个奴役者，压迫者，但我们应该作一个服务者，贡献者。"

"拥护!"苟而已忽然做个立正姿势,高举起他手里的竹棍,这么叫着。

高尚涵回过头来,重新看定邹戈,警觉地探了探他的卓别林短髭:

"唔,问题就在这里。"

"没有掉,"邹戈心里说。"伟大时代的中心,神经,什么地方是呢?怎样去追它,抓住它呢?"他不赞成似的笑着。

"唉,问题就在这里呀!"

"我以为……"

"你以为什么?"他不让邹戈说下去,"事情非常简单,我们有思想,有认识,有正确的人生观和宇宙观,而且有热情,我们是能够抓住这伟大时代的……不过,我们该从什么地方去抓住它呢?问题就在这里。"

"这里!"苟而已突地高叫一声,把竹棍指着地上,"你们看,怎么样?"

一只精致的,鬈发的美人头给绘制成了功。

"好美丽!"两个人同声赞叹着。

"就像你的那个——蜜斯王一样。"邹戈加添。

那位艺术家可立地羞愧了,而且一下。恼怒起来,脚一伸就把那美丽的画像擦去了半边脸。他吵着:

"蜜斯王,算啦,我要到前方来——来追求那个伟大时代"(他心里得意地笑着,因为他拖苦了高尚涵),她硬不许;"还没对你们说,我们吵了一大架呢!哼,恋爱不恋爱什么要紧,伟大时代总不能不追求呀!"

"了不起!"邹戈称颂,企图岔开他和老高的拌嘴。那两个,一遇机会,就爱互相顶撞,刺伤的。

"苟,你还记得你派的多少团么?"

"糟糕，忘记了。"

"你是××三，我××四，老高××五。"

"干吗把我们派到团部？"苟而已忽然想起似的嚷起来，他的右边眼珠转动了，邹戈赶紧监视着左边那一只，也动了，他才放了心：

"怕危险么？"

"当然啦，打仗的时候，团部不是离火线更近么？"

"当然啦，没有在蜜斯王的怀里安全。"高尚涵报复着。

"像昨天那位××处的先生说的，只要睡在床上，睡得着着的，就不危险了。"邹戈笑着说。然后他提示："好了，进去屋里吧，免得他们老等。"

半点钟以后，他们各自跟在一个勤务兵后面，分头出发了。

高尚涵给派去的××五团，离师部最近，当那两位朋友还在半路上的时候，他已经到达了目的地。

高尚涵，一个富于理想和热情，容易灰心，也容易冲动的年轻人，虽然出身乡村，却一向生活在大都市里。他作过报馆的编辑，为了和一个同事争论中国应不应该立即发动对日战争的问题（那时才一二八过后不久）——那同事以为，中国在准备没有充分之前，无论如何不能乱动。他却坚决主张：亡国比准备更值得考虑，中国应该不顾一切地和日本干起来，不管准备充不充分——两个人大吵了一架，结果他气忿地离开了报馆。他作过一家私立中学的英文教员，因为看不惯那老头儿校长的无厌的贪婪，在包办伙食上尽量刮削学生，他当众辱骂了那老头子一场，中途退了聘。

他憎恶那时的阴沉的环境，渴望着一个伟大时代的到来，他随时准备着为那伟大时代而献身。中国的伟大时代，毫无疑问，就是对日抗战。他为了它——那伟大时代的迟迟不来，曾经悲愤填膺地痛哭流涕。

中国的对日战争没有辜负高尚涵的愿望，终究实现了。中国的伟大时代，也正如他所深信不疑的，俨然地走了来。于是，他发了疯。在战火弥漫的上海，他开始四处钻动。他要抓紧那伟大时代，如像奔驰在赛马场上的人，要抓紧拿马的缰绳。

起初，他又回到报馆去。可是，在编辑室里没有坐上三个夜晚，他便跑掉了。他不满报馆的工作，以为每天他所接触到的那些火辣辣的战讯，每天从他手里出现的那些充满火药味的新闻标题，只不过是这伟大时代的标记，决不是伟大时代的本身。开始他责骂自己是个傻瓜，因为无论如何，在这狭隘而沉闷的编辑室里，他怎样也不可能找着那伟大时代。而且，他的正义的新闻标题，常常遭受着总编辑的责难和修改，也使他非常气忿。

随后他走进了一家才成立起来的难民收容所，担负起从战区逃出来被收容着的难民们的"精神教育"的任务，每天对他们上两小时"课"，即是一种由己发挥的讲演。还没讲到六个钟头，他又厌烦起来，怀疑他每天眼睛所接触的这些污秽愚蠢的难民，他每天嘴巴所讲的千篇一律的救亡理论，实际上离他想象中的伟大时代，究竟有多大距离。而同时，收容所给难民们所过的生活——常常叫他们吃不饱的每天两餐稀粥和一顿干饭，猪狗一样的挤在一起的睡觉，也十分使他看不顺眼。于是，他不辞而去了，不顾那位收容所的主持人后来对他大大非难了一通。

他又发疯地到处钻动着，追求那个伟大时代。他不是不明白：无论在哪里，他正生活在这伟大时代里，但是他越来越强烈地有着一种要求，他必须去抓住那伟大时代的"中心"或它的"神经"，他不愿意随便在它——伟大时代的"边沿"或"末梢"上混，那对于他实在太不值。

他看见他的朋友们，熟人们，成群结队地在兴奋着，跳跃着，参加着各式各样的抗战活动。他对他们觉得又羡慕，又怜悯。羡慕的，是他们的赤忱和单纯，怜悯的，他们未必抓住了这伟大时代，还不要说它的"中心"或"神经"。

他一个人冲动着，苦闷着，好像给关锁在一间黑屋子里的人，只能从小小的窗洞看见一点儿在外面闪烁着的阳光时那么冲动着，苦闷着一样。

最后，邹戈告诉他，他想设法到前方军队上去。邹戈，是他敬爱的友人之一，虽然他从来不计较能不能够抓得住那伟大时代。

他，高尚涵，立刻高兴了。前方，军队，这应该是伟大时代的象征，他也奇怪他怎么没有先想到？他所渴求的那伟大时代的"中心"或"神经"，也许在前方，在军队里，就可以找得到。邹戈还告诉他，苟而已也打算去。他又觉得事情多少有了缺陷。苟而已，那莫名其妙的家伙，他也要到前方，到军队上去？他真不愿那么卑俗地把苟而已和伟大时代联想在一起。但是，他到底原谅了他，同意了他也到前方去。他知道：苟而已的到前方和邹戈不同，邹戈到前方，和他高尚涵又不同。

"相同的现象，有不同的本质。"他对自己说。

他们找到了那位在上海市民救国会作秘书的他们共通的朋友，他替他们写了给钟处长的介绍信……

"我们欢迎你。"瘦得像一只猴子似的××五团的杨团长，迎着高尚涵，望着他的卓别林式的短髭，伸出干柴般的手来。

跟着是钱团附，刘副官，黄书记……全都来跟他打招呼。仿佛他是带着了不起的任务到来似的，他们都对他客气而恭敬。他想：今天晚饭恐怕有一顿好招待。

当他发现那晚饭却是那么平凡的一餐，他些微感到点儿失望。

可是他一直还是兴高采烈着，觉得他的处境是这样新鲜，有趣。他听着那位健谈的杨团长快活地向他复述着前方许多动人的故事，望着那凝聚的，固体般的，明亮的风雨灯的灯火，嗅着那周围的宁静的气息。

直到上床的时候，他才收拾起他的兴致，开始烦燥起来。

他睡的床板硬得像石块一样，又没有给镶平——显然可以看出那铺床的勤务兵的敷衍，板子和板子的交界地方，形成了高高低低的阶梯。他一会儿从那阶梯爬上去，一会儿又从那阶梯滚下来，弄得他冒火也不好，不冒火也不是。

"明天一定要叫勤务兵铺过，还一定要稻草！"他向自己命令着。

第二天，吃过早饭，他就守候着勤务兵们的影子。一看见有一个在门外前经过，他就叫喊着——用了那么一种调门：不拿架子，也不示弱；带几分客气，也带几分恐吓：

"勤务兵！"

那勤务兵站住了，歪起那蠢笨的头望了他一眼。那眼色，在高尚涵看来，显然含有几分敌意，好像在挑战似的说：

"怎么样？"

他抑制着忿怒，维持住原来的姿势：

"今天你把我的床板弄过，没有镶平；还找点稻草。"

"哪里去找稻草！"那勤务兵一边说，走开了。

高尚涵用眼睛送着他那又宽又厚的肩背，真想骂出口来：

"你这狗东西，不识好歹的奴隶！"

其实，这倒骂的并不过分。瞧，杨团长他们一叫，那狗东西勤务兵，便屁滚尿流地跑去了，两条腿笔挺的并在一起，嘴巴吐出一连串的是！是！是！响应着别人的吩咐；哪怕那会别人是在骂他，他也一样的服从，温顺。哼，对于这位新来的客人，却这么样不礼貌！

可是，高尚涵到底想通了：他原来毕竟不是他们一伙的，所以勤务兵才瞧他不起。他没有穿军服，也没有一点儿权力。

"狗东西，你实际上比狗还可怜！"他心里骂着，一不当心，几乎把那狗东西和这伟大时代连在了一起。好像犯了一次什么天大的过错似的，他羞得连他的卓别林胡子也发抖起来。

他的心情完全和昨天两样了。他无端生起了懊恼和烦闷。他想念起邹戈来，想和他谈一谈，吐吐胸中的闷气。

院子里冷浸浸的。杨团长，钱团副，他们都出去干什么去了，只剩下那位黄书记爬在阶沿上一张破桌上写着公事。高尚涵立刻想起，他祖母死的时候，那时他不过四五岁，家里首先来了一个"道士"，就那么爬在阶沿上一张破桌上写起来的。

杨团长出去的时候，曾告诉过他，高尚涵，请他等会儿和刘副官一道去找找谭保长（他们所在地这一保的保长），交涉借两把斧头和锯子来，因为第六连要搭盖一间厨房，而他们无法和老百姓接头，借到这些建筑的工具。

"你来了我们真高兴得要命，"杨团长，只不过才一夜晚，就对高尚涵那么亲密，随便起来，仿佛多年的老朋友一样，这多少有些使高尚涵不快，猴子似的在他身边跳着说，"许多事我们都得到一个大帮手了，尤其是和老百姓们打交道……嗳，语言不通才叫气人，军民间的误会……昨天我们的弟兄又和老百姓生了事呢！就是由于言语上起了误会。高同志，你本地人，跟我们和当地老百姓沟通沟通……"

高尚涵意识到，这是他到前方来第一件给交付的工作。他愿意接受这工作，但他不感觉怎么起劲。说也奇怪，他会忽然想起一个朋友曾告诉他的一个笑话来：有个人从北平带回来了一幅某名画家的画，他那乡下老婆翻看着那画纸的背面说："咦，这个纸头才白才厚呀，拿来剪鞋样子怪好哩！"

他到前方来，没有什么重要工作做，却叫他去会什么保长，借什么斧头和锯子，恐怕就有些像把那件艺术品拿去剪鞋样子。这心理，虽然他无论如何是不能承认的。兵——其中之一就是他心里骂着的那个狗东西——在坝子里晒太阳，一面在互相打趣。从这些人，他又联想到了杨团长，钱团副……

"这些大时代的小人物，"他怜悯地微笑着，"他们努力是努力，可是永远只匍匐在卑微的圈子里，永远也爬不上大时代的阶梯！"

他信步走出院子去，跨过马粪，稻草，烂树叶以及各色垃圾所铺成的院子的道路。他环顾周遭：房舍，树林，小路上闲游着的兵——有五六个污黑的褴褛的家伙，每人的肩头上扛一根空扁担，仿佛用他们当作步枪，煞有介事地开进树林去。一个老头子在路上跛着，嘴里不晓得叽咕些什么东西。这一切，他只觉琐屑，平庸而卑微。

树林边，坐着两个下级军官模样的军人，其中的一个在兴奋地谈着话：

"……朱军长的老坟埋端了的，所以他爬得多快呀……福人葬福地，真的。原先，他当团长的时候，阴阳先生害了他，故意给他父亲的坟选个坏阴地，以为这样他就倒霉了。谁知他葬下去的那天晚上，那阴阳先生就梦见地狱龙神来骂他，说：'你个混账东西，他是福人，你怎么把他害得到！你倒害得我死劲来替他把地穴板正过来呀！'好，巴啦巴啦再两耳光，把那阴阳先生从梦中打醒了……"

另一个不知说了句什么，他们大笑起来。

"这蠢东西。"高尚涵想。

黄书记忽然在后面叫着他，他掉过头去。

"随便走走，"他回答黄书记的询问。"你哪里去？"

"我也出来随便走走。"

黄书记跟在他的后边，精神抖擞地不住嘴说这说那。高尚涵听起来，全是一些浅薄无聊的语句。他心里生起厌恶的感情。

"你看那尊大炮。"当他们走过一所房屋的侧边，黄书记指示他说。

四个兵士正从场子里推动一尊有着绿地黄纹的护板的大炮向一间敞屋里走去。那敞屋正在路旁边。那大炮口不过普通饭碗那么大，下边有两只简单的轮子。高尚涵以为那是故意夸张，需不着四个人去推动。

"书记官哪里去?"一个推炮的兵招呼着说，在那大炮旁边打斜他的腰身。

趁这个机会，高尚涵向那几个兵发问:

"这叫什么炮?"

"噢，山炮。"一个答。

这山炮，在高尚涵的心里，贬损了他对于大炮们的威信。他想象中的大炮比这个原是更巨大，更壮观的。

"打过的么?"

"怎么没有打过，"另一个士兵回答，带着玩笑的口吻，"还是打得死日本人呢。"

他们离开了那里，高尚涵对于那尊大炮，总顽固地有着一种儿童玩具的印象。

从一条支路上过来了杨团长和刘副官。

"哪儿去，高同志?"杨团长为什么永远那样快活，高尚涵想不通，"请你们同刘副官一道去找找谭保长。"可是他又立刻更正，"我同你一道去吧。刘副官，你回去。"

当他们从谭保长那儿回来，在路上，杨团长高兴得不开交，仿佛打了一次大胜仗。

"你行，你行，"他爽直地称赞着他的客卿，"我们半年搅不清的事情，你三言两语就那个好了，斧头，锯子，哈哈，那么容易就弄到了手。”

“容易，你没有看见他也迟疑的么？”高尚涵心里恼怒，却也装着开心地说。

“那当然。哪有那样完全顺朗的事？迟疑是迟疑，没有吵嘴，没有野蛮的动作，我们就达到了目的，全仗你的功，哈哈哈！”停一停，他收起了那有几分开玩笑的态度，认真地说，“老兄，人总是自私的。你是军人，借用他的斧头，锯子，有了点损坏，你又不赔偿他新的，他怎么会完全甘心愿意？人总是……在利益上，多多少少有点冲突的，哪怕他明知道爱国呀那一类的大道理，何况他们老百姓……但是我总希望他们一面和我们有点冲突，同时也勉强能够跟我们合起来。”

“矛盾的统一。”高尚涵毫不思索地自然说了出来。

“什么，统一？中国不统一还能打仗……”

高尚涵心里好笑。

他们到了团部，杨团长向刘副官嘱咐了一句什么话，又独自跑掉了。

“这小人物，”高尚涵心里想着杨团长，“这些琐碎事情他竟感着那么大的兴趣……”

那天一整个下午，他闲着找不到事做。他忽然有一种想看报纸的要求。他已经三天没有看报了。他觉得他的心境陡然褊狭起来，闷塞起来，呼吸也不通畅。他来到这令人向往的前方，实际上不过把他局促在一个无知的，痴愚的角落里。除了这贫弱的身边的见闻，对于这么广大的世界，他什么也不可能知道。他在上海的时候，他的眼睛倒是睁得大大的，随时觉到日愈增加智慧的喜悦。现在，在这里，他却给蠢笨地闭起眼睛来，感着一种孤陋寡闻的苦恼。在这里，他所听见的那殷殷的炮声，也不如在上海时所听见的那么紧迫，叫人兴奋。在这里，他简直什么也不能做（实际上是什么也没有做的，他以为），只能够一天到晚陪伴着这些小人物，做一点会保长，借斧头，锯子一类的事。他真没有想到，这样子就是前方！不错，他所在的部队，现刻没有和敌人开火，所以显得没有声色。但是，纵然前方打起来了之后，他，一个文人，不会持枪上阵，对于他又有什么声色可言呢？于是，他十分怀疑起来，他开初在上海决定到前方来的时候，对于到前方来干什么这件事，他曾经想过没有。

"伟大时代的'中心'，的'神经'，就在这里！"他自嘲地对自己说，向周围望了一眼。

夜晚，睡到床上——睡到那铁硬的，没有镶平的板子上的时候，他更加懊恼了。他想：

"这样简陋的，庸俗的，平凡的地方，你叫我怎样轰轰烈烈起来……这就是……这就是……客观的存在决定意识……"

六

邹戈到了他给派去的团部的当天晚上，在他的日记上写道：

"战争给了我一个好锻炼，我感谢它。"

第三天的日记：

"生活是繁忙而充实的，我感觉兴奋。

"现在，我才有着机会接触了中国的人民大众。我没有梦想过他们是这样的纯真和善良。"

第四天：

"赵团长是一个能干和善的好人。秦团副却似乎奸诈而阴险。许副官也是一个小人。他俩为什么对我仿佛怀着敌意？我想不通。"

第五天晚上，他写着："××处的吴秘书（他的名字叫吴涛，和我的表兄一个姓名）今天到这里来过，和他谈了许久。我在他的身上感到了一种令人欣喜的热忱，诚恳和沉毅。他和我谈到战争情形，谈到军队工作。他谈到高尚涵，那个永远追求伟大时代却永远无法追求着伟大时代的热情的朋友。他也谈到了他们的××处……"

他睡了，睡得非常愉快，一觉就到天明。

早饭后，为了一件临时工作，他出发到五里外一个叫做半边桥的地方去。

据报：本团一个姓王的排长（姓王的排长在本团有五个；但那报告人没有说明是哪一个），勾搭上了一个姓尹的老百姓的妻子（那老百姓就住在半边桥），那老百姓从田里回家，碰见了那位王排长正和他的妻子在白昼宣淫，而他却就在那时给他老婆的奸夫杀伤了的。赵团长听着这报告，愤怒得要燃起来，但恰巧师长派人来请他立即到师部去（赵团长猜想恐怕正是为了这桩情杀案子），他不能亲身到半边桥，特地委托邹戈去替他走一趟，调查调查那事件的真相。

邹戈起程的时候，从脸色上，从眼睛上，他觉察出秦团副十分不满，因为这么重大一件事，赵团长没有要他去，却叫了邹戈。

邹戈走在路上，心里高兴于赵团长对他的信任，一面却为了秦团副的缘故，惴惴不安。但他又没有一点救济的办法，只好让它去。

半点钟后，他到了半边桥。

完全是一个大骗局，他问遍了半边桥的居民，连姓尹的人家也一个没有。他对别人说起情杀的新闻，那些老百姓尽都张起嘴巴，仿佛在听一个有趣的荒唐故事。而且一个年轻伙子忽然大声笑起来了。

他感到一点儿轻微的失望——怀抱着那么大的忧虑的紧张，这样轻巧就泄了气；同时他更觉得一下满身轻松，因为他这么容易就完成了赵团长委给他的全部使命。

在回来的路上，他觉得比去时的路要长一些。

在半途上，一个小树林的旁边，他发现一座破烂的庙宇。他奇怪怎么去的时候没有看见。那倒塌了半堵墙壁的进口地方，还挂着一块狗啃过似的灰旧的木牌子："太仓县第×区国民小学校"。

他走进庙里去，迎面就看见正殿上，那些断头折臂的菩萨们的面前，蠕动着很有一些像人那样的东西。他们有的是躺在地下，破烂的席子，破烂的五颜六色的被条，糟在一地。有的在活动着，粪蛆似的，在那些摊在地上的动物的缝隙里爬来爬去。有的在哀鸣着；有的在呻吟着；有的却又尖声的惨厉的笑着。这里那里，用几块石头搭成的灶，有的正在叫半湿的柴草烧着火，做着他们自己的早饭，午饭或者叫晚饭，大概是番薯或南瓜，间或也有几粒黄糙米在水锅里游泳。整个的大殿里，塞满了柴烟和臭气，它们混合着又从大殿流出来，染污着四近的空间。

邹戈对直走上正殿，抱着一种突然向他袭来的黯淡的心情。

他在那些恶心的铺盖堆里择着道路，自然地皱紧了他的鼻子——后来他想到这个的时候就觉得非常羞愧——考察着周围的景色。他知道了这全是些难民，从罗店一带逃来的。

他又绕进正殿背后。在一个廊角上，发现还有一些人。邹戈猜想：他们是一个家庭，显然是比较"完善"一点的。

那儿，地上摊着印花被盖，几口木制的衣箱重叠在枕头边。四近还堆放着较为笨重的家俱：洗脸架，长板凳，洗衣盆。两张方桌子桌面印着桌面地重在那儿，顶上一张便四脚朝天，有一只桌腿上还挂着一个没有鸟的鸟笼。

那一家人正在烧饭。灶门前坐着一个十六七岁的，几乎可以说是漂亮的姑娘。她一边把柴块喂进灶肚里，一边老用眼睛照顾着来客，现出欢迎的神气。

"她一定会招呼我的，如果没有她的爹妈在这里。"邹戈断定。

她的妈，是一个中年妇人，头发光得像一幅缎子似的挂在后颈窝上。旗袍差不多盖着脚胫。曾经缠过的脚背，肿起来像两枚压扁的面包。她站在灶面前，时不时弯着腰身用铲子到那咕噜着的饭锅里去搅动一下。她的女儿向客人看一眼，她也跟着看一眼，然后又望望那女儿的眼睛，仿佛在侦察着他们中间有没有什么事故。她的丈夫，就是那姑娘的爹爹，一个带点斯文模样的四十左右的男子，却远远地坐在一条板凳上，万事无忧地吸着水烟筒，陶醉在那烟筒水的咕嘟咕嘟的歌唱之中，那样子，就是他的女儿立刻跟人跑掉了，他也决不过问。

就在那爹爹的脚边，展开着另一床半新旧的蓝底白花的被盖，一张年轻人的脸露在一端。一个十来岁的小姑娘，一会儿又跑到那儿去叫一声：

"哥哥！哥哥！起来吃饭啦！"

于是，那爹爹，声援着他的小女儿，伸出一只脚在那被盖堆上轻轻踢一下。那睡着的年轻人就呻吟一声：

"嗯！"

邹戈向那烧火的姑娘投去一个告别的眼色，他走出正殿去了。

他又穿过那些五颜六色的破烂的被盖堆，选择着出路。刚一跨出那正殿前的石阶，他给一幕活剧愣住了。

一个披头散发的中年妇人，出现在庙门口。她在那儿约略抖擞了一下，仿佛一个在锣鼓声中攀帘而出的武角，然后一声叫吼，便发狂地向殿上奔来，同时尖着喉咙连哭带嚷：

"婆婆呀！你死了呀！婆婆呀！"

她跨进正殿里，唏呼地喘吁着，用一双迷乱的恐怖的眼睛四处寻找，歌唱似的哼叫着：

"三舅娘！三舅娘！……我婆婆死了呀！……她呀……我叫她不回去，她硬要回去呀！……她要回家去抢点东西呀……我说，婆婆呀，回去不得呀，炮火凶得很呀！她硬不听哩！……还没走到家，就着枪子打死了呀！……三舅娘，你叫我如今想啥法子呀！……"

全殿里的人，都互相看看脸，想看出哪一个是三舅娘。

那妇人却哭叫得更加凶横了。她的头摇晃着，那散乱的头发就像一把扫帚似的在空中挥扫。她的胸前挂满了鼻涕。她半闭着眼睛，仿佛陶醉在她自己的歌吟里。

突然，她掉转身——这儿所有的人，似乎都看着她把身体旋了一下——她把声音越更提得尖锐些，叫那停在屋檐边的几匹麻雀也给吓得蓬一声飞掉：

"好！跟你拼！跟你拼！东洋赤佬！跟你拼！"

像一股风，她滚下了石阶，滚过了土场，在庙门口一旋就不见了。

这下子，那正殿里的难民群，好像苏醒过来似的，开始嘈杂了起来，议论着刚才发生的事。什么地方响起了女人的哭泣声。

邹戈迷乱着，眩昏着，走出了庙宇，那疯女人的扫帚似的头发不时在他眼前幻现着，在空中挥扫（这幻象在他眼前一直继续到许多日子以后）。

赵团长在另一条路上出现，叫着他，才使他完全清醒过来。

"没有的事，开玩笑的。"他高声对赵团长说，然后快步走过去和他一道，向他报告了调查那案件的全盘经过。

赵团长眉目间完全开朗了。

"我以为师长叫我也是为那事呢。"他笑着说。

当他们经过一所低矮的房子的时候，一群兵士走出来包围住了邹戈。这儿是本团的第二连。

"邹先生，请你请你！"一个癞痢头向他恳求着，伸起手在头上搔下来一些灰白的粉屑。

"我晓得你，邹先生今天会来。"一个瘦子，他的嘴唇上有一条白色的伤痕，谄媚似的笑着说。

"团长，你先回去一步吧。"邹戈用着问询的眼光向着赵团长。

"好的，我先走一步。"

邹戈给弟兄们拥进了一间凹凸不平的窄小的屋子。他一坐到那屋当中的桌子边去，一个缺了半边的石砚，一支扫帚般的毛笔，几张水渍过的信笺，便陈列在他面前来。一些身上发散着酸臭味儿的家伙也就在前后左右把他团团围困。

"写给我的哥的。"一个声音在邹戈脑袋后面说，他觉得他的右边耳朵上吹着热气。

"什么名字吗？"

"我的哥？李大兴；我叫李占云……问他九月间寄给他的双挂号收到没有。问他母亲的病怎么样……说我在这里很好，没有带伤——我的母亲总害怕我带伤……"

邹戈照样写了。

"还有，我们那条老牛，问他怎么样，还犁不犁得，叫他卖它妈的，另外买一条……"

"还有么？"邹戈抬起头问。

李占云愣了愣，提高着话声：

"为什么叶财神租谷一颗也不让！今年我们那里不是天干么？还他的田，另外……"可是，他立刻做了一种声音，仿佛用这来纠正他刚才的言语。然后他放低声调说，"叫他，我的哥，将就一些吧，好好跟叶财神说点好话……搬家也麻烦，花钱……好，就是这样。"

邹戈又展开第二个人给他的一张宽大的白纸。

"母亲大人膝下，敬禀者……"那癞痢头站在左手的桌角边，背书一样的念着。

邹戈抬起头望着他：

"你大概自己也会写的，怎么不自己写？"

"不行不行，"癞子发急地声辩着，"我字认识，写不来，你以为我……我不过晓得该这样起头……"

"唔。"邹戈笑了笑，又低下脑袋。

"男在外很好……写字这道工夫不是容易的，不是怎么作揖磕头的来求你……噢噢噢，男在外很好，身体平安，诸事顺遂……写字比打枪还难，打枪，好，子弹装上去，吧！写字……噢噢噢，呃？就说，日本鬼子打退了我就回家事奉甘旨……就这样，算了。"

忽然从人群中挤进一个高大汉子来，他热情地用着江湖上的口吻向邹戈自我介绍：

"敝姓万，草字鹏程……"

"你自己会写的，自己会写的，怎么也……"旁边有几个人噪着。

"是，我自己会写的。"他恶狠狠地扫了大家一眼，故意沉着气说，"列位仁兄还请我替你们写过信的嘞。干吗今天你们又不找我，要请邹先生呢？没有邹先生的时候，你们将将就就找我帮忙，背地骂我鬼画桃符；邹先生来了，你们也晓得甩了我啦。对不住，"他向着邹戈，弯下腰来，"麻烦邹先生一下，我写是会写，实在写不出个名堂来，我这是一封顶紧要的信，非请邹先生……"

"好的。"邹戈依允了他。

"我要写封信给我一个仇人。他是我们那地方的土豪劣绅。我的父亲向他借过五十块钱，还债的时候，差三块利息拿不出，他当众凌辱了我的父亲，我在旁边说了不平的话，他就打了我的耳瓜子。我就是那样气忿地跑出来当兵的。后来，听说他的儿子，那王八蛋，还欺侮了我的老婆——我不怕笑。如今，我的父亲，母亲都死了，老婆也死了，我更不怕他了，我非报他的仇不可。不过，英雄做事，光明磊落，说明了干。我要写封信跟他，告诉他，等把日本人赶走了，我要回去要他的命……这封信，我写不清。请你，邹先生……"他紧绷着一张瘦长的脸，站在那儿，威逼着那提笔的人。

"你这封信……不忙写吧。"邹戈勉强笑着，试着劝解他。

"不行，非这样……"

邹戈照着他的意思写了。

跟着，又继续写了十多封，他才脱了身，带着一只酸溜溜的手腕，回到团部去。

在团部的门口，他碰着了秦团副。

"假的，没有那回事，什么王排长杀伤人……"邹戈笑着说，企图用这无稽的案件使他白跑一趟这回事来缓和秦团副对他的醋意。

果然那个也回报了他一笑，他高兴地走进屋里去了。

下午，他又草拟了本团士兵识字教育的计划。

那晚上，他在日记上写道：

"怎么会捏造出情杀的事来？这大概是军民间应有的谣言吧。

"我怎样也忘不了那疯女人的扫帚似的头发在空间挥扫。她把心里的仇恨，强烈地传给了我。

"秦团副……没有什么的……善自处之……

"今天第二次给弟兄们代写了十多封信，又草拟了本团士兵识字教育计划，手还在酸痛着。"

他上了床，照常带着愉快的心情睡去。

七

"我这人，说一句就是一句的。"钟处长盘起腿坐在床上，背拱着，脑袋快要钻进胯裆里，一壁用只手擦着他那脱光了的脚趾桠，一壁警告着站在他床面前的梁仲宣。他今天的性情不知怎的特别好，不怕梁仲宣早已脸红筋胀地向他"啰嗦"了一半天，他还没有发出应该发的脾气，"什么都好商量，钱，没有！就是这样。我该没有克扣你们的薪饷呀！工作，"他把手送到鼻子跟前去闻一下，"说得好听。买点颜料来写标语啦，怎样怎样奖励他们宣传员啦，吴秘书那一套，你又来了！王福生！洗的袜子还没有干么？猪！当然可以说是你对工作很热心。可是，这样热心，我一定不赞成。因为，都离不开钱！你们的眼睛不要专门盯住那什么宣传费呀，事业费呀，公费呀的身上，那些我有全权支配的，用不着你们管。你们各人站在自己的岗位上努力好了。拿到这里来，完全干了么？不要像前次那样，半干不湿就……猪！"

梁仲宣听着他长官的训示，望着他在床上蜷着一团的身体，那山角脸，那架着近视眼镜的小鼻头，心里想：不像猪，像一条狗，一条守财的狗！

"算啰，老梁。"好久就坐在一旁的周天，这时开口了。他解劝着，为的怕有一场多余的吵嘴，他同时站起身来，打一个长长的呵欠，有意缓和这屋子里的空气似的。

两个人到底离开了钟处长的房间，带着罗静和罗端两姊弟出发宣传去了。

天，黯惨着，板起一张愁苦的脸；远处的破云缝里，现出一片蓝的天，好像半睁着的狗的眼睛样。

"一条狗！"梁仲宣走在前面，咕噜着。

"嗯，实在是一条狗，那么坐着，蜷在床上——请你稍微走慢一点。"周天说。

"又想睡了么？他妈的吝啬狗！宣传费，特别费，事业费，公费，那么多钱不拿来用，塞在自己的袋子里！"

"他还要干涉我睡觉！今天，我知道他是故意和我为难，睡得好好的，把我叫起来，要我跟你们出来宣传，这条狗！"

"那许多费又不是给他个人用的，是上面拿来展开工作的呀！"

"他自己，从不出来宣传一回，专门派别人！"

"一共有一千多，全给他一个人胀腰包！"

"我睡觉，他不甘心，这条狗！"

"这样××做工作，滚他的蛋！"

"不要我睡觉，他一天干些啥！"

"哈哈哈哈，你们各说各的：一个说工作，一个说睡觉，哈哈哈哈……"突然，走在后面的罗静，撕破绸子似的大笑起来，夹着几乎听不清楚的话。

"那有什么奇怪，"周天教训，"各人都是替自己说话的。梁仲宣喜欢工作，他就一天到晚：工作，工作；我喜欢睡觉，就说睡觉；钟处长喜欢钱，所以他做梦也是钱啊，钱啊！"

"哈哈哈哈……"

"不要笑了！"周天回过头去恐吓着。

"姐姐！"罗端在后面不过意似的轻轻叫了一声。

"罗同志！"梁仲宣在最前头，提高嗓子发话，好像在叫着山那边的人，"你们到这里来，一个多月了，感想怎么样？"

"很好。"她飞快地答着，仿佛早就准备好了这两个字，"不过，我不大满意……我们的伙食尾子——一个月至少有两三块钱，也不发给我们，我们零用钱都没有一个。在外面饿着的时候也……我们原来还不知道有什么伙食尾子呢，昨天吴秘书告诉我们，我们才知道的……而且工作上……"

"工作——又是工作。我是睡觉。"周天插嘴。"飞机来了。"

他们躲进路旁边一个小竹林里。三架飞机低低地辗过竹林的上空，震耳地干吼着，竹林也在打抖。

梁仲宣从竹林缝里向那边瞧了一阵：

"那里还有座像样的庄子呢，我们拜访去。"

他领着头钻出了那竹林，穿过一畦棉花田，到了。

院墙边，有几只狗迎着他们嗥叫，立刻出现几个人影在大门口：一个老头儿，脸像风柑皮一样，下巴上稀疏的几株灰白胡子。两个壮年男人，机警地伸出头来嗅嗅空气，用一只眼睛爬在门边上窥探，一个二十四五的年轻女人却很大方地走出来了，呵斥着狗，招呼他们进去坐。

把客人安置在一间厢房里，于是老头儿，壮年人，还有别的各色各样的男男女女，老老少少，都集合到这里来，挤满了一屋子，好奇地，用一双双闪烁的眼睛瞅着这些冒闯的来客。

"怕不是一家人。"梁仲宣心里推测，然后小声地自己对自己说，"这院子很大。"

"不要说空话，你宣传吧。"周天命令，他自己开始把脑袋枕在面前的桌沿上，闭起了眼睛。

"罗静同志对他们说一点。"梁仲宣举荐。

那女的笑着，谦虚地摇摇头，全屋子里的人，却正把眼睛盯在她的身上。

梁仲宣开腔了，坐在一张方桌边，其余那三方也围坐着人，仿佛，那是才吃过饭，大家还没有下席，在谈着闲天。那位宣传家，把他曾经说过不知多少遍的话，向他们开出去。他心里想：又来一次留声机。可是，他的眉头不住地打皱着，猴子似的黄色的眼睛渐渐射出愤怒的光芒，光头上泌着微汗。他发现他的听众一个个只注视着坐在门口边的罗静。他拼命提高嗓子。比着手势，企图把这局面挽救过来。很有效验，坐在他右手那方，跟着他挂着角的那位年轻女人，就是起先给他们呵斥狗咬的那一个，开始偏过头来，专心地望着他，听他讲演了。

"可以，"他在心里对自己说，"只要对一个人能发生效力就行。"

于是，他率性把声音放低下来，从演说变成了个别谈话。他专门对那女人一个人谈着，特别巴结地尽量把话说得通俗，打着比方。可是他的听客，却不时现出那么一种神情："我懂了，对不住，请不要把别人估计得太低吧。"而且常常，他才提起上句，她就把下句给他抢了去。

"我们要生存。"他说。

"一定要抗战到底。"她接应。

"是的。还有比日本人更可恶的……"

"汉奸。"

"我们要铲除汉奸。你以前读过什么？"

"读得很少，认识几个字。"她笑。

他夸奖地点着头。从自己的膝头看到桌子下面去。她的一双穿着血青色袜子的健美的脚，坚实地踏在地上。

"我只要把脚轻轻一伸，就会碰着她的。"他想。

但他忽然提高了声音：

"希望你们有知识的男女同胞，把村子里的民众领导起来，组织起来。将来万一军队退走，日本人杀来了，老百姓也能够自动地同他们干！"

"当然啰，非不这样……"她同意，笑着，露出一排不怎么整齐的牙齿。她的额楼上发着油光。

"她说得好像比回娘家还容易，这女人！"梁仲宣心里说，一面问她，"挖战壕，你们家里出人没有？"

"我当家人不肯去，还是我劝他去的呢。"

"了不起！"梁仲宣称赞，"每天二角五分钱，得到了么？得到的？那就好了。"他侧过身去，"罗静同志，你向他们说点什么吧。"

全屋子的人，这一下都骚动起来了。他们已经知道"罗静同志"就是那女先生，而且恐怕她要说点什么了。

果然，罗静已不再推却，就坐在她原来的位子上，开始铿铿锵锵起来。

"她这架留声机，大概更好听一点。"梁仲宣想。

他想的并没有错，所有这屋子的人，全都聚精会神地望着她，便是好证据。而且大家都叹气了，都红脸了，都愤怒了。突然，和梁仲宣挂角坐着那个女的，一下站起身来，走到罗静身旁去，截住她的活：

"这位小姐，你说的话是真的么？东洋赤佬那么奸淫妇女？"

旁边一个老太婆拦住她，她正在呜咽着：

"大嫂，你不要打她的岔，等她说下去……"

"怎么不是真的？"罗静一把拉住那女人，悲苦地分辩，仿佛她在灾难中忽然遇见亲人似的，"我告诉你：我的一个叔伯姐姐都被强奸了呀！她，可怜啊，就那么去跳井死了呀！"

"这小妮子真装得像。"梁仲宣在心里批评。可是他自己也给她那副扮演的悲伤的脸相感动了，眼睛也似乎热辣起来，不过他赶紧向自己警告着："这是假的，这是假的"，眼泪恐怕已经流出了眼眶。他偷偷望望罗端。那一个坐在离他姐姐不远的地方，发着呆，两只眼睛死死地盯住她的脸。她的脸上有磁石吸住了他似的。

"这小妮子，"梁仲宣对自己说，"怎么？我忌妒她么？笑话！"

罗静住嘴了。全屋子的人，同时呼出了一口长气，好像他们一向是给压迫着，这时才得解放了。

当这位女演说家从凳子上站起来，说要走了的时候，那个老太婆和那年轻女人都挤到她前面，又想挨近她又怕挨近她似的，齐声说：

"什么时候你又来，嗯？你真好……"

他们这才记起了周天。那家伙，一个爬在靠墙角那张方桌上，正睡的甜得很。

梁仲宣提着他的领子，把他捉起来，像捉一只鸭样。

"不要胡闹。"周天训斥，立起身来，打了一个呵欠，"你们就工作完了么？怎样，还没有讲演吧？好，我等你们。"他又坐下去，准备把脑袋伏在桌子上。

"走啦，左派，回去还有事。"梁仲宣要求。

他们走出那庄子，上了路，周天还在埋怨他的瞌睡没有睡足。

"你们这些人，"他抱怨说，"总爱故意跟人为难，刚刚才睡下去就叫。"

"哈哈哈，刚刚才睡下去！"罗静说。

"罗静同志真了不起，哭也容易，笑也容易。"梁仲宣赞叹着。

"她哭过了？"周天诧异地问。

"罗端同志，你相信你姐姐说的话么？丢那妈，我以为是一条乌花呢！"梁仲宣跳了一下。

"她吹牛。"罗端讽刺。

"哈哈哈……"

十一月的天空，闷沉沉的，悬满了褴褛的云块，好像一群叫化子，太阳，一位绅士，恼怒这群叫化子挡住他的去路，时不时用一只光亮的腿跌开他们，现出一下他那愁苦的脸，可立刻又给那些乞丐们包围着了。微弱的冷风，打扫着竹尖上和树梢上的埃尘，叫它们斯斯文文地摇摆。一只庞大的鹰平着翅膀在低空划过，俨如一架意大利式的飞机。

他们几个人，走在一处坦平的，空旷的田野里了。低矮的，枯萎的棉花秆子，若有若无地点缀在封满了浅草的土地上。

"啊嗬！"周天打了个呵欠，"这棉花地，倒是很好睡觉的地方。"

"我说，左派，"梁仲宣说着忠告，"你的瞌睡怎么老睡不完呢？

我是你，就拼命睡它一年半载，把所有的瞌睡都睡光，也免得像现在……"

"你这蠢东西，"周天教训，"瞌睡，怎么睡得完？跟虫子一样，你陆续捉，陆续又生的。睡一年半载，我倒巴不得……"

"你就简直革掉它，努力白天完全不睡觉，像我们一样，晚上来睡？行么？"罗静对他审讯着，顺手从脚边拔起一根枯老的棉花秆子，好像要把这个来作她审讯的刑杖似的。

"我做不到。"周天反抗。"你不要我活命都可以！"他也顺手在地上拔起一根棉花秆子，好像说：我怕你，来吧！"我问你，你们简直革掉它，努力白天完全不说话，行么？"

隔了半分钟，仿佛才懂得了这句话，罗静又大声地笑起来。

可是，突然，罗端在后面大叫了一声：

"飞机！"

几个人旋转脑袋，果然，在他们的背后，没有预防，已经这么近了，三架意大利飞机，低低地向他们斜冲过来。

"卧倒！"

梁仲宣凶狠地命令，四个人便一齐躺倒在那几乎是光裸着的土地上了。

随着一声奇怪的叫响，一只飞机栽到了他们身上来，几个人的耳门子仿佛已经给炸裂开，聋了。嗒嗒嗒嗒……一串机关枪声，急雨似的打进他们的脑里，飞扬起的尘土撒在他们的身上。那飞机又怪叫一声，擦着地冲开去。于是第二只，第三只，照样表演。

三分钟以后，大地死去了，一种恐怖的寂灭突然充满在空间。几个人好像从一场噩梦里醒转来，试着慢慢爬起身，探视着自己的肢体。

"妈呀！"罗端忽然梦呓似的叫喊一声，哼起来了。

他的姐姐罗静，赶忙走过去：

"这孩子，十七八岁还小了！"

一个穿得十分单薄的，瘦伶仃的徒手兵，从另一边黑着脸跑了过来，一面呢喃着：

"哟……啊嗬……哟……"他一直跑到他们的中间，"官长，飞机，还来么？"

周天想：

"这家伙吓昏了。"

"不要紧。"梁仲宣安慰他，"你是哪部份的。各人走吧。"

"杂种，"周天不动声色地说，半闭着他的眼睛，"那龟子的脸，都看得清清楚楚。"

"你看见的么？"罗静问。

"像你们那样，把脑壳钻进土里？那龟子，样子像要吃人！"

他们又上路了，话题还是热烈地集中在飞机身上，一边嘲笑着罗静的孩子气。

八

两张方桌镶成的办公桌的两边，坐着钟处长和吴秘书。

钟处长聚精会神地在批阅着公事，用"传阅"，"察复"，"存查"一类的字样，连同他那精致的篆文图章对付着每一件文书。

吴涛，坐在他的对面，沉默着，陷落在灰黯的思想里。两个月来，他看见，事实和他的理想相差得太远。在工作上，他的意见，很少被采纳；他的计划，一个一个给打销。从开始到现在，工作永远停滞在原来的据点上。宣传——而且只是那千篇一律的方式的宣传，就是他们全部的工作内容。

"宣传的本身不过是手段，最要紧的，还得跨进一步，把民众组织起来……"他曾经不知多少次这么忠告过钟处长。可是始终没有用。

"一切的症结都是钱！"正如梁仲宣所说的。只要不谈到钱的时候，钟处长是一位贤明的长官，他绝不拒绝任何部属的忠谏。可是，一涉及钱的问题，他使用各种各样的理由来削平别人的任何企图。

譬如说到组织民众锄奸团，成立一个机构，那是非花钱不行的，钟处长就说：

"那有什么用？民众的程度不够，他们连什么是汉奸都弄不清楚。"

有人提议应该多写点标语到处张贴，演点简单的爱国剧给民众看看。钟处长想到写标语要用不少颜色纸，演剧消耗更大，他便教训别个：

"现在是行动的时代，不是干嚷的时代了。贴标语，喊口号，真幼稚！至于演剧，结果只是一塌糊涂，男男女女搅在一起。我反对！"

吴涛常常和钟处长争执着，抵牾着，而最后，什么也没有改变。

吴涛沉默地坐在那儿，思想在黯淡的云雾里徘徊着，找不着出路。

钟处长忽然在对面叹息了一声，把他身前的"卷宗"合拢来，伸一个懒腰，喉管里哼响着，现出从繁重的工作中间解放出来了的松散模样。他"公式"地把那"卷宗"向吴涛面前一堆，让他"过目"。

两个宣传员走上来了，走到钟处长的面前。一个是罗静，另一个是个男孩子。

钟处长转过脸去，奇怪着他们的现身。

"处长，我们有一点儿事，想问问……"罗静开口。

"唔？"

"我们是不是有伙食津贴尾子，如果有，我们想请处长把上个月的发给我们，因为我们……"

钟处长吃了一个小小的惊——谁告诉他们有伙食津贴尾子的？他的近视眼睛在眼镜后面转一个圈儿，他立刻明白了，瞟了对面的吴涛一眼。

"唔，"他说，"伙食津贴尾子，有的，上面规定你们每人每月八块钱，大概可以余下一两块。"

"那么……"

"不过还没有领到，伙食都是我垫着的。领到的时候自然发给你们。"

他重把脑袋扳正，望着对面吴秘书正翻阅着那"卷宗"，脸上现出期待的表情，好像说：事情明白地就是这样子，你们知趣吧，我们还有重要的公事。

一分钟以后，那两个还站在那儿，没有动。钟处长恼怒了，他把头又旋向他们。

"怎么样，你们还有什么事？"他说，一对小小的近视眼睛轮流地在那两个青年人的脸上转动。那眼睛，叫罗静他们感觉到，是那样的冷酷，尖刻和狠毒。"你们也要来向我'啰嗦'，哼，好得很，我要你们什么时候滚蛋，就什么时候滚蛋！"那眼睛分明在这样警告着他们。

似乎受不住那眼光的威逼，也到底没有什么话好继续说下去，他们也就"公式"地向钟处长行了个告别礼，走开了。

"哼！"钟处长鼻孔里响了一声。这声音，包含的意义并不单纯。

吴涛却装做没有听见那哼声，他一件一件地浏览着那些文件。最后，他的眼睛停滞在了一件公文上。那是由师部秘书处送来的一封公函，用着客气的语调，请钟处长动员他的工作同人，号召当地的百姓，踊跃应征，拖做工事。在嘉太线上，军队将有一场消耗敌人的防守战。钟处长毫不思索地，照例也在那公函上画上了"存查"。

"这一件……"吴涛把它掀到钟处长的面前去，弯进腰身，眼睛盯在它上。

钟处长向它瞥了一眼，心里立刻有些毛起来。他知道这回又没有逃过吴涛的眼睛，怕又要引起一场"啰嗦"来。每一次，在工作上，吴涛或者别的人对他有所要求，建议的时候，他一概把它们叫做"啰嗦"。但是这是"工作"，他又无法禁止别人这"啰嗦"。他反感地向椅子的靠背上一倒：

"怎么样？"

"我觉得，这是目前一件最紧要的工作，要'办'起来，不能'存查'了事。"吴涛说，脸上浮起他那习惯的微笑。

钟处长却顶不高兴这微笑，他在那微笑里看出一种谦恭的威胁。

"办？怎样办？说着容易做着难！动员，号召，日本人已经打过来了。"

"只要肯干，总有一些用处的。日本人究竟还没有打过来，是不是？现在，每天不是已经有成百成千的民工在挖么？只是还不够，还需要更多的民工，而且也应该监督着他们，不让偷懒……"

"是呀，偷懒，这些王八蛋，中国人，全是懒鬼，还有什么办法……亡国的现象……"

钟处长忽然忿忿地从椅子上跳起来，一边嚷着就往他的寝室跑。

吴涛坐在原位上等了好一阵，以为他要出来的，可是他一直就不再出来。

吴涛把"卷宗"收捡好，他闷闷地踏出办公室，跨下石阶，跨过土场，向竹篱外面走去。

他爬上那小山头，便给那个行动的伟大场面摄住了。沿着这小山头的倾斜面一直绵亘到村落和树林的那边，人们联成一条弯弯曲曲的长线，在乱纷纷地做着工，挑着竹畚或箩筐的，走上走下；锄头、耙梳、弯锹、鹤嘴锄，错落地在地平线上升起来，错落地落下去。成百的人，成千的人，一致地呼吸着，一致地流着汗，一致地把全副的精力和整个的心胸献给土地，献给挖掘在这土地上来保卫家乡的战壕，献给祖国的命运。成百的人，成千的人，都沉默着不发出一点声音：不呻吟，不叹气，不哼响，也不歌唱。他们只是挖啊，挑啊！挖得更深些，更宽些，让敌人永远也爬不过来——要过来也得先把更多的尸身，填满这又深又宽的坑；挑得更远些，弄平，不要让敌人发现一点儿痕迹。

一个老头子，至少也该是六十岁了，挑着两只盛满泥土的竹畚，吃力地从工事里爬出来，一步挣一步，他脸上每一条皱纹都刻画出他的几乎无法负荷的辛苦。一个约莫十六七岁的年轻小伙子，在起劲地挖着，那鹤嘴锄的长嘴巴一啄下去，吴涛总有一个错觉：它一定啄在他的右脚上。

虽然有这么许多人，可是手脚还是不够。兵士们杂在里面忙碌着，和老百姓工作在一起，军官们指挥着，这边跑到那边。

那是王参谋长，他腰杆上背着一只圆囊，像只皮球一样在人身上滚来滚去。那是××四团的赵营长，他手里捏一根竹鞭在空中挥动着，大声地讲着话。

那是邹戈，他的衣领解开着，颈上泌着微汗。他也在帮着指挥，招呼这样，指点那样。他看见吴涛，便急忙走过来，带着一张兴奋的，发红的脸：

"你来看看，这工事做得怎么样？"他高兴地领着吴涛沿着工事走着，指指画画。

"这是机关枪阵地……这是……你看你看……这个，安迫击炮的……"他眉飞色舞地，夸耀地说，好像这些都是他自己手创的业绩。又仿佛害怕别人不懂，他非尽尽说明的义务不可似的。

"就是，"他感慨地告诉吴涛，"民工还嫌不够，本师担任的防线太长，工事够得做……有一部分的人晚上还赶夜工呢……坐坐么？"

"怎么样，近来精神痛快么？"当他们坐在一个竹筏边上的时候，吴涛问。

邹戈脸上的光彩似乎逐渐在消散了，他的眉毛打皱着，一双忧忧的眼睛望着那一个：

"赵团长非常好，可是秦团附……还有许副官……我真想不明白，吴秘书，他们为什么要那样敌视我！好像害怕我会侵害了他们什么似的。"

"因为你太努力了。有些人是害怕别人努力的，他宁可自己不干，别人也不干。"

"可是，我努力，我干，一点没有侵害他们什么呀！"

"不，侵害的。你只要努力，就侵害了他们，不是物质上或权利上，是精神上，心灵上，人格的对比上……"

"唉!"邹戈叹了一口气。

停一停，他说：

"大概不会久了。"

"不要管他们吧，只要赵团长没话说，蓝师长也很恭维你的。"吴涛劝慰着。

"不能够，赵团长也不能完全不顾秦团附他们的存在，他们的面子。我，一个外家人，斗不过他们的。"

"到了实在不能继续下去的时候，可以到我们'处'里来……"

"收容我么?"邹戈笑了笑。

“没问题。”吴涛也笑了。

那边，有两个民夫在争执什么。

邹戈立起身：

“对不住，我去看看就来。”

他便向那儿跑了去。

“你不必转来了，”吴涛也站起来，在后面叫着说，“我也要回去了，到我们‘处’里来，如果实在干不下去的时候！”他重复着。

“谢谢你！”邹戈回过头笑了笑。

吴涛一个人又到处视察了一会，才回到他们的驻屋来，他看见钟处长站在办公室外面的石阶上。

“处长，”他迎面叫着，稍微喘着气，“做工事的民工不够……”

“不够，有什么办法。”钟处长懒洋洋地说，把他的近视眼镜摘下来又戴上去。

“我们可以马上来个扩大宣传，使当地的老百姓明白这就是保卫他们的家乡，自动地来参加做工……我们可以举行一次扩大的军民联合大会，在这大会上……”

“很好，联合大会……”

“一百块钱，或者还不要，一定够开销……”

钟处长的三角脸忽然严肃起来，两只近视眼睛在玻璃后面凝视着他自己的小小鼻尖。

“一百块钱，或者要不到，就够了……”

“哪里还有钱？这一个月……宣传员还问我要伙食尾子呢！”

吴涛知道他的话里有刺，他装做不懂，他说：

“在别处简省点，这一次的确是……”

“要有呀，简省！”

“事业费里拨点出来吧，这正是一桩我们的事业呢！”

“事业费，哪还有什么事业费？办公费也拉它，宣传费也拉它!"

"那么，办公费和宣传费呢?"

钟处长拼命叫眼睛在玻璃片后面霎了几霎:

"我没有必要同你算账呀!"

于是，他把身子一旋，就跨进屋里去了。

吴涛望着那个的背影在门里消失，他把两只手捏成两个紧紧的拳头，又松了开，留下手心里一些冷汗。

吴涛站在那里傻了三分钟，最后他掉过身，踏下石阶去。

他漫无目的地又走到篱笆的门口边。

雷华忽然从竹林里钻出来，倒把吴涛吓了一跳，雷华手里捏一本书。这是他近来才养成的习惯:没有事的时候，他就拿一本书躲到没有人的地方去。

近来，自从罗静来了以后，自从他看了一些从罗静那儿借来的书，雷华自己觉得他懂得许多了，他也就渐渐地和书本结下了不解之缘。他觉得，以前他不过是生活在一个狭隘的笼子里，无知的单纯里，蒙昧的愚蠢里。现在，书本给他把世界开出一扇大门来，他欣喜着跨进那广阔的天地。

可是，别人却看出他是比以前变得安稳，虔静，甚至于有些沉郁了。有人怀疑他是对罗静发生了某种可疑的感情，另外的人又说他是给那些莫名奇妙的书迷了魂。

"看什么书?"吴涛望着他问，脸上挂起一丝笑意。

那一个把对面昭示给他:"帝国主义侵略中国史。"

"罗静借给你的?"

"是……"不知怎的，他脸上泛起了微红，"她借给了我很多书看——"他住了口，好像这是一句害羞的话。

"很好，多看点书，你会更明白的。"

"啊，秘书，"雷华忽然兴奋起来，走上前一步，紧瞧着吴涛的脸，"秘书，我觉得，我越明白得多一点，我就越更难过……"

"噢?"吴涛惊奇地看定他。

"从前，我糊里糊涂过日子，好像无忧无虑。现在，我似乎知道得多了些，我心里……"

"对现状有些不满起来了，是不是?"

"就是，秘书，你看我们这个'处'——"他把话吞了回去，现出尴尬的样子，仿佛感到了失言的过咎。

"难过，用不着，"吴涛看进他的眼，"灰心更要不得。我们明白得更多，我们就要努力得更多。环境，现状，我们应该改好它。我们要斗争，任性的——要斗争，好像有弹簧的沙发一样；你压下来，我可以让一点，你放松，我又鼓起来……"

"啊，斗争! 斗争! 罗静也常常这样告诉我呢……"

"罗静，哈哈哈哈……"

雷华的脸越更红了，他拿着书本跑了开去。

第三部

一

"大场失守了!"

"大场……"

这里那里在谈着这同一个事件，这同一个捏紧人心子的事件。大家议论着，难过着，紧张着，觉得一向来生活的秩序都忽然起了变动。大家都预感到，如果战况没有好转，恐怕就要来个全线总退却。

午后两点钟，来了通报：向昆山移动，证实了大家的预感。

雷华一个人坐在那"客厅"里。他没有写字，也没有看书。他沉溺在某种深思里。

罗静，那永远显得快活的罗静，忽然出现在天井那边，等雷华看见她的时候，她便向他笑着，用眼睛召唤他，然后掉转身，就向门外走。

雷华，于是仿佛从梦中惊醒，他跳起身来，跟着她追去。

他走出院子的大门，看见那女的身影在屋角的竹林边晃动。他跟着跑到竹林，她又已经越过它，向对面那团树林走去了。那是老柏树的一大片，孤另另地站在稻田的中央，用几所庞大的古坟作为它的侍卫。

他跟着她走进那柏树林里，走进那柏树林的中心。他们好像来到了另一个世界。

四围是森翳翳的，完全和外界隔绝，只有头顶上的破碎的蓝天，标记着和外界的联系；那隐约的机关枪声，在这标记上涂着多余的色彩。

"你跟着我到这儿来干什么？"罗静笑着，瞅着那一个的脸。

雷华的一颗心狂跳着，他担心它会蹦出口腔。他咬紧牙根说：

"你叫我来的……"

"我没有叫你。"她还是看着他笑。

"你拿眼睛叫的！"他有些恼怒了。

"是的，是的，别生气，我要对你说几句话。"

"你说嘛。"

"怎么——要这样恼恨？"她走近前一步，把身子靠着他的左边肩臂，拉住他的左手，"二十三岁了，还小孩子似的，你看我，还比你小两岁，像姐姐诓骗弟弟一样呢。"

雷华已经发慌得快要叫出来了。他全身打战，心里像突然给箍上一道铁箍，紧得喘不过气。他想立刻旋过身去，和她面对面地站着，把他那紧箍得难受极了的心子压在她的胸口上，可是，他一点也不能动弹自己，他好像和那些参天的古柏似的生了根。

罗静可毫不费力就把他的身子扭了过来。他们，这时候，的确是面对面地站着了，虽然他那给紧箍得难受极了的心子还悬空空地挂着，和她的胸口还隔着五寸远。她一直拉着他的左手。

"我告诉你，大场失守了。"她说，逼视着他的眼睛。

"我知道！你叫我到这里来，就是说这个么！"雷华又愤怒得快要爆炸。

"怎么，大场失守了，你不关心么？"

雷华沉默着。

"好，我还要告诉你：我要去了……"

"哪里去？"雷华说，非常吃惊，望着她的脸。

"有的是去处，中国这么大呀！"

"为什么你要去？"完全受了一个意外的打击，他叫着。

"这不是很明白的么？这里……我不愿再干下去了……"

"为什么？"

"一方面也因为……算了吧，我还是不跟你谈这些，总之，我要去了。"她安静地说。

雷华的心完全乱了，而且痛苦着。他不知道罗静玩的什么把戏，为什么忽然想起要去！他哀伤地低了头。

"你要去，你要去……"他喃喃着，"我真不晓得该怎样说的好……我感激你。以前，我什么都不懂。我碰见了你，你……你使我和以前变成了两个人。你救了我！我一辈子忘不了你的恩……我希望你不要去，我希望……"

"不，"她也格外软弱了，她的身体离他更近了，"华——啊，你怎么的……流泪了！不要这样，我们以后会再见的，我们只要大家努力……"

"啊哟！"雷华忽然受伤似的惨叫一声，全个身体倒在了她的胸口上。

周围是静寂的，神秘的；隐约的机关枪声梦般地在空中飘荡……

不知什么时候，他们的手膀松开了。两个人现在坐在一株合抱的古柏下面，他们的身体一半靠在树干上，一半互相倚着。

"你真的要走么？"雷华用着轻微的，几乎听不见的声音说，眼睛望着前面的柏树的行列：它们整齐地排列着，被检阅的军队一样。

"真要走，"她安闲地回答，"而且在今天晚上。"

"为什么？今天晚上？"仿佛向他投来一个炸弹，他身子一倾，叫罗静靠个半空，险些儿摔到地上。

"华，"她把他的左手拉来按在她的膝头上，"我是公开走不脱的，我家里绝不许我远走。罗端也跟着我。今晚上我准备开小差。今晚上，我们不是要向昆山移么？趁着机会，在半路上我可以离开队伍。我请求你帮个忙，今晚上走在路上，请你把罗端叫住，不让他跟着我。明天你告诉他，就说我到上海去了好了。那孩子没有用的，到了苏州，让他把我们的行李带着回家去吧。"

"晚上你到哪里去呢？又没有行李？"

"我有个同学住在昆山附近；行李也可以设法的，你不要担心。"她另一只手搁在他的肩头上，"华，我们以后会再见的，我希望我们以后……"

"以后……"雷华摇着头。忽然，他眼里放出凶狠的光，好像他一下拔出来了一件锋利的武器，"我问你，你到底为什么要走？"

"我不是对你说过了么：我受不下这环境。在这里我们不能痛快地做一点事。"

"你以前告诉了我什么：斗争啊！斗争啊！为什么你不斗争，要逃避呢？"他的眼睛更加光彩了。他有着一种克制敌人的快意。

"不是这么说。斗争要有斗争的条件。"罗静平静地，温婉地说，仿佛一个讲台上的教师。"请问：武器全握在别人的手里，你怎么样斗争？而且，很快，我是这样看，他——我说的钟处长——会叫我们这些宣传员，他看来是一批无足轻重的年轻娃儿，而且还是一些找他'啰嗦'的家伙——那天我们问他要伙食尾子，那眼睛……他会叫我们一齐滚蛋的。不早些打主意另谋去路，你在这里斗争什么？我们的地位，在这里，还比不上你，一个准尉司书，因为你究竟还是他们'处'里的人；我们，在他们看来，算什么！斗争是有条件的，华……"

这些话，把雷华说得迷惑了，昏乱了。他的眼睛骤然失掉了原有的光辉，仿佛他一下给缴了械。

"好，你走了，我也要走的。"他赌气似的说。

"你到哪儿去？"罗静睁着一双大眼，怀疑地盯住他。

"随便哪里去——当兵，说不定。"

罗静沉默了，好像在思索着这句话的意义。

一会儿，她转过头来对着他的脸，坚决地说：

"我们会再见的……整个的中国都是我们的，无论在什么地方，我们都可以会见……"

她从地上立起身来：

"好，现在我们该回去了，他们看不见我们会见怪的，你瞧，天色已经不早了。"

想必是该黑的时候了吧，树林里逐渐在加深着阴霾的色调；晚来的寒风颤动着当北的树枝。

"我先走，不要一道，免得他们又瞎说。"她提议，飞快地跑出树林去了。

她走到屋角那儿，迎面便碰见她的弟弟，罗端。

"到了昆山，我要回家去了，"他通知。"你呢？"

“我也要回家去。”

“在外面没有意思，还犯危险，飞机……”

“唔。”

她走进她们的寝室，张惠霖正在打扎她自己的铺盖卷。她听见雷华回来了，舒心寒在骂他，说他越来越不像样，马上快动身了，他还不招呼收拾行李。

晚上。张开嘴看不见牙齿。天，是暗黑的；地，是暗黑的；全部风景是暗黑的。千万人的洪流，滚动在这暗黑里，潜行着一种暗黑的紧张……

突然，一颗照明弹在那人的洪流的左后方那边照亮了。原野，森林，村庄，便惊恐地，战栗地在淡黄的光里出现；那滚动着的人的洪流，让自身在原野上划出一弯一曲的，抖动的，模糊的影子。等到那照明弹一熄灭，它们和他们才一齐完整地没入那暗黑中去。飞机声永远嗡嗡嗡地哼叫着，像许多只恶毒的大马蜂。机关枪繁密地噪嚷着，无数条爬一步就全身发响的什么怪兽，疯狂地在四处钻奔，用它们的身体，在那暗黑的夜的墙壁上，打下一道道更暗黑的深坑……

人的洪流渐渐脱离了照明弹的势力圈，机关枪声也渐渐隐微到几乎听不见了。

行列里，有着谨慎的，小声的对话。

“雷华。”一个怯怯的，秀气的声音。

“什么事，罗端?”另一个答应。

“我姐姐不晓得走到哪去了……”

“大概……到前面去了吧。”

“前面? ……”

“唔……下雨啦!”

下雨了，吊在后梢上的罗静的鼻尖上，也打上了雨点。

"啊哟！"她小声地叫了出来，好像给惊觉了似的。她奇怪为什么还老跟着他们走。她开始在心里发慌。她担心她会走不脱；她又害怕她会走脱。

在黑暗中，她忽然紧握着两只拳头，叫耳朵竖起来，专注着后面的脚步的声响。这时候，好像行列断了线，暂时没有跟上来的了。她偏过头，眯着眼睛，通过那硬块般的昏黑，察看着有没有一条岔道。她似乎看见了一条朦胧的，窄窄的斜线，就在她的旁边。她向它点一点头，好像说：我来了，请等等！便坚决地向它跨过去。她想找一个隐蔽的地方——虽然这浓密的黑幕就是最好的隐蔽——坐一阵子，让队伍完全走过，才继续她的路。她再跨过去几步，潮湿的稻草打扫着她的脸，而且她脚一滑，就滚下一个约莫三尺高的土坎下面去了。承接着她的身体的，却是一堆软软的肉体。那东西闷着气呻唤了一声，一只给割破了喉管的猪样。于是，她和那肉体都动弹不得，就那么压在一起。

雨密密地在下着，她和那肉体都没有意识着这一层。

好一会又好一会，罗静才从那堆身体上挣扎起身来，一面小声地恐吓着：

"你是哪一个？"

"我！"那肉体几乎和她同时叫出来。

"你是什么人？"

"普通人。"他说，心里奇怪着是个女人的声音。

"我是队伍上的。"她用这句话来壮自己的胆。

她在他旁边不远的地方坐下来，期待着什么似的。

雨下着，密密地，田野上嚣骚着众多的私语般的低音。

"你是哪部份？"他停了一刻问。

"我——不要响，飞机来了！"

嗡嗡嗡……就在他们的头顶上，一路歌吟过去。半分钟，一颗照明弹亮开来了。这一带的田野，就仿佛躺在了垂死的，洒着泪的黄昏里。田那边，树林黑越越地像一爿连山；一个个的稻草人，在收割了的田坝上，军队似的站成行列，加紧着雨天的操练。这儿的两个奇遇的人，都不放松这刹那的光明的机会，赶紧观察着对方。罗静看见那人的嘴唇上有着一撮卓别林式的短髭。她的惊疑便跟着那照明弹的熄灭逐渐加重。

"你——罗静小姐?"她听见他的声音。

"怎么，你认识我?"她更加惶惑了。

"你不是在××师××处的宣传员么? 怎么……?"

"我不干了。先生你是……?"

"我姓高——高尚涵，和你同在一个师里。我们见过面的，你大概忘记了。"

"啊，高先生!"她忽然记了起来。"伟大时代的追求者"这个概念，在她脑子里闪了过。她常常听见吴秘书他们谈起他的。"你怎么……在这里……?"她加添。

"开小差。不瞒你。"

"啊?"她微微吃了一惊，一面觉得发生了兴趣，"为什么?"

"为了理想和事实的矛盾，"他说。"你怎么的呢?"

"我也是开小差。"

"为什么呢?"

"想换一个环境。"

"你用得着开小差么?"

"当然有这必要。你呢?"

"我更有这必要——那些小人物死命也不让我走的。"

"小人物? 谁?"

"杨团长他们。苦苦留着我。我说：你们不让我走，我会开小差的，他们以为我在开玩笑呢。我就真开给他们看。"

"没有抓住这伟大时代么?"罗静说,在暗中好笑。

"你知道就行了。"那一个坦白地招认说。过了半分钟,他热情地继续下去,"伟大时代,它似乎在玩弄着我,把我骗到这里,又骗到那里,远远地向我伸出手来,等我走近它去,它又飞也似的跑掉了。"

"高先生,不是伟大时代骗了你,是你不忠实于伟大时代,我以为。"

"没有的事,"高尚涵被这话激怒了,"没有的事,我不忠实于伟大时代么?这是侮辱!我自信我是一个有良心的人,有正义感的人——罗小姐,我知道你是个前进分子,我愿和你谈谈这些——我没有一个时候不准备着为这伟大时代贡献出我整个的自己……"

"那么……"

"唔,就是……它仿佛在玩弄着我,不让我把它抓住。"

暗空里,嗡嗡的飞机声又在响着。他们住了口,但它又消失掉了。

雨下得小了些。

"你以为,高先生,"罗静接起刚才断了的话线,"你终会抓住它么——那伟大时代?"

"很难说。"他叹了一口气,"但是,我要继续努力——鞠躬尽瘁,死而后已……"

罗静听见他的声音有些发颤,她心里仿佛生起了一点对于他的同情的哀伤。

"高先生……"她说,在黑暗中,觉得自己的脸红了,因为她原想说出这样一些话来:"我们在一道吧,我可怜你,我愿意帮助你追求这伟大时代。你只要把那错误的观念改一改,你可以追求着它的……"她把这些话咽了回去,改口说,"想不到我们都开了小差,而且在这里碰见。"她的脸可仍然为了刚才那些没有成形的话的意思，继续在发着热。"和你同来的那两位呢?"她把话题引开去。

"你说邹戈和苟而已么？邹戈，是个能干的了不起的人。他脚踏实地，不贪虚名。不过，恐怕他在那里不能久呆下去，听说有人和他处得不好。苟而已的爱人在上海生了病，他大概已经回上海去了。唉，杨团长他们对我太好，"他仍旧回到他自己的本题来，"要走，走不脱，在那里又太使人苦闷，只好逼着我私逃，被盖卷都丢了。你为什么呢，罗小姐？"

"我，"罗静回答，"也是太苦闷。不过不是为了抓不住这大时代，"她笑了笑。高尚涵没有听见那笑声，但他感觉到了那笑声，"我倒以为我是和这伟大时代一同呼吸着的——"她闭了嘴，觉得有些害羞。

"好得很，一同呼吸着的，"高尚涵重复着，心里想，"这女孩子太天真。"他说，"你想到哪里去呢？"

"到环境稍微比较好，比较可以做一点事的地方去。你呢，高先生？"

"还是回上海去。"

"还是回上海去，可以抓住这伟大时代么？"

没有答话。过了一分钟，她才听见他的带着几分凄凉的语调：

"不知道……它叫我苦闷得很。"

罗静险些又不由自主地说出了动感情的话，不是一只什么虫子突然在暗中扑她的脸，把她微微弄得有些发疼。她仿佛从梦幻中惊觉过来。

"好像多久没有脚步声了，我们走吧。"她提议说。

她站起身来，他也站起身来。

"真黑呀，"他说，"你要我帮你么，罗小姐？"

罗静没有说话，默默地让自己的手给他拉着，走上了原来那条大路。队伍显然都已经赶到前面，大路上，份外地冷静。天空似乎在慢慢地发亮。雨已经完全停止，却越加寒冷。

两个人在路上一前一后地走着。

黎明莅临了。天和地的交界线，泛起了一道淡青色的光，薄雾在田野荡漾。

他们走到了一个岔路口。

"高先生，"罗静停住脚，回过头来，"你走哪一条？我往这边走了。"

"再见，"高尚涵说，他又加添一句，"伟大的时代终竟是我们的，我们大家努力！"

罗静向他笑着，点了点头，然后她掉转身，举起豪迈的步子，走向她自己的路⋯⋯

二

黎明之前，四点钟左右，牛毛样的细雨，兴兴头头地飘洒着，把一座疲敝的昆山城，润湿得通体油光滑亮。街房的屋瓦，在暗夜里泛着微光；街路上也好像到处遗失有黑色的，发闪的缎子。这里那里，从一些关闭着的门缝处，漏出一线线的灯光来，制造着这萧萧地飘堕着的，碎乱的雨丝的奇景。有的店门却是完全打开着的，洒一大块黄光在潮湿的街道上，仿佛一片舔过油的大舌头。

街道上，永远没有尽头地，断断续续在通过着暗灰色的人群，搅乱着那些悄悄地下着的，无声的细雨和失神的零碎的灯光。他们大都是没遮没盖，好像并没有下雨那回事；间或也有撑起一把破纸伞的，看起来反转成了多余。

在一条小街上，在一个间歇的冷静里，从地下冒起来似的，忽然出现了一支在暗夜里特别显得庞大的队伍。那条街便骤然活泼起来，热闹起来。脚步的蹄哒声，挑担的轧轧声，硬性家伙的撞碰声，组成了一曲烦嚣的合奏。

走在前头的几个人，机警地左右察看着，跑到亮着灯光的店门缝处去窥探，等知道那里面全都是队伍上的人，他们便改成去打那些并没有光亮的，紧闭着的店门了。可是没有效。后来他们弯进了一条更黑的巷里去。几盏马灯立即点燃起来。

他们抱着同样的宗旨，对付每一个门户。那里面往往掷出来一阵愤怒的骂声，说明那些是先已经占领在那儿的杂色队伍——伙夫，马夫，勤务老爷，以及诸如此类的部队。

最后，他们打着了一扇蹲在高坎上的，永没有回应的黑漆大门，断定那里面决没有驻兵。他们于是一秒钟比一秒钟更加狂暴地擂着它，至于惊动了斜对面那房里的一群火头军，毫无顾惜地大声咒骂。

那黑漆大门，在一个猝不及防的情景中忽然打开来了，出现了一个驼背老头儿。他的脸像涂上一层黄蜡，一双疲乏的细眼睛盖在长长的花白眉毛下面。门一打开，他便毫无表情地反身就走。仿佛这在他已经成为惯例，仿佛他原是熟习了像这样的半夜等门，譬如大少爷在外面打牌，就常常要这样等他的门一样。

那老头儿早已不见了，不知他已躲到了什么地方，此外也再没有一个主人。这一群不速之客却也不必等候招待，各间屋子，照着它们自己的地位和身价，立刻依着等级招进去了官士兵夫——那是绝不会弄错的：一个挑夫，绝不会走进该是官长住的屋子，而一个中尉处员，也绝不会在那该是少校以上的官阶下榻的地方停驻。

吴涛跨进一间屋子，舒心寒早已占据了在那儿。

"秘书，找到地方没有？"那位临时的屋主忙着打招呼，"我让你。"

这一位叫他不要客气，眼睛同时在这屋子里视察着。

床，宁波式的，崭新的，床檐和架柱上都雕镂着精细的花纹。

朱红色的帐子还好好地张挂在床上。床对面，窗子的下边，是一张又宽又大的台子，花瓶，帽筒，停了摆的自鸣钟，画报，以及诸如此类的小摆设。靠上壁的两架衣橱是半开着的，里面是一个空洞。一张鲜艳的满尺照片挂在另一边，一男一女并肩地站着：男的西装革履，衣襟上扎着一朵鲜花，是一位翩翩的美少年，眉宇间过份张扬着幸福的神采。女的更扮得十分美丽，烟一般的轻纱从头顶披下来，撒满一地。那穿着入时的服装的窄窄的腰身，仿佛只要一捏就会断掉。脸是着了色的，红得像朝霞一样；一双娇羞的，含情的媚眼，暧昧地注视着前面。他们的身前，站着一对捧着小花篮的，约莫七八岁大的男女孩子，嘻开了小嘴巴，你似乎听得出他们在笑。照片下面，对称地摆着两张浅灰色的沙发，联络它们的是一只矮矮的茶几。

"秘书，"舒心寒十分感慨地说，"可惜新郎和新娘都跑掉了，让我今天晚上来一身兼二职，哈哈哈……"

吴涛可忽然发现头顶上，就在那窗子的上边，墙壁崩开了一个大口。有一根木梁已经离开原位，斜伸一半截下来威吓人，瓦片也张牙撩舌地有群起而掉之的样子。显然是给炸弹震毁了的。

"你要当心，老舒，谨防……"吴涛警告着，离开了那屋子，

他走进了另一间，或者算是正房间之一。如果舒心寒那一间是属于年轻一辈的，这一间该是老人一辈的了。

这是一间长方形的房屋，一张古旧的，笨重的，一万年也不会改样的庞大的床，塞满了屋子的一半。床上也好好地罩着蓝地白花的帐子。其余的一半，给三间打开来的空虚的衣橱，三张春凳，一张搬歪了的方桌，一张梳装台，乱堆着的皮箱和木箱，跟别的一些看不清什么家具，布置了一个团团的阵地，亮出来中间一块六尺见方的空场子。

吴涛给那小勤务兵杨树林伴送着向那块空场子走去。他觉得他

的脚底下是软软的一片，好像走在沙发上。

"把灯提过来。"他命令那小勤务兵。

他发现遍地都是绸和布的什么东西，给铺成了一面地毯。可惜那铺设的人工十分马虎，有些地方像一座高山，叫你不得不爬上去，有些地方又是一道深谷，你要提防着跌倒。这是一些男人和女人的单衣，夹衣，棉衣，短衫，旗袍，裤子，围巾，袜子，以及诸如此类的物件的杂凑，仿佛这是一家当铺的堆货间，伙计们正打散了刚才运到的包裹，着手清理，编号的时候，忽然说河对面在烧房子，大家便丢下工作，一窝蜂跑出去观赏火景去了。

首先，是王福生跟张贵生在门外窥探了一下，不见了；其次是别的几个他们的同僚。然后，舒心寒和梁仲宣先后跑了进来。连刚才倒下床的周天，也从床上爬起身，来参加这个盛会。本来站在房门外的几个勤务兵，这时也仗着胆，偷偷的梭进门来。

屋子里于是立刻显得热闹，许多人都把腰杆弯到地下，两只手忙着翻检起来：抓起一件，放掉；又去抓第二件，又放掉；第三件。当铺的伙计们看够火景回来了，重新进行着他们的清理工作。满屋子飞扬着霉臭和尘埃。

"不成话，出去出去！"吴涛带着烦怨的口吻叫着。

"出去出去，妈的，勤务兵也钻进来了！"舒心寒帮忙。因为他的喉咙更大，更凶，王福生的一伙赶紧退出去了。

这下子，舒心寒便份外勤勉地，躬着背在衣服堆里钻去钻来。

"这个好。"他塞一条花手巾在大衣袋里。

"这个不坏。"他又塞一双丝袜子在另一只大衣袋里。

"哈，这个！"他又塞一件不知什么东西在他的裤袋里。

他一路笑着出去了。

梁仲宣却用一只脚在衣服堆里踢来踢去，似乎也想发现一件适合心意的什么东西，但他临走的时候，毕竟空着一双手。

周天最后离开这儿，他弯在地上找寻了不知好多工夫，一面嘴里念着：

"奇怪，怎么没有一顶睡帽呢？奇怪……我就是想一顶睡帽……"

可是，的确没有一顶睡帽，他也只好走了，仍旧照以前一样，戴着军帽睡觉去。

谭书记忽然带着一只空碗走进来。他向屋子的四处窥探着，希望发现一个酒缸。可是，这屋里也的确没有一个酒缸，他也只好叫他的空碗装满失望退出去了。

这时候，那小勤务兵，杨树林，他立在床头边，那搁着马灯的台子跟前，尖叫了一声：

"嗨呀！床上，什么在动！"

吴涛正在吃惊，盯着床上，那床的里壁，那个什么真的又动了一下。

"是什么东西？"吴涛大声地威吓着。

一张人脸，于是出现在一团烂布的中间。

"什么人，还不起来！"杨树林也大着胆下命令。

那个什么人，又动了两动，慢慢地带着那堆烂布从床上爬起来了；梭下床，就打一个晃，险些跌到地下去。他瘦得只有一架骨头，叫化子似的褴褛。他摸着了那床角落的一根竹棍子，一声不响地慢慢向房门外走去。

"一个病兵。"杨树林在背后说明。

吴涛心里难受了。怎么——把一个病兵赶出去，让自己来睡！他想把他叫转来，但不知为什么没有叫。他只对杨树林说，声音有些异样，仿佛很对不住这小勤务兵似的：

"把被盖卷给我拿来铺起吧。"

吴涛刚一坐上床，他便闻到一股奇臭。是烂苹果？是死老鼠？

是女人的血崩？大热天流着尸水的尸首？他跳下床来，几乎要翻肠倒肚。他捏着鼻子，提起马灯到处搜寻着：床上，床下，地面的衣服堆里，打开来的空虚的衣橱，屋角落的各到各处。却又什么东西都没有。他只好又回到床上，让被盖紧紧地蒙着自己的头，差一点闭气。但他一伸出下巴，那出色的臭气便立刻钻进他的鼻子来，逼着他又赶紧缩进被窝去。

"妈的，"他在被窝里骂，"一定是那病兵在床上留下了什么东西！"

天亮了，雨早已停住。稀薄的，破碎的，白色的云块中间，到处在闪着光亮，好像任何地方都会随时钻出来一个太阳。天空里，敌机习惯地在嗡响着，一会儿远，一会儿近；一会儿用着强烈的重音充塞你的耳朵，一会儿又冷不防突然消逝掉，叫你的耳孔空虚得难受。炸弹习惯地在爆炸着，或者隐约地，在天边响着似的，或者凶猛地，恰似在你身旁咆哮；脚底下的地皮轻轻抖动一下，或者屋架和门窗给摇撼得快要飞掉。

在这里，在这一分钟还没给炸掉的房屋里，他们似乎全都不在意。吴涛不跑出屋外去了，那对面就有一片立着几株树木的空坝子；舒心寒也不必在梁仲宣的面前表示害怕，简省一场嘲骂了。

那位少校秘书暗地在心里想：

"胆子的确是练得大的。"

那位少校处员暗地在心里想：

"你炸吧，反正炸不到我。"

另一件事情，显然比轰炸更牵挂了大家的心肠：宣传员罗静不见了。

她是什么时候"不见"的呢？昨天在陈家角出发，大家还看见她。路上她和谁走在一起的呢？她的弟弟罗端，一时变成了"众矢之的"，许多人向他审问。他，罗端，却早已惊慌得满脸发青，又急又气，他眼里噙着泪水，用着比大家对他的更大的责难望着那些审问他的人，仿佛是他们诱拐了他的姐姐。

舒心寒尤其比谁都更慌乱，现出气急败坏的样子；罗静的失踪，好像该由他来担负全盘的责任。他努力地回忆着他最后和她见面的时间，他确实记起昨夜晚在路上没有发现她过，他忽然两只眼睛睁大起来，在屋子里四处扫射。他的四方脸，那右边太阳穴上，肉皮和头发交界地方，那铜钱般大的，猪肝色的疤痕，都一齐通红起来；造就了他那本来通红的鼻子。他大声宣布：

"是雷华把他拐走了！"

许多人都吃了一大惊，觉得雷华似乎没有吃早饭。但梁仲宣立刻斥他说谎，雷华，才不多时他都看见的。

"那就是刚才拐走的。"舒心寒修正他自己的意见。

他跑掉了，到处去搜寻着。几间屋子都没有。他又跑到对面那空坝子上，在一株橘子树下面，他发现雷华一个人坐在那儿。

这反叫舒心寒格外吃惊而且懊恼。他的错误的估计，更使他感到这事件的线索越加渺茫！

"雷华，"他用着七分长官的口气和三分熟人的调门叫着，"你在这里干什么？"

那一个坐在地上，不动。

"躲飞机。"他懒懒地说。

"躲飞机？放屁！你躲飞机你什么时候躲过飞机！罗静呢？"舒心寒发怒了。

"我怎么晓得。"

"哼，不晓得——你都不晓得么？"

雷华不开口了，好像那位少校处员选的这谈话题目，很不合他的脾胃。

舒心寒含恨地仍旧跑回屋里去。钟处长趁他不在的时候，已经在从事大声地训诫他的下属们。那可敬的训词已快临到收梢：

"……中国，有什么办法？就是那般混账东西，抗战，抗战！好啦，就是这样抗的！我说这回比一二八，塘沽协定，还要悲惨！什么罗静罗静，她走得快，倒还算她聪明，我们大家，看吧，不要多久？都会一齐散场的……"

"可是，雷华这家伙也太不行。"舒心寒站在门口边，等钟处长的话声一煞尾，他就接上去。

钟处长可不听他的话，他叫着：

"谭书记！谭书记！王福生，去叫谭书记来！"

谭书记出现了，仿佛立刻运来了一只烧酒缸，全屋子充满了烧酒味。"

"你叫我，老表？"

"混蛋，又是老表，醉鬼！"

"处——处长，你叫我？"

"起封信稿，给总处洪秘书的，问他一下今后的工作情形；还领得到钱不，是不是要解散。慢一点，鬼摸你的脑壳，话要说含混些，字句间——是一封私信。"

很快，谭书记的信稿就缴卷了，措辞遣字，没有一点不称钟处长的意。谭书记，喝酒是喝酒，提起笔来，确无可疵议的。钟处长心里倒是十分满意他这位老表。

"叫雷华马上把它誊正。"钟处长吩咐，但又自己呼唤起来：

"雷华！雷华！"

由于舒心寒的热心的帮助，雷华被叫进来了，接受着他长官交给他的这件临时工作。

信稿誊好了，送到钟处长的面前去审定。

"这是怎么写的？……嗨，这里也错了！发昏了么？"钟处长训斥着这位准尉司书。

"挖了来补……"雷华建议。

"另外写过；挖!"

一会儿又送来了。可是钟处长一看便气愤：

"鬼摸你的脑壳，这是怎么的?"他指着一个地方问。

雷华望了它一眼，他又把那信纸拿走了。

钟处长发现第三次誊正的信笺依然又错又脱，他简直气得要死：

"混蛋，今天见你的鬼! 饭桶，滚你的!"

"好，我走就是。你不要骂!"雷华说，狞起了他的眼睛。

这一惊，叫钟处长吃得不小。混蛋，他，雷华，怎么今天也敢回起嘴来，而且他的眼睛! 钟处长从座位上跳起：

"滚! 滚! 立刻就!"

等雷华不声不响地把他简单的行装—— 一床薄薄的军毯背上他的肩头，全处的人，连钟处长，都觉得事情有些荒唐了，而且更奇怪于雷华的举动。哼，怎么的，这家伙，真撞鬼了么? 一点儿细故他就要走路!

钟处长，被他自己想挽留雷华而又弯不下腰的愤恨的感情所燃烧，他份外狂暴地咆哮起来：

"让他滚! 这东西在跟我赌气，这混蛋……"

雷华连头也不回，硬像撞了鬼一样，就那么离开了那座房子，走掉了。

梁仲宣在大门口截住他：

"雷华，你怎么弄的?"

"没有什么，我愿意走。"雷华说，样子又像撞了鬼，又像很清醒。

"哪里去呢?"

“随便。也许是……”

“罗静……”梁伸宣试探着说。

“唉，我难过极了，再见吧，梁处员……”

他突地拔着腿就开跑，仿佛害怕谁抓住他似的，很快就跑出巷口，不见了。

梁伸宣站在那儿，自己发呆了好一阵。

邹戈在他面前的忽然出现，才叫他醒悟过来。

“梁处员，吴秘书在么？”来人打着招呼。

“啊，在，在里面。你怎么来的？”

梁伸宣陪着他一道走进屋里去。

“我离开了团部。”邹戈说，当他看见吴涛的时候。

“真的离开了？”

“钱团附他们公开排斥我，立不住脚。”

“等一等，我去和钟处长谈谈。”

十分钟后，吴涛从钟处长那儿转来了。

“他不肯，”吴涛愤激地说，脸发着青，“他说现有的宣传员马上就要解散，哪里还能新添人……这家伙是这样想的：中国恐怕马上就会完蛋……真没有想到，怎么办？”他皱紧着眉毛，替那位新客的着落发急。

邹戈，显然也遭受了点意外的打击，他站在那儿沉默着。

“嗳，我在这里的力量太小……想想看……想个法子……”吴涛沉吟着。

“不要紧，”过了两分钟，邹戈慢慢地宣言，看定吴涛的脸，“我们为了国家，我们没有一点私心存在。国家不会不需要我们的，国家不会遗弃我们……”

“是的，你说得一点不错。我们要努力，替国家奋斗，也替自己奋斗！可是，你现在到哪去好呢？想想看……”

"到哪去好呢?"邹戈低下头重复着。忽然,他猛的抬起脑袋,眼里射出果决的光,"我回家去!"

"哦?回家去?"

"我的家在太湖边上,地形复杂,一定是个很好的游击根据地。我回去把当地的民众组织起来……"

"这样?"吴涛没有料到,他受了一个突然的惊吓,"这样,打游击?"

"这有不有必要?你觉得?"

"必要的,不过……"吴涛的眼睛愣愣地在邹戈身上打转。

"你以为我干不了么?你瞧瞧!"他伸出一只拳头来,在空中挥了挥,仿佛这就可以作为他的力量的证据。

"好得很,那就……"

"我去了!"邹戈现出匆忙的神气,好像那打游击的事业正迫不及待地在那儿等着他。

"我祝你胜利!"吴涛说,脸上开出一朵鲜明的,信任的花。

"我们大家胜利!"邹戈胜利地笑着。

吴涛送走了他的客人,他也真正兴奋得很。他在那空坝子上来回地踱着,激动在一幅壮丽的画图里。

"他行!"他对自己说,奖励着邹戈。

他的眼前继续浮现着邹戈的身影,他领导着一支神奇的游击队,在那浩杳的水国里驰骋……

三

黄昏,半边天给残照染得血一样红。

大地在血红的黄昏里开始复活了。城镇,田野,河流,开始从整天的轰炸里,从死亡和毁灭的袭击里,慢慢喘着气,睁开了眼睛,胆怯地窥视这还在战栗着的世界。

武装的行列，开始从房屋里，树林里，泥巴洞里爬了出来；马匹、炮车、辎重和行李的大队，开始向公路汇合去。

公路上，开始了奇怪的拥挤和骚乱，沸腾的，却又淤塞不通的江河似的，开始艰难地往西逆流。

公路的左近，苏州河里，更展开了一幅惊人的画面。河水全给满载着人的大大小小的木船遮没了。仿佛这并不是一条河。这是一条狭长的陷落地带，它忽然发怒了，疯狂了，便自己无端地撒野起来，动乱起来。它们——那些木船，互相在推挤着，顶撞着，磕碰着，起里孔隆地发出响声。它们各自企图前进一步——只要前进一步呀！前进一步了，但又给邻伴们挤压着向后打退。有的给撞横了，便永远受着前后左右的夹攻，没有法子重新搬正方向。整个河面，粪蛆一般的钻动着，春雷一般的轰吼着，狂野的生命的呐喊，同样要夺路寻生的军人和老百姓的共同的呼叫。

洪——洪——像在梦中似的，炮声隐隐地在背后的黄昏里呻吟着。

河中间，陡的拔起了一声激情的惊呼！那是一只中等的木船，一下给别的一只把它撞横在江里。后面，另一只的尖头又对准了它的肚子一冲，险些儿把它翻在河里。

那一声叫喊过去，便是站在那只船头上的一个人，拼命用着他手里一根断手臂似的竹竿撑住邻近一只船的船舷上，企图把船头拨正。可是毫没有用，白白地招引来别人一顿咒骂，怨恨他不该连累他们的船身歪斜。

站在那只船头上的人，满脸通红着，连同他右边太阳穴上，头发和肉皮交界处的疤子。他大声地吃吼着，警告着别的船只不要乱碰。可是他好容易才把船头拨正，又那么一歪，想打一个旋儿。这船，只有一条破桨，船上的乘客们，轮流去试着它，但谁也没有驾驭它的本领。后来，大家只好都绝望了，昏乱了，看着它老半天还在原地方打转转。

暮色已经把那黄昏的灿烂完全涂去，苏州河在迷茫的晚霭中喘息着。

舒心寒站在船头上，他看见一只和他们同样大小的船靠着他们挤过来了。像是属于老百姓的逃难船。一个老头子和两名壮丁在摇着双桨。船舱里坐着女人和孩子，畜生和家具。舒心寒一伸手便抓住那只船的船篷，跳了过去，跟着他的是梁仲宣。

那船上，于是陡然发出了齐声的号啕，悲惨地吐着求饶的字句。

"吵什么，你妈的！"舒心寒大声地申斥着，"叫你把一个人到我们那只船去，帮忙划一划，我们一同到苏州！"

梁仲宣也同时插入一些断句给他添补。

那船上的人，可没有一个听他们的。他们要听也听不懂话。他们，尤其是舱里的女眷们，只是固执地嘶号着，哭叫着，在这薄暮的，混乱的江上，添绘一幕凄厉的晚景。

前面，大约五十公尺远的地方，火光一亮，枪声响了，铅子鸣一声从头上飞过去。跟着又是一枪。

"不要开枪，同志，"舒心寒叫着，"我们不是拉夫的，我们……"

"吧！"再一枪打过来，舒心寒一个倒栽葱便跌下水去。

梁仲宣惊呆了。一只人头可突地在靠船边的水面出现，梁仲宣用着神一般快速的手法，一弯腰便把他抓上了船。

而这时候，仿佛舒心寒的落水是一个启示似的，那只难民船上的人，忽然懂得他们的用意了，一个年轻汉子立即跳过他们这只船来，抓起了那只破桨。

梁仲宣扶着那全身淋漓尽致的舒心寒钻进舱里去，一面问：

"枪打着没有？"

舒心寒只管发着抖，他半天才答出话：

"不晓得。"

所有的湿衣裤全部给脱了下来，舒心寒躺到那早已打开来的被窝里面去了。

"怎么样，受伤没有？"梁仲宣再把身子弯进舱里。

"没有——我以为打着了，就跌下水……"

梁仲宣伸直腰身：

"莫名其妙的家伙？"

船慢慢地往前划动，河面上似乎松动了一些。天色是完全黑尽了。四周好像墨一般的浓，只有附近的河水微微泛起一点儿白光。

嗡嗡嗡！嗡嗡嗡！飞机开始在暗空里什么地方哼响着。

嗡嗡嗡！嗡嗡嗡！别一个什么地方又在应和般地吟哦。

同时，是第三处，第四处……

远远的正前方，一团白亮的东西挂起了，待会儿又变成烧红了的煤球似的熄灭掉。后边，左面和右面，它们在陆续出现，陆续消失。阁阁阁的机枪声和轰隆隆的炸弹声时起时没。

最后，在黑暗中仿佛摸索着了路径，那嗡嗡嗡的声音，渐渐集中在这苏州河北岸一带的公路上来了。在公路的上空，这里那里，照明弹一颗跟着一颗地亮起来。公路上，便一段一段地裸露着密集的人群，八路或十路纵队，拉长着好多公里的几十万大军行进着的截断的人群。在那雪亮的照明弹底下，他们昏眩了，发慌了，呆傻了。他们唯一可能办到的，只是一律木头似的立着；肚皮贴着背，肩膀靠着肩膀地立着；不动弹，不呼吸，不思想地立着。天上的机关枪，却依然有条不紊地哒哒哒射下来了，爆炸弹依然从容不迫地孔隆孔隆扔下来了。公路上，于是有些人倒下，流血，死掉，等到那照明弹一熄灭，便让他们的尸身给后面的人群踩着前进。

公路的左近，苏州河里，只听见一片匆剧的，繁密的打桨声，像夜神在黑暗中拍着千万条翅膀。

"到什么地方了？"是钟处长的声音，那时河身又转了一个弯，一团熊熊的大火正从对面骇人地亮过来，照明着这暗紫色的河水，这河面上络绎地前进着的船只。

没有回答。船上的人全都紧张起来了，这一段火亮的路程，仿佛像伏着一种危机，一种不可逃避的灾难。

可是，路只有一条，他们到底拉紧着心弦划近了那一团大火。那是一处猛烈的火烧房子。紧爬在这河岸边一条小小的街市，正淹没在一片汹涌的火海里。木料劈里拍拉地炸响着，火星飞蛾似的四处乱窜；红的和白的火带子，交错着在互相厮打，又合成一团愤激的拥抱。船上的人给烤得发烧了。同时鼻孔里钻进来一阵浓烈的焦辣味儿，叫人恶心得想吐。

一座拱形的石桥，在前面，高高地跨在河身上，桥壁上闪动着耀眼的亮光。队伍在桥上混乱着。暗黑的天空作为背景，仿佛黑色的银幕上映现着电影一样。桥下是淡红的流水，桥身和人影倒映在水里，弯折着，耸动着。

他们的船划到了桥脚下。忽然，从桥上掉下来一件什么东西，端端地打在船头上。

"呀，人腿！"小勤务兵杨树林惊叫着，一脚便把它踢下水里。

半点钟后，这只船才完全脱离了火烧的光圈，重新进入黑暗中去。大家于是骤然感到一种安全和幸福，庆幸没有在那段光明的路上碰见敌机。

"他妈的，这小地方也要投烧夷弹！"梁仲宣在黑暗中咕噜着。

船身靠着河岸划动。

突地，呜——好像从一个莫测的窟窿里冒出来似的，头顶上，一只飞机的声音划了过去，一颗照明弹便在船头上亮开！一颗全宇宙最亮的星，比太阳，月亮，以及还未发现的无论什么星都亮的星，它就这么低低地悬挂在船头上，举起一条竹竿准就可以敲落。它眨起眼睛亮着，企图把地面上一切最微细的物体都照明，放大。

"停下来！"钟处长怒声地发出命令。

嗡嗡嗡，飞机在头顶上绕了一个小圈子，打船尾后向船头飞。它飞得和那照明弹一样的低，它肚皮下面那颗红星子缓缓地移动。当它正端端地重在这只船上的时候，所有这船上的每一只脑顶便一齐发着奇痒来，仿佛有千万只虫子在那儿爬钻，叮咬一样。于是，所有这船上的人，一齐停止呼吸了，而且好像谁发了一声号令，一齐用着自己灵魂的最奥妙处，最精微处去开切天上那东西这一刹那的动作。

轰！炸弹响了，却在右边河岸上，离船身大约有五丈来远，开了一朵立刻就消失的火花。

大家苏生转来似的吐了一口气。

船又开动了。

可是，第二次，照明弹又不偏不倚地坠落在这只船的头顶上。

"这回完了！"船上的人，约好似的，各自在心里同时叫出这一句话。

那枚炸弹却仍旧爆发在右边的河岸上，离船身大约五丈来远。

而且第三次……

这时候，趁着那第三次照明弹刚刚熄掉的当儿，船上忽然有人吐出了一声战栗的声音。

"我们划到对岸去……"

那好像一个在死亡里的生命的启示，所有船上的人，都忽然同声叫起来："划到对岸去！"

船头立刻拨转了，它后面紧跟着那只难民船。

江对岸，早已停泊着一长列船只，新到的便拦腰加入进去。

低空里，那只飞鹰，这一次发现它进攻的熟识的路上变成了一个空虚，它正在奇怪是不是目标已经消灭，却看准了河对岸陈列起长长的一排牺牲。它快乐了，翅膀一侧，机关枪便一连串的响出去。达姆弹在黑暗中穿着一线线斜行的红线子，流星似的，从右边扫到左边。

那只船上的人，一律叫身体躺平在船板上，脑袋缩进肚子里，让那有毒的，中伤一只指头便要割去一条臂膀的达姆弹在船篷上划过去。

然后，那黑暗中的飞贼，才胜利地高歌着飞去了。

河里边，现在又重新响起了打桨声。那只船上的人，这时才完全清醒了，开始担着心他们会再遭厄难，都愿上岸去用两只脚走。

"我还是在船上，"周天宣言，"船上睡瞌睡，真是舒服极了。"

大家都上了岸，只有几个勤务兵伴同周天留在船里。

公路上，已经不成行列，人们散乱地，委顿地，在开始泛起微明的曙色之下行进。冷峭的冬晨的北风，吹干了身上的汗珠，吹起了疲乏的寒痉。

同伴们早已岔不见了，吴涛独个人混在一路咒骂着的散兵群里走着。

"操蛋，几十万大军往后退呀！"

"怎么不退，他妈，金山卫敌军登了陆，不退着包抄么？"

"包他个卵，老子几十万大军给他一阵乱冲，他怎样！"

"滚他娘，那么多的大炮，汽车，成千成万的丢掉，真可惜呀！"

"可惜，人的性命才可惜！公路上拥挤不通的队伍，随便给鬼子飞机扫射，轰炸呀！"

"他妈的，中国为什么没有一架飞机，飞到前线来稍微挡一挡，掩护掩护，咱们退却的时候，也减少许多牺牲呀！"

"老百姓老早就出了航空捐的，中国的飞机鬼吃啦！"

"操他的蛋!"

"操他的蛋!"

这些骂声,是那么地愤激,凄楚和悲哀,竟至于叫吴涛凭空落下几滴眼泪,而且开始一个人哭泣了起来。他不敢大声地哭,一边听着同路人的悲愤的咒骂,一边用手绢捏着鼻子。

"我们的师长,他妈的,还跟以前一样,把我们的饷……"

"还有老百姓送来的慰劳品!"

"我们那连长,操他奶奶,还是那一套:动不动就是拳头火腿呢!"

吴涛听着这些话,他厌恶极了,为了要逃避那些可恨的咒诅,他放开脚步,开始跑起来。他在人群里跌跌撞撞,叫别人疑心他是发了疯。

等他煞住脚步的时候,他张着嘴巴直喘气。

天色越加发白了,冷风恶意地刷着他浑身的汗。

当他望见苏州,已经是烟雾笼罩着的黎明。有几个男女宣传员,走在他的前面。

四

钟处长到达苏州的时候,是早晨七点钟。他挂着一根竹棍子,踏着一双走痛了的脚,嘴巴一个劲扭歪着嘶嘶地诉苦。

苏州,完全改了样子。它褪色了,褴褛了,歪曲了,破烂和残败得好似曾经过一场洗劫一样。铺板一律关闭着,间或也打开一个小洞的,让兵士们出出进进。那些关闭着的门板上和两旁的墙壁上,蜂房似的满布着从飞机上射下来的机关枪的弹痕,牛鼻孔一样翻出里面新色的木质和赭黄的泥土。街上,来往着灰色的人物,拖着破旧的,肮脏的军大衣。四处飞扬着烂稻草跟马粪的混合的臭味。

观前街，不像了，没有一家店铺在做生意。有一处还高挂着"翠香"招牌的，原来是爿茶店，给炸弹削去了一只屋角。它旁边的另一个什么铺家，却完全变成了废墟。钟处长走进一条小街，经过一家旅馆的门口，他吃了一大惊。这家旅馆只剩下一个门架子，里面却是一片露天的瓦砾场。这家旅馆，他两月前住过一夜的，就是复兴旅馆。他忽然想起了那位桂玉，她该没有正睡在床上娱乐她的雇客的时候，一颗炸弹掉下来，连同这旅馆，一起完蛋吧。

"让她到阴间也当妓女去。"钟处长心里埋怨着，斜过一条巷子，他走向他们××处去。

"啊唷！钟处长！"一个女音叫住他，是彭波扬，××妇女战地服务团团长。她的副团长程云凤跟在她的后面，"好久不见了，你好么？"

一只手伸出来了，钟处长碰了碰它。

"两位哪里去？"他问，一面继续走他的路。

"特别来看你们呀！"彭波扬说，领着她的友伴跟着他，"好久不见了，你看，同在一个军里，见面这样困难！我们到苏州三天了，坐船来的，军部派了一只大木船，把我们一团人装运来的。"

他们走到了××处。

"啊唷，好整齐，都在！"彭波扬提高嗓子叫着，"吴秘书，舒处员，梁处员，谭书记，叶处员，廖处员……"她在点名似的，"噢，雷华呢？雷司书？"

刚坐下去，她就赶忙把她左边腰杆上的皮囊拉到胸前来，打开它，取出一册厚厚的本子。

"钟处长，你看看，"她弯进身子，把那厚本子塞在她对面的钟处长的手里，"我的抗战日记，马上就要拿去出版了。"

"很好，出版了送一本。"钟处长有心无肠地把它翻了翻，又还给她，然后用只手轮流地摸抚着他那只走痛了的脚。

"当然啰，岂有不送给你的。"

"什么内容？"梁仲宣忽然考问似的说。

"什么内容？哈哈哈，抗战日记，你说什么内容？抗战啦，文艺作品当然也离不了抗战！我们当作家的，就是到前方来专门搜集抗战材料的，所以写出来的作品，也就是抗战文艺啦……"

"唔，你到前方来，既然专门搜集抗战材料，何必又要干服务团呢？"

"这——这也是一种方便，否则你怎么好去搜集？是不是？"

"你怎么搜集法呢？"那一个玩弄似的歪着他的光头。

"怎么搜集法。你也想当作家么？好，告诉你——叫一个兵来：你叫什么名字呀？打过多少回仗呀？冲锋的情形怎样呀？还详细一点：你的家在哪里呀？想不想呀？家里有不有老婆呀？好，你就把这些记下来，整理一下，成功了。"

"这样容易！"

"容易？你试试看。怕尽都是作家了！小程，你怎么坐着不说一句话呀？"她用手肘拐着她身旁的那位副团长。

"我说什么，我又不是作家！"

"揍你，光爱说俏皮话！"她用拳头在那个的臂膀上擂了一下。

"我没有说的。"副团长固执地笑着。

"没有说的，说点你的恋爱哲学嘛——告诉你们，"彭波扬转过脸来向着大家，"这位程小姐的恋爱哲学出色得很，我说，好不好？"她又掉过身去征求程小姐的同意，于是她继续说下去，"这位程小姐呀，她是不讲究什么恋爱的，说抗战期间，没有工夫恋爱，男人她倒要，一打两打都收容。"说到这里，她怕挨打，赶忙从板凳上跳起来，跑开，但坚决地声明，她的话是千真万确的。

梁仲宣忽然快乐地叫起来：

"我拥护我们副团长的恋爱哲学！"

那位副团长笑着，啐一声立起身。她责备似的叫着彭波扬：

"走吧，老彭，你看钟处长在打呵欠了。"

等这两位女宾告了辞，钟处长便拄着竹棍踏进另一间屋子，嘴巴嘶嘶地哼着，让那快要散架的身体猛的倒在他的床上去。

吃过午饭，钟处长仍旧回到床上，命令本处全体官佐和宣传员们，都前来听训。

这位主官，用一条黄色的毛线围巾包着他的脑袋，拥着被盖坐着。在他床面前的，是一二十个默默无声的坐成半环形的人众，仿佛一个老人到了临终的时候，他的儿孙们都一齐聚在病榻跟前，听取遗嘱似的。

钟处长发言了。他告诉他们这一次的战事非常糟糕，说不定就会亡国。但他又自己纠正：

"国倒不会亡"——但是总之，结局一定很不好。苏州一失，当然跟着就是无锡，常州，镇江，最后降临到南京。那，完啦！但不要紧，南京一失陷，中国当然要求停战，订一个屈辱条约。所以这个仗也没有什么打头了，最多还有半月，十天。

他停了一停，眼睛闭了半分钟，老年人快要落气的寻常样子，再继续下去：

"你们，宣传员们，跟着我们也没用了，今天一齐解散，大都是苏州本地的人，回去好好住在家里，战争结束以后，还是去读书……"

七八个男女青年，这就互相望了望，吃了一个不小的惊。

梁仲宣跟吴涛的眼光接触了一下，它们彼此通知：

"你听，他说些什么？"

周天心里想：

"妈的，要说就赶快说嘛，你倒安安逸逸，拥在床上，我也想睡呀！"

"明明觉得是打中我身上的，怎么竟没有打中？"舒心寒还放心不下昨晚在船上的遭遇。

可是，梁仲宣说话了：

"南京纵然失了守，我认为，这一次还是要打下去！"

"幼稚，"钟处长批评，"首都都失了，怎么打？譬如你的脑袋也挨打破了，你还能动么？"

"但是，一个国家总不是一个人呀！人的脑袋，自然只有一个，打破了就没有办法，国家的首都脑袋，这一个破了还可以换上另一个。"

"另一个，迁都，到重庆去！胡说八道！"

"我们，"一个宣传员插进来，吞吐着说，"我们不解散好吗，处长？"

"不解散？你想干什么？"钟处长见怪地望了他一眼。

"我们愿意跟……随便到哪里去……"

"真幼稚，到了这步田地，你们还跟着我们有什么用？"

"我说，"忽然吴涛开了口，钟处长警戒着听下去，"不忙解散也可以，反正上面还没有叫解散他们的命令。是上面要我们组织的，要解散，上面也该给我们一个命令……"

"命令，"钟处长重复，"现在这情形，哪里还寄得到什么命令！凡事有经常，有权变，什么都要命令，那……而且，留他们在这里还有什么用呢？至多不过十天半月，这战事……"

"我不这样看法，十天半月，这不会完结吧……"

"怎么看由你，"钟处长打断他，"总之，我有我的想法，我负责，廖恒通，"他忽然叫着那个秃头，"你的病怎么样？"

"我的病，好得多了。"那秃头回答，霎了霎他那瞌睡似的眼睛。

"听说你在嘉定还到乡下去玩女人。"

"哪有的事，处长，我天天都登在留守处，你问叶同志。"

"叶全德，还是派你们两个打前站，先到无锡去。"

"是，处长，我们明天一早动身好吗？"

"明天晚上，我们就会来了。"

这个话还没说完，钟处长便让身子一梭，躺平了，钻进被窝去。

晚间，苏州被敌机狂炸着。钟处长睡在床上，常常给炸弹震跳起来三寸高。他却疲乏得要死。朦朦胧胧地，什么都不愿去管它。他那酸涩的眼睛，只常常给一声轰响弄睁开来，望一望窗外一片吓人的照明弹的亮光。

忽然，在轰炸声的间隙的死寂里，屋外边，拔起了一声怪叫，跟着是一片不寻常的激情的喧腾。钟处长抬起半个身子，大声喊着王福生。

王福生立刻跑进来了，先跌一跤，然后气急败坏地报告：

"处长，烧房子了，就在隔壁，烧夷弹！"

这恰似一条弹簧，把处长一下从床上弹起来，又弹去房门外去，一秒钟的时间，他在脑袋里搜索着：这房子有几道出口。

果然，隔一堵短墙，一大股黑腾腾的浓烟，正用着一种愤激的姿态在往上汹涌。

钟处长下命令，赶快把东西往街上搬。屋子的各处，开始了一阵狂乱的喧扰。勤务兵的名字给忿怒地喊叫着。

"王福生，你死了么？皮箱！"

"杨树林，还有油印机！"

"张贵生，你妈的！"

"雷华，雷华呀！"舒心寒叫着，才记起他已经不在了。

"打熄啦，打熄啦！"有人高声宣布。

仿佛受了骗似的，钟处长咒骂着，又叫把东西搬回原处。

这一夜，从此大家都没法安稳，只好把睡眠留到次日白天来进行，同时也是预支那一天晚上的瞌睡，因此天一黑他们又要开始夜行军。

黄昏的残照给火光接替了过来，荒凉而乱离的街道上，到处闪耀着淡红的色彩。这苏州城的建筑，给敌机的烧夷弹加了工，这里乡里正猖獗着火势。军队和民众潮涌似的从街上向火车站涌去。火车没有了，他们从那里用脚腿沿着铁道线向西溃退。

军站一带地方，人群在泛滥着，沸腾着，映照着从街后面亮过来的火的红光。他们正像给孩子们的竹棍惊乱了的蚂蚁群，在发昏地爬钻着，跌碰着，这一只爬上那一只的背，那一只又挤进另一只的肚皮。兵士们的恶狠的咒骂，老百姓的失魂的叫声，马的嘶唤，孩子的哭啼……谢谢天，这时候敌机没有飞在头上。

钟处长哑声地吆吼着，命令他的部下们不要失掉联络，在人海中挤开一条路。可是，一个小小的浪子卷了过来，钟处长便失掉了他所有的侣伴。一个人把他撞了一下。

"蓝师长!"他叫着。

蓝师长回过头来：

"走吧，无锡会!"身影随着声音在人浪中消逝了。

钟处长好容易爬出车站的范围，沿着那拥挤不通的铁道线走。谁踩脱了他胶底鞋的后跟，他提起那只脚来拔鞋，一蹲就按在一个女人的背上。

那女人不作声，却乘势跳过了左边那根铁轨。铁道旁边，一所草房正在起劲地燃烧着。在火光里，钟处长瞥见了这个女人的脸，觉得在什么地方见过似的。

"桂玉!"他在心里大叫起来。

那桂玉，只管埋着头，各自急急忙忙地走着路，她手上挽着一只小包袱，她的前面，蹒跚着另一个女人。

他也跨过铁轨去，挤开两个兵，忽然想起桂玉说过的那句话："我们死也得死在苏州。"

"桂玉！"他追上前两步，小声地叫。

桂玉稍稍把头歪过来，望了他一眼，又各自走。

"你不认识我了？"钟处长解释，"两个月以前，我们在复兴旅馆……"他赶忙住了嘴，他的身边正继续在汹涌过人群。

虽然提起复兴旅馆，桂玉可还是不在意。她记不起哪一次的复兴旅馆，复兴旅馆对于她是太多回了。

"你不是说过死也得死在苏州么？怎么也要逃？"钟处长追问。

她倒记起了以前确曾有过这样的意思。她一边急忙拔动脚步，生气似的说：

"哪个不要性命？以前以为……可是都逃呢……可恨的东洋赤佬……"

钟处长还想跟她说点什么话，一股人的洪流却一下把他卷了去。他立不住脚，只好顺着那洪流赶快拔着腿杆。

突然，前面堵塞住了，钟处长的汗涔涔的冷湿的背部，给猛的冲了一记，然后就那么紧紧地给压迫着定在那儿。

前面，是一座窄窄的，残破的木桥，桥头边也正熊熊地燃起一堆火。一道黑沉沉的河水在桥底下躺着，漾着难测的，恶意的微笑。

人流就在那儿淤塞住了。那座桥只剩下两三块活动的木板和漏空的梁栋。人走在上面，好似在踩着浪桥，也不让你选择道路，因为后边是一直在往前冲，两旁也同样在推挤。手推着自行车的，在桥上自动掀下了河去；挑着担子的挑夫，只得抛掉他的重压，为的在窄窄的木板上站稳脚。不时会有人一声不响地走下河去，好像一声不响地走进他的菜园。

钟处长明白了处境的危险，他全副紧张着挤在桥头。桂玉又忽然在他身边出现。

一个力量，把他们一齐压上前，并排地走在一条窄板上了。钟处长灌注着全身的精力，准备着抵抗那突然袭来的，要他下水的攻势。一个兵拦腰就给他们一冲，钟处长行动得快，向前跳一步，卸空了他的身子，就在那同时，他看见桂玉的身影一晃，便落下了那黑沉沉的河里去。这仿佛只是一个短促的幻景，一秒钟就完结了。此外便什么也不附带发生——没有一声呼号，没有一句惊叹。人们照常在汹涌着，拥挤着，争着渡过那座危险的桥。

钟处长的脚跟在桥那头的平地上找到立足点，他的神志才完全清醒了。他心里不由地连叫着那同样的两个字，而且最后一次他竟毫不自觉地叫到他的嘴边上来，出了声：

"桂玉！"

"老表——哦，是你，什么桂玉？"谭书记忽然叫住他。

"混蛋，老表！赶快走！"

五

在无锡。下午三点钟左右。

西门外，一间靠近河边的，阴凄凄的，弥漫着酒香的店铺，把他们招引了进去。

"呜，有酒。"谭书记一跨进店堂，便猫儿似的皱着鼻子嗅着。

一个五十来岁的，健康的，红色的小老头儿，快活地招呼着：

"请坐呀，先生们，辛苦啦，要吃酒么？有的是，有的是。"

他立刻消失在厨房里去了，瓦缸子铿锵地响了一阵之后，他便端他一大碗走到谭书记的面前来。

谭书记高兴透顶了，独自坐在一张桌子边默默地喝着。一个发着绿色的盐蛋，很快又在他的眼前出现了。

"特地跟你老留的，嘻嘻。"老头儿奉承地说。

"嗳呀，你真贤惠呀，老板！"

"我不是老板，先生，老板早就跑啦。"

"老板为什么要跑?"舒心寒一边洗着脸，把鼻子擦得通红，消遣似的挤进来问。

"报告秘书，"吴涛一踏进店堂，杨树林就迎着通知，"你的铺打在那间屋里。"他用手指着靠近天井的一个小门。

"日本人来啦，不跑?"那老头儿说，他又回头向吴涛招呼，"哦，先生，请坐。"

吴涛却一径走向他"自己的"房间去。

门一推开，他立刻给怔住了。一个年轻轻的姑娘，坐在屋子里。他疑心走错了路，走进了一个闺阁，但那空旷的屋中间，用木板搭成的床上，分明铺着自己的被单，此外又再没有别的家具。这个壮了他的胆，他一直走了进去。

舒心寒一洗完脸，他就开始去巡阅各间房屋，打开箱箱柜柜，忽发现一点那逃走了的酒店老板遗弃下来的，而又很合他需要的什么东西。

他首先走进"处长室"，他知道，处长的住屋是最可能藏窖珍贵的物品的房间。他一边跟钟处长打着招呼，搭搭讪讪，一边打开一个衣橱。

"啊，处长处长，你看，这么多香水瓶子！"他小声地叫起来，拿了一只紫色的瓶子跑到钟处长的床边，"这一瓶，你看。"

钟处长斜在床上，不高兴地笑着，责备他的部下：

"土匪行为，嗳！"带着不接收别人的贡献又对不起人似的神气，伸出手来，把它藏在他的枕头边上。

梁仲宣的光头在门外发闪。

"老梁，这一瓶给你！"舒心寒递一瓶出去，"左派，这还有一瓶。"

周天跨了进来：

"我不要这鸟东西。有没有睡帽？"

"有！"舒心寒回答，把一只最大的香水瓶揣进他自己的大衣袋里，出去了。

周天动手打开另一只衣柜，伸手只一抓，果然就抓出来一顶灰色的羊毛睡帽。

"到底找到你了。"他对它说，揉在衣袋里。

现在，几个人蹑到了"秘书室"，却都忽然一齐发了呆：吴秘书在哪里弄来这么一个年轻姑娘？她坐在窗口下面一张书桌旁边，他坐在床上，都沉默着，仿佛是一对才斗了嘴的夫妇。

"上床来睡呀！"男的叫着。

女的却狠心坐在那儿不做声。

这一幕，把突然来到这里的几个人都弄得莫明其妙了，互相交换了一次惊问的眼色，又赶紧把视线集中在那位年轻姑娘的身上。

这真是一位标致的小姐，脸儿是丰腴的，鹅蛋形的，白净的不容许飞上一点儿纤尘，透露出一种姣好的，纯洁的，安详的光辉。她的前额，玉石一般的发亮。眼睛是大的，长睫毛；浓黑的秀发，漂亮地，幸福地披在她的头上。两只肩膀，又圆又嫩，碰一下，她全身便会一阵颤栗。

这究竟是怎么一回事呢？他们再望望吴秘书。他却诡秘地笑着。

可是，忽然，她，那位标致的小姐，上身动了动，头一低，就嘻呼嘻呼地笑起来了。这举动，叫大家都见了怪，而且立刻脸孔发烧，各人疑心自己身上的什么地方有着可笑的缺点，恨不得有面镜子来给照一照。

她却还在继续地笑着，而且，渐渐地，好像越来越不可收拾，越来越兴会淋漓，仿佛谁的脸上，给恶作剧趁睡着的时候涂了一些墨，大家都笑了，他自己还不知道为了什么事，也跟着笑。于是大家更笑得凶。她，这位年轻小姐，就在这样的情况之下附和着笑，但又不好意思放肆，只那么抑制地，偷偷地笑着，以至于到后来眼泪也流出来了，而且几乎要闭气。

"先生们，"那位红色小老头儿，忽然出现在房门边。他向着他们宣布，"她是疯子，失了性的，请不要理她……"

"什么——疯子？"几个人同时在心里惊叫起来，全身好像给浇了一瓢冷水，"这么漂亮一个姑娘会是疯子！"

"疯子，"那老头儿继续说，"唉，先生们，真是造孽啊，才这么高点儿的时候，"他用双手覆在腰杆边，向地下按了按，"我就看见她，抱她玩耍，看见她长到十八九岁，喔，疯了！"他惋惜地不住摇着头。

大家非常扫兴地离开那屋子。吴涛也跟着他们走出外面来。

吃晚饭的时候，那老头儿又在他们的食桌边走动着。

"她究竟是怎样疯的？"梁仲宣问。

"你说哪一个？她呀？"那老头儿指指那小门洞，"怎样疯的？说起来丢脸啊！还要酒么？好，有的是——开酒店的人家，没有酒？"他对谭书记说，那一个正向他伸上来一只小碗。

他又钻进柜台里去，一会儿便给谭书记捧回来一碗酒。

"说起来丢脸啊，"他继续，"嗳呀，你们是官长，讲情讲理的，那些弟兄伙，可不成呀！她在学校读书，伙着去参加什么慰劳队，到伤兵医院去献花呀，唱歌呀，这样那样呀，喔，就给他们调戏啦！她的父亲气极了，把她锁在家里，就是那间屋子，"他又指指那小门洞，"只有十天——唔，刚刚十天，她就疯了，就像那样子。嗳，造孽啊，先生们……"

"她的父亲呢？"吴涛问。

"逃到乡下去了，今天早上才走的。一家人都逃到乡下去了。她死命不去，他们就把她丢在城里，丢给我们看守她，嗳，造孽啊！还要酒么，先生？不要了？嗳！"

晚饭后，大家又拥到吴秘书的房里。那位漂亮小姐仍还在书桌边坐着。她的面前点起了一盏明亮的美孚灯。

"真美，"几个人的心里同样想，"可惜疯了……"

她却似乎并没有疯，只是坐在那儿一个人发笑，仿佛她真是高兴得透了顶，仿佛她想起了一件非笑不可的事，仿佛有人在暗中哈着她的胳肢窝。除此以外，她确没有什么疯的形迹。

可是，这一次，她突然从座位上立起身来了，让她的美丽的脸子朝着大家，用一双燃烧的恐惧的眼睛看着。然后，她微微弯着腰，开始全身发抖，带着颤战的，胆怯的声音清清楚楚说了话：

"不要这样，先生们，请出去吧，不要靠近我……我敬佩你们，你们是光荣的抗日英雄，你们受了伤，来吧，我替你们裹伤口——不，不，不要靠近我，不要靠近我呀……"她越来越大声地啼叫着，做着拒绝的，乞求的手势，"不要靠近我呀，我爸爸要禁闭我呀……我敬佩你们的，你们是抗日英雄呀……"她突然向后退着，碰到书桌上，她尖叫了一声。于是她重新坐在书桌面前，回复了先前的样子：又嘻呼嘻呼地笑起来。

那红色老头儿进来了。

"走！"他向她命令着，"走，到楼上去了，去睡觉！"

她各自坐在那儿嘻呼嘻呼地笑着，瞧也不瞧他。

他摇了摇头，再走上前一步，伸出手擒住她的臂膀，恳求着：

"好小姐，上楼去吧。"

应着这一声，她又突地从椅子上跳起来：

"哦哦哦，不要，让我在这儿吧，他们，他们都是光荣的抗日英雄，受了光荣的伤的，让我慰劳他们吧，我唱个歌吧，他们并没有欺侮我的，不过稍微开开玩笑，不要紧，哦哦哦……"

"鬼话！"那老头儿斥责她，用武力把她拖出了房门去，她还在一直哀求着。最后是可怕地尖叫一声，他们便再听不见她的声响了。

"嘻嘻，有趣。"舒心塞批评。

"有趣？这有什么趣！"梁仲宣反驳他。

各归各的处所睡觉去了。

梁仲宣没有去睡。他没有睡的意思。他心里烦乱得很。他打开通到河边的那扇后门，走到河边去。

河里是一片昏黑，沸腾着混乱的恐怖的人声——兵士们争夺船只的道路的叫骂；逃难的老百姓的呼儿唤娘的悲啼；那中间还偶然拔起一两声示威的步枪声。透过黑夜，机关枪在繁密地聒噪着。

梁仲宣脚不从心地，摸着黑，顺着河边的小道走去。他走进了一条小巷子。脚底下是潮湿的，空气中飞扬着腥膻味儿。一个婴儿的啼哭在悲惨地广播着。

他懊恼地正想回转身，一个亮着幽幽的灯火的窗口里，传出来一种哼哼唧唧的怪声音，下意识地叫他跨过两步，踮着脚尖，把眼睛贴上去。

一间破败的屋子，一张破败的木床——它正对着窗口安着。那床上，在一层污脏的被盖底下，重叠着两个活动的人体。他们的嘴巴和那松损的床架正同时发出一种糊乱的吃语声。菜油灯火在床头边一张破桌上抖闪着，仿佛很想熄灭下去，仿佛很不愿赏鉴这一幕活剧。

最后，床上的动作停止了，那男的爬下了床。梁仲宣看得清楚：是廖恒通！他的脸丑恶地歪着；秃头上布着细粒的汗珠。女的却还斜在枕头上，侧着一张涂满廉价的脂粉的瘦脸向外看着。

梁仲宣大大地打了一个寒噤，心里作恶得想呕吐。他巴一声吐了口痰，赶紧抽转身，向原路跑，好像背后有个鬼在追他似的。

他急急地跑回来，跑进吴涛的房里。吴涛刚刚躺到床上去。

"秘书，"梁仲宣走近他的床边，慌张地，喘息地说，"我看见廖恒通……"

"怎么样，廖恒通？"

"廖恒通……嗳，没有什么，我去睡了。"

他回头快步跨出房门，脚绊着门限，险些儿跌了一跤。

"奇怪，这家伙。"吴涛想。

六

这些日子，仿佛是生活在一个险骇的梦里，一到南京，吴涛觉得自己逐渐清醒过来了。于是，他忽然想起了他的家。他觉得他许多年来（其实还不到三个月）不曾有过家，他也许多年来连家的影子也不曾到脑膜上来闪现过了。现在，他到了南京，他曾生活得那么熟悉的南京，好像有着强有力的暗示似的，他想起了他的家，那么迫切地想起了他的家。

他的家，就是他的妻和一个还不到两岁的儿子，以前就住在这南京城里，八一三以后才搬到离开南京六十里远的虎渡的乡间，那个小小的窝儿。他一想到它，便觉得全身发颤。

他好几次都想立即站起身来，不顾一切地向他的家奔去。可是他不能这样做，在这里，在他们这个虽然已经残破了的团体里，却似乎总有个什么东西牵挂住了他，叫他不能够离开它去。

他躺在床上呻吟着，让苦痛啮咬着他的心。

他记起他初到前方去的时候，曾经在信上告诉过他的妻子，说过些日，他可以回到南京，到乡下去看望她和他们的儿子。现在，他回到南京来了，他却不能够实践他的约言。在这个时候，在他是和他们整个的团体从前线退过南京，不是他单独地回来的时候，他不能一刻儿离开他的团体，正如他不能一刻儿离开他的生命。

他躺在床上呻吟着，痛苦着……

小勤务兵杨树林进来了。

"报告秘书，"他叫，"处长请开会。"

"晓得啦。"他怨烦地在床上翻了一个身。

杨树林退出去了。

吴涛不愿去开什么会，他一直在床上躺着，让他的妻和儿子的面影轮流地在他脑袋里旋转。

隔个小小的天井，钟处长的声音开始从那面传了过来。吴涛努力拒绝了它，只一心一意在他心房里给他的妻和儿子留出地位。

可是，他的妻和儿子，渐渐从他心里在退出去，钟处长的一些话语渐渐牵住了他的耳朵：

"有办法……大家还是努力干下去……长期抗战……经费不成问题……"

吴涛梭下床来，走出房门，走到对面"会议室"去。

钟处长和颜悦色地向他点点头。他傍着钟处长坐下。

"经费不成问题。"钟处长托托他鼻梁上的近视眼镜，快活地继续说下去，从玻片后面用一双眼睛顾盼看吴秘书，"我刚才到总处回来，总处的负责人说，经费以后照常按月发给……这一次中国的确是长期抗战，纵然南京失守也不要紧，中央政府迁到重庆……中国一直要打到最后胜利……各位同志，大家继续努力……"

这同样的话，在钟处长的嘴里反复了许多次，每一次却都那么新鲜地兴奋着在座的人，连周天也一直没有打呵欠。

最后，钟处长结论：

"我们要赶快去赶队伍，听说在芜湖，我们决定明天出发……"

到这里，钟处长便声言：他忙得很。宣布散会之后，他又出街去了。

钟处长的确是非常忙的，他一直还没有工夫到××楼去看看他那开设杂货店的舅子，准备把这几个月在前方的"积蓄"交给他，请他帮忙给他放在可以生利的地方去。

现在，他去了，留下他的部属们，在激动里，幻象里生活着，守候着，直到那个"明天"。

吴涛坐到他床对过的桌子边去，他的面前展开着一张白纸，他伏在上面开始写起来：

我最亲爱的妻子：

我回到南京来了，回到我相别三个月的南京来了。可是，请你饶恕我，我不能到虎渡来看望你和我们的孩子，因为时间不容许我，情势也不容许我！

我失悔没有早些时安排你们，让你们困在虎渡的乡间——虽然也是出于不得已——现在，情势急迫了，我请求你带着孩子即刻回到你父母那儿去。我想，他们会原谅你——原谅我们的。你的家离虎渡不过百来里，公路或者已经不通，你们可以设法从小路去。

亲爱的妻子，我们会再见的，请你等着我！

唉，我是多么的难过啊，要不是为了这民族解放的事业，我今天会不顾一切，跑到你身边来的！我爱我的国家和爱我的妻子一样；但也只有为了我的国家，才叫我暂时搁置了对于我的妻子的爱情！

亲爱的，请你原谅我，我们再见，在抗战胜利的时候。我们再见！我吻——你，吻我们的孩子……

吴涛写好了那张纸，投进一个信封里。他坐在那儿一直发呆了半点钟。

那晚上，他没有吃晚饭，在床上，也只闭了片刻的眼睛。

第二天，一个晴明的，十二月初的好天气。太阳用着他慈爱的，温暖的手抚摸着已经荒芜了的南京城，好像慈母抚摸她的行将远别的孩子。几块白云在天空里徘徊着。西北风逗弄着路旁的枯树枝。

钟处长率领着的一队人马，从他们驻地的下关附近出发，走过穿城，向中华门外火车站开去。

吴涛走在行列的最后。他拖着一双乏力的腿。

马路上，出奇的荒凉，又长又宽，空荡荡地，仿佛一条平荡的大河。除了他们这一小队游街的群众，几乎看不见一个行人。在远处，偶尔可以发现一辆黄包车，移动过那空旷的街，好像一叶孤舟在江心横渡。两旁的店铺全是关闭着的，寂寞的连亘的大河的岩岸。整个的南京，被人们遗忘了，仿佛世界上根本就没有这么一个城。

他们经过了铁道部，外交部……那些花花绿绿的壮丽的建筑，死人的灵房似的立在那儿，正在等候着那做道场的法师的一把火。鼓楼医院，古庙一样冷冷地蹲在半坡上。吴涛记起了他和他的太太曾常常抱着孩子到这里来请教医生。新街口，十字形的街道，那交通的要冲，却乱叉着一些障碍物——一些网着铁丝的木马，唤起人们一场市街战的注意。大华大戏院，那才落成不久的，南京城第一家富丽堂皇的高等娱乐场，吴涛立刻又想起它里面舒适的沙发座位，它的冷热气管，它的慢慢变色，转暗的悦目的灯光。现在，它只寂寞地站在中正路的旁边，咀嚼着它往昔的繁华。

他们来到健康路口，吴涛一声不响地离了队，向××巷奔去。

小巷里却比大街道有些生气，三三两两的人们在各自的门前徘徊着，眺望着，议论着。有些小店还半开着门，非正式地做着生意。在一家门口，两个差不多肥胖的中年人在高声地谈笑着，现出快乐无比的神气，仿佛一切的灾祸都在大街，像这一类的小巷子，原就平安无事，不必大惊小怪了。

十七号，十九号，二十一号，二十三号。吴涛停住了脚步。巷门是开着的。他走了进去。天井里，那个六十三岁的老太婆，房东二姨妈，正燃着香烛，跪在天神面前，磕头祷告。一看见吴涛走进去，她赶忙补足她的最后一个头，颤巍巍地立起身来：

"阿弥陀佛，吴先生，你来了！"

她招呼吴涛坐，用着悲叹的声音，问他什么时候回到南京的；问他这战事怎么了；问他日本人会不会到南京来……

吴涛看着她那臃肿的身体，臃肿的脸巴，臃肿的眼泡，他感觉她比以前更加和气，更加亲热了。

"二姨妈，"他叫着她，好像是他自己的二姨妈一样，"我忙得很，马上就要赶到车站去；我上楼去看看，你不要管我。"

二姨妈叹息地摇着头，不赞成他就要走似的。

"你到虎渡去看你的太太孩子没有？这样快又要走么？这是你的钥匙。"她在衣袋里掏出一串铜钥匙来，解掉一把递给他。

吴涛跑上楼，打开了一间屋子。那是他自己的屋子，向房东，二姨妈的姐姐租佃的。这是他和他的太太跟孩子住了一年以上的屋子，八一三后才离开这儿。但他仍然保有着它，他的许多重要东西都还放在这里。

当他打开了这间屋子，他自己突然愣住了，因为他不明白他来到这儿是为了什么的。

屋子里，毫没改变它的样子：他和他太太睡的床，孩子的小床，屋中间的圆桌子，窗口面前的写字台，书架。墙壁上，那张满尺照片还那么好好地挂着，他和他太太双人合照。他们都瞧着他笑着，好像在招呼他似的。藉了一张凳子的帮助，他长得更高，然后伸着颈项去亲吻那已经蒙着分把厚灰尘的他的妻子的面影。他跳下凳子来，再去摸摸他们曾经睡过的床，摸摸孩子的床。他再打开了他的写字台的一只抽屉，取出他的一卷诗稿。他也同样吻了吻它，仍旧放回原处，关上抽屉。

最后，他在写字台的面前站着，呆了分把钟，终于走出了他的故居，锁好门，跑下楼去。

"吴先生，"二姨妈在楼下迎着他，"你放心，你的屋子，回来的时候一样的——唉，什么时候回来呀？阿弥陀佛……"

"很快就回来的，二姨妈，"他答着，从身边摸出一封信和两张五元的法币，"二姨妈，我想麻烦你，请你找个人把这封信送到虎渡去，这是草鞋钱。"

"好好好，给你太太的信？我叫巫二送去就是，要什么钱，吴先生？"

"我走了，二姨妈，恐怕赶不上。"

他仍然把他的钥匙寄存在那老太婆的手里，向她告了别。

走出巷口，吴涛就拔着腿飞跑着。他一口气跑出中华门，跑到了京芜车站。

车站上，滚沸着人的潮。潮的中心是军队，正拼着命向那堆叠着热气腾腾的面包似的敞篷车厢上爬挤；潮的边沿是逃难的市民，永远焦急无救地四处乱窜。

吴涛在人潮里，找到了他们的团体。他们正在向一节缺口的车厢进攻。钟处长悬挂在车皮上，王福生两只手托着他的屁股。舒心寒通红着鼻子在车上大叫着，弯下身子来援救他的长官。

整整费了两个钟头的时间，吴涛到底也跟着挤上车去了。他全身流着汗。

人潮还继续在那儿汹涌着，鼓浪着，继续在向那无法再放进一只脚趾头的车厢上拼，都蚂蚁似的爬上了便又跌落下去。

太阳早已消失在灰色的云层里，黄昏也快来临了。

风瑟瑟地吹着。

"啥东西？"吴涛忽然在他屁股下面扯出来一卷破纸，一篇文章的题目，赫赫地在他眼前出现：

"我在前线！"下面署名"彭波扬"的大名。

他顺手递给了梁仲宣。

可是梁仲宣忽然大声地叫着：

"雷华！"

吴涛吃惊了，以为雷华也有篇什么文章在那上面，梁仲宣却指着他们前面那节车厢的尾巴上。

那是雷华！他稳稳地坐在那儿，抱着一支步枪。钢盔脱下来摆在膝头上。

"雷华！雷华！"梁仲宣继续大声地叫。

雷华，他向这面望过来了。

"呀，梁处员！秘书！"他快乐地高声嚷着，"你们也来了！"

钟处长故意把头偏到一边去。

舒心寒似笑非笑地向他扁了扁嘴巴。

"你现在在哪里？"梁仲宣提高嗓子问，企图压过那阵突然升起的喧闹的人声。

"在×××师，当上等兵！"雷华把胸部挺了挺，似乎想叫他们能够看见他的胸章。他笑着，脸上放出鲜艳的光彩。

"你真去当兵了！"

"真的，开到芜湖方面作战！"雷华始终遏止不住他的笑容，那么幸福地，自满地。

"罗静呢？"

"什么？听不见！"

"罗静！"

"她呀？不晓得！但是我相信她的话，将来我们碰得见的！"

梁仲宣和吴涛这一次也同时笑了。

"你碰得见鬼!"舒心寒把他的话声抛过去,可是雷华没有听见。

呜——火车开始拉长声音尖厉地叫着,歇斯迭里地向着这被遗弃的南京城倾吐着离情。

"我们是一路的!"雷华开心地再对他们高叫了一声,举起他的钢盔。它在黄昏的薄光里闪亮。

选自萧蔓若:《解冻》,文光书店,1947 年